Alles außer dir

Nina Miller

Buchbeschreibung:
Hältst du an etwas fest, das du gehen lassen solltest?
Nach einer gescheiterten Beziehung will Nicky von vorne anfangen. Sie zieht von Brooklyn in die Hamptons, wo das Meer nie weit entfernt und das Leben ganz anders ist. Eine neue Liebe hat für sie keine Priorität, doch dann trifft sie Liam. Er ist charmant, attraktiv, einnehmend – und man kann ihm nicht trauen. Dennoch ist sie sofort in seinen Bann gezogen und lässt sich auf ein Spiel ein, bei dem nie klar ist, was Täuschung und was bitterer Ernst ist.

Über die Autorin:
Nina liebt Wörter. Egal, ob handgeschrieben, getippt, gesungen oder gesprochen – sie mag Buchstaben in allen Formen. Gelesen hat sie schon immer gerne, mit dem Schreiben angefangen hat sie allerdings erst während ihrer Masterarbeit.
Am liebsten schreibt Nina nachts – dann, wenn alles ruhig ist und sie möglichst wenig Ablenkung hat ... immer begleitet von Musik und einer großen Flasche Pepsi.
Ninas Debütroman «Bereit zu fliegen» war drei Monate in den Amazon-Top-100-Gesamtcharts, nun folgt mit «Alles außer dir» und «Alles außer uns» ihre neue Geschichte als Dilogie.

2. Auflage

ISBN:
978-3-98595-2618

Nina Miller
c/o SP-Day.de Impressum-Service
Dr. Lutz Kreutzer
Putzbrunner Straße 9c
81737 München

info@ninamiller.de
www.ninamiller.de

Lektorat und Korrektorat:
Irina Kessler und Edda Eckhardt
Agentur Kessler & Eckhardt

Umschlagdesign durch Kim Leopold (ungecovert – Buchcover und mehr) unter Verwendung von Bildmaterial von www.creativemarket.com (Creative Paper, Angèle Camp) und der Schriftart Smaragdines © Mats Peter-Forss (www.creative-market.com)

Bestellung und Vertrieb:
Nova MD GmbH, Vachendorf

Weil wir zwar nie am selben Ort sind,
aber immer eng nebeneinander stehen
und gemeinsam in eine Richtung gehen.

Für all diejenigen, die an mich geglaubt haben.
Und für all diejenigen, die nicht an mich geglaubt haben.

Vorher

«Das ist nur ein Spiel, Nicky. Das ist es immer gewesen. Von Anfang an. Jetzt ist Game Over. Du hast verloren. Und das ist alles, was du wissen musst.»

September

107 Tage vorher

Man sagt, dass man seiner großen Liebe nur einmal im Leben begegnet.

Ich habe meine bereits getroffen:

Ben.

Intelligent, charismatisch, dynamisch.

Dunkle Haare, tolles Lächeln, breite Schultern. Und groß. Basketballer eben.

Kurz: Verdammt attraktiv. In all seinen Facetten.

Kennengelernt haben wir uns nach einem seiner Spiele in Manhattan. In dem Moment, als ich Ben das erste Mal auf dem Spielfeld gesehen habe, war es um mich geschehen. Genau das meinen Leute, wenn sie von Liebe auf den ersten Blick sprechen. Als sich unsere Wege dann am späten Abend auf einer Semesterparty kreuzten und er mich sogar noch ansprach, konnte ich mein Glück kaum fassen.

Und dann ging alles ganz schnell.

Schon nach zwei Monaten hatten wir eine gemeinsame Wohnung bezogen und für mich war klar, dass wir für den Rest unseres Lebens zusammenbleiben würden. Dass wir beide nach der Beendigung des Studiums heiraten und wunderbare Babys in die Welt setzen werden. Ganz traditionell. Nichts und niemand konnte meine Träume ins Wanken bringen, weil das mit Ben und mir für mich so klar war wie das tägliche Aufgehen der Sonne.

Aber so sollte es nicht kommen.

Etwas zögernd öffne ich die Schublade vor mir und obwohl ich keinen Blick hineinwage, schlägt mein Herz heftig gegen die Rippen.

Aber immerhin, es schlägt wieder, nachdem er mir das Herz gebrochen hat. Nein, nicht nur gebrochen, sondern herausgerissen und in tausend Teile zerfetzt hat.

Ich schließe die Augen und versuche, meinen flachen Atem zu kontrollieren. Aber es geht nicht. Es ist jedes Mal das Gleiche, wenn ich mich dieser Situation stellen will.

Jedes verdammte Mal.

Es kostet mich all meinen Mut, einen weiteren Versuch zu starten. Am liebsten würde ich laut seufzen und es wie so oft lassen, aber ich muss endlich eine Antwort auf diese Frage bekommen, die immer wieder in meinem Kopf herumgeistert und keine Ruhe geben wird, ehe ich es weiß.

Mein Mund ist trocken, als ich mit zittrigen Fingern den Bilderrahmen aus dem Schubfach hervorhole, der dort seit einer kleinen Ewigkeit unbeachtet liegt. Den Blick habe ich immer noch abgewandt. Ich habe Angst, dass es doch plötzlich wieder wehtut und alte Wunden aufreißt. Wunden, die lange gebraucht haben, um zusammenzuwachsen und bei einer falschen Bewegung wieder aufgehen könnten.

Zehn Monate ist es her. Die Wunden müssten mittlerweile verheilt sein. Mir geht es gut.

Wenn ich an Ben denken kann, ohne dass es wehtut, muss ich es auch ertragen können, ihn anzusehen.

Oder?

Ich schlucke einmal tief, um den Kloß in meinem Hals loszuwerden, als ich das Bild betrachte. Es ist mein Lieblingsbild von uns. Ein Schnappschuss, händchenhaltend und barfuß am Strand. Wie immer in seiner Gegenwart strahle ich über das ganze Gesicht. Man sieht mir regelrecht an, wie sehr ich ihn geliebt habe. Ich glaube nicht, dass ich in meinem Leben je wieder einen Menschen so lieben kann, wie ich Ben geliebt habe. Wir sehen glücklich aus auf dem Foto: Angekommen irgendwie. Es ist kaum zu glauben, dass es ein paar Wochen entstanden ist, bevor man mir mit aller Gewalt den Boden unter den Füßen weggezogen hat.

Bevor *es* passiert ist. Bevor *sie* passiert ist.

Ich halte regelrecht den Atem an, als ich daran denke und mit dem Zeigefinger langsam über unser Foto streiche.

Und dann ist da … Nichts. Es tut nicht mehr weh.

Die Tür wird aufgerissen. Schnell schiebe ich den Bilderrahmen zurück in das Schubfach und drehe mich um. Meine Schwester Rebecca steht vor mir und hat die Hände in die Hüften gestemmt.

«Kommst du endlich?», fragt sie mich und klingt außer Atem. Einige dunkle Haarsträhnen fallen aus dem unordentlichen Zopf in ihr Gesicht. Mit zusammengekniffenen Augen beobachtet sie mich und ich weiß sofort, dass sie mich durchschaut. «Was machst du da?»

«Nichts», lüge ich und drücke die Schublade zu. Natürlich klemmt sie, so dass ich mein ganzes Gewicht dagegen pressen muss.

«Oh Gott, das ist jetzt nicht dein Ernst, Nicole Hale!» Sie wirft mir einen entgeisterten Blick zu und steht dann innerhalb von einer Sekunde vor mir. «Mach sofort auf!» Ihr Tonfall ist schneidend und endgültig. Sie klingt genau wie früher, als sie auf mich aufpassen sollte und ich ihr das Leben schwer gemacht habe.

«Nein.»

Becks verdreht die Augen und schiebt mich nicht gerade sanft zur Seite. Sie hat die Hände schon an der Schublade, aber sie weiß auch so, was drin ist. Sie ist eben meine vier Jahre ältere Schwester und kennt mich so gut wie sonst kaum jemand.

«Er ist ein Arsch.» *Er* ist Ben. Sein Name wird in unserer Familie nicht mehr genannt, als wollte man einen alten Fluch nicht mehr heraufbeschwören.

«Ist er nicht», verteidige ich ihn lahm.

Rebecca hebt hilflos die Hände und schnaubt verächtlich. «Er hat dich für seine Physiotherapeutin sitzen gelassen. Wenn der kein Arsch ist – wer dann?»

Auch wenn ich Ben mit jeder Faser meines Körpers geliebt habe, hat er das leider anders gesehen und mich nach drei Jahren für Madison verlassen, die ihn nach einer Sportverletzung wieder auf Vordermann gebracht hat. Optisch war Madison eher durchschnittlich, aber sobald sie lächelte, zog sie die

Leute in ihren Bann. Ich glaube, das hat ihm den Kopf verdreht. Ben und Madison haben viel Zeit miteinander verbracht, sie hat ihm durch eine schwierige Phase geholfen und er hat Gefühle für sie entwickelt. Manchmal geht das Leben seltsame Wege. Rückblickend ist es ironisch, dass uns sein Sport zuerst zusammengeführt und anschließend wieder voneinander getrennt hat.

Während ich die Arme vor der Brust verschränke und auf den Fußballen wippe, sieht mich Rebecca abwartend an, aber als ich weiterhin nichts sage, seufzt sie laut auf.

«Ich verstehe dich nicht, Nicky. Seit der Trennung hast du kein böses Wort über ihn verloren. Nie. Dabei hat er dich eiskalt abserviert.» Ihre Stimme bebt schon wieder leicht und sie reißt so grob die Schublade auf, dass sie ihr fast entgegenspringt. Das Thema Ben wühlt Rebecca emotional immer noch auf, weil sie diejenige war, die mein Herz langsam wieder zusammenflicken musste. Stück für Stück. Und manchmal habe ich das Gefühl, dass ihr Herz auch entzweigerissen wurde, als sie mich so zerbrochen gesehen hat.

«Ich weiß. Aber Ben hat auch viel für mich gemacht. Sehr viel. Er gehört zu den Guten.»

Trotz allem, was vorgefallen ist, kann ich nichts Schlechtes über ihn sagen. Er hat mich niemals getäuscht, auch nicht zu Beginn unserer Beziehung. Keine Eifersuchtsszenen, keine Flirts mit anderen Frauen. Er hat mich nie betrogen, das weiß ich. Nein, bei Ben wusste man immer, woran man war. Er hat die Beziehung zu mir sauber beendet und sich erst dann auf Madison eingelassen. Nicht, dass mein Herz deswegen nicht gebrochen gewesen wäre, aber ich war nie wütend oder von Hass zerfressen. In mir gab es nur eine unglaubliche Leere und Traurigkeit. Ich vermute, deswegen trägt Rebecca so viel Wut und Ärger in sich – stellvertretend für uns beide sozusagen, weil ich es nicht mache.

So ist das unter Schwestern: gemeinsame Freunde, gemeinsame Feinde.

«Zu den Guten?», wiederholt sie ungläubig und ihre Stimme überschlägt sich beinahe. Mir ist klar, wie absurd sie meine Behauptung findet. «Was genau soll das bedeuten?»

«Wenn es drauf ankommen würde, wäre Ben für mich da. Er würde alles stehen und liegen lassen, um mir im Notfall zu helfen.» Ich weiß nicht, woher ich diese Zuversicht habe, aber ich bin mir sicher, dass es so wäre. Ganz langsam nehme ich Becks das Bild aus der Hand, das sie vor ein paar Sekunden aus der Schublade herausgenommen hat. Bei ihr weiß man nie, ob sie es bei ihrem Temperament nicht an die Wand knallt.

Rebecca bringt nur ein spöttisches Schnauben hervor, das mir verrät, wie naiv sie meine Gedanken findet. Ben hat keinen guten Stand bei ihr und selbst wenn wir alle unendlich leben würden, könnte er diese Wogen nie wieder glätten. Sie hasst ihn viel zu sehr für das, was er mir angetan hat. Dabei hat er nichts mit Absicht gemacht – er hat sich einfach in Madison verliebt und wollte mich nie so verletzen, wie er es getan hat. Möglichst schonend hat er mir beigebracht, dass er etwas für Madison empfindet und damit war auch alles gesagt. In solchen Momenten braucht man auch nicht mehr kämpfen, denn man kann Gefühle nicht beeinflussen. Man kann sie weder erzwingen noch abstellen. Niemals wurde mir das schmerzhafter bewusst, als in diesem Moment.

«Na klar wäre er für dich da. Ben ist ja auch dein kleiner Heiliger.» Sie verdreht genervt die Augen. «Wobei genau sollte er dir denn bitte helfen? Beim Kofferpacken? Beim Aussuchen deiner neuen Einrichtung? Komisch, denn das habe auch wieder alles ich gemacht.» Becks schnappt sich den schwarzen Sharpie, der auf einem der gepackten Kartons liegt. «Selbst dieser Stift hier war nützlicher und der ist schon halb leer.»

Ich verdrehe schmunzelnd die Augen, weil Rebecca wirklich keine Möglichkeit auslässt, gegen Ben auszuteilen. Sofort wird ihr Blick weicher. Dass ich wieder lachen kann, lässt ihren Ärger abebben und manchmal denke ich, dass jedes Mal, wenn ich lächle, auch Rebeccas Herz wieder ein bisschen mehr ganz wird. Weil sie sieht, dass es mir wieder gut geht. Oder besser jedenfalls.

«Lass es hier», fordert sie mich mit leiser Stimme auf und deutet entschlossen auf das Bild.

«Nein. Mir geht es gut. Es tut nicht mehr weh.»

Prüfend hebt sie eine Augenbraue. «Und wieso nimmst du es dann mit?»

«Weil es nicht mehr weh tut», verkünde ich ihr, fast schon ein wenig feierlich, und umklammere das Bild, als hätte ich die Befürchtung, sie würde mir diese Erinnerung an Ben wegnehmen. Alle anderen Fotos haben wir in die hinterste Ecke im Keller ihrer Wohnung verfrachtet und da liegen sie immer noch – sofern Rebecca sie nicht in irgendeinem Wutanfall verbrannt hat.

Ich glaube mittlerweile, dass es zwei Arten von Frauen gibt, die unterschiedlich damit umgehen, wenn sie verlassen werden: Es gibt die Starken und die Schwachen. Rebecca gehört zu der ersten Kategorie. Als ihr Freund sie verlassen hat, hat sie drei Tage geheult und sich mit Vanilleeis ins Bett verzogen, dann ist sie aufgestanden, hat ihre Tränen getrocknet und mit ihrem Leben weitergemacht. Als dann ihr Ex zwei Wochen später vor der Haustür stand und um Verzeihung gebettelt hat, ist ihm die Haustür ins Gesicht geflogen. Das sind die starken Frauen, denn sie haben einen unglaublichen Stolz und so eine Tour zieht man nur einmal mit ihnen ab.

Und dann gibt es die schwachen Frauen. Das sind die, die nach zwei Wochen noch heulen und erst nach sechs oder acht Wochen langsam realisieren, dass der Typ nicht mehr zurückkommt. Becks wusste genau wie ich, dass ich zu dieser Sorte von Frauen gehörte. Wahrscheinlich war das der Grund, warum sie diese Frauen nie als schwach bezeichnete, sondern als großherzig.

Jetzt, während ich das Bild von Ben und mir in der Hand halte, habe ich jedoch die Bestätigung für das, was ich schon seit einiger Zeit denke: Ich bin seit der Trennung vor zehn Monaten gewachsen. Ich würde mich jetzt auch zu der ersten Sorte zählen, denn wenn Ben heute vor meiner Tür stünde, würde ich sie genauso zuknallen, wie Rebecca es getan hat. Vielleicht nicht ganz so schwungvoll wie sie, weil ich nicht so impulsiv bin, aber die Tür würde definitiv vor Bens Nase ins Schloss fallen.

Es tut nicht mehr weh. Ich bin über ihn hinweg.

Zum gefühlt hundertsten Mal an diesem Tag öffne ich den Reißverschluss des Koffers und suche nach einem Platz für den Bilderrahmen. Ich verstaue ihn irgendwo zwischen meinen Pyjamas. «Das Foto bleibt in meinem Koffer. Versprochen.»

Rebecca verdreht theatralisch die Augen. «Wenn ich zu dir komme und das Bild irgendwo entdecke, nehme ich es dir eigenhändig weg und verbrenne es.» Dann lässt sie sich auf den Koffer fallen und hilft mir, ihn zu schließen. «Gott, Nicky, wie viele Sachen hast du eigentlich? Du bist schon so oft hin- und hergefahren, um alles in deine neue Wohnung zu bringen, und trotzdem hast du jedes Mal einen neuen Koffer voll. Bist du sicher, dass das überhaupt alles in dein winziges Apartment passt?»

Mit Mühe bekommen wir den Reißverschluss wieder zu und als wir den Koffer aufstellen, sieht er wirklich so aus, als würde er bald aus allen Nähten platzen.

Ich kann es kaum erwarten, in meine neue Wohnung zu ziehen und endlich ein Zuhause zu haben. Nach der Trennung hat Ben sofort seine Sachen gepackt und ist ausgezogen, wofür ich damals sehr dankbar war, denn sonst hätte ich mich in meinem Kummer auch noch um eine neue Bleibe kümmern müssen. Im Nachhinein wäre das jedoch die bessere Entscheidung gewesen, denn so saß ich damals alleine in unserer Wohnung in Queens, die wir zusammen eingerichtet und gestrichen hatten, und in der mich jeder Winkel an Ben erinnerte. Ich saß in einem Zuhause, was überhaupt kein Zuhause mehr für mich war. Also kündigte ich die Wohnung und zog zurück zu meinen Eltern nach Brooklyn. In den letzten paar Monaten habe ich in meinem alten Zimmer gelebt, das mittlerweile zu einem Büro umfunktioniert worden war, weil niemand mehr damit gerechnet hat, dass ich jemals wieder mit meinem Zeug vor der Tür stehen würde. Ich habe zwar seitdem eine Bleibe, aber auch das hier war kein richtiges Zuhause mehr. Eine Wohnung ist halt nicht unbedingt ein Zuhause.

Seit Monaten fühle ich mich so, als würde ich nirgendwo richtig hingehören. Es ist ein komisches Gefühl. Man ist so unvollständig. Nicht zugehörig.

Rebecca legt mir einen Arm um die Schulter und zieht mich zu sich. «Also, ab morgen wohnst du offiziell in den Hamptons. Das Mekka der Reichen und Schönen. Du zwischen irgendwelchen Strandhäusern, Milliardären und deren Affären. Wie klingt das?»

«Seltsam.» Auch nicht zugehörig irgendwie.

«Aufgeregt?»

«Und wie.»

«Meinst du, deine Nachbarn haben viel Kohle?»

Ich quittiere das mit einem Augenrollen. «Wohl kaum. Sonst wären sie nicht meine Nachbarn. Ich wohne eher bei den Leuten, die das Leben für die reichen Leute angenehmer machen.»

Sie lacht auf. «Du gewöhnst dich schon ein, Nicky. Du lebst dort, wo andere Urlaub machen. Von Brooklyn in die Hamptons … Das hat doch auch was, oder? Und es dauert nicht lange, dann komme ich dich besuchen. Direkt, wenn ich aus Frankreich zurück bin, und dann hast du dich auch schon ein paar Monate eingelebt.»

«Mach das. Dann weißt du auch endlich, dass ich weder am Strand noch in einer noblen Gegend wohne.» Meerblick ist was für die Reichen – für mich bleibt eher der Blick auf die Wand vom Nachbarhaus.

Rebecca sieht mich an und lächelt ein bisschen wehmütig. Ich weiß, dass sie mich jetzt schon vermisst und mir geht es nicht anders. Ab morgen leben wir zwar immer noch im gleichen Bundesstaat, aber uns trennen ungefähr 100 Meilen. «Los geht's. Cheesecake?»

Wir haben uns schon lange vorgenommen, dass wir meinen letzten Tag zusammen in unserem Lieblingscafé in Brooklyn verbringen werden. Es ist so gut versteckt, dass man es eigentlich nur findet, wenn man sich hier auskennt. Ganz selten trifft man dort Touristen, sondern man sieht meistens bekannte Gesichter von Leuten, die dort regelmäßig Cheesecake, Cookies oder Cupcakes essen. So wie Becks und ich eben.

«Gib mir noch eine Minute», bitte ich sie und binde mir meine langen, hellblonden Haare demonstrativ zu einem Dutt zusammen.

Sie nickt verständnisvoll, dann drückt sie mir einen Kuss auf die Wange und verlässt den Raum.

Einmal atme ich tief durch und schaue zum letzten Mal auf meinen viel zu vollen Koffer.

Für mich beginnt jetzt ein neuer Lebensabschnitt, ein neues Kapitel.

Irgendetwas in mir zweifelt immer noch, dass das der richtige Weg ist, aber nun gibt es kein Zurück mehr. Von Anfang an war ich skeptisch, mein mir so vertrautes Leben in New York zurückzulassen und an einen Ort zu ziehen, an dem ich nichts und niemanden kenne, aber mittlerweile sehe ich das als Chance.

Schlussendlich war Ben der Grund, warum ich mich für diesen Weg entschieden habe: In den Hamptons kann ich komplett von vorne anfangen, denn so bin ich ein ganzes Stück weg von meiner Vergangenheit.

Neue Freunde, neuer Job, neue Wohnung, neue Umgebung.

Und irgendwann bestimmt auch eine neue Liebe.

Vielleicht ist das eine Entschuldigung des Schicksals, weil es mich so verraten hat.

Und vielleicht ergibt am Ende doch alles Sinn.

***

106 Tage vorher

Heute beginnt mein neues Leben.

In den Hamptons. Ich lebe jetzt tatsächlich offiziell in den Hamptons. In East Springs, einer kleinen Ortschaft in Southampton.

Es ist der erste Tag nach den Sommerferien und ich sitze bereits seit den frühen Morgenstunden in meinem offenen Wohnbereich. Ich weiß nicht, wann ich zuletzt so schlecht geschlafen habe. Alles war fremd – das Bett, der Geruch und selbst diese seltsame Ruhe, weil ich es als New York-erin nicht kenne, ohne Lärm einzuschlafen. Obwohl ich trotzdem immer mal wieder für eine kurze Zeit eingedöst bin, hatte ich heute Morgen das Gefühl, die ganze Nacht kein Auge zugemacht zu haben. Beim Blick in den Spiegel hätte ich mich am liebsten wieder umgedreht und ins Bett verkrochen, aber nach einer heißen Dusche und mit Make-up geht es schon wieder.

Ich sitze auf meinem Koffer, weil ich gestern keine Lust mehr hatte, die Stühle auszupacken, die in diesem viel zu großen

Karton auf der anderen Seite des Raums stehen. Ich kam gestern so spät an, dass ich nur die nötigsten Sachen aus dem Koffer herausgezogen habe, statt alles direkt einzuräumen. Wenigstens habe ich es bei meinem vorletzten Besuch schon geschafft, die Wand abzukleben, weil ich sie unbedingt lila streichen will. Die Farbe steht auch schon bereit, so dass ich hoffentlich heute nach Feierabend loslegen kann.

Mittlerweile trinke ich meine vierte Tasse Kaffee, was nicht unbedingt dazu beiträgt, mich zu beruhigen, aber ich bin so fasziniert von meinem neuen Kaffeeautomaten, dass ich ihn einfach ständig betätige. Im Idealfall trinke ich den Kaffee, ansonsten staune ich einfach, wie das Gerät funktioniert, und der Kaffee wird kalt.

Mein Puls vibriert in stumpfen Schlägen und mit den Beinen wippe ich ungeduldig auf und ab.

Obwohl ich generell nicht schnell nervös werde, muss ich zugeben, dass mir der heutige Tag im Magen liegt, denn bekanntlich zählt der erste Eindruck. Heute lerne ich immerhin meine neue Arbeitsstelle kennen, inklusive allem, was dazu gehört: Kollegen, Schüler, die Organisation und die Räumlichkeiten der Schule.

Abrupt halte ich in meiner Bewegung inne und mein Bein hört so plötzlich auf zu wippen, als wäre es in Zement gegossen.

Verdammt, kann man an der Schule überhaupt parken? An meiner Schule in Brooklyn, die ich als Schülerin besucht habe, waren die Parkbedingungen ausgesprochen gut, aber wer weiß schon, ob das hier nicht anders ist? Das sind die Hamptons. Hier ist alles anders.

Mir wird warm. Ich bin unglaublich schlecht vorbereitet. Ich hätte schon einen Tag eher anreisen sollen, um so etwas zu checken, aber stattdessen war ich viel zu lange in New York, um den besten Cheesecake der Welt zum vorerst letzten Mal zu genießen.

Ich muss los. Sofort. Ich kann es nicht riskieren, am ersten Tag zu spät oder abgehetzt in der Schule anzukommen. Für solche Ausrutscher bieten sich später noch genug Gelegenheiten, aber bitte nicht am ersten Arbeitstag. Heute darf ich nicht auffallen – höchstens positiv – aber ich will niemanden in den Pausen sagen hören: Ach, das ist doch die neue Lehrerin, die es noch nicht mal an ihrem ersten Tag geschafft hat, pünktlich zu kommen, oder? Oh, Dear ...

Nein, das darf nicht passieren. Schließlich muss ich mit meinen Kollegen in der nächsten Zeit gut zusammenarbeiten können und sollte mich daher nur von meiner besten Seite zeigen.

Abrupt stehe ich auf, trinke dabei dann doch schnell den Kaffee aus und stelle die Tasse in die Spüle, direkt neben die drei anderen Tassen. Rebecca würde jetzt sagen, dass das eine verdammt schlechte Angewohnheit ist, ständig neues Geschirr zu benutzen, aber ich habe jetzt keine Zeit, mir darüber Gedanken zu machen, sondern muss zur Arbeit und die nächste Generation für Englische Literatur begeistern. Oder jedenfalls werde ich versuchen, sie dafür zu begeistern.

*

Endlich angekommen, finde ich zwar problemlos einen Parkplatz in den hinteren Reihen, bin aber dennoch überrascht, wie viele Autos hier bereits um diese Uhrzeit stehen. Ich bin viel zu früh. Egal. Mein Auto steht hier, mir kann nichts mehr passieren.

Eigentlich wollte ich Muffins für meinen Einstand mitbringen, aber ich war mir unsicher, ob man so etwas macht. Heute ist mein erster Tag in der Arbeitswelt als richtige Lehrerin, woher soll ich so etwas wissen? Ich werde gleich einfach mit einer netten Kollegin ins Gespräch kommen und sie durch die Blume darüber ausfragen, ob so etwas hier üblich ist. Und falls ja, bringe ich morgen einfach alles mit. Heute ist nur der erste Tag nach den Sommerferien. Am ersten Tag merkt das sowieso keiner. Da geht immer alles drunter und drüber und jeder ist froh, wenn er den Tag halbwegs überlebt. Ob mit oder ohne Muffins.

Oder?

Das ist doch so, oder?

Meine Schuhe klackern bei jedem Schritt über den Asphalt. Ich gehe durch das Eingangstor und es ist so riesig, dass ich mich mit einem Mal regelrecht verloren zwischen dessen Flügeln fühle. Und dann stehe ich vor meinem ersten Arbeitsplatz als richtige Lehrerin: East Springs High School.

Ich kann kaum glauben, dass das eine Schule ist. Die dunklen Backsteine lassen sie edel und sündhaft teuer wirken. Es wird einige Zeit dauern, bis ich mich allein an den Anblick gewöhnt habe. Es ist kein Vergleich zu meiner Schule in Brooklyn. Noch nicht mal ein Vergleich zu meiner Universität.

Auf dem Weg zum Schulgebäude laufe ich an dem sauber gemähten Rasen vorbei, auf dem vereinzelnd ein paar Schüler sitzen und sich Fotos oder Videos auf den neuesten Handys zeigen, während sich andere lässig einen Ball zuwerfen. Ich glaube, der ganze Schulhof ist so groß wie der Campus an meiner Uni. Das hier ist wirklich eine ganz andere Welt, als ich sie kenne.

An einer Hecke steht ein älterer Gärtner auf einer Leiter und winkt mir freundlich zu, als ich an ihm vorbeigehe. Er begrüßt mich genauso wie die Schüler. Ich weiß, dass ich jung aussehe, was wahrscheinlich der Tatsache geschuldet ist, dass ich tatsächlich noch sehr jung bin.

Keine Ahnung, ob ich mit meinen langen hellblonden Haaren und den großen blauen Augen einer typischen Lehrerin ähnle. Ich glaube, dafür fehlt mir die Brille oder der ernsthafte Gesichtsausdruck, aber vielleicht sind das alles auch nur Klischees. Durch meine Absätze bin ich immerhin gut zehn Zentimeter größer und fühle mich damit auch viel selbstsicherer. Nicht mehr so winzig wie mit meinen 1,58 m. Außerdem trage ich schwarz. Ich habe letztens in einer Zeitschrift gelesen, dass schwarz seriös wirkt, weswegen das heute meine erste Wahl war. Nur meine Haare hätte ich vielleicht zu einem strengen Zopf binden sollen, aber nun ist es zu spät. Ich kann es nicht riskieren, sie auf der Toilette zu richten, denn wenn mich jemand erwischt, heißt es noch: Ach, das ist doch die neue Lehrerin, die sich auf der Toilette die Haare stylt, oder? Oh, Dear ...

Nein, auch das kann ich nicht gebrauchen. Jetzt bleiben meine Haare offen und ich werfe sie mit einer selbstbewussten Handbewegung lässig über meine Schulter.

Wird schon schief gehen.

Als ich meinen Blick über den Schulhof gleiten lasse, sehe ich, dass auf dem Sportplatz bereits einige Leute eifrig trainieren.

Es ist ein warmer Tag und die Sonne wirft ihr Licht auf das Schild über den Eingangsbereich, auf dem in schnörkeliger Schrift «East Springs High School» zu lesen ist. Der beeindruckende Anblick entlockt mir ein Lächeln.

In der Schule ist die Hölle los. Ich weiß nicht, warum zu dieser Uhrzeit schon so viele Leute hier sind, sie sind es aber trotzdem. Für mich sieht es so aus, als hätte man eine Bombe in einen Hühnerhaufen geschmissen und jetzt rennt alles durcheinander.

Meine Orientierung war immer nur mäßig und in diesem Durcheinander wird das nicht besser. Bisher kenne ich es nur so, dass man das Sekretariat gar nicht verfehlen kann, aber hier ist eben alles anders.

Als ich es endlich gefunden habe, wird die Tür auch schon von innen aufgerissen. Vor mir steht die Schulleiterin, Mrs. Graham. Wir kennen uns bereits aus meinem Vorstellungsgespräch, das wir beim Lunch in einem teuren Restaurant mit Meerblick geführt haben. Ich bin sicher, das Essen hat ein halbes Vermögen gekostet, aber Mrs. Graham hat darauf bestanden, dass die Schule den Betrag begleicht.

Sie schenkt mir ein warmes Lächeln, wobei ihre Augen hinter der dunkelumrahmten Brille funkeln. «Miss Hale, wie geht es Ihnen? Haben Sie alles gut gefunden?» Sie reicht mir ihre Hand, die ich sofort ergreife.

«Ja, danke», antworte ich und nicke eifrig.

«Das freut mich sehr. Ich würde mich jetzt gerne länger mit Ihnen unterhalten, aber ich muss mich erst noch um ein paar organisatorische Dinge kümmern. Wir reden in der Pause, in Ordnung?», fragt sie und bevor ich etwas erwidern kann, redet sie auch schon weiter: «Gehen Sie einfach durch ins Sekretariat. Mrs. Johnson wird Ihnen alles erklären. Sollten Sie gleich noch Fragen haben, stehe ich Ihnen gerne zur Verfügung. Bis später.» Sie nickt mir ein letztes Mal zu, dann geht sie mit zügigen Schritten die Treppe hinunter.

Nachdem ich einmal tief durchgeatmet habe, trete ich ins Sekretariat. Mrs. Johnson muss mich schon erwartet haben, denn sie ergreift sofort das Wort und hört gar nicht mehr auf zu reden. Sie heißt mich herzlich willkommen, reicht mir einige Unterlagen, die ich unterschreiben muss, erklärt mir die Raumverteilung der Schule und händigt mir einen Chip aus. Hier hat man also einen elektronischen Chip statt einem Schlüssel. Auch wenn das Gebäude der Schule altmodisch wirkt, scheint die Technik auf dem neuesten Stand zu sein. Es gibt einen individuellen Generalchip für alles – für meinen eigenen Klassenraum, das Lehrerzimmer, den Kopierraum und die Toiletten.

«So, ich glaube, das war alles, was Sie wissen müssen, darling», sagt Mrs. Johnson schließlich und lässt sich in ihren Stuhl fallen. In den letzten zehn Minuten hat sie pausenlos geredet, nun wirkt sie regelrecht erschöpft von ihrem Monolog. Und ehrlich gesagt bin ich es auch. «Wenn irgendetwas unklar ist, kommen Sie einfach hier vorbei und ich erkläre Ihnen alles. Ich hoffe, ich habe nichts vergessen», meint sie und legt nachdenklich die Stirn in Falten.

«Nein, das passt schon. Ich denke, ich weiß erstmal, was ich wissen muss. Ansonsten komme ich einfach wieder.» Unsicher blicke ich auf die Unterlagen, die ich im Laufe des Tages nochmal dringend durchgehen sollte. Ich kann nur hoffen, dass ich heute nicht den ganzen Nachmittag in der Küche verbringen muss, um Muffins zu backen, ansonsten werde ich ein extremes Zeitproblem haben.

«Ach, ein Autogramm brauche ich aber noch von Ihnen!», fällt Mrs. Johnson plötzlich ein und sie springt auf. Wie wild kramt sie in einer Schublade ihres Schreibtisches. «Sie wissen schon ... eine Empfangsbestätigung für den Chip.»

Sie legt mir einen Zettel vor die Nase, den ich schnell unterschreibe.

«Jetzt haben wir aber wirklich alles, Miss Hale», meint sie und strahlt mich an. Sie hat direkt etwas von einer lieben, fürsorglichen Mutter und ist viel netter als die Sekretärin an meiner alten Schule. «Erzählen Sie doch mal etwas von sich. Kommen Sie von außerhalb oder wohnen Sie hier in den Hamptons?»

«Ich komme eigentlich aus Brooklyn. Ich bin für den Job extra hierhergezogen.» Sie sieht mich abwartend an, also ergänze ich noch: «Meine Wohnung ist nicht weit weg von hier.»

«Toll.» Sie klingt aufrichtig. «Haben Sie sich schon gut eingelebt?»

Ich zucke lächelnd mit den Schultern. «Ich bin erst gestern richtig eingezogen. Die letzten Wochen waren ziemlich stressig.»

Und dann fängt sie plötzlich wieder an zu reden. Sie informiert mich über ihr halbes Leben, während ich immer wieder möglichst unauffällig zur Uhr über ihrem Schreibtisch blicke, weil ich unbedingt noch ein paar Kollegen kennenlernen möchte, bevor die Hälfte bereits zu ihren ersten Kursen aufbricht.

Das Klingeln des Telefons beendet schließlich ihre Rede, woraufhin sie sich entschuldigt und den Anruf entgegennimmt.

Jetzt muss ich es nur noch irgendwie aus der Tür schaffen, ohne dass sich die Zettelflut über den Boden ergießt: Fällt einer, fallen alle – das ist wie eine Kettenreaktion.

Den Zettelhaufen balancierend, lehne ich mich gegen die Tür und will gerade die Klinke mit meinem Ellbogen nach unten drücken, als die Tür von außen aufgerissen wird. Die obersten Unterlagen machen sich schon selbständig, aber meine Finger greifen ins Leere. Als ich retten will, was es noch zu retten gibt, liegen meine Unterlagen bereits in einer fremden Hand.

Ich murmle einen Dank und hebe meinen Blick, um die Person freundlich anzulächeln.

Und dann steht da plötzlich dieser Typ. Ganz verschwitzt, in dunklen Sportklamotten, unter denen sich deutlich seine Bauch- und Brustmuskeln abzeichnen. Die braunen Haare sind ganz wuschelig. Nicht so, dass man ihnen die Mühe des Stylings ansieht, sondern so, als hätte er wirklich keine Zeit mehr gehabt, noch irgendwas zu retten. Die Haare stehen wie winzige Antennen in alle Richtungen ab. Der Dreitagebart sieht eher nach einem Fünftagebart aus und Schweiß läuft an seiner Schläfe herunter, aber das tut seiner Attraktivität keinen Abbruch. Im Gegenteil.

Ich wette, er war gerade auf dem Trainingsplatz. Definitiv ein Sportlehrer. Ein junger Sportlehrer. Ungefähr in meinem Alter, vielleicht zwei oder drei Jahre älter.

Meine genaue Herzfrequenz will ich in diesem Moment gar nicht wissen und mir ist unglaublich warm. Schnell wende ich meinen Blick ab, weil ich die Befürchtung habe, dass er seine Wirkung auf mich mitbekommt. Krampfhaft umklammere ich meine Unterlagen fester und bin dankbar, dass ich überhaupt etwas habe, an dem ich mich festhalten kann. Er gefällt mir sofort. Und er wird mein neuer Kollege. Manchmal meint es das Schicksal wohl doch gut mit mir.

Okay, habe ich das gerade wirklich gedacht?

Ich räuspere mich, um meine Gedanken zu sortieren. Und ehrlich gesagt passt mir das alles gar nicht, weil ich mir mindestens für die nächsten fünf Jahre Männer-Pause vorgenommen habe. Reiner Selbstschutz.

Als ich meinen Blick hebe, sieht er mich noch immer an. Selbstsicher, ohne auch nur einmal zu blinzeln. Plötzlich bin ich unsicher und habe die Befürchtung, mich vor ihm zu blamieren.

«Kein Problem», murmelt er.

Kein Problem? Wovon redet er? Habe ich irgendwas gesagt, ohne es überhaupt bemerkt zu haben? Ich sehe nur in seine grünen Augen, unfähig, einen klaren Gedanken zu fassen. Dennoch bemühe ich mich um ein halbwegs ernstes Gesicht, um mir nicht anmerken zu lassen, dass ich keine Ahnung habe, wovon er redet.

«Fürs Öffnen der Tür, meine ich», ergänzt er schließlich. Seine Stimme klingt plötzlich heiser und vermutlich denkt er das Gleiche, denn er räuspert sich kurz. «Und fürs Auffangen.»

Am liebsten würde ich ihn fragen, ob er mir irgendetwas von der Schule zeigen kann, aber natürlich traue ich mich nicht. Also lächle ich ihn einmal an und gehe an ihm vorbei. Aus dem Augenwinkel sehe ich, wie er den Kopf dreht, genau in die Richtung, die ich einschlage. Ich bin hin- und hergerissen, ob ich möglichst schnell aus seinem Blickfeld verschwinden soll, ehe mir noch etwas Peinliches passiert oder ob ich seine Aufmerksamkeit genießen soll. Ich entscheide mich für Ersteres. Kein Risiko, vor allem nicht am ersten Tag. Und schon gar nicht vor diesem Typen.

Ich wünschte, ich könnte diese Begegnung sofort hinter mir lassen, aber als ich schon fast am Lehrerzimmer angekommen bin, denke ich immer noch an ihn. Ein letztes Mal drehe ich mich um, um zu überprüfen, ob er noch dasteht. Und das tut er. Er hat sich noch keinen Zentimeter bewegt, stattdessen beobachtet er mich, während die Leute an ihm vorbei ins Sekretariat strömen oder es wieder verlassen. Alles bewegt sich hektisch um ihn herum, nur er steht dort, ohne sich zu rühren.

Schließlich zwinkert er mir zu, verschwindet ebenfalls im Sekretariat und schließt die Tür hinter sich.

Ich weiß nicht warum, aber ich strahle übers ganze Gesicht.

Ich liebe diese Schule schon jetzt.

Nachdem ich das Lehrerzimmer betreten habe, bleibe ich stehen und sehe mich erstmal um. Dabei scheine ich ziemlich im Weg zu sein, denn egal, wo ich stehe, die Leute schieben mich immer wieder ein Stück zur Seite. Keine fünf Sekunden bleibe ich an der gleichen Stelle.

Die Zeit nutze ich, um die Klamotten meiner Kollegen abzuchecken. Ich bin nicht overdressed, sondern genau richtig angezogen. Alle laufen hier schick herum. Die Männer tragen Hemden, manche von ihnen sogar noch eine Krawatte oder ein Sakko. Die Frauen sind auch alle stylish gekleidet. Ob Kleid, Rock oder Hose scheint egal zu sein, aber es sieht alles edel aus. Jedenfalls so, als hätte man sich darüber Gedanken gemacht und nicht das erstbeste Oberteil aus dem Schrank gezogen.

Okay. Richtiges Outfit – check.

Irgendwann kämpfe ich mir meinen Weg durch die Menge und lege meine Tasche auf dem erstbesten freien Stuhl an einem der vielen Tische ab, die hier rumstehen.

«Ist der Platz hier frei?», frage ich sofort die junge Frau, die ihre Tasche auf den Stuhl neben mir schleudert. Sie wirft achtlos einen Ordner auf den Tisch. Die Wasserflasche darauf kippt um und da der Deckel daneben liegt, verteilt sich der Inhalt sofort auf einem Schulbuch. Okay, das ist eindeutig der Platz neben der Chaotin. Kein Wunder, dass der noch frei war.

«Oh, Mist», flucht sie und lacht aus voller Kehle laut auf, so dass ich kurz innehalte und sie verwundert anblicke. Sie hat solch ein ansteckendes Lachen, dass ich ebenfalls einstimmen muss. Ihre braunen Augen strahlen mich an, als sie beschwichtigend die Hände hebt und zu der Packung Taschentücher greift, deren Inhalt glücklicherweise trocken geblieben ist. Sie wischt damit schnell über das Buch und einmal halbherzig über den Tisch, dann lässt sie das nasse Taschentuch einfach liegen und streckt ihre Hand aus. Bevor ich sie ergreifen kann, zieht sie diese auch schon wieder zurück und streift die Hand an ihrer dunklen Stoffhose ab, die nun ebenfalls feucht ist.

«So, jetzt aber», verkündet sie mir und streckt ihre Hand wieder aus. «Ich bin Zoey. Zoey Anderson. Und du? Du bist jedenfalls neu.»

«Nicole Hale, aber sag doch einfach Nicky.» Ich ergreife Zoeys Hand, die trotz allem immer noch nass ist.

«Okay, Nicky, du kannst sehr gern neben mir sitzen. Am besten kaufst du deinen Büchern aber einen Regenmantel, denn so etwas wie gerade passiert mir öfter. Dafür bringe ich aber immer Cookies mit. Selbstgemachte, natürlich.» Sie lacht wieder herzlich auf und streicht sich durch ihre schulterlangen, brünetten Haare. Mir entgeht nicht, wie Zoey mich kurz von oben bis unten scannt. Als sich ein Typ an ihr vorbeischieben will, greift sie nach seinem Arm.

«Hey, Aaron!», sagt Zoey und dann deutet sie auf mich. «Das ist Nicky. Ich glaube, sie gehört zu uns.»

Aarons blonde Haare sind an den Spitzen durch die Sonne leicht gebleicht und irgendwie sieht er auch ziemlich gut aus. Unweigerlich frage ich mich, ob das ein inoffizielles Aufnahmekriterium für diese Schule ist. Er ist wahnsinnig groß, fast so groß wie Ben, und seine hellblauen Augen mustern mich intensiv, während er prüfend die Augenbrauen zusammenzieht. Einige Male nickt er zustimmend. «Ja, ich glaube auch, aber wir testen das. Du kennst die Aufnahmebedingung, Zoey.»

Ich habe keine Ahnung, was hier vor sich geht, aber er ruft nach zwei Personen namens Parker und Maya, die sich ebenfalls zu uns gesellen.

«Parker ist 28 Jahre und damit der Älteste von uns. Der Opa sozusagen», verkündet mir Maya mit einem gedehnten texanischen Akzent, während sie sich eine schwarze Haarsträhne hinters Ohr streicht. Die Haare reichen ihr fast bis zum Hintern und das bordeauxrote Kleid betont ihre Figur unheimlich gut. «Deswegen nennen wir ihn eigentlich nur Gramps.»

Parker – oder Gramps – schnaubt nur entrüstet, als er die Augen rollt, aber trotzdem umspielt ein kleines Lächeln seine Lippen. Die gute Laune der Leute hier ist so ansteckend und ich hoffe, dass sie immer so drauf sind und das nicht an der Erholung durch die Ferien liegt. Er hebt entschlossen die Hände. Mir entgeht nicht, dass sowohl Aaron als auch Gramps im Gegensatz zu vielen anderen Lehrern hier keine Krawatte tragen. Gramps' weißes Hemd sieht sogar etwas zerknittert aus. Ja, das sind hier eindeutig die Chaoten. «Okay, Leute, jetzt lasst uns erst mal schauen, ob sie wirklich zu uns gehört. Hier ist die große Testfrage. Bereit, Nicky?»

Alle Augenpaare sind auf mich gerichtet und ich bin tatsächlich ein wenig nervös, obwohl ich dachte, solche Aufnahmetests hätten wir bereits als Schüler an der High School hinter uns gelassen. Anscheinend ticken die Uhren in den Hamptons etwas anders. Hier scheint alles anders zu sein.

«Ähm … Ja, ich denke schon.» Bei politischen Fragen könnte ich vielleicht noch glänzen, aber sobald Kunst oder Geschichte abgefragt wird, bin ich raus. Hoffentlich enttarnen sie nicht eine große Bildungslücke bei mir, denn ich wollte eigentlich die nächsten Jahre mit ihnen zusammenarbeiten und das wäre mehr als unangenehm.

Gramps umfasst meine Schultern, dann fragt er mich mit fester Stimme: «Was unterrichtest du?»

Die vier starren mich abwartend an, als würde von meiner Antwort alles abhängen, und mit einem Mal kommt es mir so vor, als wäre es im Lehrerzimmer ganz still.

«Englische Literatur.»

Kaum ausgesprochen, atmen sie erleichtert auf.

«Yepp», meint Zoey und schnalzt anerkennend mit der Zunge. «Sie gehört eindeutig zu uns. Ganz eindeutig.»

Maya nickt eifrig, während sie auf das andere Ende des Raums deutet. «Da hinten sitzen nämlich die Oberpädagogen.

Man erkennt sie bereits an dieser Testfrage. Denn weißt du, was sie darauf antworten, wenn man sie fragt, was sie unterrichten? Zoey, mach es nach!»

Maya presst die Lippen zusammen und ich blicke Zoey erwartungsvoll an.

Sie räuspert sich theatralisch und dann hebt sie die Hände. Ihre Stimme ist mindestens zwei Nuancen zu hoch. «Schüler! Wir unterrichten Schüler mit individuellen Bedürfnissen, und keine Fächer!»

Ich muss einfach in das laute Gelächter miteinstimmen und von den Lehrern auf der anderen Seite des Raums ernten wir dafür missbilligende Blicke.

Gramps ist der erste, der sich wieder gefangen hat. Er greift nach einem Apfel, der auf Zoeys Tisch liegt, und beißt hinein. «Hast du dich denn bisher gut eingefunden, Nicky? Heute ist es hier etwas chaotisch, aber das ist hier immer so am ersten Tag nach den Ferien.»

Maya trinkt einen Schluck aus ihrer Wasserflasche, ehe sie sagt: «Schau mal dahinten am Schwarzen Brett. Da hängen alle wichtigen Infos. Das ist für einen ersten Überblick schon mal ganz gut. Und wenn du Fragen hast, dann sag einfach Bescheid. Du sitzt ja jetzt sowieso bei uns am Tisch. Oder wie wir auch sagen: am Tisch der Coolen.»

Nachdem sich die vier auf verschiedene Aufgaben stürzen, gehe ich tatsächlich zum Schwarzen Brett und überfliege zuerst den Terminplaner. Dann bleiben meine Augen an der Kollegiumsliste mit Namen, Fotos und Fächern hängen.

Auch wenn ich es gar nicht will, muss ich an die Begegnung mit dem jungen Sportlehrer im Sekretariat vorhin denken. Hoffentlich gehört er nicht zu den Oberpädagogen. Aber wahrscheinlich tut er das.

Ich werfe einen unauffälligen Blick über meine Schulter, als würde ich hier etwas Verbotenes tun. Alle sind mit sich selbst beschäftigt, also atme ich einmal tief durch und gehe dann die Liste von oben nach unten durch.

Ganz oben ist Zoey. Anderson, Zoey. Gefolgt von Applegate, Michelle. Und dann …

«Soll ich dir mal die Schule zeigen?», fragt mich Aaron und lehnt sich plötzlich vor mir an die Wand. «Oder hat das schon jemand gemacht?»

Ich lächle ihn an. «Nein, das wäre super. Danke.» Zeit zum Stalken habe ich später noch genug.

Er drückt sich mit einem Zwinkern von der Wand ab und dann gehen wir gemeinsam aus dem Lehrerzimmer.

*

Als ich am späten Nachmittag die Schule verlasse, genieße ich die warmen Sonnenstrahlen auf meiner Haut und summe nebenbei das neue Lied von Rita Ora, das ich heute Morgen im Radio gehört habe und mir seitdem nicht mehr aus dem Kopf geht. Auf dem Parkplatz schlendere ich an den herumstehenden Autos vorbei, während ich auf dem Smartphone meine Nachrichten lese, die im Laufe des Tages eingegangen sind.

Eine Stimme lässt mich zusammenzucken.

«Einen guten ersten Tag gehabt?»

Eigentlich brauche ich mich gar nicht umdrehen, denn ich kann die Stimme direkt zuordnen. Sofort weiß ich, dass es der unbekannte Sportlehrer ist, der heute Morgen verschwitzt vor mir stand. Am liebsten würde ich auf der Stelle weitergehen, weil ich innerlich sofort blockiert bin, aber ich nehme all meinen Mut zusammen und drehe mich entschlossen um. Mein Selbstbewusstsein schrumpft jedoch sofort aufs Minimum, als ich sehe, wie locker er sich an einen dunklen Cadillac Escalade lehnt. Ich weiß nicht, was mich mehr einschüchtert – seine Lässigkeit oder das Auto.

Er drückt sich vom Auto ab und kommt einen Schritt auf mich zu, dann zucken seine Mundwinkel.

«Liam. Liam Hunt», sagt er und reicht mir die Hand. Ohne zu zögern ergreife ich sie und seine warme Hand schließt sich um meine.

Liam.

Ich habe den Namen schon so oft gehört, aber nie klang er schöner. Ich bin mir gerade sogar ziemlich sicher, dass es der schönste Name der Welt ist.

«Nicole Hale. Aber du kannst auch einfach Nicky sagen.»

Einige Male nickt er, ohne mich aus den Augen zu lassen. «Ms. oder Mrs. Hale?»

«Wie bitte?» Meine Verwirrung kann ich nicht gänzlich verbergen, was entweder an der Frage liegt, oder daran, dass er meine Hand noch immer festhält.

Er lächelt. Zum ersten Mal lächelt er mich an und wenn ich nicht ohnehin schon von ihm angetan wäre, wäre es spätestens jetzt passiert. «Na, bist du bereits verheiratet?»

Ich weiß nicht genau warum, aber seine Frage bringt mich aus dem Konzept. Flirtet er etwa mit mir?

Ich schüttle langsam den Kopf. «Nein, bin ich nicht.»

Und du, Liam?

Natürlich bringe ich diese Frage nicht über die Lippen. Es ist, als würde mein Sprachzentrum nicht mehr funktionieren.

Liam nickt und ich bin fast ein wenig enttäuscht, als er meine Hand loslässt, und sich mit seinen Fingern durch die feuchten Haare streicht. Irgendwie sieht er so aus, als würde ihn meine Antwort zufriedenstellen. Vielleicht findet er es aber auch nur amüsant, dass er so eine Wirkung auf mich hat, denn ich bezweifle, dass er das nicht bemerkt.

«Du bist ... die Neue.»

«Woher ...?», setze ich mit brüchiger Stimme an.

«Woher ich das weiß?», unterbricht Liam mich sofort. «Das hier ist eine kleine Schule. Alles spricht sich schnell rum.» Kurz zuckt er mit den Schultern, als würden wir über etwas Belangloses sprechen. Wahrscheinlich tun wir das seiner Meinung nach sogar.

Auch wenn ich es nicht will, schweift mein Blick zu seinen durchtrainierten Armen ab, aus denen einige Adern hervortreten. Es sind nicht zu viele, aber das wundert mich nicht, denn jede einzelne Faser seines Körpers scheint perfekt zu sein. Für mich jedenfalls.

«Gefällt es dir?»

Als ich meinen Blick von seinen Armen löse, grinst Liam mich wissend an.

Nein, wie peinlich. Nein, das darf mir nicht passieren. Nicht heute, nicht mir und vor allem nicht vor ihm.

«Was meinst du?», presse ich hervor. Hitze steigt in mir auf und ich kann nur hoffen, dass sich meine Gesichtsfarbe nicht ändert. Natürlich hat er bemerkt, dass ich ihn so anstarre. Wahrscheinlich hat sich sogar irgendein dämliches Lächeln in mein Gesicht gestohlen. Es wird allerhöchste Zeit, dass ich mich zusammenreiße.

«Gefällt es dir? Hier an der Schule, meine ich?», wiederholt Liam seine Frage geduldig und lehnt sich mit verschränkten Armen gegen seine Autotür. Sein dunkelblaues Calvin Klein-Hemd passt nicht wirklich zu seinen weißen Chucks, die schon ziemlich abgelatscht und schmutzig aussehen. Und erst recht nicht zu den roten Schnürsenkeln. «Ich hoffe, du hast bisher nette Kurse.»

Ich weiß nicht, ob er es wirklich nicht bemerkt hat, oder ob er einfach zu höflich ist, es anzusprechen, aber ich bin auf jeden Fall dankbar, dass er das Thema wechselt.

Hastig nicke ich. «Ja, bisher schon. Das ist alles spannend irgendwie. So wie ein erstes Date.»

Oh, nee. Das habe ich jetzt nicht ernsthaft gesagt? Schwer zu erahnen, warum ich gerade an Dates denke, wenn er vor mir steht.

Liam grinst verschmitzt und reibt sich über seine Bartstoppel. «Ja, das ist wirklich jedes Jahr aufs Neue spannend. Sowohl für Schüler als auch für Lehrer.»

«Dein Fach ist Sport», rutscht es aus mir heraus. Eigentlich wollte ich es als Frage formulieren, um wenigstens ein bisschen Smalltalk zu führen, aber selbst das bekomme ich nicht hin. Es klingt eher wie eine Feststellung.

Auf Liams Gesicht macht sich ein irritierter Ausdruck breit und ich wette, er denkt spätestens jetzt, dass mit mir irgendwas nicht stimmt. «Wie bitte?»

«Sport», wiederhole ich noch mal, dieses Mal mit fester Stimme. «Das scheint genau dein Ding zu sein.»

Es dauert eine ganze Weile, ehe er weiterspricht. «Ja, kann man so sagen. Und du magst Literatur. Wie gesagt, kleine Schule.»

Liam öffnet seine Autotür und scheint jetzt den Heimweg antreten zu wollen. Mir steigt ein Hauch seines Parfüms in die Nase und es riecht nach «Bottled Night» von Hugo Boss. Ich erwarte eigentlich, dass er mir jetzt noch einen schönen Tag wünscht und eine Verabschiedung herunterleiert, aber stattdessen hält er in der Bewegung inne und zögert kurz.

«Bist du mit dem Auto hier?», fragt Liam, ohne mich anzusehen. Der Griff um die Autotür verstärkt sich und die Adern auf seinen durchtrainierten Unterarmen treten hervor. Aber dieses Mal wende ich meinen Blick sofort ab und starre auf meine Schuhe, auch wenn er mit dem Rücken zu mir steht.

«Ja, mein Auto steht gleich dahinten.»

Er murmelt irgendetwas, was wie «Ansonsten hätte ich dich jetzt gefahren» klingt.

Stille.

Habe ich das gerade richtig verstanden? Nein, ich muss mich verhört haben, obwohl ich schwören könnte, dass er es tatsächlich gesagt hat.

«Wie bitte?», frage ich sicherheitshalber.

Leise stöhnt Liam auf und reißt die Autotür so ruckartig zu sich, dass ich die Befürchtung habe, sie löst sich gleich und fällt ihm entgegen. «Nichts!», entgegnet er schneidend. Einmal atmet er tief durch und setzt dann mit weitaus ruhigerer Stimme fort: «Gar nichts. Sorry.» Seine ruhige Stimme steht im Widerspruch zu dem lauten Knall, mit dem er die Autotür wieder zuschlägt.

Ich muss mich verhört haben, dass er mich nach Hause fahren würde. So was hat der gar nicht nötig. Mit diesem Aussehen und seiner lockeren Art hat so ein Mann bei Frauen sicherlich die große Auswahl, wahrscheinlich ist er sogar mit einer hübschen Frau aus dem Kollegium zusammen. Ich hatte bereits einmal das große Los mit Ben gezogen, mein Anrecht auf Glück ist damit wohl für den Rest meines Lebens bereits aufgebraucht. Die Vorstellung ist durchaus deprimierend, wenn ich genauer darüber nachdenke.

Liam öffnet die Autotür erneut und steigt in den Wagen. «Komm gut nach Hause und genieß den Feierabend. See you, Nicole.»

Ohne meine Antwort abzuwarten, zieht er die Tür zu und holt prompt sein Smartphone hervor. Liam tippt wie wild darauf herum, wirft es kurz darauf auf den Beifahrersitz und rauft sich die Haare. Sie stehen noch mehr ab als zuvor, auch wenn ich nicht gedacht hätte, dass das überhaupt noch möglich ist. Er legt den Kopf an die Lehne und schließt für einen kurzen Moment die Augen. So richtig schlau werde ich aus ihm bisher noch nicht.

Aus Höflichkeit winke ich noch einmal zur Verabschiedung, obwohl er mich überhaupt nicht mehr beachtet. Ich will aus Neugier noch einen letzten Blick auf seine Rückbank werfen, um zu sehen, ob dort genauso ein Chaos herrscht wie in meinem Auto, aber die Scheiben sind abgedunkelt.

Auf den letzten Metern zu meinem Wagen bin ich hoch konzentriert, nach so vielen Stunden in meinen hohen Schuhen möglichst gerade zu gehen, was sich auf dem Asphalt nun als recht schmerzhaft erweist. Ich beiße jedoch die Zähne zusammen und bin bemüht, mir nichts anmerken zu lassen. Auch wenn es absurd klingt, kommt es mir so vor, als würde ich Liams Blicke förmlich auf mir spüren können, aber ich kämpfe gegen den Drang an, mich noch einmal zu ihm umzudrehen. Stattdessen atme ich möglichst leise, um zu hören, ob er bereits den Parkplatz verlässt, aber es ist kein Motorengeräusch zu vernehmen.

Als ich endlich meinen Wagen erreiche und mich auf den Sitz fallen lasse, kann ich einen erleichterten Seufzer nicht unterdrücken und wenn ich könnte, würde ich jetzt die hohen Schuhe abstreifen. Meine Tasche werfe ich unachtsam auf den Beifahrersitz, wobei die Bürste in den Fußraum fällt, aber ich lasse sie dort liegen und starte stattdessen den Wagen.

Oder versuche es, besser gesagt. Denn mein Auto springt nicht an. Ich versuche es noch ein zweites und drittes Mal, aber es tut sich nichts. Außer einem seltsamen Geräusch, das nichts Gutes verheißt.

Das muss alles ein verdammter Scherz sein. Und zwar ein verdammt schlechter.

Am liebsten würde ich genervt den Kopf aufs Lenkrad fallen lassen, aber ich bin viel zu sehr damit beschäftigt, so zu tun, als wäre ich gar nicht hier. Der schwarze Cadillac hat sich noch keinen Zentimeter bewegt und ich kann nur hoffen, dass Liam die erbärmlichen Geräusche meines Autos nicht gehört hat.

Gerade als ich mich in Sicherheit wiege, lehnt er sich jedoch aus dem Fenster.

«Brauchst du Hilfe?», ruft er mir gutgelaunt zu, als ich meine Tür ein Stück öffne. Die Situation ist mir unglaublich unangenehm. Meine Wangen glühen so sehr, dass ich das Gefühl habe, mein Gesicht steht in Flammen.

«Ja, könnte sein», gebe ich zähneknirschend zu und straffe meine Schultern.

Ich weiß nicht, ob er meine Antwort überhaupt verstanden hat, aber er öffnet bereits seine Autotür und kommt auf meinen Wagen zu. Ich steige ebenfalls aus, als könnte ich mich in irgendeiner Form nützlich machen, und versuche meine Ahnungslosigkeit gekonnt zu überspielen.

Ben hat sich immer um mein Auto gekümmert. Seit er nicht mehr an meiner Seite ist, habe ich nichts mehr daran machen lassen, denn es gab auch nie Probleme – außer natürlich heute, genau vor meinem neuen Kollegen. Ausgerechnet vor Liam. Das Schicksal hat mal wieder einen seltsamen Sinn für Humor.

«Na, das ist ja ein süßes Auto. So untypisch für die Hamptons ... Gefällt mir irgendwie», meint er mit einem Schmunzeln, als er mit seiner Hand leicht über meinen Mini Cooper fährt. «Ich schaue mal nach, wo es hier hakt.»

Liam öffnet die Motorhaube, während ich planlos neben ihm stehe und ungeduldig meine Hände knete. Als er die Kühlerhaube inspiziert und auf verschiedene Schläuche drückt, sende ich ein Stoßgebet, dass er mir keine technischen Fragen zu meinem Auto stellt, damit der Vorfall nicht noch peinlicher endet, als er ohnehin schon ist.

«Ich tippe auf die Batterie», mutmaßt Liam, während er sich mit beiden Händen an meinem Auto abstützt. Er hebt den Blick und sieht mich so aufmerksam an, als denke er, dass mit meiner eigenen Batterie auch etwas nicht in Ordnung sei. Seine grünen Augen haben einen ganz besonderen Glanz und leuchten regelrecht. Kein Smaragdgrün, sondern viel dunkler und intensiver. Ein Tannengrün, das mich gedanklich unweigerlich in einen Urlaub mit meiner Familie in den Yosemite-Nationalpark zurückversetzt, als mein Dad und ich frühmorgens durch die Wälder gelaufen sind und die Sonne erste Strahlen durch die großen, kräftigen Tannen warf.

«Wann hast du die Batterie denn zuletzt wechseln lassen?», will Liam wissen.

«Ähm ...» Keine Ahnung?

Er unterdrückt ein leichtes Schmunzeln. «Ich versuche mal, dir Starthilfe zu geben.»

Seine schmutzigen Hände wischt er einmal notdürftig an seiner Jeans ab, so dass sichtbare Streifen zurückbleiben.

Als Liam meinen irritierten Blick sieht, fängt er laut an zu lachen. Es ist so ein ehrliches Lachen, dass ich ebenfalls einstimmen muss, und mit einem Mal ist meine innere Blockade weg und ich fühle mich wohler neben ihm. Es ist so, als wäre das Eis zwischen uns gebrochen, und die Barriere weg, die man anfangs mit fremden Menschen hat.

«Ich bin mir nicht sicher, ob das wieder rausgeht», sage ich schließlich mit Blick auf die Jeans.

Liam zuckt nur mit den Schultern und geht auf seinen Cadillac Escalade zu. «Keine Ahnung. Ist doch auch egal. Dann kaufe ich halt eine neue.»

Welcome to the Hamptons, Nicky ... Was kostet die Welt?

Er parkt seinen Wagen direkt vor meinem Auto und durchsucht den Kofferraum nach einem Starthilfekabel. Es wundert mich, dass er so etwas mit sich herumschleppt, aber vielleicht bin ich auch einfach nur schlecht ausgerüstet.

«Ich bin mittlerweile Profi für alle möglichen Technikfragen bei Autos. Ich bin ja eigentlich kein Fan von Klischees, aber gerade die Ladies haben hier ständig irgendetwas mit der Technik. Mein Auto war bestimmt schon mit der Hälfte der Autos hier verbunden und ist damit wohl die größte Schlampe der Schule», murmelt er belustigt, während er unsere Autos mithilfe eines Kabels verbindet. Ich glaube, das waren die längsten Sätze am Stück, die er bisher zu mir gesagt hat. «Starte doch mal deinen Wagen.»

Ich folge seiner Anweisung, aber es tut sich immer noch nichts.

«Vermutlich hat deine Batterie einen Kurzschluss», erklärt er mir.

Ich steige aus dem Wagen, genau wie Liam. Als er vor mir steht, fällt mir wieder auf, wie groß er ist. Keine zwei Meter, aber neben mir wirkt er trotzdem riesig. Er schiebt sich eine Hand in die Hosentasche und mit der anderen streicht er sich verlegen durch seine dunklen Haare. «Um ehrlich zu sein, ein absoluter Fachmann bin ich natürlich auch nicht, aber es sieht schon stark nach der Batterie aus. Die in der Werkstatt kennen sich mit sowas aber besser aus.» Kurz hält er inne und reibt sich nachdenklich die Stirn. Seine immer noch schmutzigen Hände hinterlassen einen ganz leichten Schmierfilm. «Hast du jemanden, der dich abholen könnte?»

Ich nicke völlig selbstsicher. «Ja, klar.»

Meine Schwester zum Beispiel. Wenn es gut läuft, wäre sie in ungefähr zweieinhalb Stunden hier. Echt toll.

«Weißt du, wo die nächste Werkstatt ist?»

Ich schüttle den Kopf. «Nein, ich bin gerade erst hergezogen, aber ich frage einfach Aaron. Ist er noch hier?», will ich wissen, während ich mein Smartphone aus der Tasche ziehe. «Vielleicht kann er mich mitnehmen.» Irgendwann im Laufe des Tages hat er mir seine Handynummer gegeben – wenn ich es nicht besser wüsste, würde ich sogar behaupten, für genau solch einen Fall.

«Aaron Fuller?», wiederholt Liam ungläubig.

Seine Reaktion verunsichert mich. «Ähm ... Ja. Gibt es noch einen anderen?»

Liam stöhnt leise auf und blickt sich auf dem Parkplatz um. «Nein, gibt es nicht. Die Frage war eher ... rhetorisch, denn natürlich meinst du ihn. Logisch.» Seine Stimmung schlägt merklich um und er macht sich noch nicht einmal die Mühe, seinen genervten Unterton bei seinem nächsten Satz zu verbergen. Es fällt mir schwer zu glauben, dass wir gerade noch so sorglos gelacht haben. «Nein, der ist nicht mehr da. Steig bei mir ein, ich fahre dich zur nächsten Werkstatt und da besorgen wir eine neue Batterie», beschließt er in so einem bestimmenden Tonfall, dass ich noch nicht einmal erwäge, ihm zu widersprechen.

Ehe ich darauf etwas erwidern kann, baut er mit angespannten Kiefermuskeln meine Batterie aus. Mit voller Wucht knallt er die Motorhaube zu und macht auf einmal einen wahnsinnig mies gelaunten Eindruck. Kurz zögere ich, aber dann folge ich ihm schweigend. Erstens, weil ich keine wirkliche Alternative habe und zweitens, weil ich mich gar nicht beschweren will, noch ein paar Minuten in seiner Nähe zu sein.

Ich steige neben Liam ins Auto, der sich bereits das Smartphone zwischen Ohr und Schulter geklemmt hat, während er versucht, sich anzuschnallen. Der Gurt scheint zu klemmen, denn er reißt energisch daran herum.

«Ich komme später», erklärt Liam der Person am Telefon und runzelt die Stirn. «Ich weiß, aber es geht nicht anders ... Nein, es geht wirklich nicht. Keine Nachfragen jetzt. Bis später.»

Das war dann wohl seine Freundin. Ich hoffe, dass er wenigstens nicht mit Maya oder Zoey zusammen ist, denn es wäre mir wirklich unangenehm, dass ich ihren Freund so angestarrt habe. Andererseits hätte er dann sicherlich nicht so komisch auf Aaron reagiert, sondern sie wären vermutlich auch befreundet.

Vielleicht hat Liam ja auch nur seinen Bruder oder seinen besten Kumpel angerufen, mit dem er zum Essen verabredet war.

Na klar, Nicky ... Du warst schon immer Meisterin im Einreden – oder wahlweise auch im Ausreden finden. Da bist du ja flexibel ...

Nachdem Liam das Smartphone in seiner Hosentasche verstaut hat, startet er den Wagen und verlässt in einem schnellen Tempo den Parkplatz. Auf der Hauptstraße angekommen, erstreckt sich neben uns direkt der Strand. Die Sonne wirft ihr warmes Licht auf die Wasseroberfläche und lässt es in einem hellen Blau funkeln.

Für eine ganze Weile verharren wir in dieser Stille, die nur von der laufenden Musik unterbrochen wird. Er verstellt so oft die Lautstärke, dass ich es irgendwann aufgebe, ein bestimmtes Muster darin zu erkennen. Stattdessen gebe ich mich mit der Erkenntnis zufrieden, dass Liam kein großer Redner zu sein scheint, oder er ist einfach nicht an einem Gespräch mit mir interessiert.

Vielleicht liegt es auch an Aaron, denn seit ich ihn erwähnt habe, gibt Liam kaum mehr ein Wort von sich.

«Du magst Russian Roulette?», frage ich, als der nächste Song ertönt und das Gitarrensolo anfängt. Ich erkenne das Lied sofort. Die Tatsache, dass er Rock hört, macht ihn noch sympathischer.

«Ich liebe Russian Roulette.»

Keine Gegenfrage. Liam will sich offenbar nicht unterhalten, aber ich halte dieses Schweigen nicht länger aus. Zu gerne wüsste ich, wie weit die nächste Werkstatt entfernt ist. Ich habe keine Ahnung, ob ich noch fünf weitere Minuten in dieser angespannten Stille ertrage.

Ungeduldig wippe ich mit meinen Füßen und ziehe leicht an meinem Gurt, um überhaupt irgendetwas zu machen. «Warst du mal auf einem Russian Roulette-Konzert? Es gibt nicht viele Dinge auf der Welt, die besser sind.»

Er schüttelt langsam den Kopf und trommelt mit seinen Fingern auf dem Lenkrad herum. «Nein, bisher leider noch nicht.»

Wieder keine Gegenfrage ... Liam macht es einem wirklich nicht leicht, ein Gespräch aufzubauen.

«Steht's aber auf deiner Bucket List?», starte ich einen letzten armseligen Versuch, die Unterhaltung aufrecht zu halten.

«Sure», entgegnet er knapp und drückt nicht gerade sanft auf die Bremse, als der rote Chevrolet vor uns spontan rechts abbiegt.

Lass es, Nicky. Du nervst ihn.

Gerade als ich aufgeben will, mit Liam ein Gespräch aufzubauen, fragt er mich plötzlich: «Was ist dein Lieblingssong?»

«Du zuerst», sage ich sofort, um Zeit zu schinden. Mein Gehirn funktioniert in seiner Anwesenheit irgendwie langsamer und mir fallen im ersten Moment keine Songs von Russian Roulette ein, obwohl ich sonst problemlos alle Songs in alphabetischer Reihenfolge zu jeder Tages- und Nachtzeit runterbeten kann.

«In Another Place And Time.»

«Hope.»

«H.o.p.e. ... Hold On. Pain Ends.», zitiert er leise und lächelt müde, als er nachdenklich mit seinen Fingern über das Lenkrad streift.

«There is always hope», ergänze ich.

«Wenn du das sagst.»

«Russian Roulette sagen das», korrigiere ich ihn und knete ungeduldig meine Hand. Ich weiß nicht, wieso ich die ganze Zeit so einen Bewegungsdrang verspüre, aber seine Gegenwart macht mich rastlos. Ihm scheint es völlig anders zu gehen, denn er sitzt ganz ruhig neben mir – abgesehen davon, dass er ständig die Lautstärke der Musik verstellt.

An der roten Ampel hält Liam an und obwohl ich meinen Blick gesenkt habe, erkenne ich aus dem Augenwinkel, dass er mich ansieht. «Und du? Was meinst du? Bist du eher Optimistin oder Pessimistin?»

«Optimistin. Durch und durch. Und selbst?»

Er zuckt mit den Schultern, wendet den Blick ab und gibt Gas, als die Ampel auf Grün umspringt. Der Motor heult laut auf. «Realist, schätze ich.»

«Das muss ja furchtbar anstrengend sein. Und dazu noch sehr ernüchternd.»

Er schmunzelt, aber sagt nichts weiter darauf. Stattdessen drückt er wieder an seinem Lenkrad herum und stellt die Musik leiser.

Wir passieren eine Einkaufsstraße, an der sich teueraussehende Restaurants und Boutiquen aneinanderreihen. Enttäuscht stelle ich fest, dass an keiner Boutique ein Sale-Schild aufgestellt ist. Das kenne ich aus New York anders und ich bin mir noch nicht ganz sicher, wie ich hier in Zukunft aus dem Minus meiner Kreditkarte rauskommen soll ...

«Also, du kommst nicht von hier, Nicole?», fragt Liam mich ausdruckslos, als er aus dem Fenster schaut und ein vorbeirauschendes Auto beobachtet, das eindeutig zu schnell unterwegs ist. Er scheint die Stille zwischen uns mittlerweile ebenfalls als unangenehm zu empfinden, so dass er mich einfach irgendetwas fragt, obwohl es ihn augenscheinlich nicht interessiert.

«Nein, aus Brooklyn.»

Er tippt mit seinem Finger auf dem Touchpad herum und wählt einen anderen Titel von Russian Roulette aus. Seinen Lieblingstitel *In Another Place And Time*. Die Musik wird wieder lauter gestellt. Langsam macht er mich wahnsinnig. «Und was verschlägt dich dann in die Hamptons? Die Liebe?»

«Nein, der Job.»

Liam nickt einige Male, dann hebt er den Blick und lächelt mich wie selbstverständlich an, als hätte er schon die ganze Zeit normal mit mir gesprochen. Sein Lächeln ist so entwaffnend und ansteckend, dass ich es ihm gleichtun muss, auch wenn ich das gar nicht will. «Klingt eher unromantisch.»

«Und was ist mit dir?»

Er schnalzt mit der Zunge und studiert interessiert die rote Ampel. Liam tut jetzt alles Mögliche, um mich nicht ansehen zu müssen.

«Ich bin in den Hamptons aufgewachsen. Ich habe nie woanders gewohnt», erklärt er mir in einem monotonen Tonfall, als würde er gerade zum zehnten Mal die Staumeldungen vorlesen.

«Und wie gefällt es dir hier?», frage ich und schlage meine Beine übereinander. Als ich die Frage ausgesprochen habe, fällt mir selbst ein, wie blöd sie ist.

Offenbar ziemlich gut, sonst wäre er schon längst umgezogen ...

Umso mehr überrascht mich seine Antwort.

«Meistens hasse ich es.» Hörbar stößt er Luft aus und drückt so fest aufs Gas, dass die Reifen quietschen. «Und, glaub mir, du wirst sie auch hassen.»

Na, das klingt ja fabelhaft.

«Wieso ziehst du dann nicht woanders hin?», will ich wissen.

«Vielleicht habe ich keine Wahl.»

«Man hat doch immer eine Wahl.»

«Nein, manchmal hat man genau diese Wahl nicht, Nicole», erklärt Liam mir in solch einem knappen Tonfall, dass ich sofort weiß, dass er das Thema nicht vertiefen will.

Irgendwas hält ihn hier. Bestimmt will seine Freundin nicht weg. Oder er hat Kinder, die er nicht verlassen will. Es scheint kein Thema zu sein, über das er gerne redet. Vor allem nicht mit mir, die er noch nicht mal einen Tag kennt.

Für den Rest der Fahrt schweigen wir wieder und ich bin sehr froh, als er kurz danach abbiegt und an einer Werkstatt, bei der auf einem großen Logo *Cars & More* zu lesen ist, stehen bleibt. Liam parkt den Wagen abseits und ich frage mich, ob er nicht einen vorderen Parkplatz belegen will, aber er schaltet den Motor schon aus.

Er beugt sich nach hinten, hebt die Batterie von der Sitzbank und reicht sie mir. Ich scheine entgeistert zu schauen, denn Liam schmunzelt plötzlich. «Sag einfach dem Mitarbeiter, dass du so eine Batterie brauchst. Davor sollen sie die aber noch testen für den unwahrscheinlichen Fall, dass die Batterie doch nicht völliger Schrott ist.»

Irritiert sehe ich auf die Batterie auf meinem Schoß. «Kommst du denn nicht mit?»

Liam legt den Kopf schief, scheint über meine Frage nachzudenken und fährt sich mit einem Finger über die Lippen. Dann schüttelt er entschlossen den Kopf. «Nein, besser nicht. Wenn uns jemand sieht, könnte man falsche Schlüsse ziehen. Regel Nummer Eins für die Hamptons: Die Menschen zerreißen sich über alles und jeden das Maul. Wir wollen diesen Leuten an deinem ersten Tag nicht schon Stoff liefern. Auf so was warten die meisten Leute hier nur, damit sie sich wieder künstlich aufregen können. Aber das wirst du hier noch schnell genug lernen.»

So abfällig, wie er über all das hier spricht, scheint er die Hamptons wirklich nicht toll zu finden.

Wenn uns jemand sieht ... falsche Schlüsse ...

Da habe ich meine Antwort. Er ist bereits vergeben, also sollte ich ihn ganz schnell vergessen. Das hat alles keinen Sinn und am Ende habe ich wieder ein gebrochenes Herz wie bei Ben. Es war sowieso völlig naiv, mir direkt so in die Karten schauen zu lassen.

Ich umklammere die Batterie fest und würde Liam am liebsten fragen, ob er es sich nicht noch einmal überlegen könnte. Der Gedanke daran, gleich mit so vielen Sachen konfrontiert zu werden, von denen ich keine Ahnung habe, überfordert mich irgendwie.

Wieder schaue ich zur Werkstatt rüber. Auch wenn noch einige Parkplätze in der Nähe des Eingangs frei sind, herrscht ein starker Kundenandrang.

Liam räuspert sich und als ich zu ihm schaue, lächelt er mich aufmunternd an. «Wenn was ist, ich bin hier. Ich warte auf dich, keine Sorge. Egal, wie lange es dauert.»

*

Mit einer neuen Batterie im Arm klettere ich kurze Zeit später wieder zurück in den Cadillac.

«Das ist ja irgendwie ein kleines Wunder, dass du es bei deiner Größe überhaupt geschafft hast, in mein Auto zu steigen», erklärt Liam mit einem Augenzwinkern, als ich die Tür zuziehe.

«Endlich erfahre ich auch mal was über dich. Dein Humor ist mies. Gut zu wissen», gebe ich trocken zurück, während ich mich anschnalle. «Das wird direkt vermerkt.»

Er lacht laut auf und startet seinen Wagen. «Wollte man dir irgendeinen Mist andrehen?»

«Nein. Man sieht mir schließlich an, dass ich vom Fach bin.»

«Du hast aber Humor. Selbstironie. Mag ich.»

Ich habe keine Ahnung, was seine Laune so angehoben hat, aber ich bin froh, dass es so ist. Er ist wie ausgewechselt und scheint vergessen zu haben, dass er mich vorhin ständig abgewürgt hat. Irgendwie werde ich nicht schlau aus ihm.

Nachdem Liam auf die Hauptstraße abgebogen ist, stellt er die Musik wieder lauter. Mit seinem Bein wippt er auf und ab, während er kaum hörbar den Song mitsingt und mit seinen Fingern auf dem Lenkrad trommelt.

Er beschleunigt den Wagen und eine Ampel schaltet bereits auf Rot, aber er denkt nicht mal daran, abzubremsen. Eine ganze Weile beobachte ich ihn und mir fällt auf, dass ein Stück aus seinem Eckzahn herausgebrochen ist. Vielleicht gefällt mir deswegen sein Lächeln so.

Ich muss aufhören, ihn so anzustarren. Das hat vorhin schon einmal peinlich geendet. Ich bewege meinen Kopf dermaßen hektisch zur anderen Seite, dass ich einen Schmerz im Nacken spüre.

«Du liebst also die New York Yankees», resümiere ich, als mir ein Aufkleber der Baseball Mannschaft auf dem Armaturenbrett auffällt, der so gar nicht zu der edlen Innenausstattung passt. An den Ecken ist der Sticker bereits eingerissen und er sieht so aus, als hätte er seine besten Tage hinter sich. Am unteren Rand sind mit einem schwarzen Sharpie die Initialen *LH* in krakeliger Schrift geschrieben.

«Schon, aber nicht so sehr wie die New York Giants.»

Eher der American-Football-Fan also. Mag ich auch lieber. «Von denen hast du aber keinen Aufkleber im Auto.»

«Dafür hängt eine Fahne bei uns im Garten. Direkt neben der US-Fahne.»

Bei uns ...

«Patriotismus, ja?», überspiele ich meine Enttäuschung so gut wie möglich.

«Durch und durch.» Liams Smartphone klingelt und er kramt es mit einem Augenrollen aus seiner Hosentasche hervor. Dann drückt er den Anruf weg und lässt das Smartphone wieder verschwinden.

«Unsere schöne US-Fahne hängt also neben den New York Giants? Dabei haben die Philadelphia Eagles doch eine viel schönere Fahne», stichle ich mit einem Schmunzeln. Natürlich ist es kein Zufall, dass ich den größten Rivalen der New York Giants als Vergleich heranziehe. Vielleicht kann ich Liam mit einer kleinen Provokation aus der Reserve locken, obwohl ich tatsächlich finde, dass das Logo der Eagles mehr hermacht.

Liam schnappt gespielt empört nach Luft. «Ich glaube, du willst wohl laufen!»

«Wenn du kein Herz hast und eine orientierungslose Person aus New York ganz alleine in den Hamptons aussetzen willst, dann halt gerne an. Vielleicht erbarmt sich ja ein Fan der Philadelphia Eagles und nimmt mich mit.»

«Gut, dass du nicht mit deinem Geschmack überzeugst», zwinkert er mir zu.

Ich will fragen, was er damit andeuten will, als er auf die Bremse tritt und den Motor ausschaltet. Erst jetzt fällt mir auf, dass wir bereits wieder auf dem Parkplatz stehen. Die Zeit ist gerast und es kommt mir so vor, als hätten wir die Strecke in fünf Sekunden zurückgelegt. Ganz im Gegensatz zur Hinfahrt, die mir wie eine Ewigkeit vorkam.

«Ich baue dir noch schnell die neue Batterie ein», erklärt er mir und schnallt sich ab. Unsere Blicke treffen sich, aber dann schaut er zur Seite. Er wirkt schon fast verlegen und unweigerlich frage ich mich, wo seine Selbstsicherheit von vorhin plötzlich ist. «Dann muss ich aber wirklich los.»

«Danke», sage ich, während ich mich an mein Auto lehne und er die Batterie einsetzt. Der Parkplatz, auf dem wir stehen, ist schon so gut wie leer. «Ich schulde dir etwas.»

Vielleicht einen Kaffee oder ein ganzes Dinner …

«Du schuldest mir gar nichts», meint Liam und winkt ab. Tja, schade. Er schließt die Motorhaube und wischt seine Hände wieder an seiner Jeans ab. «Oder doch, das tust du. Du schuldest mir noch ein Lächeln.»

Ich muss unweigerlich lachen. «Was?»

Liam grinst. «Genau das. Jetzt sind wir quitt.» Mit einem letzten Zwinkern dreht er sich um und geht zu seinem dunklen Escalade zurück, während ich ebenfalls in meinen Wagen steige.

Ich weiß zwar selbst nicht warum, aber ich bin völlig außer Atem, als ich mich auf meinen Sitz fallen lasse und die Tür schließe. Die Sonne knallt heute besonders und ich empfinde die Wärme extremer als in New York. In meinem Auto ist es unglaublich stickig und ich beuge mich zur Rückbank, wo noch eine weitere Wasserflasche liegt, die heute Morgen nicht mehr in meine Tasche gepasst hat. Ich muss mittlerweile sogar schon unterzuckert sein, denn meine Finger zittern leicht, als ich die Flasche öffne. Ich trinke einen Schluck von dem warmen Wasser, was zugegebenermaßen absolut eklig ist, werfe die Flasche auf den Beifahrersitz und starte das Auto. Kaum habe ich meine Parklücke verlassen, springt Liam vor das Auto.

Mit voller Wucht trete ich auf die Bremse.

«Bist du wahnsinnig?», rufe ich entgeistert, als ich das Fenster herunterfahre und meine Hände ums Lenkrad kralle. Mein Herz rast – nicht, weil es knapp war, sondern eher aus Schock.

«Ja, manchmal ein wenig», antwortet er trocken und beugt sich dann gelassen zu mir herunter, als wäre das nicht der Rede wert. «Deine Nummer.»

«Was?»

«Deine Nummer. Du schuldest mir deine Nummer.» Sein triumphierendes Grinsen verschwindet relativ schnell, als ich nicht augenblicklich reagiere. Etwas zögernd hält er mir sein Handy unter die Nase und versucht, selbstbewusst zu grinsen, aber dieses Mal wirkt es angestrengt. «Dafür bringe ich mich sogar fast um. Hat schon mal jemand solch einen Einsatz für dich gezeigt?»

Schmunzelnd nehme ich ihm sein Smartphone ab und tippe meine Nummer ein.

«Ich melde mich», verspricht mir Liam, als er es wieder entgegennimmt und dabei kurz meine Finger berührt. Sein Handy lässt er in die Hosentasche gleiten.

«Der Klassiker. Ich glaube, es gibt keinen schlimmeren Satz, den du gerade hättest sagen können.» *Ich melde mich* heißt bekanntlich *Ich melde mich nie wieder.*

Er grinst. «Ich weiß, aber ich meine es wirklich so. Wirst schon sehen. Wahrscheinlich sogar schneller als dir lieb ist. Bye.»

*

Am Abend skype ich mit meiner Schwester Rebecca, als mein Smartphone aufleuchtet. Aaron hat mich im Gruppenchat bei WhatsApp hinzugefügt und so habe ich auch direkt die Nummern von Zoey, Maya und Gramps.

«Und, wie war dein erster Tag?», fragt Rebecca mich und ich höre, wie sie irgendeine französische Serie im Hintergrund laufen hat, um sich wohl auf Frankreich einzustimmen. «Ich will alles wissen, Nicky. Also, leg los!»

Ich bin erst seit gestern Abend hier, und dennoch fehlt sie mir bereits. Das wird mir gerade sehr bewusst, als ich ihre Stimme höre und sie mit ihrem Zopf, aus dem tausend Strähnen hängen, vor der Kamera sitzt. Es ist so vertraut und mit einem Mal empfinde ich ein wenig Heimweh, obwohl ich sie noch vor 24 Stunden gesehen habe. In New York war Becks immer in meiner Nähe und wir haben uns regelmäßig getroffen. Nun werde ich mich damit abfinden müssen, sie nicht mehr so oft sehen zu können, denn für ein kurzes Treffen auf einen Cheesecake trennen uns zu viele Meilen. Sie wird mir wohl am meisten fehlen. Nicht meine Lieblingspizzeria, der beste Kaffee aus New York oder der Central Park, sondern sie.

«Es war gut. Meine Schüler sind sehr nett», erzähle ich ihr. «Und die Schule … Wow, wenn du hier bist, muss ich sie dir mal zeigen. Ich kann kaum glauben, dass ich dort arbeite. Es ist alles so edel. Modern und traditionell zugleich.»

«Und wie sind die Kollegen?», fragt Rebecca mich gedehnt, während ich einen Schluck von meinem gefühlt hundertsten Kaffee am heutigen Tag trinke. Sobald sie die Frage ausgesprochen hat, verschlucke ich mich an meinem Getränk.

Becks lacht ihr herzliches Lachen.

«Mein Kaffee ist noch zu heiß», verteidige ich mich, obwohl ich weiß, dass sie es sowieso schon durchschaut hat.

«Anscheinend nicht nur der Kaffee», lacht Rebecca und ich verdrehe die Augen. Sie kommt ein Stück näher an den Bildschirm, als würde sie meine Reaktion genau beobachten wollen. «Wer ist es? Erzähl mir etwas von ihm. Dir gefällt ja wohl kein spießiger Mathelehrer, oder? Gott, die sind meistens irgendwie komisch. Bitte lass es ein Geschichtslehrer sein. Oder Kunst!» Mathelehrer sind nicht komisch. Zoey unterrichtet Mathe und ich finde, sie ist irgendwie die coolste Lehrerin der Schule.

«Rebecca ...» Natürlich will sie am liebsten einen Kunsthistoriker an meiner Seite haben. Genau wie sie es ist. Das Thema macht mich nervös und ich beginne, den Karton neben mir auszuräumen. Das Geschirr klirrt, als ich es auspacke.

«Was denn? Vielleicht wenigstens Biologe? Das könnte ich gerade noch so absegnen.»

Ich puste mir eine blonde Haarsträhne aus dem Gesicht und gebe es auf, ihr Liam zu verschweigen. «Sportler.»

«Er unterrichtet Sport?» Sie klingt enttäuscht und stößt hörbar Luft aus, was mich zum Lachen bringt. «Warum denn das?»

«Ähm ... Vermutlich, weil er es mag.»

«Wie ist sein Name?»

«Liam», sage ich, während ich meine Tasse in der Spüle abstelle. Direkt neben den anderen Tassen, die dort seit heute Morgen stehen. Es könnte sein, dass sogar noch ein paar dazugekommen sind.

«Demokrat oder Republikaner?»

Ich verdrehe die Augen. «Keine Ahnung.»

«Hobbys?»

«Weiß ich auch nicht.»

«Was weißt du denn über ihn?», will Rebecca wissen und sie klingt enttäuscht.

Ich zucke mit den Schultern. «Wir mögen die gleiche Musik.»

Sie seufzt tief, während ich mich schmunzelnd auf einem Barhocker niederlasse. Das ist ihr eindeutig zu wenig an Informationen. «Na ja, wenigstens weißt du, dass er dir gefällt. Das ist doch eine gute Basis», versucht sie mich dennoch zu trösten. «Vielleicht hast du ja bald wieder …»

Sie stockt und ein angespanntes Schweigen herrscht zwischen uns.

«Sag es schon.» Ich weiß sowieso, was sie sagen wollte, aber ehe die Worte ihren Mund verlassen haben, hat sie bereits bereut, das Thema angeschnitten zu haben. Das ist halt Becks. Sie sagt einfach immer, was ihr durch den Kopf geht und während des Sprechens bemerkt sie dann, dass es vielleicht nicht die beste Idee war.

«Nicky ...», sagt sie ausweichend.

«Ist okay. Du kannst es sagen. Es tut nicht mehr weh.»

«Sicher?» Rebecca klingt nicht überzeugt, aber ich bin es.

«Ganz sicher.»

Sie atmet einmal tief ein, als würde sie ihren ganzen Mut zusammennehmen. «Vielleicht hast du ja bald wieder jemanden an deiner Seite», sagt sie so schnell, dass ich es kaum verstehe.

«Ja, vielleicht. Irgendwann.»

«Ich habe ihn übrigens heute getroffen», sagt Rebecca zögernd. Wie immer wird Ben nicht namentlich genannt.

«Geht es ihm gut?»

«Ich schätze schon, ja. Er war mit Madison unterwegs.»

«Ich hoffe, du hast ihm dieses Mal keine Ohrfeige verpasst.» Das hat Rebecca nämlich nach unserer Trennung gebracht, als Ben uns unerwartet am Times Square gegenüberstand. Mit Madison. Auf Madisons dunkelrotem Mantel landete Rebeccas Softeis, in Bens Gesicht ihre Handfläche. Heute kann ich bei dem Gedanken daran schmunzeln, aber damals war es mir unangenehm. Aber irgendwie passte es zu Rebecca. Manchmal glaube ich, sie hat die Trennung sogar schlechter verkraftet als ich.

«Tja, du hast es ja nicht getan», rechtfertigt sie sich.

Becks erzählt mir noch etwas von dem Forschungsprojekt für ihre Promotion, für das sie bald nach Frankreich fliegt. Für meinen Geschmack bleibt sie viel zu lange dort, denn wir sehen uns jetzt ein paar Monate nicht, aber auf der anderen Seite ist es ganz gut, weil ich weiß, dass es für mich so einfacher ist, mich hier einzuleben. Ansonsten wäre ich höchstwahrscheinlich jedes Wochenende nach Hause gefahren und hätte mich nur ganz langsam von Rebecca und meiner Heimat trennen können. Die Lösung ist jetzt zwar drastischer, aber bestimmt auch besser für mich.

«Ich bin so stolz auf dich, Nicole», verkündet sie mir plötzlich. Und das scheint sie wirklich so zu meinen, denn ihre Stimme vibriert regelrecht vor Stolz. Und sie nennt mich Nicole. Das macht sie nur, wenn sie etwas besonders ernst meint oder für die Dramatik, wenn sie sauer ist.

«Wie?», frage ich und stelle den Ton lauter, als hätte ich es akustisch falsch verstanden. Ich kann mein Stirnrunzeln nicht unterdrücken, weil Lob meiner Schwester praktisch mit einem Oscar-Gewinn gleichzusetzen ist.

«Dass du jetzt deine erste Stelle hast! Du hast dein Studium so schnell beendet, nie getrödelt und jetzt unterrichtest du in den Hamptons an einer Privatschule. Egal, ob dein Bachelorabschluss, das *teacher education program,* irgendwelche Praktika ... Du hast alles mit links gemacht! Dabei bist du selbst erst 22 Jahre. Ich habe das heute stolz meinen Kollegen erzählt und alle haben nur ein ganz erstauntes Gesicht gezogen und den Mund aufgerissen. Tja, ich habe einfach die beste Schwester!»

«Ehrlich?», frage ich verwundert. Eigentlich war Rebecca immer die Überfliegerin in unserer Familie. Sie konnte schon eher sprechen und laufen, sie hatte die besseren Noten in der Schule, sie hatte das Stipendium und sie macht ihren Doktortitel. Es ist irgendwie ziemlich schwer, sich nicht so zu fühlen, als würde man in ihrem Schatten stehen, weil sie einfach in allem überdurchschnittlich gut und immer mindestens zwei Schritte voraus ist. Ich hänge ihr in allem nach, auch wenn meine Eltern mich das nie haben spüren lassen, und Rebecca erst recht nicht.

Sie lacht wieder auf. «Ja, natürlich. Das ist super, Nicky. Mom und Dad sind auch so stolz auf dich. Das haben sie mir vorhin noch am Telefon gesagt.»

*

Nachdem ich das Gespräch mit Rebecca beendet habe, durchsuche ich meinen Koffer nach älteren Klamotten, die ich fürs Streichen im Wohnbereich anziehen kann. Eine Viertelstunde später kann ich gar nicht anders, als mit gerunzelter Stirn die Wand zu betrachten. Irgendwie sieht das Lila ungleichmäßig aus. Ob es daran liegt, dass die Farbe noch nicht trocken ist? Eigentlich kann man da doch überhaupt nichts falsch machen. Oder?

Mein Handy vibriert neben mir auf dem Sofa und reißt mich aus meinen Gedanken. Als ich die unbekannte Nummer sehe, beschleunigt sich mein Puls ins Unermessliche und der erste Gedanke, der mir in den Kopf schießt, ist, dass es Liam sein könnte. Einige Sekunden starre ich aufs Display, unfähig, mich zu rühren, und ich weiß selbst nicht, warum ich plötzlich so aufgeregt bin, den Anruf entgegenzunehmen.

«Hallo?», sage ich und versuche möglichst entspannt zu klingen.

«Wie spontan bist du?», fragt mich Liam am anderen Ende der Leitung, ohne sich zu einer Begrüßung hinreißen zu lassen.

«Ziemlich spontan.» Lüge Nummer Eins. Ich hasse Spontanität, aber das wäre jetzt definitiv die falsche Antwort.

«Wo wohnst du?», fragt er dann prompt. «Ich komme vorbei. Mit Sushi.» Ich hasse Sushi, aber das verschweige ich natürlich auch, sondern gebe Liam meine Adresse durch.

Ich habe keine Ahnung, wo er ist und wie lange er bis zu meiner Wohnung braucht, aber es herrscht ein solches Chaos auf diesen wenigen Quadratmetern, dass ich nach dem Gespräch erstmal einige Sekunden ratlos im Wohnbereich stehe und keine Ahnung habe, wo ich anfangen soll, um meine Wohnung vorzeigbar zu machen.

Das Geschirr von heute Morgen wegräumen? Die Papierreste meiner Lieblingsschokolade Hershey's Cookies'n' Creme wegwerfen? Meine Klamotten in den Koffer zurückstopfen, die überall auf dem Boden verteilt sind und es so kaum möglich machen, sich durch die Wohnung zu bewegen? Die Etiketten von den Barhockern entfernen? Die Farbe wegpacken? Meine ganzen Schulunterlagen sortieren? Die ausgepackten Bücher wegräumen, die sich auf der Küchenzeile stapeln?

«Shit, Shit, Shit», murmle ich hektisch und streiche mir einige Haarsträhnen aus dem Gesicht. Was ist am dringendsten? Ehe ich noch weitere Sekunden zum Abwägen verschwende, fange ich an, wahllos Klamotten einzusammeln, um den Weg freizumachen, und werfe sie auf mein Bett im Schlafzimmer. Den Raum wird Liam sicherlich nicht betreten.

Als ich wieder zurück in die Küche will, werfe ich eher einen flüchtigen Blick auf mein Spiegelbild und bleibe wie angewurzelt stehen. Meine Mascara ist verschmiert, was vorhin passiert sein muss, als ich mir beim Gespräch mit Rebecca nachdenklich über die Augen gerieben habe, und ich trage immer noch diese furchtbar hässlichen Klamotten fürs Streichen. Und noch nicht mal einen BH. Super.

Schnell renne ich in den Wohnbereich, öffne den nächstbesten Koffer, weil meine Klamotten von vorhin bereits in der Wäsche liegen, ziehe das erste Oberteil raus und durchwühle den Koffer nach einer Jeans, die ich natürlich erst finde, nachdem die Hälfte der Klamotten bereits auf dem Boden liegt.

Es klingelt.

«Verdammt!», fluche ich frustriert. Ich schlüpfe in die schwarze Jeans und stopfe nebenbei so gut wie möglich einige Klamotten zurück in den Koffer. Es liegt immer noch viel zu viel verteilt, aber es klingelt erneut. Liam scheint eher zu der ungeduldigen Sorte zu gehören. Nachdem ich einen BH angezogen habe, werfe ich mir noch schnell ein cremefarbenes Oberteil über. Auf dem Weg zur Tür binde ich mir wenigstens einen neuen Dutt, aber es bringt nichts, weil danach mindestens genauso viele Haarsträhnen heraushängen.

Großartig, wirklich großartig. Liam hat ein tolles Timing.

Schwer atmend öffne ich die Tür und dort steht er auch schon gutgelaunt an den Türrahmen gelehnt.

«Sushi», verkündet er mir mit einem selbstsicheren Lächeln. «Und zwei XXL Becher Pepsi.»

«Super», sage ich und versuche möglichst begeistert zu klingen. «Ich liebe Sushi.» Lüge Nummer Zwei. «Komm doch rein.»

Wir gehen den Flur entlang in den Wohnbereich und mir entgeht nicht, wie Liam seinen Blick durchs Zimmer gleiten lässt. Unweigerlich frage ich mich, wie seine Wohnung wohl aussieht. Ob er auch in der Gegend wohnt? Hier wohnen viele Lehrer. Gramps wohnt auch nur zwei Blöcke entfernt.

«Du bist erst ganz frisch eingezogen.» Er stellt die Essenstüte auf dem Küchentresen ab. «Seit wann bist du hier?»

«Seit gestern. Gestern Nachmittag saß ich noch in Brooklyn.»

Liam nickt und deutet auf die halbgestrichene Wand. Mein Klamottenchaos ignoriert er zum Glück. «Brauchst du Hilfe beim Streichen?»

Ich winke ab. «Ich muss mal schauen. Ehrlich gesagt habe ich vorhin erst angefangen und dann kam dein Anruf.»

«Oh, hätte ich das gewusst ...», murmelt Liam und starrt immer noch auf die Wand.

«Was dann?»

Endlich sieht er mich an und ein kleines Lächeln umspielt seine Lippen. «Nichts. Dann wäre ich trotzdem vorbeigekommen. Schließlich hatte ich das Sushi schon gekauft.» Was immer auch in den wenigen Stunden passiert ist, seit ich sein Auto verlassen habe – er wirkt viel gesprächiger und zugänglicher, wodurch auch ich entspannter an seiner Seite bin.

Ich setze mich auf einen Barhocker und er tut es mir gleich, dann schiebt er mir schwungvoll eine Box über den Tisch. Den Becherhalter stellt er ebenfalls ab.

«Stäbchen? Fürs Sushi, meine ich», will er gutgelaunt wissen.

«Na klar», antworte ich überschwänglich. Er legt sie neben meiner Box ab und auf einmal ist da dieses seltsame Schweigen zwischen uns. Ich kaue ungeduldig auf meiner Unterlippe herum, während Liam wortlos seine Sushi-Box öffnet. Ich warte darauf, dass er die Stäbchen benutzt, weil ich keine Ahnung habe, wie ich sie halten muss und für verrückte Tests ist es jetzt offensichtlich zu spät.

«Was ist?», fragt er schließlich mit einem kleinen, wissenden Lächeln. Ich glaube, er hat mich schon durchschaut.

«Nichts. Fang ruhig mit dem Essen an.»

Sein Lächeln wird breiter. «Ladies first.»

«Ich mag Sushi gar nicht, wenn ich ehrlich bin», gebe ich schließlich zähneknirschend zu und lasse die Schultern sinken. «Ich wollte nur nicht unhöflich sein.»

«Ich auch nicht. Ich hasse es sogar.» Liam lehnt sich zurück und lacht so herzlich auf, dass ich einstimmen muss. Sein Lachen ist einnehmend, weil es so unbefangen ist. «Es ist schwer zu glauben, dass es tatsächlich Leute gibt, die dieses Zeug gerne essen.»

«Wieso bringst du es dann mit?», will ich wissen und muss immer noch lachen, als er die Boxen wieder zusammenpackt.

«Keine Ahnung. Ich bin davon ausgegangen, dass alle New Yorker das Zeug mögen.» Er blickt über seine Schulter und mir entgeht nicht, wie er die Küchenzeile scannt, wahrscheinlich, um nach einer Alternative zu suchen – nach dem Sushi-Reinfall.

«Ich habe kaum was hier», erkläre ich ihm. «Du weißt schon, ich bin erst gestern eingezogen.»

Ungeduldig trommelt er mit seinen Fingern auf den Tresen. «Ist es unhöflich, wenn ich mal deine Schränke durchwühle? Ich finde bestimmt was.»

«Klar. Nur zu.»

«Ich mache es wieder gut. Versprochen», erklärt Liam und steht auf. Nacheinander öffnet er die Schränke, die größtenteils noch leer sind, und ich will schon vorschlagen, dass wir einfach was bestellen, als Liam doch noch fündig wird. «Die besten Peanut Butter & Jam-Sandwiches der Hamptons. Mehr braucht man doch gar nicht, oder?»

«Perfekt», sage ich und meine es ernst.

«Finde ich auch», stimmt er mir zu. «Mein Lieblingsessen.»

Liam durchsucht noch ein paar weitere Schränke, bis er die Teller gefunden hat und kurz danach stellt er uns die Sandwiches auf den Tresen. Er dreht sich nochmal um und kramt aus der letzten Schublade ein Teelicht raus, das er noch zwischen Sushiboxen, Pappbecher und Sandwiches quetscht.

«Hab ich noch gefunden. Für die romantische Stimmung. Scheint so, als wäre das Glück heute ganz auf meiner Seite.»

«Sehr romantisch», entgegne ich trocken, aber ich muss mir mein Grinsen verkneifen. In diesem Moment finde ich Liam einfach nur wunderbar. Unkompliziert, selbstironisch und bodenständig. «Fast wie ein Date.»

«Ich wünschte, es wäre so», murmelt er. Die wenigen Worte reichen und mein Atem stockt, aber er ist schon wieder beim anderen Thema und deutet aufs Teelicht. «Bitte sag mir, du hast irgendwo Feuer.»

«Ich habe nirgendwo Feuer.»

«Oh, damn», murmelt er belustigt und setzt sich zu mir. «Ehrlich, heute will mir irgendwie gar nichts gelingen. Egal. Dann eben ein Teelicht ohne Licht. Bei uns ist alles ein wenig anders.» Liam hebt den Pappbecher an, um mir zuzuprosten. Theatralisch räuspert er sich. «Auf uns. Und auf das, was wir haben.»

«Was haben wir denn?»

«Den Rest unseres Lebens», meint er und trinkt bereits einen Schluck. «Und den heutigen Abend.»

Ich will den Becher auch schon ansetzen, aber dann lasse ich ihn irritiert sinken. «Und was ist mit morgen?»

«Wer weiß, ob es ein Morgen gibt.»

«Was meinst du?»

«Morgen ...», setzt Liam an, ehe er den Kopf schüttelt und seinen Becher abstellt. «Okay, lass uns ehrlich sein, Nicole. Morgen wird jemand anderes versuchen, bei dir in der Küche zu sitzen. Ich meine, schau dich doch mal an. Also, wir haben nur den heutigen Abend.»

Fragend hebe ich die Augenbraue, aber ich habe keine Lust auf Diskussionen, also sage ich: «Erzähl mir lieber was von dir.»

«Ich bin nicht gut in diesem Smalltalk-Ding», murmelt er und beißt demonstrativ in sein Sandwich. Mit einem Mal ist sein Gesicht vollkommen ausdruckslos und ich habe das Gefühl, ein falsches Thema angeschnitten zu haben.

«Das habe ich schon im Auto bemerkt.»

Liam zuckt entschuldigend mit den Schultern. «Ja, ich weiß. Ich bin sogar ziemlich schlecht darin. Vor allem, wenn ich Menschen nicht kenne.» Er nuschelt noch irgendetwas Unverständliches, aber ich verstehe nicht mal ansatzweise, was er mir mitteilen will. Mein fragender Blick lässt ihn lächeln. Nachdem er etwas aus seinem Pappbecher getrunken hat, erklärt er mir: «Sorry, ich kann gerade sogar kaum sprechen. Diese verdammte Erdnussbutter klebt an meinen Zähnen. Was ist das denn für ein Shit? Die Alternative war jetzt irgendwie auch nicht besonders gut durchdacht.»

Ich lache laut auf und halte mir sicherlich viel zu spät die Hand vor den Mund. Bei mir klebt auch alles an den Zähnen. Ja, an der Situation ist so gar nichts romantisch, aber ich finde seine Aktion unglaublich sympathisch.

Seine grünen Augen leuchten mich wieder an. «Du bist ja spontan, Nicole. Hast du Lust auf so eine Art Speeddating? Viele Fragen, schnelle und knappe Antworten. Dann kann ich mir am besten ein Bild von Menschen machen, wenn sie nicht viel Zeit haben, sich ihre Antwort zu überlegen und groß zu formulieren. Spontane Antworten sagen viel über eine Person aus. Bist du dabei?»

«Okay», stimme ich überschwänglich zu, auch wenn ich keine Ahnung habe, was mich jetzt erwartet. Ich habe noch nie Speeddating gemacht, also bin ich mir nicht sicher, wie das ablaufen wird.

«In Ordnung, hier sind die Spielregeln: Man stellt eine Frage und der andere muss antworten. Man muss die Wahrheit sagen, aber natürlich kann man selbst entscheiden, wie viel man verrät. Man darf keine Gegenfragen stellen, und dem anderen auch nicht die gleiche Frage stellen. Jeder hat 13 Fragen.»

«Warum gerade 13?»

«Das ist meine Lieblingszahl. Einverstanden?»

«Klar.»

«Dann wähle weise, bevor ich dir die besten Fragen wegschnappe. Ladies first.»

«Was ist deine Leidenschaft?», frage ich ihn und beiße anschließend in mein Sandwich. Ich schmecke eindeutig mehr die Erdnussbutter, die Marmelade muss Liam nur ganz dünn drauf gestrichen haben.

«American Football», antwortet Liam prompt. «Du hast die Chance, dich selbst für fünfzehn Sekunden in der Vergangenheit anzurufen. Was sagst du?»

Im ersten Moment bin ich irritiert, weil ich mit solch einer Frage nicht gerechnet habe, aber zum Glück kaue ich noch mein Sandwich, was mir ein paar Sekunden Bedenkzeit bringt. «Dass ich mutiger sein soll. Weniger zweifeln, mich mehr trauen», erkläre ich Liam. «Deine heimliche Leidenschaft?»

«Die Frage hatten wir schon.»

«Nein. Jetzt liegt die Betonung auf heimlich.»

Liam lacht und schiebt seinen Teller mit dem angebissenen Sandwich zur Seite. «Du passt auf. Das gefällt mir. Bücher. Wo wir gerade dabei sind: Was ist dein Lieblingsbuch?»

«*Never let me go.*»

Er hebt fragend eine Augenbraue. «Ishiguro?»

«Genau.»

«Nie gelesen, sollte ich aber vielleicht mal ändern.»

«Mach das und sag mir, ob du es auch so liebst wie ich. Nächste Frage: Wer ist der wichtigste Mensch in deinem Leben?»

«Jeremy.»

«Wer ist das? Dein Bruder?»

«So ähnlich. Mein bester Freund», erklärt er mir knapp und lehnt sich ein Stück zu mir, während mich seine Augen neugierig mustern. Mit seinem Handrücken schiebt er die Pepsi ein Stück zur Seite, ohne den Blick von mir abzuwenden. «Wieso bist du in den Hamptons?»

«Weil ich einen Neuanfang will.»

Einige Sekunden sieht Liam mich wortlos an und in seinen Augen liegt ein fragender Blick. Sein langes Zögern verrät mir, dass er unsicher ist, ob er wirklich das sagen soll, was ihm gerade durch den Kopf geht. Ganz vorsichtig und mit leiser Stimme, als hätte er die Befürchtung, ein falsches Thema anzusprechen, fragt er mich schließlich: «Gescheiterte Beziehung?»

«Ja.» Sein intensiver Blick lässt mich unruhig auf meinem Platz herumrutschen. Zum Glück klingt meine Stimme gefestigt. «Unter anderem deswegen.»

Liam nickt einige Male, wieder sieht er mich aber nur schweigend an. Bei seinen nächsten Worten ist seine Stimme leise, kaum mehr als ein Flüstern. «Ich bin mir nicht sicher, ob der Typ wirklich weiß, was er da gehen lassen hat.»

Zuerst weiß ich nicht, ob ich es falsch verstanden habe, aber das Funkeln in seinen Augen bestätigt das Gesagte. Er beobachtet mich immer noch mit voller Aufmerksamkeit, als hätte er alles um uns herum ausgeblendet. Seine Worte machen mich irgendwie verlegen. Zum ersten Mal muss ich den Blickkontakt abbrechen und schaue stattdessen auf das Klamottenchaos, das sich hinter Liam erstreckt.

«Ich finde dich übrigens sogar ziemlich mutig», sagt Liam dann im lockeren Tonfall, was mich daran zweifeln lässt, ob ich den vorherigen Satz tatsächlich richtig verstanden habe. Er grinst mich locker an und fährt sich mit der Zunge kurz über die abgebrochene Ecke seines Zahns. Das macht er öfter und ich wette, dass er sich dessen noch nicht mal bewusst ist.

«Danke», entgegne ich, eher auf die zweite Äußerung, und spreche dann die Frage aus, die mir irgendwie immer dann durch den Kopf schwirrt, wenn es mir auffällt. «Wieso ist dein Zahn abgebrochen?»

Liam lacht leise und lehnt sich wieder nach hinten, während er die Arme vor der Brust verschränkt. Amüsiert dreht er den Barhocker. «Schlägerei mit Jeremy.»

«Ich dachte, er ist dein bester Freund.»

«Das ist er auch.» Liams Grinsen wird noch breiter und es macht ihm augenscheinlich Spaß, mich so in die Irre zu führen.

«Prügelt ihr euch öfter?»

«Wenn ich kein Herz hätte, würde ich sagen, das ist bereits deine nächste Frage.»

«Du hast ein Herz.»

«Woher willst du das wissen?», fordert er mich heraus und mir kommt es so vor, als hätte seine Stimme mit einem Mal einen leicht provokanten Unterton.

«Weil du mich nicht einfach auf der Straße ausgesetzt hast, nur weil ich die Fahne der Philadelphia Eagles schön finde», zwinkere ich ihm zu. «Also, lenk nicht ab. Lass mich raten, es ging um eine ...»

«Nein», unterbricht mich Liam und auch wenn er versucht, es zu verstecken, entgeht mir nicht, wie seine Mundwinkel belustigt zucken. «Nein, es ging um keine Frau.»

«Würdest du dich deswegen prügeln?»

«Nö, wir kommen uns bei Frauen nie in die Quere. Wir haben einen sehr unterschiedlichen Geschmack. Außerdem ... ich bekomme sie alle. Sorry, Jeremy: No chance.»

Ich bin mir nicht sicher, ob er es als Scherz verkaufen will, aber sein Lächeln ist so einnehmend und überzeugend, dass man ihm seine arrogante Aussage gar nicht übel nehmen kann. «Um was ging es dann?»

«Ich würde es dir gerne erzählen, aber ich kann nicht.»

«Warum?», frage ich weiter nach, auch wenn es mich genau genommen nichts angeht.

«Es geht nicht, weil es auch Jeremy betrifft.»

«Ich verstehe. Das wäre unfair ihm gegenüber.» Jetzt will ich es erst recht wissen, aber natürlich verstehe ich Liams Dilemma und frage deswegen nicht penetrant nach. Und ich finde es sehr loyal, dass Liam es nicht verrät. Man kann keinen Leuten trauen, die einem Geheimnisse von anderen Menschen erzählen. Das ist eine Lektion, die ich schon sehr früh gelernt habe.

«Genau. Vielleicht kann ich es dir irgendwann erzählen, aber wahrscheinlich würdest du es mir sowieso nicht glauben. Also, ich bin dran. Wenn es irgendwas gibt, das du in der Vergangenheit ändern könntest, was würdest du machen?»

Liam hat keine Ahnung, wie oft ich mir diese Frage schon gestellt habe. Ich erinnere mich noch deutlich an damals, als in Bens und meiner Wohnung die Broschüre seiner Physiotherapeutin lag. Eines Abends stupste er mich an und fragte mich amüsiert, ob ich ein Problem damit hätte, dass er jetzt so viel Zeit mit einer anderen Frau namens Madison verbringen würde. Ich schnappte gespielt empört nach Luft, woraufhin er laut lachte und mich sofort küsste, um irgendwelche Proteste im Keim zu ersticken. Ich habe mir damals nichts anmerken lassen, weil ich nicht als eifersüchtige Freundin gelten wollte, aber tief in mir hat es mir nicht gepasst. Ich hatte ein ungutes Gefühl, als hätte ich eine Vorahnung gehabt, die er mit seinen Worten heraufbeschworen hat. Damals hatte ich nicht den leisesten Schimmer, wie recht ich doch behalten würde.

Und trotzdem würde ich es nicht ändern. Es sollte wohl einfach nicht sein.

«Ich würde nichts ändern.»

«Gar nichts?»

«Nein», bestätige ich. «Ich glaube daran, dass alles aus einem bestimmten Grund passiert. Und was meinst du? Bestimmung oder freier Wille?»

«Freier Wille führt dich zu deiner Bestimmung», antwortet er ohne zu zögern und mir ist bei seiner schnellen Antwort klar, dass er sich über das Thema schon mal Gedanken gemacht haben muss. «Wann hast du zum letzten Mal geweint?»

«Silvester.»

Liam legt den Kopf schief und fragt dann zögernd: «Kann ich mehr erfahren?»

«Ich habe entschieden, dass ich im Dezember genug Tränen verschwendet habe. Genug für das ganze nächste Jahr und seitdem habe ich auch nicht mehr geweint.» Auch wenn ich es nicht explizit gesagt habe, bin ich mir sicher, dass Liam die Verbindung zu der gescheiterten Beziehung zieht und sich denken kann, dass ich verlassen wurde.

Liam setzt schon den Becher an, um wieder was zu trinken, dann lässt er ihn sinken. «War das dein Jahresvorsatz, nicht mehr zu weinen?»

Irgendwie hält Liam sich überhaupt nicht an die Spielregel, nach der keine Gegenfragen erlaubt sind. Mache ich aber auch nicht, wenn man mal ehrlich ist.

«Ja. Und ich habe den Jahresvorsatz bis heute nicht gebrochen», sage ich und bin dann bereits bei der nächsten Frage: «Was verstehst du unter Sehnsucht?»

«Einen Menschen, den ich nicht an meiner Seite haben kann», entgegnet Liam und auch diese Antwort kommt wieder ohne eine Sekunde zu zögern. «Ein Tag, den du wiedererleben würdest, wenn du könntest?»

«Besuch in Disney World mit meiner Schwester Rebecca und meinen Eltern.»

«Wie alt warst du da?»

«Keine Gegenfrage.»

«Komm schon, du hast auch bei Jeremy nachgefragt.»

Schmunzelnd verdrehe ich die Augen. «Okay, der Punkt geht an dich. Ich war 11 Jahre. In wen warst du das erste Mal verliebt?»

«Ich war noch nie verliebt.»

«Du hast doch eine Freundin.»

«Das schließt sich nicht aus», entgegnet er ungerührt und ich bin unsicher, was ich von dieser Antwort halten soll. Aber ich habe das Gefühl, dass es ihm Spaß macht, mich so zu verwirren, weil nun wieder dieses Funkeln in seine grünen Augen tritt, als müsste er sich das Grinsen verkneifen. «Woher willst du wissen, dass ich eine Freundin habe?»

«Du hast dich verraten.»

«Wann?», will er wissen und in seiner Stimme schwingt Skepsis mit, als ob ihm sowas nicht passieren würde. Seine Augenbrauen sind merklich zusammengezogen.

«Ist das deine nächste Frage?»

Liams Gesichtszüge entspannen sich wieder und er hebt lachend die Hände. «Ja. Meinetwegen.»

«Als du von der USA-Flagge in eurem Garten gesprochen hast.»

Er nickt einige Male anerkennend. Liams grüne Augen haben dieses wahnsinnig intensive Leuchten und ich muss mich regelrecht zwingen, nicht wieder den Blickkontakt abzubrechen. «Aufmerksam. Gefällt mir wirklich.» Er lehnt sich wieder ein Stück zu mir und sein Knie berührt meins. «Aber hast du schon mal daran gedacht, dass das eine falsche Fährte war? Einfach, weil ich deine Aufmerksamkeit testen wollte?»

Es fühlt sich an, als würde ich unter seinem intensiven Blick verbrennen. «Ich weiß nicht.» Meine Stimme versagt mir fast und ich räuspere mich. Etwas ratlos zucke ich mit den Schultern, um davon abzulenken. «Das musst du mir wohl sagen.»

Sein Gesicht kommt mir näher und ich schlucke einmal tief, während sich das Herz in meiner Brust beschleunigt.

«Ich habe keine Freundin. Ich date noch nicht mal irgendwen», flüstert er beinahe, während er mir einige Haarsträhnen aus dem Gesicht streicht, die sich aus meinem Dutt gelöst haben. Seine warmen Finger fahren sanft über eine Stelle auf meiner Stirn. «Du hast da noch ein bisschen Farbe. Lila steht dir.»

Meine Wangen beginnen zu glühen und mein Kopf scheint auch nicht mehr ganz richtig zu funktionieren, denn ich spreche die idiotischste Frage aus, die man jemanden zu solch einem Zeitpunkt stellen kann. «Schon mal jemanden betrogen?»

«Nicht nur einmal», antwortet Liam knapp und senkt den Blick. Seine Stimme ist völlig ausdruckslos, keinerlei Emotionen sind zu erkennen. Er scheint meine Frage jedoch nicht mal ansatzweise so komisch zu finden wie ich. Seine Ehrlichkeit überrascht mich, aber er ist so schnell bei seiner nächsten Frage, dass ich nicht deuten kann, ob es ihm unangenehm ist, darüber zu reden, oder ob da einfach nur Gleichgültigkeit ist. Er lehnt sich wieder entspannt nach hinten und ich bin froh über diesen körperlichen Abstand, denn mein Puls kann so zum Glück etwas runterfahren. «Frage acht: Hältst du an etwas fest, das du gehen lassen solltest?»

Puh, ich muss ehrlich sagen, seine Fragen bringen mich teilweise echt zum Nachdenken. Als er Speeddating erwähnte, bin ich irgendwie davon ausgegangen, wir reden mehr über belanglose Dinge. Zum Beispiel über das letzte Spiel der Yankees, eine vergangene Weihnachtsfeier oder unser Studium. Aber ich finde es irgendwie interessant und ihm scheint es ähnlich zu gehen, denn keiner von uns rührt mehr die Sandwiches an.

«Schwere Frage. Ich laufe niemandem mehr nach, der genau weiß, wo ich bin.»

«Aber das bedeutet nicht, dass du nicht an der Person festhältst.»

«Ja. Das stimmt.» Ich zucke entschuldigend mit den Schultern, weil ich ihm keine finale Antwort auf seine Frage geben kann. «Wie würden dich die Leute beschreiben?»

Liam rollt die Augen und ich weiß, dass ich ein Thema gefunden habe, worüber er nicht gerne spricht. Meine Neugier ist natürlich sofort geweckt. «Was ändert sich zwischen uns, wenn du es weißt?»

«Nichts. Ich mache mir mein eigenes Bild.»

«Wieso willst du es dann wissen?», fragt er schlagfertig.

«Ich weiß nicht. Es interessiert mich irgendwie.»

«Sicherlich würden sie mich nicht gerade positiv beschreiben.»

Seine Antworten sind keine perfekt formulierten Aussagen, aber vielleicht ist es gerade diese Ehrlichkeit und Offenheit, die mir an ihm gefallen und ihn authentisch machen.

«Jetzt will ich es erst recht wissen», gebe ich mit einem Lächeln zu.

«In Ordnung», willigt er ein und atmet einmal tief aus. Nachdenklich reibt er über seine Bartstoppel und das kratzige Geräusch dringt bis zu mir rüber. «Egoistisch. Selten uneigennützig. Gefährlich. Das typische Arschloch.»

Fragend hebe ich eine Augenbraue und ich weiß nicht, was für ein Ausdruck auf meinem Gesicht liegt, aber Liam grinst wieder nur.

«Das ist ja eine reizende Beschreibung. Was meinst du mit gefährlich?»

«Ich bin gutaussehend und intelligent. Eins davon ist harmlos, aber die Kombination ist gefährlich.»

«Aha. Bist wohl eher der Selbstbewusste», stelle ich trocken fest.

Liam zwinkert mir zu. «Eine nette Umschreibung für Arroganz.»

Einige Sekunden beobachte ich ihn. Ich bin mir noch nicht ganz sicher, was ich von Liam halten soll. Er könnte es auch einfach verschweigen, wie andere Leute ihn einschätzen würden, aber ich mag es, dass er so offen und unverblümt damit umgeht. Seine Augen haben wieder diesen schönen Glanz und sehen mich irgendwie aufrichtig an, ohne zu blinzeln oder den Blick abzuwenden. Ich finde, manche Menschen haben schon das Böse in den Augen stehen und ohne auch nur ein Wort mit ihnen gewechselt zu haben, ist man ihnen gegenüber sofort misstrauisch – das ist bei Liam anders.

«Und wer würde dich so beschreiben?»

Liam lehnt sich zurück und trinkt etwas von seiner Pepsi. Dann stellt er sie nicht gerade sanft ab. «Leute, die denken, dass sie mich kennen.»

«Und, kennen sie dich?»

Er wendet den Blick ab und lässt ihn ziellos durch den Raum gleiten. Mich beschleicht das Gefühl, dass vielleicht doch ein Funken Wahrheit in der Beschreibung steckt. Liam fährt sich durch die dunklen Haare, die daraufhin wie kleine Antennen abstehen, dann lächelt er mich schwach an. «Das musst du wohl selbst herausfinden, schätze ich.»

«Stört dich das? Dass die Leute so denken, meine ich?», hake ich nach und stütze meinen Kopf auf der Hand ab, während ich ihn beobachte.

Er schüttelt den Kopf und sein Tonfall ist voller Gleichgültigkeit. «Nein. Ich glaube, es gibt nichts auf der Welt, was mich weniger interessiert. Ich denke noch nicht mal über diese Leute nach. Und wenn du diesen Punkt erreicht hast, bist du richtig frei. Aber genug von mir, jetzt will ich was von dir erfahren: Was ist eine schlechte Angewohnheit von dir?»

«Ich trinke meine Gläser nie leer, was meine Schwester in den Wahnsinn treibt. Welchen Satz sagst du in einer Beziehung am meisten?»

Liam schnaubt belustigt, als hätte ich direkt ins Schwarze getroffen, dann reibt er sich verlegen den Nacken und presst die Lippen zusammen. Jetzt kann ich sehen, dass es ihm eindeutig unangenehm ist, darüber zu reden. «Es tut mir leid.»

«Und meinst du das auch so?»

«Nö», antwortet er ausdruckslos, was im völligen Widerspruch zu seiner vorherigen Reaktion steht.

Mit Mühe kann ich ein frustriertes Seufzen unterdrücken.

Liam Hunt, du bist ein Mensch voller Widersprüche.

«Wenn wir einen Tag in New York hätten, was würdest du mir zeigen?», will er wissen.

«Das beste New Yorker Frühstück.»

«Wo gibt's das?»

Ahnungslos hebe ich die Hände. «Das musst du schon rausfinden.»

«Ach, komm schon.»

«Im Bett.»

Verwundert hebt er eine Augenbraue und mir entgeht nicht, wie etwas in seinen Augen aufblitzt. «Im Bett?»

«Ja, so heißt das Café.» Genau das Café, in dem es auch den besten Cheesecake gibt und in dem ich gestern noch mit Becks zum Abschied saß.

Liam sieht mich enttäuscht an, aber ich kann nicht einschätzen, ob seine Reaktion echt ist. Er bringt mich schon wieder ganz durcheinander. «Oh, doch so eine lahme Auflösung. Mein Puls hat sich kurz beschleunigt.»

Ja, meiner auch bei seinen Worten, also gehe ich schnell zur nächsten Frage über. «Ist es möglich zu lügen, ohne ein Wort zu sagen?»

Er lehnt sich zurück und mustert mich einige Male stirnrunzelnd. Schließlich beißt er in sein Sandwich, wahrscheinlich um ebenfalls Zeit zu schinden. Ich trinke einen Schluck von meiner Pepsi, aber er lässt mich nicht aus den Augen, obwohl er eher durch mich hindurchsieht. Ich glaube, er hat mich völlig ausgeblendet und scheint über die Frage zu rätseln.

«Wow», sagt Liam schließlich, während er immer noch kaut. «Ich habe keine Ahnung. Verrückte Frage. Was meinst du?»

«Ich weiß es nicht. Deswegen frage ich dich.»

«Eine wirklich beeindruckende Frage, Nicole», sagt er anerkennend. «Ich denke darüber nach. Das werde ich wirklich, gerade muss ich dir aber eine Antwort schuldig bleiben. Welchem Menschen wünschst du nur das Beste, aber bist trotzdem manchmal neidisch auf ihn?»

«Rebecca. Weil sie alles kann und ihr alles gelingt. Sie scheitert nie, dafür bewundere ich sie. Was hat dich heute zum Lächeln gebracht?»

«Du.» Wie auf Kommando lächelt er mich an und ich kann gar nicht anders, als es ihm gleichzutun. Mir schlägt das Herz bis zum Hals und ich weiß, dass ich das möglichst schnell in den Griff bekommen muss. Keine Ahnung, was mit mir los ist, aber ich kann nicht jedes Mal so ein Herzrasen bekommen, wenn er mich ansieht, mit mir spricht oder mich anlächelt. Wie soll das denn im Alltag ablaufen, wenn er mal zufällig meine Finger berührt, wenn er mir irgendwelche Unterlagen im Lehrerzimmer reicht, oder er sich in einer Konferenz neben mir setzt?

Ganz langsam lehnt er sich zu mir vor, was nicht gerade dazu beiträgt, dass sich mein Herzschlag beruhigt. Liams Finger berühren mein Knie, sein Daumen kreist zögernd und sanft zugleich darüber, dann lässt er seine Hand ruhig auf meinem Oberschenkel liegen. Ich frage mich unweigerlich, ob er es einfach überspielen kann oder ihn das alles völlig kaltlässt. Immer noch ruhen seine grünen Augen aufmerksam auf mir, aber seine Atemzüge werden schneller, genau wie mein Puls. Schließlich wendet er den Blick ab und lächelt verschmitzt, auch wenn er versucht, es zu verstecken. Er weiß genau, was er in mir auslöst und er genießt seine Wirkung auf mich, das merke ich. Einmal atmet er tief aus, dann zieht er ganz langsam seine Hand zurück und reibt sich für einige Sekunden schweigend die Schläfe. Doch in diesem Moment bin ich mir sicher, dass er ebenfalls empfindet, was da zwischen uns passiert.

Ich bin wahnsinnig froh, dass ich nicht diejenige bin, die mit den Fragen dran ist. Ich glaube nicht, dass ich irgendeine sinnvolle Frage formulieren könnte. Liam räuspert sich, dann setzt er sich wieder aufrecht hin und bei seinen nächsten Worten klingt seine Stimme wieder ganz fest: «Vorletzte Frage: Wie lange kannst du alleine sein, bis du dich einsam fühlst?»

«Sehr lange. Ich fühle mich sehr selten einsam.»

«Woran liegt das?»

«Weil ich weiß, dass ich immer Leute habe, auf die ich mich verlassen kann.» Ich presse die Lippen zusammen, um mich auf das Gespräch mit Liam zu konzentrieren und ihm nicht noch mehr zu zeigen, wie er mich aus der Bahn wirft.

«Rebecca?», hakt er nach und ich bin überrascht, dass er sich ihren Namen gemerkt hat.

«Genau. Zum Beispiel.»

«Ich mag es, dass du deine Schwester so oft erwähnst.»

Wir sind schon fast durch mit diesem Spiel, was schade ist, denn ich hätte noch ungefähr eintausend Fragen, aber es wird sicherlich nicht das letzte Mal sein, dass Liam in meiner Küche sitzt. Jedenfalls hoffe ich das. Ich würde gerne noch eine tiefsinnigere Frage formulieren, aber ich bekomme es nicht mehr hin. «Meine letzte Frage: Hast du irgendeinen letzten Rat für mich? Du weißt schon, als Neuling an der Schule oder in den Hamptons allgemein.»

«Kopierer Fünf funktioniert fast nie», erklärt er mir monoton, dann senkt er den Blick und lässt die Pepsi im Becher kreisen. Bei seinen nächsten Worten ist seine Stimme kaum mehr als ein Flüstern. «Halt dich von Fuller fern. Und am besten auch von mir.»

«Warum?»

Liam lächelt mich müde an und wie so oft fällt es mir schwer einzuschätzen, wie ernst seine Worte gemeint sind. «Weil es

Schwierigkeiten bringt. Beides auf seine Art. Vor allem aber auch in Kombination.»

Ich kann gar nicht anders, als spöttisch eine Augenbraue zu heben. «Findest du es nicht etwas widersprüchlich, dass du sagst, ich soll mich von dir fernhalten, aber in meiner Küche sitzt?»

Liam sieht mir noch nicht mal in die Augen, stattdessen knibbelt er mit seinen Fingern hochkonzentriert einen Aufkleber am Pappbecher ab. «Daran ist gar nichts widersprüchlich, weil es das erste und letzte Mal sein wird. Eine Ausnahme. Wie ich vorhin schon sagte, wir haben nur den heutigen Abend.» Liam stellt den Pappbecher zur Seite und sitzt für eine gefühlte Ewigkeit einfach nur stumm vor mir. In seine Augen tritt ein unsicherer Blick, dann spüre ich wieder seine Hand auf meinem Oberschenkel. Okay, beim ersten Mal dachte ich vielleicht noch, die Berührung sei zufällig, aber mittlerweile ist es ziemlich offensichtlich, dass er meine Nähe sucht und genießt. Er greift nach meiner Hand und drückt sie kurz, lässt sie aber nicht los. «Ich sollte jetzt gehen, Nicole.» Seine Stimme klingt belegt und rau. «Es ist schon spät. Viel zu spät.»

Die Uhrzeit ist natürlich nur ein vorgeschobener Grund, denn plötzlich schlägt die Stimmung um. Er schaut mich zwar immer noch an, aber sein Blick ist abwesend. Seine Hand hält immer noch meine, aber dann lässt er sie abrupt los und springt auf. Sein Stuhl schabt über den Boden.

«Okay», sage ich mit leiser Stimme und fange an, die leeren Becher in die Plastiktüte zu räumen. Liam kommt her, bringt alles durcheinander, dann haut er wieder ab. Und damit meine ich nicht den dagelassenen Müll, den er einfach stehen gelassen hat, obwohl das auch durchaus zeigt, dass Liam nicht gerade gute Manieren hat.

«Ich habe noch einen Punkt für deine Liste, was andere Leute über dich denken», murmle ich, während ich die Plastiktüte verschließe.

«Hm?» Liam reißt seinen Kopf in meine Richtung und die Ahnungslosigkeit ist ihm ins Gesicht geschrieben. Er hat nicht die leiseste Ahnung, wovon ich rede und mich beschleicht das

Gefühl, dass er zwar noch körperlich vor mir steht, aber sein Kopf ist offensichtlich schon woanders.

«Unordentlich. Oder du bist einfach faul», zwinkere ich ihm zu, um die Stimmung etwas aufzulockern. Der Moment von vorhin ist vorbei und gerade ist es so, als würde ein ganz anderer Liam vor mir stehen.

Er lacht und obwohl seine starre Miene wieder verschwunden ist, wirkt es dieses Mal unecht. «Sorry. Ich glaube, ich hatte einfach nur eine schlechte Erziehung. Kommt nicht wieder vor.»

Kommt nicht wieder vor ... Liams Worte haben nach seiner plötzlichen Entschlossenheit, meine Wohnung zu verlassen, einen komischen Beigeschmack.

«Gibt es ein Problem?», frage ich schließlich, als ich die Plastiktüte auf der Küchentheke abstelle und mich dort anlehne. «Oder warum hast du es jetzt so eilig?»

Er steht mir gegenüber, aber keiner von uns verliert mehr ein Wort. Liam starrt mich lange ohne zu lächeln an. Aus Ratlosigkeit fange ich an, meinen Dutt zu lösen und streiche mir durch die Haare. Schließlich vergräbt Liam die Hände in der Hosentasche und seufzt tief. «Ich hätte gar nicht erst bei dir in der Küche sitzen sollen. Das ist das Problem.»

Ohne ein weiteres Wort dreht er sich um und geht Richtung Wohnungstür. Wenn er jetzt einfach die Wohnung verlässt, lasse ich ihn ziehen.

Ich laufe niemandem mehr nach, der genau weiß, wo ich bin ...

Er bereut, was er getan hat. Oder fast getan hat. Oder gerne getan hätte. Ich weiß es, auch wenn Liam es nicht laut ausgesprochen hat. Möglicherweise hat er doch eine Freundin und sein schlechtes Gewissen nagt an ihm. Oder was auch immer in seinem Kopf vorgeht.

Erst als er schweigend mit dem Rücken zu mir vor der geschlossenen Tür stehen bleibt und auf mich zu warten scheint, gehe ich mit langsamen Schritten auf ihn zu. Nur aus der Küche fällt noch das Licht auf uns, als ich auf ihn zukomme. Liam dreht sich zu mir um und lehnt sich an den Türrahmen. «Danke, dass du heute so spontan warst.»

«Danke fürs Sushi.» Das eh keiner gegessen hat. «Und für die Sandwiches.»

«Die besten Sandwiches der Hamptons», korrigiert Liam mich mit erhobenem Finger, während er leicht grinst. Sein Lächeln scheint er wiedergefunden zu haben, was mir Hoffnung macht. Vielleicht habe ich mir den Stimmungsumschwung eben nur eingebildet.

«Richtig. Die besten Sandwiches der Hamptons.»

Unsere Augen begegnen sich für den Bruchteil einer Sekunde, aber dann legt er seufzend den Kopf in den Nacken. Ich weiß nicht, ob ich gerade zu viel interpretiere, aber ich werde das Gefühl nicht los, dass keiner von uns weiß, wie wir uns voneinander verabschieden sollen. Irgendwann drückt er sich vom Türrahmen ab und schließt mich wie selbstverständlich in seine Arme. Mir steigt sein Duft in die Nase, aber es ist weder ein Parfum noch ein Aftershave. Vorhin auf dem Parkplatz roch er noch nach einem Duft von Hugo Boss, aber jetzt ist da nur sein Eigengeruch. Einfach nur Liam.

«Ich habe noch eine Frage offen», flüstert Liam, als er sanft über meinen Hinterkopf fährt. Sein warmer Atem streift mein Gesicht und allein das scheint zu reichen, um eine unglaubliche Hitze in meinem Körper zu entfachen. Er schluckt schwer und seine Stimme ist ganz leise und gedämpft, kaum mehr als ein zärtliches Flüstern. «Frage Nummer Dreizehn: Was würdest du machen, wenn ich dich jetzt küssen würde?»

«Wie bitte?», frage ich überrumpelt. Meine Stimme klingt schrill und gleichzeitig viel zu leise. Mir wirbeln tausend Gedanken durch den Kopf und ich bin mit einem Mal nervös. Zuletzt habe ich Ben geküsst – und das ist wie lange her? Fast 10 Monate. Kann man sowas verlernen? Bestimmt, oder? Ich bin wie blockiert und gehemmt, aus Angst, etwas falsch zu machen.

Liam lässt mich ein wenig los und legt mir mit seinen Fingern die langen blonden Haare hinter die Schultern. Er lächelt verschmitzt und mir wird klar, dass das sein voller Ernst war. «Manche Chancen sollte man einfach ergreifen. Man weiß schließlich nicht, ob sie je wiederkommen. Zwingst du mich jetzt ernsthaft, die Frage zu wiederholen? Glaub mir, es hat eine ziemliche Überwindung gekostet, das zu fragen, aber ich will mir am ersten und letzten Abend keinen Korb einfangen.»

Liam könnte es auch einfach drauf anlegen, aber ich kann ihm ansehen, wie unsicher er plötzlich ist. Seine Körperhaltung ist nicht so aufrecht wie sonst und er spielt verlegen mit meinen Haaren, um mir nicht in die Augen sehen zu müssen. Ich lasse ihn gewähren, aber ich bewege mich kein Stück, und ich glaube, er kann meine Antwort auch ohne Worte sehr gut hören.

«Warum?», fragt Liam trotzdem mit leiser Stimme, obwohl er wohl schon ahnt, was ich gleich sagen werde. Sein Blick ist auf mein Schlüsselbein gerichtet.

Liam interessiert es vielleicht nicht, was andere denken, aber ich kann das nicht so ausblenden. Was würden meine Kollegen wohl von mir halten, wenn sie wüssten, dass ich nach meinem ersten Arbeitstag einen Kollegen küsse?

Sicherlich nichts Nettes. Brooklyn Bitch würde mir spontan einfallen ...

«Ich würde sagen, dafür ist es ein wenig zu früh», erkläre ich ihm mit leiser Stimme und knete meine Hände. «Wir kennen uns gerade mal einen Tag.»

Liam lässt das unkommentiert und streicht mir stattdessen über die Schultern. Mein Körper ist sofort mit Gänsehaut übersät und ich habe das Gefühl, dass meine Knie ganz weich sind. Ich kann nur hoffen, dass er nicht bemerkt, welche Wirkung diese kleine Berührung hat. Ja, ich finde ihn wahnsinnig attraktiv und versuche nicht mal, es zu leugnen. Meine Reaktion verrät mich sowieso. Irgendwas an seiner Art finde ich unglaublich anziehend, auch wenn ich ihn noch nicht durchschaut habe. Möglicherweise ist es gerade das.

Auch wenn Liam versucht, es mit seinem lockeren Tonfall zu überspielen, klingt er ein kleines bisschen frustriert. «Wieso fühlt es sich so an, als würde ich gerade einen Korb bekommen?»

«Weil es irgendwie so ist», entgegne ich trocken. Ich bin froh, dass mich meine Stimme nicht verlässt, obwohl meine Kehle staubtrocken ist. Seine Hände ruhen jetzt auf meiner Hüfte und er bringt damit alles in mir durcheinander. Mein Atem ist gleichmäßig, dafür pocht das Herz in meiner Brust wie wild.

Ich bin kurz davor, ihn doch einfach zu küssen, gebe aber mein Bestes, um nicht die Nerven zu verlieren. Ich starre schon die ganze Zeit auf sein blau kariertes Hemd, nur, um ihn nicht anschauen zu müssen. Wenn ich jetzt in seine Augen blicke, dann gebe ich keine Garantie für mein Verhalten ab.

«Ich habe noch nie einen Korb bekommen.» Irgendwas daran scheint ihn zu amüsieren. Fast so, als könnte er es gerade selbst nicht fassen, dass ihm sowas passiert.

«An manchen Erfahrungen soll man bekanntlich wachsen», meine ich mit leiser Stimme und hebe endlich den Blick. Ich klopfe ihm einmal aufmunternd vor die Brust und ich spüre, wie sein Herz hart gegen seinen Brustkorb schlägt.

Der Ausdruck in seinen grünen Augen und sein ruhiger Tonfall verraten mir, dass er wegen der Zurückweisung nicht sauer ist, aber begeistert eben auch nicht. Er wirkt enttäuscht und es könnte sogar sein, dass er ein wenig gekränkt ist, aber vielleicht tut es seinem Ego mal ganz gut, wenn er nicht immer seinen Willen bekommt.

«Meinst du, es wäre anders, wenn wir uns anders kennengelernt hätten und uns nicht täglich begegnen würden?», fragt Liam und sucht meinen Blick.

«Ich weiß nicht. Vielleicht ...», erwidere ich und lasse meine Hände sinken. «Was sind das denn für Fragen?»

«Ich versuche nur, den Korb besser zu verarbeiten.» Er zwinkert mir einmal zu und lächelt schwach. Auch wenn wir uns erst ein paar Stunden kennen, fühlen sich seine warmen Finger auf meiner Haut viel besser an, als sie sollten.

Nachdenklich beobachtet er mich. Während er auf seiner Unterlippe kaut, verschwindet sein amüsierter Gesichtsausdruck jedoch. Mit einem Mal sieht er mich ernst an. Und dann verhärten sich seine Gesichtszüge und ein ungutes Gefühl macht sich in meiner Brust breit. Ich glaube, der Korb setzt ihn doch mehr zu, als er mir gegenüber zugeben will. Sein Ego scheint wahnsinnig groß zu sein und irgendwas an seinem Ausdruck lässt die Vermutung zu, dass Liam unangenehm werden kann, wenn er seinen Willen nicht bekommt.

«Alles okay?», frage ich schließlich mit zaghafter Stimme.

Liam schluckt und seine Gesichtszüge sind immer noch angespannt, dann zieht er mich nochmal an sich. «Ich habe gerade realisiert, dass ich Mist gemacht habe. Ich hätte dich nicht in diese Situation bringen sollen. Ich hoffe, du nimmst es mir nicht übel.» Er hält mich immer noch fest, als würde er mich gar nicht mehr loslassen wollen.

«Es ist alles gut. Don't worry.»

Dann lockert Liam seinen Griff und sieht mich noch ein letztes Mal an. Ein zweifelnder und müder Ausdruck tritt in seine Augen. Während er die Hand schon am Türgriff hat, drückt er mir noch einen flüchtigen Kuss auf die Stirn und stupst mir anschließend vor die Nase. «Ich hoffe, du verzeihst mir eines Tages, Nicole. Ich sollte jetzt wirklich gehen. Wir sehen uns morgen. Gute Nacht.»

Er gibt mir keine Chance mehr, irgendwas darauf zu erwidern, sondern öffnet die Tür und zieht sie sofort hinter sich ins Schloss.

Ich lehne meine überhitzte Stirn gegen die kalte Tür. Und bin mir sicher, dass Liam auf der anderen Seite steht. Das Licht, das durch den unteren Türspalt von draußen in meine Wohnung leuchtet, verrät ihn. Er murmelt draußen irgendwas Unverständliches und ich höre Schritte. Dann ist der Schatten verschwunden.

Holy Shit. Ich glaube, ich habe ein mittelgroßes Problem. Und das bereits nach meinem ersten Tag in den Hamptons. Irgendwie werde ich das Gefühl nicht los, die Sache mit Liam könnte kompliziert werden. Für mich ist er wirklich gefährlich. Sein widersprüchliches Verhalten, dazu manche seiner Äußerungen, gepaart mit seinen Annäherungsversuchen und seiner Wirkung auf mich, lassen jedenfalls darauf schließen, dass das Ganze hier möglicherweise nicht gut für mich ausgeht.

So wie bei Ben.

Und trotzdem kann ich an diesem Abend gar nicht anders, als mit einem Lächeln ins Bett zu gehen.

***

105 Tage vorher

Am nächsten Tag ist von diesem Lächeln jedoch nicht mehr viel übrig. Bereits am zweiten Schultag bin ich so gestresst, dass ich mir das Wochenende herbeisehne. In der letzten Unterrichtsstunde für den heutigen Tag sitze ich in meinem Klassenraum und bin damit beschäftigt, die Hausordnung der Schule zu lesen. Selbst in meiner Mittagspause kam ich nicht eine Minute zum Essen oder Trinken, weswegen ich mittlerweile wahnsinnige Kopfschmerzen habe. Ich stehe unter Zeitdruck, denn nach der Stunde treffe ich mich mit Mrs. Graham, die mit mir offene Fragen klären möchte. Dies hat nun leider zur Folge, dass ich meinem neuen Kurs eher mäßige Aufmerksamkeit schenke. Immer wieder betreten Schüler den Raum, die meistens eher weniger motiviert eine Begrüßung von sich geben, doch ich konzentriere mich weiterhin auf den vorliegenden Text. Teilweise blicke ich noch nicht einmal zur Begrüßung auf, was ziemlich unhöflich ist und sicherlich keinen guten ersten Eindruck macht, aber das ist mir gerade egal. Viel wichtiger ist mir, für das Gespräch mit Mrs. Graham gleich gut vorbereitet zu sein.

Irgendwann schaue ich eher nebenbei auf mein Smartphone und stelle fest, dass die Stunde bereits vor fünf Minuten begonnen hat. Meine Schüler scheint das nicht sonderlich zu interessieren, denn hier ist eine ziemliche Lautstärke.

«So, jetzt ist hier mal Ruhe!», herrsche ich die Schüler nicht gerade in sanftem Tonfall an, als ich die Hausordnung zusammenpacke und aus meiner Tasche die Anwesenheitsliste des Kurses herausziehe. Merklich ziehe ich die Augenbrauen zusammen und präsentiere meinen bösen Blick, als die Schüler nach und nach das Gerede einstellen und es endlich ruhig ist. Na, immerhin etwas.

Kurz scanne ich die Schüler, aber es gibt niemanden, der durch sein Verhalten direkt negativ hervorsticht. Alle eher auffällig unauffällig, aber wir sind hier schließlich auch in den Hamptons und nicht in der Bronx.

«Mein Name ist Nicole Hale und ich bin eure neue Lehrerin für Englische Literatur. Zwei Dinge mag ich gar nicht: Faulheit und Quatscher. Insbesondere in Kombination. Wer also meint, er muss hier permanent den Unterricht stören oder seine Arbeit verweigern, wird diesen Kurs nicht bestehen. Und das ist keine Drohung, sondern ein Versprechen. Ist das bei euch angekommen?» Ich mache eine Pause, um das Gesagte kurz bei den Schülern sacken zu lassen. Ich genieße die Stille, die im Klassenraum herrscht, und noch viel mehr die entgeisterten Gesichter. Einigen sieht man die Panik bereits an und ich bin mächtig stolz auf mich, dass ich die Zügel direkt so anziehe. Dann lächle ich die Schüler versöhnlich an und fahre fort: «Bevor ich ein Wort zu den Kursanforderungen oder den zu besprechenden Inhalten sage, gehe ich erst einmal die Kursliste durch, um zu sehen, wer anwesend ist.»

Ich verlese die Liste und sehe kurz auf, wenn ein Schüler seinen Namen bestätigt.

«Ellen Ford?», leiere ich herunter. Ich sollte dringend versuchen, nicht so gelangweilt zu klingen, aber ich habe seit gestern so viele neue Namen und Gesichter kennengelernt, dass ich mir ohnehin nicht alles merken kann. Das wird mindestens zwei Wochen dauern.

«Ja, hier», sagt eine Stimme rechts von mir. Ellen sieht mich schüchtern an und hat auf ihrem Tisch bereits Werke von Oscar Wilde und Virginia Woolf gestapelt, die sie offensichtlich schon in ihrer Freizeit gelesen hat. Aus den Seiten ragen überall kleine Zettel heraus, die mit Notizen vollgekritzelt sind. Kategorie Streber. Ich fürchte, sie ist sogar besser vorbereitet, als ich es bin. Ich lächle sie herzlich an, denn solche Schüler sind für den Unterricht extrem wichtig, weil sie ihn voranbringen.

«Zachary Griffin?»

Eine leise Zustimmung neben der Streberin ertönt. Kategorie Unsichtbar. Er will hier nur in Ruhe seine Zeit absitzen und möglichst unscheinbar bleiben.

Ohne ein Klopfen wird die Tür aufgerissen und vor mir steht Liam. Abrupt setze ich mich ein Stück aufrechter hin und ein kleines Lächeln macht sich auf meinem Gesicht breit. Ich will ihn fragen, ob er Kreide braucht oder sich im Raum geirrt hat, als er die Tür schließt und sich über seinen Bart reibt, den er mittlerweile getrimmt hat.

Meinem Blick weicht er aus. Und in diesem Moment macht sich wieder das gleiche ungute Gefühl in meiner Brust breit, das ich schon gestern bei der Verabschiedung hatte. Ich ahne Schlimmes. Etwas sehr Schlimmes.

Was er dann mit seinen nächsten Worten bestätigt.

«Entschuldigen Sie die Verspätung. Mr. Ward hat mich aufgehalten.»

Ich will etwas sagen, aber mein Mund bringt keinen Ton hervor. In diesem Moment glaube ich, dass mir jemand die Luft abschnürt. Mein Herz setzt aus. Als seine Worte ganz langsam zu mir durchdringen, setzt mein Herz wieder ein, sprengt mir dann aber in seiner Durchschlagskraft fast den Brustkorb.

Liam sieht mich endlich an und nickt mir einmal knapp zu. Mit steinerner Miene geht er in die letzte Reihe.

Ich weiß nicht, was hier gerade passiert, aber es fühlt sich an, als würde mir der Boden unter den Füßen weggezogen werden.

Seinen Rucksack wirft er achtlos unter den Tisch und lässt sich dann auf einen Stuhl fallen. Ich kann gar nicht anders, als ihn mit offenem Mund anzustarren. Es ist völlig surreal. Plötzlich sitzt er breitbeinig ganz hinten, in der letzten Reihe, und seine Haltung ist jetzt wieder genauso lässig, wie bei unserer Begegnung auf dem Parkplatz. Er hat sich nach hinten gelehnt und die Arme vor der Brust verschränkt. Seine Augen sehen mich ausdruckslos an, seine Miene verrät keinerlei Regung.

Fuck.

Er ist mein Schüler. Nicht mein Kollege.

Seit gestern hat sich immer wieder ein Schüler in meine Gedanken geschlichen und ich habe immer wieder daran gedacht, was für ein charmantes Lächeln er hat und welch interessantes Grün seine Augen haben.

Und ich habe mich mit ihm getroffen. In meiner eigenen Wohnung. Ich kann mich noch viel zu gut daran erinnern, was er gestern in mir ausgelöst hat. Wie sich mein Herz beschleunigt hat, wie mein Puls gerast ist und wie weich meine Knie wurden. Selbst an seinen Geruch kann ich mich noch erinnern.

Das darf einfach nicht wahr sein.

Ich korrigiere meine Aussage von gestern. Ich habe kein mittelgroßes Problem, sondern ein riesengroßes.

Ich versuche, mir nichts anmerken zu lassen, aber ich bin mir sicher, dass mir in diesem Moment alles aus dem Gesicht fällt. Zu gerne würde ich wissen, was Liam jetzt denkt, aber sein Gesicht ist nach wie vor wie eingefroren.

Seit wann wusste er es? Wusste er etwa schon gestern, dass ich ihn unterrichte? Wusste er, dass ich *seine* Lehrerin bin oder dachte er, ich bin nur *eine* Lehrerin? Und spielt das überhaupt eine Rolle? Auch wenn er noch nicht wusste, dass ich ihn unterrichte, war ihm bewusst, wer ich bin und dass wir mit unserem Verhalten Grenzen überschreiten. Und zwar meilenweit.

Ich muss die Sache rational angehen. Natürlich wusste er genau, dass ich ihn unterrichte. Die Schüler hatten gestern schon ihre Stundenpläne, so wie ich schon meine verdammten Kurslisten hatte. Seit gestern schleppe ich die Wahrheit mit mir herum. Die Liste lag die ganze Zeit in meiner Schultasche neben dem Barhocker, auf dem Liam gesessen hat.

So abgebrüht muss man erstmal sein und mir Hilfe anbieten, mich nach meiner Nummer fragen und sich dann sogar noch gutgelaunt in meine Küche setzen.

Von allem anderen will ich gar nicht erst anfangen.

Wie würden dich die Leute beschreiben?

Egoistisch. Selten uneigennützig. Gefährlich. Das typische Arschloch.

Ja, Liam Hunt, du bist wirklich das typische Arschloch.

Ich blicke auf die Kursliste, um überhaupt irgendetwas zu tun. Der Stift in meiner Hand fängt leicht an zu zittern und ich verstärke den Griff, um mir nichts anmerken zu lassen. Meine langen Fingernägel bohren sich in die Haut.

«Liam Hunt», verlese ich den nächsten Namen auf der Liste. Ich spreche es mehr für mich selbst aus, um es überhaupt zu realisieren.

«Anwesend», sagt er ungerührt. Irgendwo im Klassenraum fängt jemand an zu lachen, entweder über seinen Kommentar oder über meine Reaktion. Auch Liams Mundwinkel zucken nun und als sich sein Sitznachbar zu ihm herüber lehnt und irgendetwas sagt, was ich akustisch nicht verstehe, wird Liams Grinsen noch breiter.

Verdammt, hat er jetzt etwas über mich gesagt? Ich muss mich zusammenreißen, bevor der ganze Kurs noch bemerkt, dass hier irgendetwas nicht stimmt.

Ich räuspere mich auffällig laut und will meine Gedanken vertreiben, aber es funktioniert nicht. Nein, das kann nicht sein. Er kann nicht mein Schüler sein. Wie kann er überhaupt noch zur Schule gehen? Er sieht älter aus als ich, vielleicht sogar so alt wie Ben. Die breiten Schultern, diese Lässigkeit und sein sicheres Auftreten ... Er strotzt regelrecht vor Selbstbewusstsein.

Ich ringe möglichst leise nach Luft und mir ist so warm, als würden wir mitten in der prallen Sonne sitzen und nicht in einem klimatisierten Klassenraum.

Liam wusste es. Und er hat mich bewusst ins Messer laufen lassen, um mich jetzt in diese Situation zu bringen. Er hat mich absichtlich hinters Licht geführt. Wie abgestumpft und herzlos muss ein Mensch sein, um sowas zu machen?

Sofort fallen mir jede Menge unschöne Bezeichnungen für Liam ein. Gewissenloser Bastard ist zum Beispiel ganz oben auf meiner Liste. Wenn ich nicht so geliefert wäre, würde ich Mrs. Graham bitten, dass er den Kurs wechselt.

Die Situation überfordert mich gerade so sehr, dass ich am liebsten anfangen würde zu heulen.

«Angelina Ianson?» Mit schriller Stimme gehe ich die Namensliste weiter durch. In mir herrscht solch ein Chaos, dass ich mich anstrengen muss, die Namen korrekt vorzulesen. Wenn Liam irgendjemandem von gestern erzählt hat, dann bin ich hier möglicherweise schon wieder gefeuert, bevor meine erste Woche vorbei ist. Ich kann nur hoffen, dass er nicht bemerkt hat, was er für eine Wirkung auf mich hat. Hatte. Denn das muss ab dieser Sekunde vorbei sein. Und das ist es auch, denn seine überhebliche, freche und unverschämte Art macht ihn plötzlich wahnsinnig unattraktiv.

Okay, calm down. Keiner weiß davon und solange niemand meine Gedanken lesen kann, wird es auch keiner erfahren. Ab jetzt denke ich einfach nie wieder daran … Und er ist im Seniorjahr! Das bedeutet, in einem Jahr bin ich ihn los!

Außerdem ist ja nichts passiert ...

Jedenfalls nicht wirklich ...

Wie ein Mantra spreche ich mir das selbst vor und nach ein paar Sekunden scheint es wenigstens ansatzweise zu wirken.

Gleich geschafft ... Nur noch ein paar weitere Namen auf der Liste ...

«Jeremy Porter?» Der Typ neben Liam hebt knapp seine Hand. Aha, der berühmt berüchtigte best buddy, der sich zuvor auch zu ihm herüber gelehnt hat. Genau wie Liam hat er breite Schultern und seine Gesichtszüge sind ebenso markant. Sie sehen beide aus wie Männer, richtig erwachsen und nicht wie Teenager, die noch ihren High School Abschluss machen. Eher wie meine Kollegen als meine Schüler.

Toll. Beide davon im Doppelpack. Sehr reizend. Wenn Jeremy genauso drauf ist, weiß ich wirklich nicht, ob ich dieses Schuljahr überleben werde. Keine Ahnung, ob ich dann überhaupt die erste Woche hier überstehe.

Ich komme mir vor wie in einem schlechten Traum. Aber das ist kein schlechter Traum, sondern die Realität. Mein Leben in den Hamptons.

«Daniel Turner?»

«Sie können mich gerne Dan nennen», bietet er mir an. Ich ziehe spöttisch die Augenbrauen hoch und er zwinkert mir zu. Kategorie Charmeur. Den werde ich schnell in die Schranken weisen.

«In Ordnung, Daniel», murmle ich trocken, eher an mich gerichtet, und hake seinen Namen auf der Liste ab.

Plötzlich fangen einige Schüler an zu lachen.

Für einen Augenblick ist Daniel sichtlich irritiert. Liam lehnt sich zu ihm herüber und boxt ihm vor die Schulter. Dann lacht er laut auf, genauso entspannt wie gestern in meiner Küche. Als wäre das hier alles ein lustiges Spiel, bei dem die Chancen gut stehen, dass er am Ende gewinnt. «Alter, was für ein Korb!»

«Mann, aber richtig!», sagt irgendein anderer Schüler aus der vorderen Reihe und dreht sich zu Daniel um, während er eine seltsame Bewegung mit der Hand macht.

«Geduld, Geduld. Ich laufe mich gerade erst warm», verteidigt sich Daniel und hebt beschwichtigend die Hände, woraufhin die komplette letzte Reihe in Gelächter ausbricht.

In diesem Moment weiß ich, dass das ein anstrengendes Schuljahr wird. Es ist zwar nur ein verdammtes Jahr, aber Liam und seine Clique werden es mir nicht leicht machen.

Ich glaube, ich fange gleich wirklich an zu heulen.

Unsicherheit macht sich in mir breit. Am liebsten würde ich jetzt die Zeit anhalten und mich erst einmal beruhigen, um diesen Schock zu verdauen. Um ehrlich zu sein, würde ich am liebsten den Kurs abgeben, aber mir fällt kein plausibler Grund dafür ein. Vielleicht sollte ich sofort kündigen und wieder zurück nach Brooklyn ziehen. Vielleicht war die ganze Aktion viel zu überstürzt. Ich passe gar nicht in die Hamptons. Der Gedanke daran, theoretisch sofort aussteigen zu können, beruhigt mich. Er gibt mir eine Perspektive, einen Ausweg für diese Situation, die gerade völlig aussichtslos erscheint. Aber vielleicht steigere ich mich auch einfach rein.

Es ist bestimmt nur der erste Schock …

Ist doch alles halb so schlimm.

Oder?

Ich versuche, nicht eingeschüchtert zu wirken und ignoriere das Gelächter aus der letzten Reihe so gut wie es geht, während ich möglichst entschlossen die Namensliste zu Ende durchgehe.

«Ist hier irgendjemand, der diesen Kurs wiederholt?», frage ich, als ich die Anwesenheit kontrolliert habe. Ich wette, Liam wiederholt den Kurs. Bestimmt nicht zum ersten Mal. Er sieht so reif aus, dass er unmöglich so alt sein kann wie seine Mitschüler. Hektisch durchsuche ich meine Tasche nach einem anderen Zettel. Ich warte eigentlich darauf, dass sich Schüler melden – wenigstens Liam – aber es passiert nichts. Stattdessen herrscht Schweigen. Endloses Schweigen.

«Keine Wiederholer also», stelle ich geistreich fest. Noch einmal gehe ich die Liste mit den persönlichen Daten durch und scanne die Geburtstage.

Da ist er. Liam Hunt. Er ist siebzehn Jahre. Dort steht es, schwarz auf weiß. Mir wird schlecht. Ich glaube, ich heule gleich nicht nur, sondern kotze auch. Ich weiß nicht, was schlimmer ist: Seine Minderjährigkeit oder dass er mein Schüler ist. Eine Stimme in mir spottet, dass ich diese Wahl ja nicht entscheiden muss, schließlich habe ich beides in Kombination. Das ist alles katastrophal und ich frage mich, wie sich meine Stimmung innerhalb weniger Stunden so ändern kann. Wie mein Lächeln, mit dem ich gestern Abend noch ins Bett gegangen bin, plötzlich weg ist, obwohl es vorhin noch da war.

Vom Himmel in die Hölle. Einmal Himmel und zurück.

Ich fühle mich nur noch verarscht und bin verdammt wütend. Nicht nur, dass Liam mein Schüler ist, nein, er ist sogar noch minderjährig. Ich hätte mich gestern strafbar machen können. Am liebsten würde ich Liam augenblicklich vor die Tür zerren und ihm ein paar Takte zu seinem asozialen Verhalten sagen, aber das wäre zu auffällig.

Und jetzt besitzt er auch noch die Dreistigkeit und lehnt sich zu Jeremy, um ihm irgendwas mitzuteilen, was anscheinend nicht bis nach der Stunde warten kann.

Ich stehe kurz vor der Explosion und ohne groß darüber nachzudenken, nehme ich das Stück Kreide, das vor mir auf dem Pult liegt, und werfe es Richtung Liam.

Die Kreide landet genau auf seinem Tisch. Liam zuckt sogar kurz zusammen. Sofort hört er auf zu reden und neigt den Kopf langsam in meine Richtung. Sein irritiertes Gesicht gibt mir wenigstens ein bisschen Genugtuung.

«Was soll das?», fragt er dann aber dreist. Und in solch einem schroffen Tonfall, als wäre er im Recht.

«Was das soll?», wiederhole ich scharf und stehe auf, um größer zu sein. Bei meinen nächsten Worten habe ich meine Stimme erhoben und schreie ihn schon fast an. «Habe ich gesagt, du sollst mit Jeremy Porter reden, Liam Hunt?»

Seine Miene ändert sich und ist jetzt ausdruckslos, aber ich bin richtig in Rage. Voller Wut zerknülle ich die Anwesenheitsliste, um mich weiter abzureagieren.

Ich hole wieder aus und werfe die zerknüllte Liste vor die Wand, die dann direkt im Mülleimer darunter landet. Im Raum ist es ganz still, ein paar Schüler runzeln merklich die Stirn und fragen sich wahrscheinlich, warum ich so abdrehe.

Die Streberin aus der ersten Reihe reißt schockiert ihren Mund auf und wirkt mit einem Mal ganz blass.

«Was?», blaffe ich sie an. «Sind ja wohl alle anwesend oder ist mir was entgangen?»

Ihre Augen werden noch größer, aber sie bekommt weiterhin kein Wort heraus.

Jetzt sagt keiner mehr was. Es scheint bei den Schülern angekommen zu sein, dass ich gereizt bin. Ich zwinge mich zu einer gleichmäßigen Atmung, um nicht den Verstand zu verlieren. Es wäre schlau, sich jetzt nichts anmerken zu lassen. Kreidewerfen und wutentbrannt Zettel zu zerknüllen scheinen hier nicht gerade typisch für den Schulalltag in den Hamptons zu sein. Kurz reibe ich mir die Schläfe und bin bei meinen nächsten Worten wieder um eine ruhige Stimme bemüht.

«In Ordnung, wir machen eine kurze Vorstellungsrunde», entscheide ich, was mein Kurs einstimmig mit einheitlichem Gestöhne kommentiert. Ich weiß, dass die Schüler in dem Alter keine Lust auf solche Sachen haben, aber das ist mir gerade egal, weil ich mich dringend beruhigen muss. Ich blicke in gelangweilte Gesichter. Motivation Fehlanzeige. Dennoch zeige ich mich erbarmungslos und starre bereits die erste Person an, welche dann auch monoton ein paar Informationen aufzählt.

Viel schneller als mir lieb ist, sind wir bereits bei Liam angekommen.

«Mein Name ist Liam Hunt.»

Am liebsten würde ich es einfach so stehen lassen und zum nächsten Schüler übergehen, aber da ich mich vorhin schon mal so komisch verhalten habe, behandle ich ihn genau wie die anderen Kursteilnehmer.

«Mehr hast du nicht zu sagen, Liam?», kontere ich und ziehe erwartungsvoll eine Augenbraue hoch. «Bist ja nicht so gesprächig.»

«Was wollen Sie denn so wissen?» Ich weiß nicht warum, aber seine Frage hat einen provokanten Unterton. «Ich spiele American Football. Ich liebe Russian Roulette, falls Sie das interessiert. Ich bin sicher, die Band sagt Ihnen etwas, oder?» Seine Mundwinkel zucken, aber ich ignoriere seine Anspielung und kaue mir auf der Innenseite meiner Wange herum. «In meiner Freizeit gebe ich oft Autos Starthilfe. Manchmal tausche ich auch die Batterien aus.» Der ganze Kurs schmunzelt über seinen Kommentar.

Oh, du scheinst ja echt witzig zu sein, Liam Hunt. Pass auf, dass dir dein Lachen nicht bald vergeht, wenn ich mit dir fertig bin.

Im Gegensatz zu seinen Mitschülern ist Liams Gesichtsausdruck jedoch ernst. Seine Arme hat er immer noch vor der Brust verschränkt und seine Haltung spiegelt pures Desinteresse wider. Ich bin mir sicher, dass es gerade mindestens tausend Dinge gibt, die er lieber machen würde, als in meinem Kurs zu sitzen.

«Ansonsten habe ich nicht viel Zeit übrig, weil mich der Schulsport sehr einspannt, aber ich glaube, das ist nichts, was Sie etwas angeht.»

Stille. Ja, diese Antwort hat gesessen.

1:0 für Liam.

Er sagt es ruhig und rational, nicht einmal ansatzweise gereizt, dennoch sehe ich die neugierigen Blicke seiner Mitschüler auf meine Reaktion. Er will mich aus der Reserve locken, aber diese Genugtuung gebe ich ihm nicht. Stattdessen bestrafe ich ihn mit Missachtung und fahre einfach mit dem nächsten Schüler fort.

Als sich der letzte vorgestellt hat, will ich die Runde eigentlich beenden, aber dann meldet sich eine Schülerin aus der zweiten Reihe.

«Ja, bitte?», frage ich sichtlich verwirrt.

«Und was ist mit Ihnen, Miss Hale?», entgegnet sie. «Sie haben sich gar nicht vorgestellt.»

«Ähm ... ich unterrichte Englisch.» Schweigen. «Was wollt ihr denn noch wissen?»

Schüler scheinen sich brennend für das Privatleben der Lehrer zu interessieren. In meinen anderen Kursen wurden auch schon einige Fragen gestellt, aber ich hatte gehofft, dass mir das hier erspart bleibt. Ein paar meiner Kollegen hatten mich bereits gewarnt, dass die Seniors in diesem Jahr teilweise respektlos sind.

Das Mädchen – Kategorie Streberin – mit den großen, braunen Augen und dem strengen Zopf meldet sich. Anscheinend hat sie den ersten Schock verdaut und ihre Sprache wiedergefunden. «Was ist Ihr Lieblingsbuch?»

Déjà-vu ... Nicht schon wieder diese Bücherfrage. Ich fühle mich einen Tag zurückversetzt und habe das Gefühl, mein Magen beginnt zu rebellieren.

«*Never let me go* von Ishiguro», erkläre ich knapp, ohne einen Blick auf Liam zu riskieren.

Sie nickt begeistert und strahlt mich an. Was würde ich dafür geben, dass alle Schüler so sind wie sie ...

«Wie alt sind Sie?», fragt mich Daniel, nachdem er kurz die Hand gehoben hat. «Sie sehen aus wie eine Schülerin. Wie eine von uns.»

Liams Blick kann ich mal wieder nicht deuten, aber dann bricht seine Fassade und er schmunzelt.

«Ich bin wahrscheinlich älter als du denkst», sage ich knapp. Mehr Informationen gibt es nicht. Ein paar Schüler fangen daraufhin wieder an, miteinander zu reden und ich höre verschiedene Schätzungen bezüglich meines Alters. Die meisten sind verdammt nah an der richtigen Lösung.

Eine andere Schülerin links von mir meldet sich, woraufhin ich ihr stumm zunicke.

«Sind Sie verheiratet?»

Mit einem Mal ist es mucksmäuschenstill, alle Gespräche sind wie auf Kommando eingestellt und im gleichen Moment murmelt Liam: «Nein, ist sie nicht.»

Das war für niemanden bestimmt und trotzdem haben es alle gehört.

Jeremy runzelt die Stirn und sieht ihn irritiert an. «Woher weißt du das denn?»

Die Worte hängen in der Luft und ich sollte wahrscheinlich reagieren, aber mir fällt nichts ein. Ich kann nur an unsere Begegnung auf dem Parkplatz denken und daran, wie er später in meiner Küche gesessen hat. Und wie er mir durch die Haare gestrichen hat oder an seine Hand auf meiner Hüfte. Nein, ich bin ganz sicher nicht verheiratet.

Wenn Liam jetzt etwas durchsickern lässt, kann ich meinen Klassenraum gleich wieder räumen.

Wenn es hart auf hart kommt, wird mir keiner ein Wort glauben, dass ich ihn für meinen Kollegen gehalten habe, wo er doch fünf Jahre jünger ist, als ich es bin. Ich kann es ja selbst kaum fassen, dass mir das passiert ist.

Ich presse meine Lippen aufeinander und kann gar nicht anders, als den Atem anzuhalten.

Lässt Liam mich jetzt auffliegen? Ist er wirklich so abgebrüht, dass er mich nicht nur in seine Falle lockt, sondern jetzt auch noch vor den Augen aller untergehen lässt?

Es kommt mir vor wie eine Ewigkeit, bis Liam betont langsam mit den Schultern zuckt. «War nur geraten. Sie trägt schließlich keinen Ring.»

Er wirft mir einen abschätzenden Blick zu. Falls er ein dankbares Lächeln erwartet, weil er mich jetzt nicht ans Messer geliefert hat, kann er darauf bis in alle Ewigkeit warten.

Als ich mit den Leistungsanforderungen weitermachen will, sagt ein Schüler, an dessen Namen ich mich leider nicht mehr erinnern kann, aus der vorletzten Reihe: «Ist es hier so heiß oder liegt das an Ihnen?»

Ganz plötzlich schlägt die Stimmung um und es kommt mir so vor, als würde der ganze Raum unter Strom stehen.

Was stimmt mit den Schülern hier eigentlich nicht? Vielleicht wäre mir die Bronx doch lieber.

Ich habe gar keine Zeit zu reagieren, denn bevor mir überhaupt ansatzweise eine passende Antwort einfällt, herrscht Liam ihn schon an: «Hör auf mit dem Scheiß, Elliot!»

Der dreht sich zu ihm um und meint im verärgerten Tonfall: «Misch dich da nicht ein, Hunt!»

«Ich mische mich ein, wo ich will!», schießt Liam scharf zurück. Er klingt jetzt richtig sauer und selbst aus der Entfernung kann ich sehen, wie sich seine Muskeln anspannen.

Elliot seufzt genervt. «Alter, was ist dein scheiß Problem? Ich habe nicht mit dir geredet, also halt dich da gefälligst raus!»

Liam setzt sich auf, von seiner lässigen Haltung ist nun nichts mehr übrig. Stattdessen spannen sich seine Schultern an und eine Ader tritt an seinem Hals hervor. «Mein scheiß Problem ist, dass du dumme Kommentare abgibst! Ich sage es dir zum letzten Mal, Wright, lass den Scheiß!»

Ich sollte wahrscheinlich sofort eingreifen, um die Gemüter zu beruhigen, aber mein Gehirn funktioniert nicht mehr richtig. Ich bin schlicht und ergreifend überfordert.

Elliot lacht spöttisch auf und sieht belustigt zu mir, obwohl die nächsten Worte eindeutig an Liam gerichtet sind. «Seit wann bist du denn der Ritter vom Dienst? Ist das jetzt deine neue Masche, um die Ladies aus dem Kurs zu beeindrucken? Oder um noch ein paar Trophäen einzustreichen? Keine Sorge, dein Verschleiß ist so hoch, dass das niemand mehr in diesem letzten Schuljahr einholen wird. Dieser Titel gehört dir und du kannst dir gerne weiterhin etwas darauf einbilden.»

Liam lässt das unkommentiert, stattdessen steht er auf und sein Stuhl schabt über den Boden. Ich glaube, es fehlt nicht mehr viel, bis er ihm eine runterhaut und ich habe keine Ahnung, wie ich es körperlich schaffen soll, die beiden zu trennen. «Bist du schon so verzweifelt, dass du deine Lehrerin anbaggern musst? Das ist echt erbärmlich, selbst für dich.»

Ich weiß, dass ich das, was hier gerade passiert, nicht unkommentiert lassen darf, und doch tue ich es, weil mir nichts einfällt. Ich will nur noch hier raus.

«Okay, wir beruhigen uns jetzt mal alle», ergreife ich schließlich die Gelegenheit, als ich endlich meine Stimme wiedergefunden habe. Liam zögert kurz, dann setzt er sich zum Glück wieder hin. «Wir befassen uns dafür mit den Leistungsanforderungen, die ihr erbringen müsst, damit ihr den Kurs besteht ...»

Es kommt mir vor wie eine Ewigkeit, aber irgendwann läutet der Schulgong und die Stunde ist beendet. Die Schüler verlassen nach und nach den Klassenraum. Als Letzte befinden sich nur noch Liam und seine Freunde im hinteren Teil des Raums, die sich dort noch unterhalten und mehrfach laut auflachen. Ich will desinteressiert wirken und blicke daher mit höchster Aufmerksamkeit auf die Unterlagen vor mir, die immer wieder vor meinen Augen verschwimmen. Vergeblich versuche ich Wortfetzen des Gesprächs aufzunehmen. Es ist mir im Prinzip egal, über was sie reden, solange es nicht um mich geht. Zu groß ist meine Sorge, dass Liam seinen Freunden von unserem Treffen gestern erzählt. Immer noch hadere ich mit mir, ob ich ihn mir für ein Gespräch greifen soll. Ich weiß nicht warum, aber ich habe plötzlich irgendwie Bauchschmerzen bei dem Gedanken an eine Konfrontation mit Liam. Er scheint unberechenbar zu sein.

Die Schritte der Schüler nähern sich dem Pult und auch wenn ich es nicht will, sehe ich auf. Liams gerade noch so amüsiertes Lachen verschwindet sofort, als sich unsere Blicke treffen. Seine Miene verdunkelt sich regelrecht und seine Augen wirken nur noch kalt und ausdruckslos. Während sich seine Mitschüler noch zu einer kurzen Verabschiedung hinreißen lassen, geht er mit großen Schritten aus dem Raum und knallt schließlich viel lauter als nötig die Tür hinter sich ins Schloss.

Was ist eigentlich sein scheiß Problem? Er hat überhaupt keinen Grund, angepisst zu sein.

Ich hasse diese Schule jetzt schon. Ich glaube, in diesem Moment hasse ich sogar mein ganzes Leben.

***

91 Tage vorher

Zoey schlägt die Autotür zu und zieht mich hinter sich her. Ich werfe einen Blick über die Schulter zu unseren Kollegen Maya, Aaron und Gramps, die schon wieder das offene Ende des Films diskutieren, den wir letzte Woche zusammen im Kino gesehen haben und den jeder von uns anders deutet.

«Es ist vielleicht nicht der Times Square an New Year's Eve, aber diese Strandparty ist echt jedes Jahr gut», verspricht mir Zoey und steuert den Bürgersteig an, als uns ein Auto entgegenkommt. Ich habe keine Ahnung, wo genau wir hier sind, aber ich kann bereits die Beats hören. «Jedenfalls war sie es letztes Jahr. Und das ist wahrscheinlich eins der letzten Wochenenden in diesem Jahr, an dem es noch so warm ist, dass wir sogar in kurzen Sachen abends ausgehen können. Wenn das nicht mal die besten Voraussetzungen für eine tolle Party sind!»

Wir sind am Strand angekommen und ziehen unsere Schuhe aus. Obwohl ich jetzt schon zum dritten Mal am Strand bin, fühlt sich der Sand unter meinen nackten Füßen immer noch ein wenig fremd an.

Bei den nächsten Worten ist Zoeys Stimme vor Vorfreude noch höher als sonst. «Und weißt du, was das Beste ist? Vivians Bruder ...»

«Was?», unterbreche ich sie sofort. «Wer ist denn Vivian?»

Zoey lacht leise neben mir, während sie beobachtet, wie der Sand unter ihren Füßen nachgibt. «Vivian ist die Inhaberin des Duke's.» Sie deutet mit ihrem Finger auf die Bar, bei der wir auch das Auto geparkt haben. «Kannst du dir schon mal merken, denn im Duke's werden wir viele lustige Abende verbringen. Das kann ich dir garantieren. Kaum zu glauben, dass du schon über zwei Wochen hier bist, wir aber noch kein einziges Mal da waren. Wie auch immer, auf jeden Fall arbeitet Vivians Bruder bei der Polizei in hoher Position. Weißt du, was das für uns bedeutet?» Sie hält inne, aber ich glaube, es soll nur für die Dramatik sein, denn ich habe überhaupt keine Zeit zu antworten. «Wenn wir Glück haben, dürfen wir heute sogar Alkohol am Strand trinken. Aber nur vielleicht! Verlass dich da nicht drauf. Wie sind denn die Partys in New York? So aufregend, wie man sich das vorstellt?»

Ich zucke mit den Schultern, während ich mir meine blonden Haare zu einem Zopf binde. «Kommt drauf an. Ein paar gute Partys habe ich jedenfalls mitgenommen, aber manche waren auch so langweilig, dass wir schnell weitergezogen sind.»

Sie lacht auf und fängt an, zu der Musik zu tanzen, die aus den Boxen neben uns schallt. Zoey ist überhaupt nicht im Rhythmus, aber mit ihrem Lachen lenkt sie wie immer von allem anderen ab. Zwischen ihren schneeweißen Zähnen zeigt sich wieder ihre Zahnlücke, in die sogar ein Strohhalm passt. Das hat Zoey mir extra bewiesen, weil ich es nicht glauben konnte. Ich finde es total süß, aber sie wollte sich die Zahnlücke lange Zeit korrigieren lassen, genau wie ihre Nase, die ein Stück zu lang ist. Heute ist sie froh, dass sie es nicht gemacht hat. Nicht ästhetisch, aber authentisch, erklärte Zoey mir mit ihrem typischen Lächeln, das sie so sympathisch macht. Sie fällt nicht in dieses klassische Schönheitsideal, dem so viele Frauen in New York nachjagen, aber ich habe trotzdem selten einen schöneren Menschen gesehen als sie.

«Und wie sind die Partys in Kanada?», frage ich, als sie sich bei mir einhakt. Ich will eigentlich das Lagerfeuer ansteuern, aber sie zieht mich zum Wasser. «Gibt es da so etwas überhaupt?» Ich zwinkere ihr zu, um meine Provokation abzuschwächen, und sie schnappt gespielt empört nach Luft.

«Ich komme aus Winnipeg», erklärt sie mir feierlich. «Okay, die Partys waren nicht zu vergleichen mit denen hier in den Hamptons, aber dafür haben mich meine älteren Geschwister schon früh dort auf Partys eingeschleust. Das war besser, als Zuhause zu sitzen.»

«Wie viele Geschwister hast du?», will ich wissen. Wir sind am Wasser angekommen und der nasse Sand klebt jetzt schon unter meinen Füßen.

«Fünf. Und davon sind vier Mädchen!», lacht Zoey auf. «Das war immer witzig bei uns Zuhause, wie du dir vorstellen kannst. So witzig, wie halt ein Überlebenstraining sein kann, meine ich. Hast du auch Geschwister?»

«Eine Schwester. War bestimmt auch nicht immer so spaßig für meinen Dad.» Die unruhigen Wellen brechen vor unseren Füßen, schäumen auf und fließen wieder zurück in den Ozean.

Sie tippt mit ihren Fußspitzen immer wieder ins Wasser, dann blicken mich ihre braunen Augen neugierig an. «Ist deine Schwester auch Lehrerin?»

«Nein, sie ist Kunsthistorikerin und macht gerade ihren Doktortitel.»

Zoey runzelt für einen Moment nur die Stirn und kann ihren ungläubigen Gesichtsausdruck nicht gänzlich verbergen. Kurz starrt sie mich mit offenem Mund an. «Was seid ihr denn für schlaue Köpfe? Wo habt ihr studiert? Princeton? Yale? Harvard? Wenn ja, warum bist du dann auf meiner Seite und nicht auf der Seite der Superreichen?»

«Nein, wir waren an keiner elitären Uni. Meine Schwester hatte aber ein Stipendium, weil sie eine sehr gute Schwimmerin war. Bei mir hat es dafür leider nicht gereicht.»

Zoey lacht wieder ihr herzliches Lachen, als hätte ich etwas unglaublich Lustiges gesagt.

«War wirklich so», versichere ich ihr und muss ebenfalls einstimmen. «Bei mir mussten meine Eltern tief in die Tasche greifen.»

Sie winkt ab. «Na, frag mal meine Eltern. Die waren froh, dass wenigstens zwei meiner Schwestern ein Stipendium hatten. Ist halt echt ein ziemlicher Mist mit den hohen Studiengebühren. Zwar nicht so schlimm wie hier, aber Studieren ist auch in Kanada teuer. Vor allem bei so vielen Kindern.»

«Vermisst du Kanada?»

Sie zuckt kurz mit den Schultern und steuert dann doch das Lagerfeuer an. «Ja, manchmal schon. Meine Geschwister sind mittlerweile sowieso überall verteilt. Aber wenn wir ein paar

Tage frei haben, fliege ich meistens zurück und dann ist es auch immer schön, wieder dort zu sein.»

Wir setzen uns zu Maya, Aaron und Gramps, die bereits Pappbecher in den Händen halten und sich mit den anderen Leuten unterhalten. Seit ich mich am ersten Schultag im Lehrerzimmer etwas ratlos neben Zoey gesetzt habe, verbringen wir viel Zeit zusammen und ich bin jetzt schon unglaublich froh, diese vier Menschen kennengelernt zu haben. Ich fühle mich wohl zwischen ihnen, so, als müsste ich gar nicht erst versuchen, sie von mir zu beeindrucken, denn sie akzeptieren mich so, wie ich bin. Ihretwegen hasse ich die Schule auch nicht mehr so. Mein Leben finde ich auch wieder ganz okay. Aufgeben ist für mich keine Option mehr, denn das habe ich schon oft genug in meinem Leben getan. Den angefangenen Spanischkurs, das Cheerleading nach einem Jahr oder mein Fünfundvierzigseiten-Skript, das ich nie zu Ende geschrieben habe. Die Liste ist ziemlich lang. Ganz anders als Rebecca, die immer alles durchzieht, aber dieses Mal halte ich durch. So sehr mir die Trennung von Ben den Boden unter den Füßen weggerissen hat, sie hat mich auch viel stärker gemacht.

Als Zoey sich mit einem lauten Seufzer neben Aaron fallen lässt, drückt er uns ebenfalls zwei Pappbecher in die Hand, als hätte er schon auf uns gewartet. Gramps zündet sich neben mir eine Zigarette an, obwohl er zuvor erst eine im Strandaschenbecher ausgedrückt hat. In meinem ganzen Leben bin ich noch nie einem Menschen begegnet, der mehr raucht als Gramps.

«Aber frag doch mal den hier», schlägt Zoey vor und deutet auf Aaron. Mittlerweile ist auch seine Freundin mit ihren Mädels an den Strand gekommen und er hat den Arm um ihre Taille gelegt. «Der lebt schon sein ganzes Leben lang in den Hamptons. Was machen deine Eltern nochmal? Die sind in der Immobilienbranche, oder?»

Aaron verdreht die Augen und stupst Zoey leicht vor die Schulter, die an ihrem Becher nippt. «Nein, sie haben ein Restaurant in vierter Generation. Familientradition sozusagen. Sie bekochen und bedienen die Reichen und so. Mal mehr, mal weniger erfolgreich.»

«Stimmt, so war das», korrigiert Zoey sich und hebt bedeutungsvoll die Augenbrauen. «Hautnah an der High Society. Wieso machst du das eigentlich nicht, sondern bist Lehrer geworden?»

Er lacht leise in sich hinein, dann nimmt er einen großen Schluck. Ich blicke in meinen Becher und habe keine Ahnung, was sich darin befindet. Das Lagerfeuer spendet nicht genug Licht, um es zu erkennen, also probiere ich einen Schluck, um es herauszufinden. Schmeckt nach Bier. Nicht ganz meins, aber ich schlucke es einfach herunter. Aus Erfahrung weiß ich, dass es irgendwann schmeckt – man muss nur genug davon trinken. So wie das mit Alkohol eben ist.

«Ich wollte nie in die Gastronomie. Wir haben genug Familienmitglieder hier, die das Restaurant weiterführen wollen. Also konnte ich Lehrer werden und mein Bruder Damian studiert mittlerweile Linguistik.»

«Aber dein Bruder wohnt doch nicht hier in den Hamptons, oder?», frage ich ihn, während Zoey neben mir mit ihrem bereits leeren Becher auf den Mülleimer zielt und trifft.

Ganz langsam schüttelt Aaron den Kopf und blickt kurz zum Meer, ehe er noch einen weiteren Schluck trinkt. «Nein, er lebt in Kalifornien.»

Wir verbringen noch einige Stunden am Strand, lachen zusammen, erzählen uns von unseren Jugendsünden, und Zoey bekommt mich im Laufe des Abends tatsächlich dazu, mit ihr zu tanzen, während die anderen immer noch am Lagerfeuer sitzen und die Pappbecher stapeln. Irgendwann schlüpfe ich wieder in meine High Heels, um mit den anderen bis in die frühen Morgenstunden im Duke's weiterzufeiern. Als die Sonne bereits am Horizont aufgeht, habe ich zwar Kopfschmerzen und spüre meine Füße kaum noch, aber ich bin dennoch glücklich. Ich fühle mich zum ersten Mal seit langer Zeit wieder angekommen. Zuhause und zugehörig. So, als wäre all das trotz erster Startschwierigkeiten genau der richtige Weg für mich.

***

«Also ist es richtig, dass ein zentrales Thema in *Oliver Twist* die Kriminalität in London ist?», fragt mich mein Schüler Kenneth ein paar Tage später, als ich gerade die Tür zum Raum schließe. Ehe ich etwas auf seine Frage erwidern kann, redet er auch schon weiter und zeigt mir verschiedene Materialien, die er sich zu Hause während einer Internetrecherche aufgeschrieben hat. Seine Unterlagen sind so durcheinander, dass es mich wundert, wie er den Überblick behält.

Während wir uns mühsam einen Weg durch den zur Mittagszeit überfüllten Flur kämpfen, krame ich eine Wasserflasche aus meiner Tasche hervor. Ein Schüler rempelt mich beinahe an, als er auf seinen Spind zugeht und nicht für eine Sekunde von seinem Smartphone aufblickt.

«Und das muss ich Ihnen auch zeigen», meint Kenneth und bleibt stehen. «Auf dieser Internetseite stand, dass ...»

Einige Meter von mir entfernt lehnt sich Liam an eine Tür, händchenhaltend mit seiner Freundin Amber, die ebenfalls eine Schülerin von mir ist. Vor einer Woche stand er da noch mit einer blonden Mitschülerin, aber das Thema scheint sich erledigt zu haben. Und an irgendeinem Donnerstag, während ich nach Feierabend zum Parkplatz ging, habe ich ihn knutschend mit einem ganz anderen Mädchen auf dem Sportfeld gesehen. So viel übrigens zum Thema, er würde niemanden daten – nicht, dass es mich noch interessiert.

Amber erzählt ihm etwas und strahlt über das ganze Gesicht, während er halbherzig nickt und sich immer wieder den Flur entlang umschaut. Wahrscheinlich sieht er irgendeinem anderen Mädchen hinterher. Genau so schätze ich ihn ein. Er ringt sich ein Lächeln ab, als Amber an seiner Hand zieht, um seine Aufmerksamkeit auf sich zu lenken, und ich kann sehen, dass es ihn die größte Mühe kostet, nicht genervt die Augen zu verdrehen.

Mittlerweile unterrichte ich Liam drei Wochen und es verläuft entgegen meiner Befürchtung ohne große Probleme oder Auffälligkeiten. Liam ist nicht gerade eine Bereicherung für den Unterricht, weil er die meiste Zeit nur stillschweigend mit verschränkten Armen auf seinem Platz sitzt und mich gelangweilt – man könnte auch sagen desinteressiert – anstarrt, aber das ist mir lieber als seine unpassenden Kommentare in der ersten Stunde. Keiner seiner Mitschüler macht verdächtige Anspielungen, weshalb ich davon ausgehe, dass Liam niemandem von unserem ersten Zusammentreffen erzählt und sich nur einen persönlichen Spaß daraus gemacht hat.

Natürlich wäre es mir trotzdem immer noch lieber, wenn er den Kurs wechseln würde, aber ich habe meinen Schock aus der ersten Stunde mittlerweile überwunden. Und in einem Jahr bin ich ihn dann ohnehin endlich los.

Während ich über all dies nachdenke, muss ich Liam versehentlich angestarrt haben, denn unsere Blicke treffen sich plötzlich.

Verdammt.

Sofort senke ich den Kopf und überfliege Kenneths Unterlagen, der mir jetzt ein Bild der Erstausgabe von *Oliver Twist* zeigt.

«Wussten Sie, dass *Oliver Twist* erstmals als Serie in einer Zeitschrift erschienen ist? Um genau zu sein von 1837 bis 1839. Oder war es 1840? Warten Sie, ich habe es hier irgendwo notiert ...»

Während ich Kenneth hektisch in seinen Materialien nach dem richtigen Datum suchen lasse, obwohl ich sowieso weiß, dass 1839 das richtige Jahr ist, habe ich das Gefühl, dass Liam mich immer noch beobachtet. Als ich mich traue, den Blick zu heben, starrt er mich geradezu demonstrativ an. Dann sieht er wieder zu Amber und obwohl sie ihm etwas erzählt, umfasst er mit den Händen ihr Gesicht und küsst sie. Mit einem Ellbogen drückt er die Klinke für den Raum hinter sich auf und zieht seine Freundin hinein, die regelrecht vor Lachen quietscht.

Dann zieht Liam die Tür zu.

Großartig.

Das ist der Inbegriff von *zur falschen Zeit am falschen Ort.*

Einen genervten Seufzer kann ich nicht unterdrücken. Nachdenklich kaue ich mir auf der Unterlippe herum und erwäge, es einfach zu ignorieren.

Ignorieren statt Reagieren.

«Wir hatten ja vor einigen Stunden herausgefunden, dass Kriminalität in den 1830ern ein großes Problem in London war, oder?», unterbricht Kenneth meine Gedanken. «Das war doch auch der Zeitpunkt, als Charles Dickens den Roman geschrieben hat. Was mich aber auch interessieren würde, ist die Darstellung der Gesellschaft im Roman ...»

Kenneth fragt mich weiterhin etwas, aber ich höre nicht mehr richtig zu. Mein Blick ist auf die Türklinke gerichtet. Ich wünschte, ich hätte das nicht gesehen. Aber leider habe ich es gesehen, was bedeutet, dass ich jetzt handeln muss. Oder will ich wirklich so eine Lehrerin werden, die einfach wegsieht, weil es ihr zu viel Arbeit oder unangenehm ist, zu reagieren?

Natürlich ist es eine reine Provokation von Liam, denn er hat gesehen, dass ich es mitbekomme, und nun will er austesten, wie weit er bei mir gehen kann. Grenzen auszuloten scheint genau sein Ding zu sein.

Ich fühle mich herausgefordert, denn wenn ich jetzt nicht reagiere, denkt er, ich lasse ihm seine Spielchen problemlos durchgehen.

Und diesen Zahn werde ich ihm schnell ziehen.

Einmal atme ich tief durch, dann wende ich mich lächelnd an Kenneth: «Können wir das vielleicht nach der nächsten Stunde besprechen? Ich müsste dringend noch etwas in der Pause erledigen.»

Kenneth nickt verständnisvoll und packt seine Sachen bereits zurück in seine Tasche. Seine Wangen färben sich augenblicklich rot und seine Hand ist leicht zittrig. «Natürlich. Tut mir leid, dass ich Sie in Ihrer Pause so beschlagnahmt habe, Miss Hale.»

Ich winke ab und bin gedanklich schon bei einem möglichen Szenario, wie es sich gleich abspielen könnte. «Kein Problem. See you later, Kenneth.»

Mit großen Schritten schreite ich auf die Tür zu und mein Auftreten ist sicherer, als ich mich fühle. Kurz bevor ich den Raum erreiche, hadere ich noch ein letztes Mal mit mir, aber dann ziehe ich die Tür einfach auf und vor mir erstreckt sich der Abstellraum in Dunkelheit. Ich versuche, meine Atmung einigermaßen zu kontrollieren, aber das Blut rauscht lautstark in meinen Ohren.

Meine Finger streichen über den Lichtschalter, aber ich betätige ihn nicht. Ich bin mir nicht sicher, was mich gleich erwarten könnte ...

Jetzt kommt es wirklich zur ersten Konfrontation mit Liam und ich bin unglaublich nervös. Auch mein Herz pocht wild in meiner Brust. Liam schüchtert mich nach den ganzen Unterrichtsstunden zwar nicht mehr so ein wie bei unserer ersten Begegnung auf dem Parkplatz, aber ich kann nicht abstreiten, dass mich sein selbstsicheres Auftreten immer noch verunsichert. Immer wieder rufe ich mir in Erinnerung, dass er erst 17 Jahre alt ist. Daran darf mich eigentlich gar nichts einschüchtern ...

Aus einer hinteren Ecke höre ich das leise Lachen von Amber und ein *Shh*, das von Liam sein muss.

«Raus hier – aber schnell!» Meine Stimme klingt so unterkühlt und streng, dass ich selbst erstaunt bin. Mit verschränkten Armen stehe ich im dunklen Raum. Nur das Licht, das aus dem Flur in den Raum fällt, spendet Helligkeit. «Und das sollte sich besser nicht noch einmal wiederholen. Habe ich mich klar genug ausgedrückt, Amber und Liam?»

Das Gerede der Schüler draußen und die dort herrschende Lautstärke blende ich vollständig aus. Nach einigen Sekunden schnalzt Liam dann genervt mit der Zunge und tritt in den Lichtkegel, während er Amber hinter einem Schrank hervorzieht.

Ambers Haare sind ganz zerzaust, als wäre es draußen stürmisch, und sie kichert leise vor sich hin, als Liam sie an mir vorbei schiebt. Mit den Fingerspitzen versucht Amber ihre Haare zu richten. Sie murmelt irgendetwas, das wie eine Entschuldigung klingt, und steuert geradewegs auf den Ausgang zu. Mit einer betont gelangweilten Haltung folgt ihr Liam und ich kann gar nicht anders, als die Augen zu rollen.

Ich will den Raum ebenfalls verlassen, aber als Liam fast an der Türschwelle ist, bleibt er so abrupt stehen, dass ich ihn beinahe anrempele.

Er zieht die Tür ein Stück zu sich und jetzt erhellt nur noch ein winziger Lichtstrahl den Raum. Ich kann gerade so Liams Konturen ausmachen. Er baut sich vor mir auf und ist mir plötzlich so nah, dass ich unwillkürlich einen Schritt zurückgehe und mit meinen Füßen vor irgendetwas stoße. Seine Körperhaltung ist noch aufrechter als sonst, aber die Schultern wirken angespannt.

«Eifersüchtig?», flüstert er beinahe und verschränkt demonstrativ die Arme vor der Brust.

«Wie bitte?», entgegne ich, nachdem mir die absolute Dreistigkeit dieser Frage vollends bewusst wird.

«Nichts. Gar nichts, Miss Hale.» Auf Liams Gesicht macht sich ein amüsiertes Grinsen breit. Mir gefällt sein Tonfall nicht und seine selbstbewusste Art grenzt für mich gerade eher an Überheblichkeit und Arroganz, aber das wird ihm gleich vergehen.

Ich lache humorlos und schüttle ungläubig den Kopf. Meine Augen gewöhnen sich langsam an das spärliche Licht und Liam zieht so provokant die Augenbrauen nach oben, dass man eigentlich hören müsste, wie bei mir eine Sicherung durchbrennt.

«Keine Sorge. Es ist einiges mehr nötig, als Liam Hunt und einen miesen kleinen Abstellraum, um mich eifersüchtig zu machen», rutscht es mir im harschen Tonfall heraus. «Breaking news, nicht jede möchte sich in die Liste deiner Freundinnen einreihen.»

Dann macht sich dieses unverschämte Grinsen auf seinem Gesicht breit, was mich schon im Unterricht so oft reizt, dass ich ihn am liebsten vor die Tür setzen würde. «Das kann auch nicht jede.»

Provokant hebe ich eine Augenbraue. «Ist das so? Das macht irgendwie einen anderen Eindruck. Sicher, dass dein Auto die größte Schlampe der Schule ist?»

Shit.

Am liebsten würde ich meine Worte zurücknehmen. Das ging trotz allem eindeutig zu weit. Unprofessionell und anmaßend. Gut, dass das außer uns beiden niemand gehört hat.

Sein Gesicht zeigt keinerlei Regung, was er von meiner Aussage hält, und es dauert eine ganze Weile, ehe er antwortet. Liams Stimme ist bei seinen nächsten Worten sehr leise und ich frage mich, ob es daran liegt, dass er seine Wut unterdrückt. «Okay. Einmal lasse ich Ihnen das durchgehen. Dieses eine

Mal, Miss Hale. Als Rache für meine Aktion. Aber jetzt sind wir quitt und nächstes Mal überlegen Sie besser ganz genau, ob so eine Bemerkung so schlau ist.»

Ich weiß nicht, wie viele unzählige Male ich darüber nachgedacht habe, Liam auf die Sache mit uns anzusprechen. Jedes Mal, wenn der Stundengong geläutet hat, habe ich mit mir gehadert, ihn nicht zu mir zu rufen. Aber irgendwie hatte ich immer Angst vor der Konfrontation, als würde das Ignorieren es ungeschehen machen. Aber jetzt, als er mir so nah gegenübersteht und mich wieder aus der Reserve locken will, kann ich das Geschehene nicht länger ignorieren und muss es einfach wissen.

«Was sollte das alles? Auf dem Parkplatz und bei mir?», schieße ich daher zurück.

Er hebt spielerisch die Hände und legt die Stirn in Falten. Dann ist da wieder das unverschämte Grinsen, welches mir bestätigt, dass ihm Provokationen einfach Spaß machen. «Keine Ahnung, wovon Sie reden, Miss Hale. Was war denn auf dem Parkplatz und bei Ihnen?»

«Willst du mich eigentlich verarschen?»

Liam legt den Kopf schief, während er den Mund verzieht. «Ich weiß nicht. Was meinen Sie? Sie sind doch die Lehrerin.»

Und dann muss ich wieder an dieses ungute Gefühl denken, das ich hatte, als wir uns an der Tür verabschiedet haben. Ich denke an sein viel zu großes Ego und daran, dass mich da schon das Gefühl beschlichen hat, ihn gekränkt zu haben.

«Frustriert?», flüstere ich, genauso leise, wie er mich gefragt hat, ob ich eifersüchtig sei. «Weil du keine Lehrerin flachlegen konntest?»

Liam lacht auf und wirft mir einen mitleidigen Blick zu. Am liebsten würde ich ihm dafür eine verpassen. Alles an ihm provoziert mich gerade. «Ich wollte Sie nicht flachlegen.»

«Ach ja? Was sollte das dann alles?»

Er lehnt sich zu mir und seine Augen funkeln mich an. «Ich wollte einfach nur Ihr Gesicht sehen, wenn Sie es rausfinden. Das ist alles. Und, glauben Sie mir, das war es wert. Nehmen Sie sich mal nicht wichtiger, als Sie sind.»

«Du bist unberechenbar. Und charakterlos. Wirklich das typische Arschloch», zische ich. Eigentlich müsste ich professioneller reagieren, aber es geht nicht. Wenn er sich wenigstens für seine Aktion entschuldigt hätte, aber das hat er nicht. Stattdessen wirft er mir immer diese abwertenden Blicke zu, als hätte ich etwas falsch gemacht.

«Es interessiert mich nicht, was Sie von mir halten.»

Schweigend sehen wir uns an, dann erkläre ich ihm mit fester und ruhiger Stimme: «Leg dich nicht mit mir an, Liam. Ich weiß nicht, was das hier für ein Machtkampf ist, aber wir können ihn gerne ausfechten. Ich bin schon mit ganz anderen Dingen fertig geworden.»

«Nein, Sie legen sich besser nicht mit mir an, Miss Hale. Das haben schon einige versucht und sind gnadenlos gescheitert.»

Humorlos lache ich auf und ziehe die Augenbrauen zusammen. «Denkst du ernsthaft, ich lasse mich von einem siebzehnjährigen Schüler einschüchtern? Ich bitte dich. Für wen hältst du dich eigentlich?» Ich kann selbst kaum glauben, wie ruhig ich klinge, obwohl ich innerlich unglaublich nervös bin. Meine Beine sind butterweich, aber man merkt es mir nicht an. Immer noch halte ich seinem Blick stand.

Natürlich weiß ich, wie chancenlos ich gegen ihn bin. Brooklyn gegen die Hamptons. Mittelklasse gegen die Elite. Aber diese Genugtuung gebe ich ihm nicht. Ich muss Liam jetzt in die Schranken weisen, bevor er noch bemerkt, wie sehr mich sein Auftreten jedes Mal einschüchtert, denn sonst werden die nächsten Monate wirklich die Hölle auf Erden.

«Mein Alter haben Sie also schon gecheckt, ja?» Seine Mundwinkel zucken und ich weiß nicht, ob er dieses ganze Gespräch gerade wirklich so amüsant findet, oder ob er mich einfach zur Weißglut bringen will.

Ohne darauf einzugehen, deute ich auf die Tür. «Raus hier.»

Ich habe keine Ahnung, was ich mache, wenn er sich mir widersetzt. Diskussionen mit Liam sind das Letzte, was ich gebrauchen kann. Es scheint mir in allen Bereichen schlauer zu sein, den Kontakt mit ihm aufs Minimum zu reduzieren.

Liam zögert und mein Herzschlag beschleunigt sich. Ganz langsam wendet er den Kopf ab und schaut sich im dunklen Raum um. Die Hände vergräbt er in den Hosentaschen und wippt auf den Fußballen auf und ab, während er sich weiterhin umsieht. Fast schon trotzig zuckt er mit den Schultern und ich kann hören, wie sehr es ihm widerstrebt, die nächsten Worte auszusprechen. «Ich wollte eh gerade gehen.»

Ich weiß nicht, ob er nichts Interessantes im Raum gefunden hat, womit er weiterhin seine Zeit verschwenden könnte, oder ob er meint, mich genug provoziert zu haben – jedenfalls bin ich froh, als er sich abwendet.

«Perfekt. Dann muss ich meine Mittagspause ja nicht mehr mit diesem Mist verschwenden», murmle ich, als ich ihm folge.

Abrupt bleibt er stehen und dreht sich zu mir um. Ein Hauch seines Parfüms steigt mir in die Nase. «Wie bitte?»

«Nichts. Gar nichts, Liam Hunt», sage ich ebenso gedehnt, wie er es vorhin getan hat.

Ich will mich gerade an ihm vorbeischieben, als er mich grob am Arm packt und ein Stück zu sich zieht. «Sie gewinnen vielleicht diese Schlacht, aber nicht den Krieg. Den gewinne ich. Denken Sie an meine Worte.»

Ich schüttle seine Hand ab und stelle mich in meinen eh schon hohen Schuhen auf Zehenspitzen, um noch ein Stück größer zu sein. «Schlacht? Krieg? Werd' einfach erwachsen, Liam.» Dann gehe ich an ihm vorbei, ohne mich noch einmal umzudrehen.

Hinter mir knallt die Tür ins Schloss. Manche Dinge ändern sich wohl nie und trotzdem umspielt ein kleines Lächeln meine Lippen.

1:1. Ausgleich. Ja, wir sind wirklich quitt, Liam.

***

84 Tage vorher

Während ich meine Gesichtsmaske abwasche, sitzt Zoey auf dem Boden und nimmt sich die Gurkenscheiben von den Augen. Ich trockne meine Haut und sie versucht, den Mülleimer zu treffen, aber natürlich landen die Gurken daneben.

«Ich bin so froh, dass wir dich jetzt dabeihaben und du auch nicht jeden Freitagabend Lust hast, dir irgendwelche Sportsachen anzuschauen», meint Zoey, als sie die Gurkenscheiben vom Boden aufhebt und in den Mülleimer wirft. «Früher musste ich immer mitgehen, weil die anderen unbedingt hin wollten. Aber jetzt können wir freitagabends zusammen viel bessere Sachen machen.»

«Mädchensachen», entgegne ich und schließe den Badezimmerschrank. «Aaron ruft an, wenn das Spiel zu Ende ist und sie auf dem Weg ins Duke's sind.»

Ich gehe in die Küche, um Zoey genug Platz in meinem kleinen Badezimmer zu lassen. Kurz danach setzt sie sich schon zu mir und als ich ihr was zu trinken einschenken will, nimmt sie meine Hand und zieht sie zu sich.

«Du hast immer roten Nagellack auf den Fingernägeln», stellt Zoey fest und betrachtet ihn ganz genau.

«Rote Fingernägel und du bist angezogen», zwinkere ich ihr zu, woraufhin sie lacht.

«Ich mache das jetzt so wie du.» Sie greift nach meinem roten Nagellack. Forever yummy von Essie. Nummer 57.

Dann erzählt sie mir von einem Problem mit einer Schülerin, die keine Lust auf Schule hat und das auch offen in ihrem Unterricht raushängen lässt. Während ich ihr zuhöre, hadere ich mit mir, ob ich die Situation mit Liam ansprechen soll. Ich habe es noch keinem erzählt, weder den Vieren, noch Rebecca oder sonst irgendwem. Zum Glück fragt Rebecca auch nicht mehr nach ihm, nachdem ich ihr ganz kurz und knapp gesagt habe, dass sich das Thema Liam erledigt hat.

«Hast du manchmal auch so nervige Schüler?», will Zoey wissen, als sie ihren Nagellack trocken pustet. Da ist sie. Meine Chance, darüber zu sprechen. Ich bin mir zwar sicher, dass Zoey mich nicht verurteilen würde, aber es ist mir unglaublich unangenehm.

Abwartend sieht Zoey mich an.

«Ich habe ehrlich gesagt ziemliche Probleme mit Liam Hunt», gestehe ich ihr und stelle den Fernseher leiser, der eine Wiederholung von *America's Next Topmodel* zeigt. Auch wenn ich ihr nicht die Story von uns erzählt habe, kann ich mit ihr wenigstens über sein Verhalten im Unterricht sprechen.

Zoey lehnt sich zurück und zeigt ihr sorgloses Lächeln. «Ach, Nicky, das ist halt Liam. Wir haben alle Probleme mit ihm. Keine Ahnung, was mit ihm nicht stimmt. Schwieriger Charakter.»

«Ehrlich?», frage ich verwundert. «Ich bin nicht die Einzige, die Schwierigkeiten mit ihm hat?»

Zoey lacht laut auf, als hätte ich sie etwas völlig Offensichtliches gefragt, und trinkt einen Schluck. «Auf gar keinen Fall. Ich glaube, es gibt niemanden, der mit Liam wirklich zurechtkommt.» Sie zuckt mit den Schultern und stellt ihr Glas ab. «Nimm das nicht persönlich. Der ist einfach komisch.»

Mit einem Mal fühle ich mich besser. Vielleicht liegt es nicht an mir. Vielleicht ist er schlicht und einfach bescheuert.

Ich schalte das Glätteisen ein und warte, bis es sich auf die richtige Temperatur erhitzt.

«Hast du von Natur aus auch keine glatten Haare?», fragt Zoey.

«Doch, aber durch das Glätteisen werden sie weicher.»

«Echt?» Sie klingt überrascht. «Kann ich das mal ausprobieren?»

«Klar», entgegne ich, als ich das Glätteisen durch meine Haare ziehe. Becks würde durchdrehen, wenn sie sehen würde, dass ich mir meine Haare in der Küche mache, aber Zoey scheint da genauso gelassen wie ich zu sein. «Aber nimm vorher das Hitzespray.»

«Bringt das was?»

Ich zucke etwas ratlos mit den Schultern. «Keine Ahnung, aber fürs gute Gewissen nehme ich es.»

Ich reiche ihr die Flasche, die immer noch auf dem Küchentresen steht, weil ich sie vorhin schon benutzt habe, aber sie ist fast leer. Mit meinem Finger deute ich auf den Koffer, der noch genau dort steht, wo ich ihn vor ein paar Wochen abgestellt habe. Tatsächlich liegen da immer noch ein paar Sachen drin, die ich noch nicht eingeräumt habe. Ich muss grinsen, als ich daran denke, dass Rebecca wirklich mit mir durchdrehen würde. So sehr ich sie liebe, wir könnten niemals in einer WG wohnen. Sie hasst das Chaos, ich beherrsche es. «Schau doch mal in meinen Koffer. Da muss noch eine Flasche drin sein.»

Zoey steht auf und kramt in meinem Koffer herum, dann zieht sie das Spray heraus. Und das Foto von Ben und mir.

«Oh mein Gott, du hast mir nie erzählt, dass du solch einen heißen Freund hast!», kreischt sie regelrecht und ihr Mund steht sperrangelweit offen. Sie blinzelt einige Male, während sie das Foto so nah an ihre Augen zieht, als könnte sie irgendein Detail verpassen. «Ich kann nicht glauben, dass du das die ganze Zeit nie erwähnt hast! Ich dachte, du wärst Single, wie wir alle. Okay, bis auf Aaron.»

Ich schüttle den Kopf, als ich mit dem Glätteisen über eine weitere Strähne gehe. «Er ist nicht mein Freund, sondern mein Ex.»

«Oh.» Zoeys Mund steht jetzt sogar noch ein bisschen mehr offen, auch wenn ich nicht dachte, dass das überhaupt möglich ist. Ganz langsam lässt sie das Foto sinken. «Tut mir leid. Ich wusste ja nicht, dass …»

«Ist okay», unterbreche ich sie. «Zwischen uns ist alles gut.» Sie blickt aufs Bild, dann wieder zögernd zu mir. Ich weiß genau, was sie jetzt denkt. Das würde wohl jeder. «Frag ruhig.»

Als hätte sie darauf gewartet, spricht sie wie auf Kommando die nächste Frage aus: «Wieso hast du das Bild denn noch von euch?»

Unschlüssig kaue ich mir auf der Unterlippe herum, weil ich es selbst nicht weiß. Ich habe selbst keine Erklärung dafür, die Außenstehende nachvollziehen können. Das Bild liegt seit Wochen in meinem Koffer und ich habe es nicht ein einziges Mal hervorgeholt, aber dennoch kann ich mich davon nicht trennen.

«Ich weiß auch nicht. Ben ist Teil meiner Vergangenheit. Ich will nicht alles verbrennen, was mich an ihn erinnert. Er war mal so wichtig für mich.»

Ben. Was Ben wohl zu meinem Leben hier sagen würde? Keine Ahnung. Ich werde es nie erfahren. Vielleicht ist das auch besser so. Trotzdem versuche ich mir vorzustellen, wie er reagiert hätte, wenn ich ihm von Liams Aktion erzählt hätte. Es dauert sehr lange, bis man Ben aus der Reserve lockt. Er ist nicht so der impulsive und aufbrausende Typ, aber ich glaube, die Aktion hätte gereicht, dass Ben sich Liam gepackt hätte.

Zoey legt das Bild zurück in den Koffer und setzt sich zu mir. Ihre Hände schiebt sie unter die Oberschenkel und ihr Blick wandert unruhig durch die Wohnung. Es ist ihr sichtlich unangenehm, dass sie das Thema angeschnitten hat. «Wie lange seid ihr schon getrennt?»

«Schon länger. Kurz vor Weihnachten haben wir uns nach drei Jahren getrennt. Besser gesagt, er hat sich von mir getrennt.»

«Oh», sagt Zoey wieder nur. Keine von uns verliert mehr ein Wort, nur *America's Next Topmodel* im Hintergrund durchbricht die Stille. Das Hitzespray rührt Zoey nicht mehr an, sondern schaut nur zum Fernseher. «Tut mir leid, dass ich das gerade so gesagt habe. Das war unsensibel.»

Ich stupse ihr vor die Schulter und lächle sie aufmunternd an. «Es ist alles gut, Zoey. Wirklich. Mir geht es so gut wie schon lange nicht mehr.»

Und das ist wirklich so. Ich blende den ersten Tag mit Liam einfach aus und mit dem Rest kann ich umgehen. Mittlerweile fühle ich mich richtig wohl in den Hamptons, weil ich die vier um mich habe, auch wenn ich sie noch gar nicht lange kenne. Wir entfliehen zusammen dem Alltag, teilen uns das Essen, wenn jemand sein Frühstück vergessen oder etwas Leckereres dabei hat und bauen uns wie Verbündete gegenseitig auf, wenn mal irgendwas nicht so läuft. Ich glaube, mir war noch nie zuvor bewusst, wie wichtig es ist, Freunde zu haben. In NYC habe ich solche Menschen nie gefunden, mit denen ich das teilen konnte was ich nun mit Maya, Zoey, Gramps und Aaron habe. Ich hatte zwar Bekannte, aber ich habe mich mit ihnen nie so wohl gefühlt. Es war immer distanzierter. So, als würde man sich zwar verstehen, aber dieser letzte Funke nicht überspringen. Meine Vertraute war immer Rebecca. Das ist sie natürlich immer noch, aber es ist auch schön, einen weiteren Anker zu haben, wo ich jetzt auf eigenen Beinen stehen muss. Ohne Becks, die sich ganz weit weg in Frankreich rumtreibt.

«Also bist du bereit für eine neue Liebe?», fragt Zoey mich und ein kleines Lächeln umspielt ihre Lippen.

«Klar. Hast du jemanden für mich?», zwinkere ich ihr zu.

«Am besten wäre es, wenn ich jemanden kennenlernen würde, der einen süßen Bruder für dich hat, oder? Dann könnten wir Double Dates machen.»

Ich nicke schmunzelnd und schalte das Glätteisen aus. «Wann war denn deine letzte Beziehung?»

Zoey lehnt sich ein Stück zu mir herüber und bei ihren nächsten Worten ist ihre Stimme ganz leise, obwohl wir die einzigen Menschen in meiner Wohnung sind. «Ich verrate dir was, aber du darfst es danach nie wieder erwähnen, in Ordnung?»

«Okay. Wer war es aus dem Kollegium?»

Als sie lacht, weiß ich, dass ich mit meiner Vermutung richtig gelegen habe. «Matt.»

«Matt Erickson?» Er ist waschechter New Yorker, genau wie ich. Ich glaube, das ist aber auch schon alles, was uns verbindet.

«Yepp.»

Ich lege den Kopf schief und sehe sie prüfend an. «Echt? Irgendwie passt ihr optisch gar nicht so zusammen.»

Ihr Grinsen wird noch breiter. «Ich weiß. Nicht nur optisch. Auch zwischenmenschlich passte es nicht, irgendwie war das eher so ein körperliches Ding.» Sie kichert und wird plötzlich rot. Irgendwie süß. «Vor dem Sommer lief es für ein paar Wochen und dann, na ja, dann kam der Sommer und alles war vorbei. Irgendwie ist es manchmal etwas unangenehm, wenn wir uns bei der Arbeit sehen. Jedes Mal, wenn wir alleine im Kopierraum sind, oder wenn einer von uns den Konferenzraum betritt und man immer unschlüssig ist, ob man sich zu dem anderen setzen soll. Also, fang nie was mit jemandem aus der Schule an, Nicky! Das gibt nur Probleme!»

Ich bin kurz versucht, ironisch zu entgegnen, dass mir das viel zu wenig Drama sei und ich lieber direkt den Abend mit meinem Schüler in meiner Wohnung verbringe, aber ich schlucke den Kommentar natürlich runter. Falscher Zeitpunkt für meinen Humor. Zeitgleich geht eine Nachricht auf unseren Smartphones ein. Es ist Aaron, der im Gruppenchat schreibt, dass das Spiel zu Ende ist und sie nun ins Duke's fahren.

«Heute machen wir aber nicht so lange. Letzte Woche war too much. Verstanden?», fragt Zoey, als sie sich zurücklehnt.

«Ich bin ganz bei dir.»

«Nur ein Drink», beschließt Zoey.

«Absolut.»

«Und nur eine Stunde.»

Ich nicke überschwänglich. «Wenn überhaupt.»

Zoey lächelt mich an und sie denkt wahrscheinlich das Gleiche wie ich.

Oktober

81 Tage vorher

Am Montag sitze ich in meiner letzten Stunde im Kurs Englische Literatur und notiere die Namen der fehlenden Personen, während sich die Schüler mit Fagin aus *Oliver Twist* beschäftigen. Liam fühlt sich offenbar unbeobachtet, denn ich sehe, wie er unter dem Tisch auf seinem Smartphone tippt. Ich frage mich, wieso Schüler immer denken, dass man es als Lehrer nicht bemerkt. Möglicherweise ist sich Liam aber auch darüber bewusst und es ist ihm egal. Genau, wie er einfach seine Freundin Amber in den Abstellraum gezogen hat, obwohl er wusste, dass ich es sehe. Oder wie er fast jede Stunde fünf Minuten zu spät kommt und ohne Anklopfen die Tür aufreißt. Oder sie mit voller Wucht ins Schloss knallt, wenn er den Raum verlässt. Oder seine Materialien nur nach mehrmaliger Aufforderung auspackt. Bei ihm bin ich mir nie sicher, ob sein Verhalten Nachlässigkeit oder pure Provokation ist.

Zügig stehe ich auf und gehe an den Einzeltischen vorbei in die letzte Reihe. Einige Sekunden warte ich, aber Liam ist so in sein Smartphone vertieft, dass er mich gar nicht bemerkt.

«Nur stören oder auch mal was Sinnvolles zum Unterricht beitragen?», sage ich kalt.

«Was denn?», entgegnet er, als er aufsieht und fragend beide Hände in die Luft hebt. Ich habe keine Ahnung, wie er es so schnell geschafft hat, sein Smartphone in der Tasche zu verstauen. Liam setzt seine Unschuldsmiene auf und ich fühle mich schon allein durch seine Gestik und Mimik provoziert. Wie macht er das?

Eigentlich wollte ich ihn dazu auffordern, dass er das Handy wegpacken soll, aber spontan überlege ich es mir anders. Prompt strecke ich meine Hand aus. «Gib mir dein Smartphone.»

«Ich habe es doch gar nicht …»

«Gib mir dein Smartphone», wiederhole ich noch einmal eindringlicher und deute ihm an, sich zu beeilen. «Noch einmal sage ich es nicht.»

Liam schnalzt mit der Zunge und seufzt übertrieben dramatisch auf, dennoch kramt er bereits sein Handy aus der Hosentasche hervor. «Ich muss noch etwas für die Party am Samstag klären.»

«Das kannst du in der Pause machen oder nach der Schule. Nun sollst du eine Charakterisierung schreiben.» Er wühlt noch immer in seiner Hosentasche rum. «Bisschen schneller.»

«Wollen Sie auch zur Party kommen? Die findet bei mir zu Hause statt. Ich habe sturmfrei und ich schreibe Ihnen gerne meine Adresse auf.»

«Nein, ich will nicht zu deiner Party kommen.»

Er zieht sein Smartphone hervor und zwinkert mir zu. «Sicher?»

«Ganz sicher sogar. Und jetzt fang endlich mit deiner Aufgabe an.»

Liam übergibt mir sein Smartphone und als er für eine Sekunde meine Finger berührt, merke ich einen elektrischen Schlag.

Auf seinem Gesicht macht sich ein amüsiertes Grinsen breit und ich weiß sofort, dass er es auch gespürt hat. «Oh, Miss Hale, zwischen uns fliegen die Funken. Da stimmt wohl die Chemie.»

Ich kann gar nicht anders, als einen verstohlenen Blick auf die anderen Tische zu werfen, um mich zu vergewissern, dass niemand etwas von diesem Gespräch mitbekommt. Zum Glück sind die anderen Schüler ambitionierter als Liam und diskutieren bereits die Aufgaben. Niemand schenkt uns auch nur eine Spur Beachtung.

Spöttisch ziehe ich eine Augenbraue nach oben, als ich ihn anschaue. «Wahrscheinlich hast du einfach nur trockene Hände. Da hat wohl jemand nicht in Physik aufgepasst, denn das hat so gar nichts mit Chemie zu tun.» Ich lehne mich ein Stück zu ihm herunter. «Von nichts eine Ahnung, aber zu allem was zu sagen. Kommt dir bekannt vor, was?»

Liam blinzelt einige Male und setzt sich aufrechter hin, aber eine passende Antwort scheint ihm nicht einzufallen.

Obwohl ich mit gesenkter Stimme gesprochen habe, höre ich, wie Jeremy einen Platz daneben vergeblich versucht, ein Lachen zu unterdrücken. Seine Brust hebt und senkt sich heftig, während er den Blick starr auf seinen Collegeblock geheftet hat und den Bleistift fest umklammert.

«Jeremy, auch du packst jetzt alles weg, was nicht zum Unterricht gehört», fordere ich ihn auf.

Schmunzelnd packt er dann ohne ein weiteres Wort seine selbstgezeichneten Anime-Figuren weg. Wenigstens macht er es sofort, ohne unnötig mit mir zu diskutieren.

Als ich zum Pult zurückgehe, lacht Jeremy auf. Sein lautes Lachen schallt durch den Raum und Liam murmelt irgendetwas Unverständliches vor sich hin. Ich drehe mich innerhalb einer Sekunde um und werfe ihm einen vielsagenden Blick zu, woraufhin er beschwichtigend die Hände hebt und endlich den Mund hält. Ich bezweifle, dass er seine Aufgabe macht, aber es gibt nichts, das mir gerade egaler ist. Hauptsache, er nervt mich nicht weiter und ist still. Für alles andere ist er alt genug.

Irgendwann läutet dann der Schulgong und erlöst mich in den Feierabend.

Während die meisten Schüler aus dem Raum stürmen, lässt Liam sich unglaublich viel Zeit, seine Sachen zusammenzupacken. Nur seine schlurfenden Schritte verraten mir, dass er auf dem Weg zum Pult ist.

«Smartphones sind im Unterricht verboten», weise ich ihn noch einmal darauf hin, als er vor mir steht. Kurz sehe ich von meinem zu korrigierenden Tests aus einem anderen Kurs auf und schiebe Liam das Smartphone ohne einen weiteren Kommentar herüber, dann wende ich meine Aufmerksamkeit wieder den Tests zu.

«Sollte es nicht eher verboten sein, dass jemand wie Sie mich unterrichtet?», fragt Liam und verstaut sein Handy in der Hosentasche.

Mit offenem Mund starre ich ihn an und muss seinen unverschämten Kommentar erst einmal für eine Sekunde sacken lassen. Dann, endlich, als mein Gehirn seine Worte verarbeitet hat, stopfe ich den Rotstift mit einem genervten Seufzer in mein Etui. «Was ist eigentlich dein Problem, Liam?»

Augenblicklich verfinstert sich seine Miene und kurz zuckt er mit den Schultern. «Sie sind mein scheiß Problem, Miss Hale.» Sein Blick ist so intensiv, dass ich nur mit Mühe den Blickkontakt aufrecht halten kann. «Ich weiß wirklich nicht, wie ich am Ende diesen Kurs bestehen soll. Ich nehme überhaupt nichts aus dem Unterricht mit und ich habe noch immer keinen Plan von Shakespeare.» Liams Stimme ist so ausdruckslos, dass ich sie nicht deuten kann, aber jedes Wort von ihm mir gegenüber ist reine Provokation. Er sieht mich abwartend an und ich bin mir sicher, dass es ihm unglaublichen Spaß macht, meinen Unterricht zu kritisieren.

Für seine Aussage würde ich ihm am liebsten ein paar passende Takte sagen, aber ich versuche mich professionell zu verhalten. Noch einmal darf ich mich nicht so im Ton vergreifen, wie es mir passiert ist, als ich ihn mit Amber aus dem Raum geworfen habe. Wenn ich Probleme mit seinen Eltern bekomme, ziehe ich mit Sicherheit den Kürzeren. Ein bisschen Spott schwingt dennoch bei meinen nächsten Worten mit. «Du hast immer noch keinen Plan von Shakespeare? Das könnte möglicherweise daran liegen, dass wir ihn noch gar nicht besprochen haben.»

Liams ernste Fassade bricht plötzlich und er grinst verschmitzt, während er sich schon fast verlegen mit seiner Hand durch die dunklen Haare fährt. Einige Male nickt er schmunzelnd, als wäre er von meiner Antwort beeindruckt, und weicht meinem Blick aus. «Sehen Sie, ich nehme nichts aus dem Unterricht mit, Miss Hale. Absolut gar nichts.»

Nicht provozieren lassen. Das will er nur. Er will mich aus der Reserve locken. Ich muss höflich und professionell bleiben – das stört ihn am meisten, wenn ich ihm keine Angriffsfläche biete.

«Dann wechsle doch den Kurs, wenn ich den Stoff nicht ausreichend für dich vermitteln kann.» Meine Mundwinkel heben sich bei dem unechten Lächeln an, das ich aufsetze.

Er stützt sich so fest mit den Fäusten am Pult ab, dass die Knöchel weiß hervortreten. Seinen Kopf neigt er ein Stück zur Seite, während er mir mit gesenkter Stimme erklärt: «Das habe ich versucht. Unzählige Male, aber es geht nicht. Anscheinend will es das Schicksal so, Miss Hale.»

«Nimmst du denn aus anderen Kursen mehr mit oder ... passt du einfach nicht auf?»

Liam zuckt mit den Schultern. «Was für andere Kurse? Mein Interesse gilt einzig und allein der Englischen Literatur.» Ein belustigtes Lächeln umspielt seine Lippen und mein Blick bleibt wieder an seinem Eckzahn hängen.

Es kostet mich viel Mühe, dieses Gespräch nicht unfreundlich zu beenden. «Dein Interesse gilt der Englischen Literatur? Du bist nicht gerade jemand, der interessiert wirkt.» Ich werde aus ihm einfach nicht schlau, aber ich habe mittlerweile aufgegeben, ihn verstehen zu wollen. Jeder seiner Sätze ist ein einziger Widerspruch. Er scheint solche Spielchen zu mögen.

Liam lacht humorlos auf. «Oh, glauben Sie mir. Ich bin mehr als interessiert.»

«Ach ja? Wieso starrst du im Unterricht dann immer so gelangweilt durch die Gegend?», entgegne ich im gereizten Tonfall und lehne mich mit verschränkten Armen nach hinten.

«Ich starre nicht durch die Gegend, sondern ich starre Sie an.»

«Ich weiß. Das ist mir nicht entgangen.»

Er lehnt sich ein Stück zu mir herunter und sein Gesicht ist meinem ziemlich nah. Seinen nächsten Satz spuckt er schon fast aus. «Schön, dass Sie wenigstens das gemerkt haben.»

Das ist wahrscheinlich eine Anspielung auf die Situation am ersten Schultag, weil ich ihn da nicht durchschaut habe. Jetzt wäre der richtige Zeitpunkt, das Thema noch einmal anzusprechen, aber ich weiß nicht, ob ich dazu etwas sagen will. Ich glaube, es ist alles gesagt, auch wenn nie etwas ausgesprochen wurde.

«Was soll das eigentlich alles?» Fragend hebe ich die Hände und mache eine ausfahrende Geste, aber ich bin mir auch so sicher, dass er genau weiß, wovon ich spreche.

Eine ganze Weile schweigt Liam, aber seine grünen Augen bohren sich wieder regelrecht in meine. «Glauben Sie mir, mich beschäftigt diese Frage auch schon seit Wochen.» Ich verstehe ihn kaum noch, seine Worte sind nicht mehr als ein Flüstern. «Sie machen mich wirklich wahnsinnig, Miss Hale. Sie machen mich einmal mehr wahnsinnig.»

Damit dreht er sich um und geht Richtung Tür. Wie immer knallt er die Tür voller Wucht ins Schloss.

Einige Sekunden überlege ich, ob ich mir noch eine Konfrontation mit Liam antun möchte, aber dann springe ich regelrecht von meinem Stuhl und reiße die Tür auf. Liam ist schon an seinem Spind und legt ein Buch aus seinem Rucksack hinein. Mir fällt auf, dass in seinem Spind jede Menge Taschenbücher liegen. Für einen Moment denke ich sogar, dass ich *Never let me go* von Ishiguro entdecke, aber Liam beugt sich nach vorne, um etwas anderes hervorzukramen, und versperrt mir dadurch die Sicht.

«Liam!», rufe ich ihn im schroffen Tonfall. Es ist leise auf dem Flur, weil die Schüler bereits nach Hause gestürmt sind, und meine Stimme hallt. Vielleicht ist das der Grund, warum Liam zusammenzuckt.

«Was?», fragt er und klingt mindestens genauso schroff. Er knallt schnell seinen Spind zu und dreht sich zu mir um. «Müssen Sie mich so erschrecken?»

«Pass mal auf, die Türen hier kosten alle Geld. Und wenn du die noch einmal so knallst, dann gehen wir gemeinsam zum Hausmeister und du darfst dann vorsorglich die Rechnung für eine neue Tür begleichen.»

Liam hebt spöttisch die Augenbrauen und hebt fragend die Hände. «Meinetwegen. Dann bezahle ich eben eine neue Tür. Meinen Sie, das interessiert mich? Wird wohl nicht viel kosten. Mein Dad schießt genug Geld in diese Schule, da kommt es auf diese paar Pennys auch nicht mehr an.»

Die paar Pennys ...

«Verstehst du ernsthaft nicht, dass es hier ums Prinzip geht?»

Fragend hebt er die Hände und ich kann das Fragezeichen über seinem Kopf sehen. «Wovon reden Sie? Ich bezahle die Tür. Kein Problem, ehrlich. Sie können sich jetzt wieder beruhigen.»

Er versteht es tatsächlich nicht. Ich schließe für eine Sekunde meine Augen und reibe meine Schläfe. Vielleicht liegt es daran, dass er anders aufgewachsen ist. Vielleicht lernt man sowas nicht, wenn man in einer Familie groß wird, in der Geld keine Rolle spielt und alles jederzeit pro-blemlos ersetzt werden kann. Liam kennt nur seine Welt, aber ich kenne die andere.

Mein Tonfall ist bei den nächsten Worten sehr ruhig, weil ich ernsthaft um eine Einigung bemüht bin, um das Jahr mit Liam möglichst gut über die Bühne zu bringen. «Du kannst dich glücklich schätzen, dass Geld für dich so eine unbedeutende Rolle spielt, aber man geht mit fremden Gegenständen einfach vernünftig um.» Und dann klinge ich doch ein wenig zickig. «Hat dir das noch nie jemand gesagt?»

«Doch ...» Er verschränkt die Arme vor der Brust und lehnt sich an den Spind.

«Also, dann halte dich gefälligst daran und hör auf, die Türen so zu knallen.»

«Okay, meinetwegen», sagt er und zuckt mit den Schultern. «Wenn Ihnen das so wichtig ist.»

Prüfend sehe ich ihn an. Sein Blick ist ernst, genau wie sein Tonfall. Meint er es etwa ausnahmsweise mal aufrichtig?

«Vielen Dank», entgegne ich schon fast ironisch. Vielleicht kriegt man ihn, wenn man mit ihm alleine redet, ganz ruhig und vernünftig. Wenn keine Mitschüler dabei sind, muss er wohl keine Show abziehen.

Ich gehe schon auf die Tür meines Klassenzimmers zu, dann drehe ich mich nochmal um. «Und künftig kommst du pünktlich zum Unterricht!»

Liam stöhnt genervt auf und mit dieser Forderung scheint seine Geduld am Limit angekommen zu sein. «Gott, was ist denn heute mit dir los, Nicole? Du musst jetzt nicht so übertreiben!»

Nicole? Ist ihm in seiner Laune jetzt ernsthaft mein Vorname rausgerutscht?

Und was soll das heißen, ich übertreibe? Ich? Weil er meint, jede Stunde mindestens fünf Minuten nach Beginn die Tür zum Klassenraum aufzureißen?

«Okay, hör zu, Liam. Wir brauchen da nicht drüber diskutieren. Ich sage es dir jetzt ein einziges Mal und danach nie wieder. Entweder du sitzt ab sofort pünktlich zum Stundenbeginn auf deinem Platz oder du bleibst vor der Tür stehen. Und je nachdem, wie meine Laune ist, hole ich dich vielleicht rein oder lass dich einfach die ganze Stunde draußen stehen. Mir ist das egal, denn im Gegensatz zu dir habe ich bereits einen Plan von Shakespeare.» Ohne seine Antwort abzuwarten, gehe ich zu meinem Klassenraum zurück. Dann drehe ich mich nochmal um. «Und für dich bin ich Miss Hale! Haben wir uns verstanden?»

Am liebsten würde ich die Tür mal demonstrativ genauso ins Schloss hauen wie er, aber ich halte mich zurück.

Idiot.

***

80 Tage vorher

In der Pause sitze ich zusammen mit Maya im Lehrerzimmer. Um uns herum herrscht eine ziemliche Unruhe, aber wir sitzen ganz entspannt auf unseren Plätzen, während wir viel zu viel Kaffee trinken und sie mir von ihrem Patenkind erzählt.

«Du sollst in Mrs. Grahams Büro kommen», meint Zoey und lässt sich neben mir auf den Stuhl fallen. «Hey, wer hat denn die Kekse mitgebracht? Sind die für uns alle?», fragt sie nebenbei und lehnt sich ein Stück nach vorne, um sich welche zu nehmen. Dann stopft sie sich bereits einen in den Mund, ohne die Antwort abzuwarten.

Ich höre auf, meinen Kaffee umzurühren, und blicke interessiert auf. «Die Schulleitung zitiert mich ins Büro? Um was geht es denn?»

«Irgendetwas mit Liam», murmelt Zoey zwischen den Bissen und sagt es so locker, als sollte ich die nächste Pizzalieferung annehmen.

Fast verschlucke ich mich an meinem Kaffee und mein Puls beschleunigt sich sofort. Ich stelle meine Kaffeetasse so grob auf dem Tisch ab, dass der Inhalt überschwappt, aber ich rühre mich noch nicht mal, um es wegzuwischen.

«Was?», rufe ich so laut, dass Aaron, der gegenüber von uns am Tisch steht, verwundert den Blick von seinem Smartphone hebt, und die Stirn in Falten legt. «Wieso das denn?», meine ich mit leiserer Stimme und lehne mich ein Stück näher zu Zoey, aber sie scheint meine Panik nicht zu bemerken. Stattdessen zuckt sie nur entspannt mit den Schultern und winkt ab.

Zoey nimmt sich einen weiteren Keks, den sie von allen Seiten betrachtet und es kommt mir so vor, als würde sie Ewigkeiten für die Antwort brauchen. «Keine Ahnung, woher soll ich das wissen? Sie meinte nur, es geht um Liam und dass ich dich zu ihr schicken soll. Frag doch einfach Mrs. Graham.»

«Liam Hunt?», versichere ich mich noch einmal. «Bist du dir sicher?» Meine Stimme klingt mit einem Mal ganz kratzig.

«Ja», erwidert Zoey gedehnt. «Ganz sicher.»

«Hat sie denn nichts weiter sonst gesagt?», hake ich nach, während ich mir eine Haarsträhne aus dem Gesicht streiche.

Zoey schüttelt den Kopf. Ich weiß nicht, ob ich mir das nur einbilde, aber irgendwie zieht sie etwas komisch die Augenbrauen zusammen.

Tausend Gedanken gehen mir durch den Kopf, als ich mich mit einem lauten Seufzer nach hinten lehne. Er hat es erzählt. Er hat Mrs. Graham erzählt, dass ich mich privat mit ihm getroffen habe. Oder möglicherweise noch irgendetwas dazu gedichtet.

Er hat sogar Beweise. Er hat meine Nummer in seinem Handy und unser Gespräch ist in seiner Anrufliste vermerkt. Liam könnte sogar meine Wohnung beschreiben.

Holy Shit. Ich bin geliefert. Sowas von. Niemals glaubt man mir, dass ich keinen Schimmer hatte, wer er ist. Und wie alt er ist.

Vermutlich hat ihn mein Verhalten gegenüber ihm und Amber genervt, als ich die beiden rausgeworfen habe und sie somit nicht in Ruhe knutschen konnten. Oder es hat ihn gereizt, dass ich gestern sein Smartphone einkassiert habe.

Oder dass ich ihn wegen des Türknallens zurechtgewiesen habe. Oder, nein, wahrscheinlich hat es ihm den Rest gegeben, als ich ihn, genau wie gestern angekündigt, heute vor der Tür stehen gelassen habe, weil er wie immer zu spät zum Unterricht kam – diesmal nicht nur fünf, sondern ganz frech zwanzig Minuten, als hätte er mich wieder bewusst provozieren wollen. Also verbrachte er den Rest der Stunde vor der Tür, was er vielleicht nicht ganz so amüsant fand wie Jeremy, der sich die ganze Stunde vor Lachen auf seinem Platz kaum eingekriegt hat.

Irgendwann habe ich wohl den Bogen für ihn überspannt. Ich weiß nicht, wie viel Einfluss Schüler und deren Eltern an einer Privatschule haben, aber an einem Ort wie den Hamptons ist mit Geld und Beziehungen sicherlich sehr viel möglich. Aber es liegt nicht nur an seinen finanziellen Mitteln, sondern auch an seiner Person, die ich unberechenbar finde. Das ist jetzt jedenfalls seine Retourkutsche. Und ich kann nur hoffen, dass es nur eine seiner Abrechnungen ist, aber nicht sein finaler Schlag.

*

Nachdem ich einmal zaghaft geklopft habe, öffne ich die Tür zum Büro der Schulleitung. Meine Erklärung habe ich mir in den wenigen Minuten, die ich zur Vorbereitung hatte, so gut wie möglich zusammengelegt und ich bin bereit, sie jeden Moment herunterzuleiern. Es entspricht alles der Wahrheit: Ich werde sagen, dass ich davon ausgegangen bin, dass Liam mein Kollege sei und nicht mein Schüler, dass mein Auto Startprobleme hatte, er mir seine Hilfe angeboten hat und wir uns als Dankeschön abends zum Essen getroffen haben. Und dass es ihm anscheinend großen Spaß macht, mich seitdem zu provozieren.

Holy shit, diese Geschichte klingt einfach nur absurd und verstörend. Selbst für mich. Man wird mir kein Wort glauben.

Mrs. Graham tippt noch etwas an ihrem Computer, dann sieht sie vom Bildschirm auf.

«Setzen Sie sich, Miss Hale», weist sie mich knapp an und deutet auf den Stuhl an einem langen Besprechungstisch. Vergeblich versuche ich, irgendeinen Hinweis an ihrem Gesicht abzulesen, aber sie steht auf und dreht mir den Rücken zu. Ich warte darauf, dass sie weiter redet, aber sie öffnet einen Schrank und durchsucht dort verschiedene Ordner.

Schweigend setze ich mich auf einen der Stühle und knete ungeduldig meine Hände. Wie setze ich mich am besten hin? Beine überschlagen? Wirkt das seriös? Oder doch lieber unschuldig?

Auf dem Tisch liegt eine Tageszeitung vom gestrigen Tag. Ich schaue zwar auf die Artikel auf der Titelseite, aber die Buchstaben ergeben keinen Sinn. Ich weiß nicht, ob es daran liegt, dass ich sie verschwommen sehe oder mich nicht konzentrieren kann.

Was hat Liam der Schulleitung erzählt? Könnte ich tatsächlich dafür entlassen werden, weil ich mich mit ihm getroffen habe, obwohl ich nicht wusste, um wen es sich bei Liam handelt? Ist das wirklich strafbar oder komme ich mit einer Abmahnung davon?

Vielleicht hat Liam der Schulleitung auch etwas ganz anderes erzählt und ich muss gleich improvisieren, um die Situation zu retten. Möglicherweise erzählt er Lügen über mich. Womöglich ist das seine ganz persönliche Rache dafür, weil ich ihn mit Amber aus dem Raum geworfen habe. Ich würde Liam zutrauen, dass er in seinem Stolz verletzt ist. Vielleicht denkt er, ich habe ihn vor seiner Freundin bloßgestellt. Oder er ist von meinem Korb am ersten Abend gekränkt.

Mein ungutes Gefühl hat mich damals nicht getäuscht. Er ist wirklich jemand, der unangenehm wird, wenn etwas nicht nach seinem Willen läuft.

«Also, Miss Hale ... Sie können sich ja sicherlich denken, wieso ich Sie zu mir ins Büro gebeten habe», sagt Mrs. Graham, als sie sich mir gegenübersetzt. Ihre Stimme klingt gereizt, irgendwie verärgert, und nicht gerade sanft lässt sie einen schwarzen Ordner auf den Tisch fallen.

Gedanklich verabschiede ich mich bereits von der Abmahnung und stelle mich auf eine Entlassung ein. Keine andere Schule wird mich hier mehr annehmen. Ohne Geld kann ich meine Miete nicht mehr zahlen. Was soll ich meinen Eltern bloß sagen, wenn ich wieder mit meinem Zeug vor deren Tür stehe? Oder Rebecca erklären, dass mir mal wieder etwas um die Ohren geflogen ist, nachdem sie doch so stolz auf mich war?

Ich habe einen Kloß im Hals und nicke stumm, während ich auf eine silberne Wackelkatze auf dem Tisch starre, die ihre rechte Pfote hoch und runter bewegt. Wenn ich es nicht besser wüsste, würde ich behaupten, ihr Blick sei vorwurfsvoll.

«Also, kommen wir direkt zum Thema. Es geht um Liam Hunt. Der Name sagt Ihnen etwas, nehme ich an?» Mrs. Graham lacht kurz humorlos auf und schüttelt den Kopf. «Ja, natürlich kennen Sie ihn. Niemandem wird er präsenter sein als Ihnen.» Hitze steigt in mir auf. Verdammte Scheiße. Ich bin wirklich sowas von geliefert. Sie schlägt ihre Mappe auf und blättert hastig. «Ich verstehe einfach nicht, was in den Köpfen mancher Leute vorgeht!», ruft Mrs. Graham schließlich so laut, dass ich kurz zusammenzucke. Mit ihrer flachen Handfläche knallt sie einmal laut auf den Tisch und die Pfote der Katze bewegt sich hektischer. Mein linkes Augenlid fängt unkontrolliert an zu zucken. «Können Sie mir das bitte erklären?» Die Frage klingt rhetorisch, als würde sie darauf keine Antwort erwarten, weil es überhaupt keine plausible Erklärung gibt.

2:1 für Liam. Game over, Nicky. So endet es also. Ich habe mich mit dem Falschen angelegt. Es ist klar, dass ich in den Hamptons keine Chance gegen jemanden habe, der sich mit Geld wahrscheinlich alles kaufen kann.

Mrs. Graham nimmt ihre dunkel umrahmte Brille ab und legt sie geräuschlos auf den Tisch. Als ich ihr jetzt so nah gegenübersitze, fällt mir auf, dass die tiefen Falten an ihren Mundwinkeln und die vereinzelten grauen Haare in ihren Locken Mrs. Graham viel älter erscheinen lassen, als ich bisher dachte.

«Es tut mir leid», presse ich mit zitternder Stimme hervor und starre auf meine zusammengefalteten Hände. Ich kann meiner Vorgesetzten noch nicht einmal in die Augen schauen.

«Ja, mir tut es auch leid, Miss Hale», entgegnet Mrs. Graham und schlägt ihren Ordner wieder auf. «So kann es nicht weitergehen. Wir müssen jetzt handeln. Das sehen Sie doch auch so, oder?»

«Ja, natürlich. Ich wusste nur nicht, dass ...», setze ich an und lasse meinen Blick hilflos durch den Raum gleiten. Die Lage ist mir so unangenehm, dass ich noch nicht einmal die passenden Worte dazu finden kann.

«Ich dachte mir, dass Sie es nicht wussten», unterbricht sie mich und ihre Stimme klingt plötzlich sanfter, fast schon mitfühlend. «Auf den ersten Eindruck wirkt Liam auch nicht so.»

Ich nicke eifrig und zum ersten Mal macht sich Hoffnung in mir breit, dass Mrs. Graham Verständnis für meine Situation hat und mich lediglich abmahnt. «Genau. Er wirkt schon so reif und erwachsen.»

Mrs. Graham winkt ab und ihr Blick ist starr auf einen Zettel im Ordner geheftet. «Ich weiß, Miss Hale. Sie haben keine Ahnung, wie viele Lehrkräfte mir das vor Ihnen schon gesagt haben. Aber Liam Hunt hat es faustdick hinter den Ohren.» Ihre Stimme, die gerade noch so sanft war, klingt jetzt wieder gereizter. «Ich frage mich nur ... Muss es denn gerade wieder Liam sein?» Die Frage scheint erneut rhetorischer Art zu sein, aber sie löst ein beklemmendes Gefühl in mir aus.

«Wieder?», frage ich irritiert. «Hat er das schon öfter gemacht?» Ist es etwa sein ganz persönlicher Spaß, neue Lehrerinnen zu täuschen und sie im Glauben zu lassen, dass er ihr Kollege und nicht ihr Schüler sei? Das kann doch gar nicht sein, oder?

Mrs. Graham lacht auf, als hätte ich etwas Witziges gesagt. «Oh ja. Letztes Jahr hatten wir das Theater schon einmal.»

«Das glaube ich ja wohl nicht», sage ich fassungslos, mehr zu mir selbst als zu Mrs. Graham. Ich lasse mich nach hinten an die Stuhllehne fallen und atme schwer ein und aus. «Wieso macht er das?»

Mrs. Graham zuckt mit den Schultern. «Diese Frage stellen wir uns auch alle, Miss Hale. Letztes Jahr hat er sich gebessert, aber jetzt verlieren wir ihn schon wieder. Er macht es uns wirklich nicht einfach. Wahrscheinlich ist Liam unser größter Problemschüler hier, dicht gefolgt von Jeremy Porter. Womöglich ist es gerade dieses Zweiergespann, das es uns immer schwerer macht, sie zu erreichen. Es ist schade, weil beide sehr viel Potential haben.»

Für einen Moment lasse ich die Worte sacken, aber ich kann Mrs. Graham nicht mehr folgen.

Moment ... Was?

«Bitte?», frage ich zaghaft.

Sie schmunzelt, als sie einen Zettel aus ihrem Ordner heftet und ihn in die Mitte des Tisches legt. «Ich verstehe, dass Sie es überhaupt nicht nachvollziehen können, dass ich sowohl Liam Hunt als auch Jeremy Porter als Problemschüler bezeichne, aber ihre Fehlzeiten sind schon wieder überdurchschnittlich hoch.» Sie schiebt mir den Zettel herüber. «Liam hat bereits 62 Fehlstunden, Jeremy 57. Und das Schuljahr hat gerade einmal vor einem Monat begonnen. Wenn Liam und Jeremy hier nicht so bekannt wären, wüssten manche Lehrer noch nicht einmal, wer sie sind. So selten sind sie in den Kursen anwesend.» Mit ihrem Finger zeigt sie auf die Summe der Fehlstunden auf dem Zettel. «Aber schauen Sie hier ...» Mrs. Graham deutet auf eine Zeile in der Auflistung. Englische Literatur. Mein Kurs. 0 Fehlstunden. «Es ist auffällig, dass Liam und Jeremy bei Ihnen anwesend sind. Immer. Sie scheinen die beiden zu erreichen. Das ist sehr gut und wir müssen das nutzen, um daran anzuknüpfen. Deswegen wollte ich gerne mit Ihnen sprechen.»

«Wie bitte?» Ich bin schwer bemüht, nicht laut loszulachen. Ich erreiche die beiden? Liam und Jeremy, die beide nur stillschweigend ihre Zeit bei mir absitzen? Jeremy, der so oft gedankenverloren irgendwelche Anime-Figuren in seinen Collegeblock zeichnet, und Liam, der mich ständig mindestens zwei Sekunden länger gelangweilt anstarrt, als mir lieb ist?

Mrs. Graham nickt begeistert. «Es spricht sehr für Ihren Unterricht, dass Jeremy und Liam immer anwesend sind. Ihre Stunden liegen ja nicht gerade günstig, aber bei Ihnen sind sie immer da.» Sie wirft einen Blick auf die Liste mit den Fehlzeiten und runzelt die Stirn. «Sie scheinen extra für den Kurs zu kommen, denn meistens fehlen sie in den vorherigen oder nachfolgenden Stunden. Gott, diese Zwei soll mal jemand verstehen.»

Ich schaue Mrs. Graham nur ungläubig an. Das muss alles ein Missverständnis sein, obwohl die Fehlzeiten eindeutig sind. Bei mir sind sie immer da, wohingegen sie sonst überall durch Abwesenheit glänzen. Irgendwie kann ich das alles nicht glauben und ich überlege, ob ich vielleicht wenigstens einmal vergessen habe, die beiden als fehlend einzutragen. Aber diesen Tag würde ich sicherlich nicht vergessen, denn dann dürfte ich auf Liams gelangweilte Blicke und das permanente Augenrollen verzichten.

«Also, Miss Hale, ich habe einen Termin mit Liams Vater für Sie vereinbart.»

«Was? Wann?» Allein bei dem Gedanken daran überschlägt sich meine Stimme fast und wenn ich noch entgeisterter schauen kann als zuvor, dann tue ich es jetzt.

«Morgen», teilt sie mir im lockeren Tonfall mit. Sie reicht mir einen Ausdruck. «Hier ist die Adresse.»

«Ich soll zu Liam nach Hause fahren?» Ich glaube, das ist das Absurdeste, was ich in meinem ganzen Leben je gesagt oder gehört habe. Mit offenem Mund starre ich Mrs. Graham an. Ich will mir meinen Schock nicht anmerken lassen, aber ich bin mir nicht sicher, ob mir das gelingt.

«Ja, natürlich.»

Hilflos sehe ich auf den Zettel mit der Adresse. «Wieso kommt denn sein Vater nicht hier her? Mrs. Graham, ich fühle mich wirklich nicht wohl, zu den Schülern nach Hause zu fahren, um mit den Eltern zu sprechen.»

Mrs. Graham lehnt sich nach hinten. Ein müdes Lächeln breitet sich auf ihrem Gesicht aus, während sie gedankenverloren auf dem Bügel ihrer dunklen Brille kaut. «Miss Hale, Sie waren als Schülerin nie auf einer Privatschule, oder?»

Ich schüttle den Kopf.

«Wissen Sie, die Eltern bezahlen ziemlich hohe Summen für ihre Kinder und es wird daher erwartet, dass alle schulischen Angelegenheiten ohne große Umstände für sie geregelt werden. Das bedeutet natürlich, dass wir bei persönlichen Gesprächen die Fahrerei übernehmen, wenn es nicht anders explizit gewünscht ist. Die Eltern sind beruflich größtenteils sehr eingespannt und wir richten uns daher nach deren Verpflichtungen.»

«Aber ...», stammle ich. Allein der Gedanke daran, mit seinen Eltern in einem Zimmer zu sitzen, möglicherweise noch zusammen mit Liam, löst ein unglaublich schlechtes Gefühl in mir aus. Ich bekomme sofort Bauchschmerzen.

Gerade wünsche ich mir nichts mehr, als dass er in meinem Kurs auch ständig fehlen würde. Dann könnte das jetzt ein anderer Kollege für mich übernehmen.

Mrs. Graham winkt ab. «Keine Sorge, Miss Hale. Sie bekommen das natürlich bezahlt. Es ist nichts dabei. Sie werden Liams Situation darstellen und gemeinsam mögliche Lösungsansätze diskutieren.»

Gemeinsam? Was soll das bedeuten? Ich würde zu gerne wissen, ob Liam bei dem Gespräch dabei ist, aber vielleicht will ich das vorher gar nicht wissen. Solange ich es nicht sicher weiß, besteht die realistische Chance, dass ich nur seinen Eltern begegne. Ohne Liam. Was auch schon absurd genug ist, aber definitiv das kleinere Übel.

Ich habe keine Ahnung, wie ich aus dieser Nummer unauffällig rauskomme. Wahrscheinlich muss ich es einfach machen, bevor Mrs. Graham noch misstrauisch wird und mein Verhalten unprofessionell wirkt. Mit einem Mal gebe ich resigniert auf und finde mich mit dem Gedanken ab, Liams Eltern zu begegnen.

Manchmal habe ich das Gefühl, das Schicksal will mich herausfordern.

***

79 Tage vorher

Knapp vierundzwanzig Stunden später fahre ich in meinem Mini Cooper zu der angegebenen Adresse. Nicht weit vom weißen Sandstrand entfernt, reihen sich hier riesige und moderne Villen aneinander, die von sauber geschnittenen Hecken umgeben sind. Die Sprinkleranlagen laufen auf Hochtouren und bewässern den gemähten Rasen, der so grün ist, als hätte man ihn aus dem Katalog bestellt. Weiße und schwarze SUVs finden sich vor jeder Villa. Liams Auto scheint hier keine Ausnahme zu sein, sondern eher der klassische Durchschnitt. Viel mehr fällt der knallrote BMW-SUV bei den Nachbarn auf.

Bei den Hunts scheint Sicherheit ein großes Thema zu sein, denn die Zufahrt zum Vorhof ist durch ein verschlossenes Tor abgegrenzt. Ich lasse mein Fenster herunterfahren und drücke auf einen Knopf.

«Ja, bitte?», ertönt eine dunkle Männerstimme aus der Freisprechanlage. Ich habe keine Ahnung, mit wem ich rede, dafür blicke ich demonstrativ in eine rot blinkende Kamera.

«Mein Name ist Nicole Hale und ich bin die Lehrerin von Liam. Ich habe einen Termin mit John Hunt.»

Kurz herrscht Schweigen am anderen Ende und ich frage mich schon, ob ich zu leise gesprochen habe. «Ich lasse Sie herein, Miss Hale.»

Die Flügel des Tors öffnen sich. Ich habe noch nicht einmal einen Schritt in Liams Zuhause gesetzt, aber ich weiß bereits jetzt, dass er in keinem normalen Haus wohnt. Nein, das ist ein Palast.

Ich fahre durch das Tor und parke mein Auto im beeindruckenden Vorhof ab. Der Mini Cooper wirkt regelrecht verloren auf dieser großen Fläche. Es stehen acht weitere Autos vor dem Anwesen. Ob die Autos wohl alle zu den Hunts gehören oder auch zu den Angestellten? Liams dunkler Cadillac Escalade steht hier nicht, aber möglicherweise ist er in der großen Garage.

Ich atme einmal tief durch, ehe ich die Autotür öffne und zur Haustür gehe. Am liebsten würde ich umdrehen, aber das Tor schließt sich wieder langsam und damit habe ich das Gefühl, hier festzusitzen.

Zu spät, ich muss da jetzt durch.

Es dauert eine ganze Weile, bis mir nach dem Läuten die Tür geöffnet wird.

Vor mir steht eine Frau Ende 20, vielleicht Anfang 30. Ihre dunkelblonden Haare hat sie zu einem strengen Dutt gebunden und sie streift ihre Hände einmal an ihrer weißen Schürze ab, ehe sie diese in die Hüften stemmt. Es scheint eine Angestellte zu sein, denn sie und Liam weisen überhaupt keine Ähnlichkeiten auf. Die Frau zieht prüfend eine Augenbraue nach oben, als sie mich sieht.

«Liam ist nicht hier», teilt sie mir mit und klingt jetzt schon genervt von mir, ohne dass ich überhaupt einen einzigen Ton gesagt habe.

«Wie bitte?» Wenn ich nicht so irritiert wäre, würde ich ein bisschen Erleichterung verspüren, dass Liam bei dem Gespräch gleich nicht dabei ist.

«Er ist beim Training», wiederholt sie geduldig. «Ich weiß leider nicht, wann genau er wieder hier ist, aber er hat sicherlich sein Smartphone dabei.»

Es dauert eine Sekunde, bis ich endlich die Puzzleteile zusammensetze. Jetzt weiß ich, was sie denkt. Und das ist so peinlich. Aber für uns beide.

Unsicher streiche ich mir eine blonde Haarsträhne aus dem Gesicht und kann den Unglauben in meiner Stimme nicht gänzlich verbergen. «Ähm … Ich bin die Lehrerin von Liam, nicht eine seiner … Freundinnen. Es geht um eine schulische Angelegenheit, die ich gern mit John Hunt klären würde.»

Die Frau reißt ihre Augen auf und ihre Wangen verfärben sich rosa, genau wie ihr Kopf, der nun erstaunlich schnell die Farbe wechselt. Auf ihrem Dekolleté machen sich rote Flecken breit und sie schnappt regelrecht nach Luft. «Oh, entschuldigen Sie … Ich wusste nicht … Ich wusste nicht, dass John für heute einen Termin hat. Oh Gott», stammelt sie und die Situation ist ihr sichtlich unangenehm. Immer wieder wendet sie den Blick ab. «John muss vergessen haben, es mir mitzuteilen. Er arbeitet einfach zu viel. Kommen Sie doch herein.»

Sie deutet mir an, die Villa zu betreten. Möglichst unauffällig lasse ich meinen Blick durch die riesige Halle gleiten und sofort fallen mir die breiten, edlen Treppen aus Mahagoni auf, die in die höheren Etagen führen. Mehrere Treppen. Welches Haus hat mehrere Treppen auf einer Etage? Ich habe sowas noch nie gesehen. Über mir hängt ein Kronleuchter mit ungefähr tausend Gold- und Kristallanhängern. Er ist riesig und bestimmt wahnsinnig schwer. Wenn er sich löst, würde er mich sofort erschlagen.

Auch nicht gerade besser als die Vorstellung, jetzt Liams Eltern kennenzulernen.

Einige Sekunden sagt keiner mehr ein Wort und die Frau fährt sich mit der Hand aufgebracht durch ihren strengen Dutt, woraufhin sich einige Strähnen lösen und locker in ihr Gesicht fallen. Als sie mich ansieht, sieht sie plötzlich viel jünger aus.

«Ich bringe Sie in die Bibliothek und hole dann Mr. Hunt. Folgen Sie mir doch bitte.»

Sie führt mich durch einen Raum, der doppelt so groß wie meine Wohnung ist, an einem Arbeitszimmer vorbei. Wir laufen einen langen Flur entlang und ich schaue mich verstohlen um. Mein Blick bleibt an einer Tür hängen, die halb angelehnt ist, und ich sehe frei im Raum stehend ein schwarzes Klavier.

Plötzlich bleibt die Frau stehen. Fast remple ich sie an, weil ich mich so neugierig umsehe. Sie deutet im nächsten Raum auf ein dunkles Ledersofa. «Setzen Sie sich doch. Ich sage Mr. Hunt Bescheid, dass Sie da sind.»

Jetzt spricht sie wieder von Mr. Hunt. Anscheinend ist ihr der Vorname John eher rausgerutscht.

Nickend lasse ich mich auf dem Sofa nieder. Das glatte Leder ist samtweich und ich habe schon fast ein wenig Angst, mich mit meiner Stoffhose drauf zu setzen.

Die Frau lehnt leise die Tür an, während ich die Bücherregale begutachte. Die Wände in dem Raum sind sehr hoch, aber die Regale erstrecken sich vom Fußboden bis zur Decke. Überall sind Bücher. Hunderte, nein, tausende Bücher sind hier in die Regale gestopft. Einmal horche ich, ob jemand kommt, dann stehe ich auf und scanne einige Bücherrücken. Am anderen Ende des Raums stehen viele Medizinbücher, aber direkt neben mir ist ein Regal mit vielen Klassikern der amerikanischen und britischen Literatur aus allen möglichen Epochen und ohne eine konkrete Anordnung. Shakespeare, J. R. R. Tolkien, Ian McEwan, Jane Austen, F. Scott Fitzgerald, Hemingway. Ich bin mir sicher, dass es sich bei einem der Bücher um eine Erstausgabe von «Jane Eyre» handelt. Hier findet man alles und mein Herz als Literaturlehrerin geht eindeutig auf. Kein Wunder, dass Bücher zu Liams Leidenschaften gehören. Zu gerne wüsste ich, was er hiervon schon gelesen hat. Sofern das gestimmt hat – richtig vorstellen kann ich mir nicht, wie er irgendwo mit einem Buch hockt und es aufmerksam liest.

Ein Bild von Liam hängt an der Wand, zusammen mit Jeremy. Die beiden sehen jünger aus, vermutlich ist es um die drei oder vier Jahre alt, und sie stehen vor dem Buckingham Palace. Natürlich war Liam bereits in Europa und selbstverständlich war er auch schon in London. Ich beneide ihn ein wenig. Ich werde wahrscheinlich zu den Menschen gehören, die ihr Leben lang Shakespeare predigen, ohne selbst mal eine Aufführung am Globe Theatre gesehen zu haben. Egal. Dafür kann ich hier alle Klassiker der britischen Literatur runterbeten.

Das kann ja schließlich auch nicht jeder.

Bevor mich noch jemand erwischt, setze ich mich wieder hin, und trotzdem kann ich nicht anders, als jetzt durch die bodentiefen Fenster in den Garten zu schauen. Wenn ich Tennis spielen würde, würde mich der Tennisplatz beeindrucken, aber viel faszinierter bin ich von dem großen Pool. Die Grünfläche ist sauber gepflegt und am anderen Ende des riesigen Gartens schneidet ein Gärtner die Hecke.

Und dahinter erstreckt sich das Meer, das durch die Sonnenstrahlen türkis glitzert.

Hier würde ich auch gerne mal einen Tag im Hochsommer verbringen. Ich will es gar nicht leugnen.

Der Ausblick ist wunderschön. Für jemanden wie mich, der mit all den Hochhäusern und Wolkenkratzern in New York aufgewachsen ist, ist das hier eine ganz neue Welt. Wobei ich mir sicher bin, dass dieser Anblick jede Person beeindrucken würde. Für alles andere müsste man völlig abgestumpft sein.

Es ist wirklich seltsam, wie unterschiedlich das Leben der Menschen ist.

«Miss Hale, schön, dass Sie es so kurzfristig einrichten konnten», lässt mich eine Männerstimme hinter mir zusammenzucken.

Es ist ja nicht so, als hätte ich eine Wahl gehabt …

Liams Vater reicht mir die Hand und strahlt mich an. Seine Hand umschließt meine und ich nicke ihm freundlich zu.

«John Hunt», stellt er sich knapp vor.

«Nicole Hale.»

Als er meine Hand loslässt, nickt er einige Male wissend. Ein leichtes Schmunzeln kann er nicht verbergen, was ihn plötzlich viel jünger wirken lässt. «Sie sind also Miss Hale. Ja, jetzt wird mir gerade so einiges klar.»

«Wie?», frage ich.

Er winkt ab und lässt sich mir gegenüber auf einen Sessel fallen. «Schon gut. Das war mehr an mich selbst gerichtet.»

«Ähm … Okay», entgegne ich und knete etwas ratlos meine Hände. Wieso bekomme ich als erstes Elterngespräch eigentlich direkt solch einen Fall vorgesetzt?

Die Angestellte kommt herein und bringt Tee und Kaffee, dazu frisches Gebäck.

«Darf ich Ihnen sonst noch etwas bringen?», fragt die Angestellte höflich und ist wie ausgewechselt. Offenbar hat sie sich beruhigt und ist wieder in ihrer professionellen Rolle.

«Nein, danke, Mary», antwortet Mr. Hunt freundlich, aber entschieden.

Der Teppich lässt ihre Schritte verstummen und sie verlässt nahezu lautlos den Raum.

Mein Blick bleibt an einem Foto hängen, das neben mir auf einem kleinen Tischchen steht. Das Bild zeigt eine junge Frau mit dunklen, lockigen Haaren, die im Wind wehen. Ihre Arme umschließen einen Jungen, der unverkennbar ein noch sehr kleiner Liam ist und frech in die Kamera grinst. Damals hatte er schon den Schalk im Nacken. Die Augen seiner Mutter leuchten genauso wie seine eigenen, und man sieht ihr regelrecht an, wie sehr sie ihren Sohn liebt. Sie drückt Liam einen Kuss auf die dunklen Haare. Es ist ein Schnappschuss, aber es ist ein schönes Foto. Echt und authentisch.

Mr. Hunt scheint zu bemerken, dass ich das Bild anschaue. «Liams Mutter ist an Leukämie gestorben. Er war noch klein. Gerade einmal zehn Jahre.»

Schnell drehe ich meinen Kopf zur Seite und räuspere mich einige Male, um den Kloß im Hals loszuwerden. «Das ist ja schrecklich. Das tut mir sehr leid.» Obwohl ich sie nicht kannte, merke ich, dass mir die Tränen kommen, und blinzle sofort. Ich muss sie dafür auch gar nicht gekannt haben, denn es reicht schon die Vorstellung, dass ein Kind in so einem jungen Alter seine Mutter verliert. Ich denke daran, wie es wohl für mich gewesen wäre, früh meine Mutter zu verlieren. Da ist sofort ein dumpfer Schmerz, eine endlose Leere, obwohl es nur ein Gedanke ist, und ich will gar nicht wissen, was Liam gefühlt haben muss.

Mr. Hunt seufzt tief. «Er war viel zu jung, um seine Mutter zu verlieren, aber schon alt genug, um das alles sehr gut zu verstehen. Früher dachte ich immer, Liam hat es nicht richtig verstanden, was mit seiner Mutter passiert ist, aber heute weiß ich es besser. Heute weiß ich, dass er es nie wirklich verkraftet hat. Mit ihrem Tod war seine unbeschwerte Kindheit vorbei und er musste viel zu früh erwachsen werden. Vielleicht hätte er es besser verkraftet, wenn er Geschwister als Stütze gehabt hätte, aber er ist ein Einzelkind.» Gedankenverloren streicht sich Mr. Hunt mit seinem Zeigefinger über die Unterlippe, dann nimmt er den Bilderrahmen in die Hand. «Es ist schwer zu verstehen. Die Menschen fliegen zum Mond, klonen Tiere und bauen hunderte Meter hohe Bauwerke. Nur gegen den Krebs sind sie heute immer noch viel zu oft machtlos.»

Ich knete meine mittlerweile eiskalten Hände und hoffe, dass das hier schnell überstanden ist.

Irgendwann zuckere ich meinen Kaffee nach, während ich versuche, dieses beklemmende Gefühl in mir loszuwerden, das die Vorstellung von einem kleinen Liam ohne seine Mutter in mir immer noch auslöst.

Mr. Hunt scheint das Foto gar nicht mehr loslassen zu wollen. Gedankenverloren streicht er mit seinem Finger über den Rahmen. «Manchmal frage ich mich, ob Liams wechselnde Freundinnen einen Zusammenhang mit dem frühen Verlust seiner Mutter haben. Dass er eine Bindungsphobie hat, aus Angst, wieder jemanden zu verlieren. Sie haben dieses Theater ja sicherlich schon mitbekommen, schließlich sind Sie seine Lehrerin und Liam ist nicht gerade jemand, der das zu verstecken versucht.»

Mit einem Mal steigt eine unglaubliche Hitze in mir auf. Ich habe regelrecht Schweißausbrüche.

Breaking News, nicht jede möchte sich in die Liste deiner Freundinnen einreihen.

Das kann auch nicht jede.

Ist das so? Das macht irgendwie einen anderen Eindruck. Sicher, dass dein Auto die größte Schlampe der Schule ist?

Mr. Hunt legt den Bilderrahmen auf den Tisch ab. «Entschuldigen Sie, Miss Hale. Ich möchte Sie nicht mit all meinen Sorgen belasten. Es gibt einen anderen Grund, warum ich mit

Ihnen reden wollte. Mrs. Graham sagte, dass Sie meinen Sohn anscheinend erreichen. Die Tatsache, dass er wenigstens in Ihrem Kurs anwesend ist, stimmt uns etwas positiv. Ja, wir sind mittlerweile so verzweifelt, dass wir uns selbst an so einer Kleinigkeit festklammern.»

Ich trinke einen Schluck meines Kaffees und bin mehr als dankbar, endlich ein anderes Thema zu haben. «Sagt Liam Ihnen, wieso er nicht zu den anderen Kursen geht?»

Mr. Hunt schüttelt den Kopf und starrt auf seine zusammengefalteten Hände. «Er sagt lediglich, dass er keine Lust hat. Es langweilt ihn. Und ich dachte eigentlich, dass er aus dem Schlimmsten raus ist, schließlich wird er bald volljährig. Beruflich bin ich oft unterwegs, aber Liam ist jetzt schon so erwachsen, dass ich ihn nicht mehr durch Angestellte kontrollieren lassen möchte, weil das erst recht zu Trotzreaktionen bei ihm führen würde. Sie wollen gar nicht wissen, wie Liam mitten in der Pubertät war.» Mr. Hunt lässt sich nach hinten fallen und atmet tief aus. Irgendwo aus einem anderen Raum des Hauses höre ich eine Stimme. Sie ist zu weit weg, aber irgendwie klingt sie verdächtig nach Liam, aber vielleicht werde ich auch paranoid. «Es ist nie einfach mit ihm gewesen, aber seit die Ferien vorbei sind, erreicht es ein neues Level. Er ist noch gereizter und unerträglicher als in seinen schlimmsten Phasen in den letzten Jahren. Er macht einfach nur das, was er will. Für ihn dreht sich immer alles um Sport, Partys und Mädchen. Allerdings ist Jeremy genauso. Die beiden sind nicht umsonst seit der Kindheit unzertrennlich.»

Ich stelle meine Tasse wieder auf dem Tisch ab. «Haben Sie schon mit Jeremys Eltern gesprochen?»

Mr. Hunt winkt ab. «Unzählige Male. Sie sind genauso ratlos, wie ich es bin. Wir haben schon alles Mögliche versucht. Wirklich alles, Miss Hale.» Er nimmt den Bilderrahmen wieder in die Hand und in seine Augen tritt ein melancholischer und sehnsüchtiger Ausdruck. Ich glaube, er vermisst seine Frau wahnsinnig.

Eine Tür wird aufgerissen und dann steht tatsächlich Liam vor uns.

Ich weiche seinem Blick aus und würde alles dafür geben, mich jetzt in Luft auflösen zu können. Oder dass sich der Erdboden auftut. Aber nichts davon passiert. Stattdessen ist da dieses eisige Schweigen, was mich unruhig auf meinem Sitz hin und her rutschen lässt. Obwohl ich ihn noch nicht mal anschaue, weiß ich, dass er mich anstarrt. Ich will nur überhaupt nicht wissen, was für ein Ausdruck auf seinem Gesicht liegt.

«Was macht die denn hier?», fragt Liam voller Verachtung. Ganz kurz schaue ich auf. Mit offenem Mund deutet er mit seiner Hand in meine Richtung und ich bin noch unentschlossen, ob er mich gleich eigenhändig raus zerrt oder die teuer aussehende Statue in seiner Nähe zerstört, um sich abzureagieren. Liam kommt regelrecht auf uns zugestürmt, nur um dann abrupt stehen zu bleiben. Entnervt hebt er die Hände in die Luft und die nächsten Worte spuckt er fast aus: «Das ist doch nicht dein verdammter Ernst, oder? Wieso sitzt meine Lehrerin bei uns daheim auf dem Sofa? Was stimmt eigentlich nicht mit den Leuten hier?» Liams Blick fällt auf den Bilderrahmen, den sein Dad immer noch umklammert. Über sein Gesicht flackern für einige Sekunden so viele Emotionen. Da ist ganz viel Schmerz und Traurigkeit, aber auch Wut und dann ist sein Blick wieder genauso kalt und abschätzend wie immer. «Was hast du ihr erzählt?»

Seine Augen sind zu Schlitzen verengt und das Leuchten ist komplett verschwunden. Sie sind so finster, als würde darin ein Sturm toben. Spätestens jetzt weiß ich, dass er mich hasst. Ich spüre es. So voller Abneigung kann man nur Menschen anschauen, die man hasst. Er kommt auf uns zu und reißt das Bild seinem Vater aus der Hand, als wäre es eine sehr intime Erinnerung, die er nicht mit mir teilen will. Und ich kann es ihm bei diesem Thema nicht mal verübeln. Am liebsten würde ich mich entschuldigen, für was auch immer, aber ich bringe keinen Ton hervor.

«Was hast du ihr erzählt, verdammt? Das geht sie alles nichts an! Hier dreht man eines Tages echt durch! Wow, was bin ich froh, dass ich bald meinen Abschluss habe und danach nie wieder einen Fuß in die fuckin' Hamptons setzen werde!» Aufgebracht fährt er sich durch die Haare und steuert geradewegs auf den Kamin zu. Ich habe keine Ahnung, was er vorhat, aber seine Schultern sind angespannt und er scheint so unter Strom zu stehen, dass ich für nichts garantieren würde.

«Geh auf dein Zimmer, Liam», sagt sein Vater. Völlig ruhig, seine Stimme ist nicht mal ansatzweise angehoben. Trotzdem klingt es bedrohlich und es wundert mich nicht, dass die Zeit stillsteht. «Wir unterhalten uns später.»

Ganz langsam dreht Liam sich um, das Bild immer noch mit beiden Händen umklammert. Der Schmerz ist aus seinem Gesicht verschwunden, jetzt sind da nur noch Wut und Enttäuschung. Er ist so aufgebracht, dass seine Wangen sich innerhalb der wenigen Sekunden schon rot verfärbt haben. «Nein, ich gehe jetzt sicherlich nicht auf mein Zimmer, sondern weit weg von hier! Den Scheiß muss ich mir wirklich nicht länger geben!»

Liam ist schon an der Tür, dann dreht er sich nochmal um und kommt schnurstracks auf mich zu. Mein Herz schlägt bedrohlich laut, als er sich zu mir herunterbeugt. Seine Augen funkeln mich an. Da ist überhaupt nichts mehr von dem aufrichtigen Ausdruck übrig, den ich am ersten Abend noch gesehen habe. Sie wirken nur noch wütend und aufgebracht. «Haben Sie eigentlich keine eigenen Sorgen und Probleme, dass Sie sich so in mein Leben einmischen? Sie sind echt erbärmlich! Hat Ihnen das schon mal jemand gesagt?»

«Liam!», ruft sein Vater eindringlich.

Liam schenkt ihm nicht mal eine Spur Beachtung, stattdessen dreht er sich wortlos um und knallt lautstark die Tür hinter sich zu. Selbst dort, wo ich sitze, vibriert der Boden immer noch Sekunden später. Mr. Hunt schüttelt einige Male ungläubig den Kopf, wirkt aber gefasst. Als wäre es absolut normal, dass Liam solch einen Ton anschlägt.

Es ist mir alles so unangenehm. Dass ich hier sitze, Liam es mitbekommen hat und er auch noch so respektlos uns gegenüber ist, obwohl ich seine Reaktion bei diesem sensiblen Thema durchaus verstehe. Verlegen greife ich nach einem Keks und stopfe ihn mir schnell in den Mund, um überhaupt etwas zu machen. «Die Kekse sind gut.» Meine dunkelblaue Bluse ist voll mit Krümeln und ich bin schwer bemüht, nicht die Augen zu verdrehen.

«Danke. Das gebe ich so an Mary weiter», entgegnet John Hunt, dann legt er die Stirn in Falten. «Liam hat heute nicht gerade seinen besten Tag. Redet er sonst auch so respektlos mit Ihnen?»

Ich schüttle schweigend den Kopf und streiche gedankenverloren über meine Bluse.

Mr. Hunt räuspert sich und scheint Liams Verhalten schon abgehakt zu haben. Mich beschleicht das Gefühl, dass solche Situationen hier zum Alltag gehören. Ich glaube sogar, dass er überfordert mit Liam ist, aber das wären wir wohl alle. «Miss Hale, ich habe mit Jeremys Eltern gesprochen. Wir möchten, dass Sie mit unseren Söhnen reden.»

«Ich mache mir da nicht viel Hoffnung», wende ich zaghaft ein. Vor allem nicht nach seinem Abgang gerade …

Mr. Hunt lehnt sich ein Stück über den Tisch zu mir herüber und sieht mich eindringlich an. Mit seinem Handrücken wirft er beinahe die Kaffeekanne um. «Wir müssen es versuchen. Wir sind schon froh, dass Liam und Jeremy wenigstens in Ihrem Kurs stets anwesend sind. Das ist schon eine Verbesserung zum letzten Jahr. Wir erwarten nichts Unmögliches von Ihnen, aber geben Sie der Sache wenigstens eine Chance. Ich möchte, dass Liam irgendwann meinen Job übernimmt und die Arbeit in der Hirnforschung weiter voranbringt.»

«Möchte er das denn auch?», rutscht es mir heraus. Einen Moment blickt mich Mr. Hunt irritiert an und ich greife verlegen nach meiner Kaffeetasse, die mittlerweile jedoch schon leer ist.

«Natürlich will er das. Liam weiß nur gerade nicht, was richtig für ihn ist. Ich möchte, dass er genauso in Princeton studiert, wie ich es getan habe. Es gab eine Zeit, als ich in Liams Alter war, da wollte ich auch lieber etwas anderes machen. Aber mein Vater war bereits in der Hirnforschung tätig und heute liebe ich meinen Job. Ich bin dankbar, dass mein Vater mich auf den richtigen Weg gebracht hat und das Gleiche möchte ich für Liam tun. Bitte zeigen Sie den beiden wenigstens einmal ihre Möglichkeiten nach der Schule auf. Vielleicht hilft das etwas.»

Kurz danach verabschiede ich mich von Mr. Hunt, der auch direkt in seinem Arbeitszimmer verschwindet. Als Mary mich zur Tür bringt, räuspert sie sich einige Male und hält mir dann einen zusammengefalteten Zettel entgegen.

«Von Liam.» Sie lächelt mich versöhnlich an, als wäre sie für seinen Ausraster verantwortlich. Wahrscheinlich ist ihr der eigene Auftritt von vorhin immer noch selbst unangenehm und sie will mich besänftigen. «Den Zettel hat er mir für Sie gegeben, bevor er aus dem Haus gestürmt ist. Vermutlich eine Entschuldigung. Liam ist öfter mal impulsiv. Und dann tut es ihm schon wieder leid. So ist er halt, aber das wissen Sie sicherlich mittlerweile selbst.»

Ich nehme das Stück Papier und verabschiede mich von ihr, ohne den Zettel zu öffnen. Stattdessen gehe ich zum Auto und erst dort entfalte ich ihn, als wäre ich hier in Sicherheit. Weil man bei Liam nie weiß, woran man ist, bin ich tatsächlich ein wenig nervös und muss mich regelrecht zwingen, ihn zu lesen. Und dann muss ich ihn sogar mehrmals lesen, ehe die Worte vollständig zu mir durchgedrungen sind.

Ich bin froh, dass ich sitze, denn meine Beine werden mit einem Mal ganz weich. Schon allein die krakelige Schrift zeigt mir, wie aufgebracht er gewesen sein muss, als er es geschrieben hat.

Sie wollen Krieg? Den können Sie haben. Ich habe Sie gewarnt.

Nein, das ist keine Entschuldigung, sondern eine Drohung. Bisher hat mich sein Auftreten schon oft genug eingeschüchtert, aber ich habe das Gefühl, Liam bis jetzt gar nicht richtig kennengelernt zu haben. Das war noch gar nichts. In seinen Augen lag vorhin ein Ausdruck, den ich noch nie zuvor bei ihm gesehen habe. Jetzt werde ich Liam in all seinen Facetten erleben. Er wird keine Ruhe mehr geben, und mir das Leben wirklich zur Hölle machen.

Mit einem lauten Seufzen lasse ich meinen Kopf gegen die Lehne fallen. Ich bewege ihn zur Seite und sehe auf Liams Haus. In diesem Moment wird mir eins bewusst: Wenn er will, dass ich untergehe, werde ich es auch. Ohne dass ich es wollte, habe ich mich irgendwie mit ihm angelegt. Und ich habe mich hier definitiv mit dem Falschen angelegt. Ich glaube, wenn Liam gegen den Rest der Welt ist, verliert der Rest der Welt. Das könnte nun wirklich mein Game over sein.

Und daher beschäftigt mich auf dem ganzen Heimweg immer und immer wieder nur eine einzige Frage: Wie bereitet man sich auf einen Kampf vor, von dem man weiß, dass man ihn überhaupt nicht gewinnen kann?

***

77 Tage vorher

Um kurz nach fünf Uhr, genau zehn Minuten zu spät, öffnet sich die Tür zu meinem Klassenzimmer und Liam und Jeremy treten ein. Am liebsten hätte ich das Gespräch, um das mich Liams Vater John gebeten hat, schon hinter mir.

Einen Moment hadere ich mit mir, ob ich etwas zu der Verspätung sagen soll. Da ich weiß, dass wir dadurch einen noch schlechteren Start haben würden, verkneife ich mir einen Kommentar.

«Entschuldigen Sie die Verspätung, Miss Hale», sagt Jeremy sofort, während er leise die Tür hinter sich schließt. «Der Sport … Wir konnten nicht eher los.»

Liam lässt sich noch nicht mal zu einer Entschuldigung hinreißen, sondern schlurft lustlos zum Platz. Mit einem lauten Seufzer, als wäre das für ihn hier die reinste Tortur, lässt er sich mir gegenüber auf den Sitz fallen und gibt sich noch nicht mal Mühe, seine wahnsinnig schlechte Laune zu verbergen. Es ist ziemlich offensichtlich, dass er immer noch genervt ist, dass ich bei ihm daheim war. Im Unterricht kann ich seine miese Laune mehr denn je spüren und seine gelangweilte Haltung hat ein neues Level erreicht, obwohl ich dachte, das wäre gar nicht mehr möglich. Aber ich will mich nicht beschweren, denn ich hatte auf der Heimfahrt nach dem Gespräch mit seinem Vater solche Bauchschmerzen, dass ich froh bin, dass Liam mich noch nicht in der Luft zerfetzt hat. Das ist dann wohl die bekannte Ruhe vor dem Sturm …

Jeremy setzt sich neben Liam und dann herrscht eine seltsame Stille zwischen uns, als wüsste keiner, was er hier überhaupt soll. Und, um ganz ehrlich zu sein, jeder von uns denkt das auch. Ich kann es kaum fassen, dass ich dieses Gespräch tatsächlich noch mit den beiden führen muss, nachdem Liam mir so deutlich gezeigt hat, was er davon hält, dass ich mich in sein Leben einmische. Aber ehe ich auch schon wieder einen Schritt in die Schule gesetzt hatte und mich rausreden konnte, wusste Mrs. Graham schon Bescheid und schickte mir per Mail den Termin.

«Also», beginne ich das Gespräch und öffne eine Mappe, um meine Unterlagen rauszusuchen. «Wie ihr wisst, habe ich mich diese Woche mit euren Eltern unterhalten und ...»

«Mit meinem Dad», korrigiert mich Liam.

«Wie bitte?» Ich höre auf, meine Mappe nach der Liste mit den Fehlzeiten zu durchsuchen und sehe irritiert auf. Ich habe noch nicht mal meinen ersten Satz beendet und schon fällt er mir ins Wort.

«Sie haben mit meinem Dad gesprochen. Nur mit ihm. Nicht mit Jeremys Eltern. Ich will nur, dass Sie keine Tatsachen verdrehen.»

«Liam ...», sagt Jeremy in einem mahnenden Tonfall, der ungewöhnlich gereizt klingt.

Ich ignoriere den Seitenhieb und lege den beiden einen Zettel mit den gesammelten Fehlstunden vor. «Obwohl erst vor ein paar Wochen das neue Schuljahr begonnen hat, habt ihr beide ungewöhnlich hohe Fehlzeiten.» Ich ziehe einen anderen Zettel mit einer Notenübersicht und sportlicher Aktivitäten aus den letzten Jahren hervor. «Das ist sehr schade, denn intellektuell könntet ihr beide problemlos noch bessere Leistungen erzielen. Trotz eurer hohen Fehlzeiten schneidet ihr in den Tests nämlich im Vergleich zu euren Mitschülern meistens überdurchschnittlich gut ab und ...»

«Haben Sie auch irgendwelche neuen Erkenntnisse für uns?», meint Liam gelangweilt, als er sich nach hinten lehnt und die Arme vor der Brust verschränkt. Es kostet mich ganze Mühe, ihn nicht aus dem Raum zu werfen und diese Beratung allein mit Jeremy weiterzuführen.

Ich atme tief durch, um mich zu beruhigen, und blicke Liam herausfordernd an. «Ich weiß nicht, ob das eine neue Erkenntnis für euch ist, aber ich hoffe, euch ist bewusst, dass ihr sehr viele Möglichkeiten für eure Zukunft habt, die ihr euch mit eurem Verhalten höchstwahrscheinlich verbaut, wenn ihr es weiterhin auf die Spitze treibt», erkläre ich und klinge jetzt genauso gereizt, wie ich mich fühle. «Ihr habt sehr gute Chancen auf Stipendien an den besten Unis im Land …»

«Sehe ich so aus, als würde ich ein Stipendium brauchen?», fragt Liam mich und seine Mundwinkel zucken belustigt, während Jeremy die Augen rollt.

Liam ist so ein verwöhnter und überheblicher Idiot. Arrogant und unantastbar.

«Ich weiß nicht», sage ich und lege die Hände flach auf den Tisch. «Wie sieht man denn aus, wenn man ein Stipendium braucht, Liam?» Er hebt nur die Augenbrauen, aber lässt sich zu keiner Antwort hinreißen, also fahre ich fort. «Jedenfalls könntet ihr an den besten Unis studieren und ...»

«Um was zu werden?», fällt Liam mir wieder ins Wort und hebt fragend die Hände. «Und wofür? Damit ich in der Hirnforschung tätig werde, genau wie mein Dad? Hat er Ihnen etwa erzählt, dass das mein Traum ist? Wissen Sie, wie viel mich Neurowissenschaft interessiert? Überhaupt nicht. Und da kann er Sie noch hundert Mal zu uns einladen. Das wird sich auch dann nicht ändern.»

«Es gibt auch noch andere Studienfächer, Liam», entgegne ich diplomatisch und sehe zu Jeremy, um ihn ebenfalls in das Gespräch einzubinden. Irgendwie finde ich ihn weitaus angenehmer und ich frage mich, wieso ständig Liam das Wort übernehmen muss. «Welche Bereiche interessieren euch denn?»

Jeremy und Liam tauschen einen Blick aus, sagen aber nichts weiter. Trotzdem merke ich, dass sie irgendwie kommunizieren.

Abwartend blicke ich sie an. Entweder wollen sie darüber nicht sprechen, oder sie wissen es selbst nicht. Ich tendiere zu Letzterem. Ich glaube, die beiden rebellieren einfach gegen alles.

«Okay, wir können gleich noch mal über mögliche Studiengänge sprechen. Wir könnten auch einen Studienberater hinzuziehen, sofern ihr wollt.» Liam quittiert das nur mit einem Augenrollen und meine Geduld ist gleich am Ende, aber ich habe noch ein Ass im Ärmel, bevor ich die beiden aus meinem Klassenraum werfe. «Wir haben auch verschiedene American-Football-Scouts, die schon länger ihr Interesse bekunden, um euch professionell zu verpflichten. Ihr hättet eine große Auswahl, für welche Mannschaft ihr spielen wollt und könntet womöglich sogar für das gleiche Team spielen.»

Liam lacht humorlos auf. Es klingt so abfällig, dass ich mich tatsächlich für einen Moment vergesse und aus meiner professionellen Rolle falle. Ganz bewusst trete ich ihm unter dem Tisch vor das Schienbein. Nicht voller Wucht, aber fest genug, dass es nicht versehentlich passiert sein kann. Sein Lachen verstummt augenblicklich und mit einem Mal fühle ich mich besser. So, als hätte ich ihn wenigstens ein bisschen zurückgeschlagen für all die letzten Wochen. Obwohl ich dafür nicht stark genug getreten habe, denn dann müsste er ans andere Ende des Raums fliegen. Am liebsten würde ich es direkt nochmal tun, aber ich halte mich zurück.

Irritiert sieht Liam mich an.

Shit. Das hätte nicht passieren dürfen. Mal wieder.

Ich sollte mich eindeutig dafür entschuldigen, und bin mir sicher, dass er darauf wartet. Aber ich erwidere seinen Blick nur und hoffe, dass ich ihn wenigstens ansatzweise so provokant anschaue, wie er es so oft tut.

Keine Ahnung, wie lange wir uns so anstarren, aber irgendwann räuspert sich Jeremy auffällig laut neben uns.

Liam schüttelt kurz den Kopf, dann lehnt er sich zu mir herüber. «Wieso sollten wir professionell spielen? Nur, um irgendwann für diesen Sport zu sterben? Um Hirnschäden zu erleiden? Um irgendwann an Parkinson oder Alzheimer zu erkranken? Um möglicherweise Depressionen zu bekommen, die so stark sind, dass sie mich irgendwann in den Selbstmord treiben? Ausnahmsweise wird mein Dad mal zufrieden mit mir sein, dass ich mich gegen den Sport entscheide. Ich brauche Ihnen ja wohl nicht erklären, dass American Football schon immer ein rotes Tuch für meinen Dad als Hirnforscher war.»

Ich seufze genervt und notiere etwas in meinen Unterlagen. Mir wird gerade mehr als deutlich, dass sie am Sport eigentlich überhaupt nicht interessiert sind. Sobald die High School vorbei ist, werden sie wohl auch damit aufhören.

Jeremy und Liam tauschen Gesten aus, die ich nicht deuten kann. Nicht gerade sanft schließe ich meine Mappe. Und dann schießen Liams Augenbrauen und Mundwinkel nach oben.

Nicht zu viel, als wäre es ein herzliches Lächeln, sondern nur angedeutet und bemitleidend. Von oben herab. Auf seinem Gesicht ruht genau dieser Ausdruck, den er auch oft genug im Unterricht hat.

«In Ordnung. Dann halt nicht. Ihr könnt gehen. Beide.»

«Was?», fragt Liam sichtlich verwirrt und auch Jeremy zieht skeptisch die Augenbrauen zusammen.

Ich hebe kurz die Hände. «Macht doch, was ihr wollt. Ihr seid alt genug. Ich kann euch nur zeigen, welche Türen für euch offenstehen. Durchgehen müsst ihr selbst. Ihr seid 17 Jahre. Die Schulpflicht endet in New York mit 16 Jahren. Ihr dürft gehen. Jetzt und auch sonst jederzeit.» Ich packe meine Sachen zusammen und stopfe meine Mappe in die Tasche. Mrs. Graham soll selbst sehen, wie sie die beiden zähmen will. Ich gebe mich hiermit geschlagen und habe nach meinem Feierabend eindeutig Besseres zu tun. Dieses Treffen war reine Formalität, denn es war sowohl mir als auch den beiden klar, dass es nichts ändern wird.

«Toll, dann sind wir hier ja fertig», meint Liam. Zum ersten Mal entspannen sich seine Gesichtszüge und obwohl sein Ton endgültig klingt, macht er keinerlei Anstalten aufzustehen.

Liam und Jeremy stehen auf dieser Welt fast alle Türen offen. Aber nichts davon scheint sie zu interessieren. Keine Elite-Uni, kein Stipendium, keine Verpflichtung für den Sport. Nichts. Ich wäre in ihrem Alter schon mit einer dieser Optionen glücklich gewesen. Aber wahrscheinlich wollen die beiden einfach genau das Leben weiterführen, das sie jetzt gerade haben: Partys und Mädels. Und zwar mit möglichst wenig Aufwand, indem sie vom Geld der Eltern leben. Das ist hier in den Hamptons schließlich problemlos möglich.

«Was ist es denn, was ihr wollt?», fordere ich die beiden heraus, um eine Bestätigung für meine Theorie zu bekommen. «Habt ihr überhaupt irgendeine Perspektive? Oder wollt ihr einfach jeden Tag ... rumhängen?»

Jeremy sieht fragend zu Liam, als wäre er unsicher, was er darauf antworten soll, aber Liam übernimmt schon das Wort. Sein gereizter Tonfall zeigt mir, wie genervt er von meinen ganzen Fragen ist. «Wir werden uns den USMC anschließen.»

Im ersten Moment denke ich, ich habe mich verhört. «Bitte was?»

«United States Marine Corps. Streitkräfte der USA. Militär. Marines», ergänzt Jeremy, als wüsste ich nicht, für was USMC steht. «First to fight.»

«Ihr wollt in den Krieg ziehen?»

«Das wollen wir nicht nur, sondern das werden wir.» Liams Stimme klingt so selbstsicher und überzeugt, als könnte nichts und niemand ihn von seinem Vorhaben abbringen.

Mit offenem Mund starre ich sie an und kann meine Fassungslosigkeit nicht verbergen. Ich habe die beiden ganz anders eingeschätzt, aber entgegen meiner Erwartung haben sie tatsächlich einen Plan. Und dann auch noch so einen.

«Und das soll eure beste Alternative sein? Irgendwelche Menschen abknallen und mit Ende zwanzig im Krieg sterben? Dafür wollt ihr euer Leben riskieren?»

Jeremy schmunzelt leise vor sich hin. Bilde ich mir das nur ein, oder zieht sich auch Liams Mundwinkel ein Stück nach oben? Tatsächlich bricht dann auch seine Fassade und er lächelt mich zum ersten Mal seit langem an. «Wir sterben vielleicht im Krieg, aber wir sterben für unser Land. Sterben muss man sowieso, warum also nicht aus gutem Grund?»

«Kriege sind sinnlos.»

Jeremy lehnt sich ein Stück nach vorne. «Über den Sinn von Kriegen möchten wir mit Ihnen gar nicht diskutieren. Das ist ein zu breites Feld. Aber sie finden statt, da draußen, und zwar viel zu oft.»

«Viel zu oft?», wiederhole ich gedehnt. «Und was macht ihr? Ihr unterstützt Kriege damit.»

«Wenn wir es nicht tun, dann macht es wer anders», meint Liam. «Ob Kriege stattfinden, hängt nicht von uns ab.»

«Tolle Einstellung», gebe ich sarkastisch zurück.

«Wir wissen, worauf wir uns einlassen, Miss Hale.» Seine Augen funkeln mich regelrecht an. Hilfesuchend sehe ich zu Jeremy, aber sein Blick ist genauso überzeugt. Er blinzelt nicht einmal.

Die beiden scheinen für diese Sache wirklich zu brennen, daher zucke ich nach einigen Sekunden nur mit den Schultern.

«Okay. Wenn ihr meint, dass das der richtige Weg ist, dann macht das.»

Keiner verliert mehr ein Wort.

«Dann habt ihr ja wenigstens eine Perspektive», ergänze ich noch, weil mich die ungläubigen Blicke und das Schweigen verunsichern.

Liam richtet sich auf und sein Lächeln ist wieder verschwunden. «Ich habe es Ihnen ja gesagt: Patriotismus durch und durch, Miss Hale. Ich denke, wir sind hier fertig.»

Damit steht er auf und verlässt den Raum. Schon wieder knallt er die Tür so laut, als würde er eine unglaubliche Wut in sich tragen und ich frage mich zum hundertsten Mal, was eigentlich sein Problem ist.

Jeremy sitzt mir immer noch gegenüber. Er kaut sich unschlüssig auf der Unterlippe herum und runzelt merklich die Stirn. Mich beschleicht das Gefühl, dass er über Liams Äußerung nachdenkt.

Ich habe es Ihnen ja gesagt: Patriotismus durch und durch, Miss Hale.

Immer noch liegt Jeremys Stirn in Falten und je länger es anhält, desto erleichterter bin ich. Er scheint keinen Schimmer zu haben, wovon Liam redet, was in mir die Hoffnung weckt, dass er noch nicht mal seinem besten Freund von unserer ersten Begegnung erzählt hat.

Dann steht Jeremy ebenfalls auf und wirft sich seinen Rucksack über die Schulter. «Sorry, Liam hat heute wieder echt miese Laune.»

«Nicht nur heute», antworte ich unbeeindruckt. «Scheint eher ein Dauerzustand bei ihm zu sein.»

Ein belustigtes Lächeln umspielt Jeremys Lippen, als er an mir vorbei Richtung Tür geht. Er hat die Hand schon am Griff, dann dreht er sich noch einmal um. «Danke für Ihre Zeit und Mühe, Miss Hale. Ich weiß das zu schätzen. Und Liam ebenfalls, auch wenn er das nicht so gut zeigen kann.»

Jeremy ist eindeutig der Angenehmere von beiden. Er hat zwar sicherlich auch seine Macken, aber für ihn sind Anstand und Respekt nicht völlige Fremdwörter. Insgeheim frage ich mich, wie die beiden überhaupt befreundet sein können.

Sobald die Tür ins Schloss fällt, schüttle ich laut seufzend den Kopf und versuche immer noch zu realisieren, dass sich die beiden aus all den Möglichkeiten, die sie haben, gerade diese aussuchen. Aber ich entscheide mich dieses Mal für den einfachen Weg und halte mich da raus. Ich denke, ich bin nach allem schon genug gestraft, dass ich Liam unterrichten und täglich unter die Augen treten muss.

Ich packe die Unterlagen zusammen und checke mein Smartphone. Vier Anrufe von Rebecca innerhalb der letzten halben Stunde. Sofort verkrampft sich mein ganzer Magen und es macht sich ein mulmiges Gefühl in mir breit. Rebecca ruft mich zu dieser Zeit nie auf meinem Handy an. Niemals. Sie weiß, dass ich arbeite, und ich den Anruf sowieso nicht annehmen kann. Und sie ist immer noch in Frankreich, was bedeutet, dass es bei ihr mittlerweile Nacht ist. Ich kann nur an eine Ausnahme denken, dass sie mich dennoch anruft: Es ist etwas passiert. Mit ihr oder mit unseren Eltern. Mein Herz schlägt mit einem Mal so heftig in meinem Brustkorb, dass er schmerzt, und meine Hände zittern, als ich ihre Nummer wähle.

Es kommt mir vor wie eine Ewigkeit, bis der Anruf rausgeht, doch dann geht sie nach dem ersten Klingeln ran. Sie hat schon auf meinen Anruf gewartet und mein Herz wird noch schwerer.

«Was ist passiert?», will ich sofort wissen, bevor sie überhaupt etwas sagen kann.

Rebecca seufzt laut, aber sie verliert kein weiteres Wort.

«Sag schon!», herrsche ich sie grob an.

«Okay, beruhig dich, Nicky. Es ist nichts mit unseren Eltern.»

Mein Puls fährt ein wenig runter. Es ist nichts mit meinen Eltern, und mit Becks scheint auch alles in Ordnung zu sein, sonst würde sie jetzt nicht so mit mir sprechen können. «Was dann?»

Wieder seufzt sie und in anderen Momenten würde ich denken, sie macht es für die Dramatik, aber ihr Tonfall hat mir gerade verraten, dass es dennoch ein ernstes Thema ist. «Es geht um Ben.» Wieder durchfährt mich ein Stich, aber ehe ihre Worte überhaupt vollständig zu mir durchdringen, rudert sie zurück, weil sie vermutlich ahnt, was sie damit losgetreten hat. «Ihm geht es gut. Keine Panik, okay, Nicky?»

«Okay», presse ich hervor. «Was ist mit ihm?»

«Ich wollte nicht, dass du es durch soziale Medien erfährst oder …»

«Was ist?», unterbreche ich sie.

Am anderen Ende der Leitung herrscht ein endloses Schweigen und dann verlassen die nächsten Worte so schnell ihren Mund, als würden sie mir dadurch weniger wehtun: «Er hat sich verlobt.»

Es dauert noch viel länger als zuvor, bis ihre Worte endlich einen Sinn ergeben. Ich höre den Satz, aber er macht keinen Sinn. Und dann, als ich ihn endlich verstehe, fühlt es sich an wie ein dumpfer Schlag. So, als hätte mir jemand etwas vor meinen Kopf gehauen. Es fühlt sich seltsam an.

«Nicky?», fragt Rebecca schließlich zögernd mit leiser Stimme. «Ist alles okay?»

Eine ganze Weile schweigen wir einfach nur und ich bin meiner Schwester dankbar, dass sie es einfach aussitzt, ohne nachzubohren oder Floskeln von sich zu geben, die mich trösten sollen. Ich kann darüber gerade überhaupt nicht reden. Ich weiß nicht mal, was ich davon halten soll und muss meine Gedanken erstmal sortieren.

«Hör zu, Becks», sage ich schließlich einfach. «Lass uns morgen skypen, okay? Ich bin noch in der Schule.»

Und dann lege ich einfach auf, ohne Rebeccas Antwort abzuwarten. Ein paar Sekunden starre ich auf das Display, aber sie ruft zum Glück nicht mehr zurück. Sie weiß natürlich, dass ich jetzt nicht darüber reden will.

Ich weiß gar nicht, was genau ich fühle. Da ist nur diese Leere. Ich bin nicht verletzt. Es ist mehr der Schock, dass Ben so mit seinem Leben weitermacht. Das ist natürlich sein gutes Recht, aber ich kann gar nicht anders, als immer wieder daran zu denken, wie kurz er und Madison erst zusammen sind. Noch nicht mal ein Jahr. Noch nicht mal ein verdammtes Jahr. Ich war drei Jahre an seiner Seite und Heiraten war bei uns höchstens ein Thema in ferner Zukunft, aber bei Madison scheint er es eilig zu haben und es nicht länger abwarten zu können. Bei ihr muss er sich sicher sein, bei mir war er sich das nie. Es kann keinen anderen Grund dafür geben. Und das ist es, was so wehtut. Man kommt sich so klein und unbedeutend vor. Noch nicht mal ersetzt oder ausgetauscht, sondern wertlos. Ersetzt hat er mich nicht, denn das, was er mit Madison teilt, scheint viel mehr zu sein, als das, was wir je hatten. Es tut schon weh, zu sehen, wie er all das mit mir so schnell hinter sich gelassen hat. Es ist wie ein Schlag ins Gesicht. Mit Madison ist er angekommen und hat sein Glück gefunden. Sein Leben ist jetzt wirklich perfekt. Und wie ist meins?

Ohne zu klopfen, wird die Tür aufgerissen und ich weiß auch so, wer dort steht.

Liam.

Ja, das ist mein Leben. Und ich hasse es gerade mal wieder.

«Sorry, Sportzeug vergessen», murmelt er und will schon zu seinem Platz schlendern, aber dann bleibt er abrupt stehen und sieht mich mit weit aufgerissenen Augen an.

In einer schnellen Bewegung setze ich mich auf. «Was ist das eigentlich für eine respektlose Angewohnheit von dir, ständig einfach die Türen aufzureißen, ohne dass man dich hereinbittet? Hältst du dich für so wichtig?», blaffe ich ihn an und streiche mir über meine Wangen, um meine Tränen wegzuwischen. Ich weiß nicht mal, wann ich angefangen habe zu weinen. Irgendwann zwischen Rebeccas Anruf und gerade. «Und dann noch in meinen Klassenraum reinzuplatzen, ohne, dass ich dich dazu aufgefordert habe! Ist das eigentlich alles dein scheiß Ernst?»

Liam starrt mich an und auf seinem Gesicht liegt wieder ein Ausdruck, den ich nicht deuten kann. Ich weiß nicht mal, ob er selbst weiß, was er denkt. Er legt nur die Stirn in Falten und wirft einen Blick über seine Schulter zu Jeremy, der netterweise im Flur stehen geblieben ist, aber ebenso ratlos aussieht. Liam zuckt leicht mit den Schultern und dann schließt er leise die Tür vor Jeremys Augen, als würde mir das mehr Privatsphäre geben. Unschlüssig bleibt Liam im Türrahmen stehen und trotz seines Körperbaus sieht er gerade irgendwie verloren aus.

«Miss Hale, ist alles in Ordnung?», fragt er mich zaghaft und seine Stimme ist ganz sanft. Wenn ich es nicht besser wüsste, würde ich sogar behaupten, es schwingt ein wenig Sorge mit, aber natürlich weiß ich es besser. Ich weiß, dass Liam Hunt kein Herz besitzt. So etwas schlägt nicht in seinem Körper. Das ist genau so ein abgekartetes Spiel wie sein Verhalten am ersten Tag. Wahrscheinlich weiß morgen die ganze Schule, dass ich hier verheult gesessen habe, und er führt mich wieder vor. Gerade war da noch diese endlose Leere in mir, jetzt ist da ganz viel Wut, weil hier jeder denkt, man kann mich rumschubsen. Ich bin jetzt richtig sauer und fühle mich von der ganzen Welt verarscht.

Ich mache eine abwehrende Handbewegung. «Ja, alles bestens. Genau so sehe ich immer aus, wenn alles in Ordnung ist», gebe ich sarkastisch zurück und streiche mir hektisch durch meine Haare.

Liam lässt sich davon nicht irritieren, sondern mustert mich immer noch fragend, ohne mich eine Sekunde aus den Augen zu lassen. «Kann ich Ihnen irgendwie … helfen?»

Helfen? Er?

Er spricht das letzte Wort so zögernd aus, als wäre er selbst nicht sicher, ob er es laut aussprechen soll, und wenn ich nicht so unter Schock stehen würde, wäre jetzt der richtige Zeitpunkt, um hysterisch loszulachen. Für wen hält er sich eigentlich? Denkt er, er kann noch einmal drauftreten, wenn ich schon so am Boden bin?

Ich blicke ihn herausfordernd an und deute auf die Tür. Es ist mir mittlerweile auch egal, ob er sieht, dass ich geheult habe oder nicht. Mir ist gerade alles egal. «Ja, das kannst du durchaus. Raus hier!»

Kurz zögert er, dann tut Liam mal ohne weitere Aufforderung genau das, was ich zu ihm sage. Sogar sein Sportzeug lässt er genau dort liegen, wo es auch schon zuvor lag, und die Tür wird ganz leise geschlossen.

***

72 Tage vorher

«Ich hasse die Mittagsaufsicht in der Mensa», jammere ich Zoey voll, während sie sich ein großes Pizzastück auf ihren Teller lädt. Ich bin etwas irritiert, weil auf dem Schwarzen

Brett vorhin stand, dass für heute gesundes Essen auf dem Plan steht, aber das scheint niemanden sonst hier zu stören.

«Ich auch», stimmt sie mir zu und nickt eifrig. Sie beißt in ihre Pizza und der Käse zieht Fäden. Fragend hält sie mir sie unter die Nase und deutet mit ihren Augen darauf, aber ich lehne lächelnd ab. «Nur die Aufsicht draußen am Ausgang ist schlimmer. Letztens sind zwei Schülerinnen tatsächlich über den Zaun geklettert, um das Schulgelände zu verlassen, und dabei ist eine Hose irgendwo hängen geblieben und war danach zerrissen. Nur doof, dass die Schülerin keinen Slip drunter hatte», erzählt Zoey mit vollem Mund und trinkt anschließend einen Schluck von ihrem Apfelsaft. «Gehst du gleich wieder auf Patrouille, Nicky?»

Sie lacht los, genau wie Maya, Aaron und Gramps, und sie übertrumpfen dabei sogar den hohen Geräuschpegel in der Mensa.

«Witzig. Ich mache nur meinen Job.»

«Du gehst immer durch die Reihen wie ein Drill Instructor», findet auch Maya. Dann richtet sie sich auf und räuspert sich. «Tablett wegräumen! Tische abwischen! Stühle hochstellen!»

Spätestens jetzt, als sie mich so imitiert, muss ich auch mit ins Lachen einstimmen und zucke schwach mit den Schultern. «Na und? Das kennen die meisten ja auch nicht von Zuhause. Man muss denen ja hier nicht auch noch alles hinterher räumen.»

Irgendwann ist mir dann auch mal klar geworden, warum Liam all die Reste bei mir in der Küche stehen gelassen hat. Wahrscheinlich räumt ihm zuhause alles die Haushälterin hinterher.

«Richtig witzig», meint Zoey und nickt einige Male. «Das hat vorher noch nie jemand gemacht. Außer Aaron, wenn er schlechte Laune hat. Da hat er es sogar schon mal gebracht, dass ein paar Schüler das eigene Geschirr spülen mussten.» Sie zwinkert ihm zu, als er nur die Augen rollt.

«So, Drill Instructor Nicky legt mal los», verkünde ich den anderen und dann laufe ich tatsächlich meinen Kontrollgang durch die Reihen.

Nach zehn Minuten lasse ich mich wieder auf meinen Platz fallen.

«Was steht an am Wochenende, Nicky?», fragt mich Zoey und bedient sich dieses Mal an Mayas Orangensaft. «Angeblich soll es ja richtig gutes Wetter geben. Wir hatten überlegt, dass …»

Zoey hält inne und zieht die Augenbrauen merklich zusammen, als sie über meine Schultern hinweg schaut. Für einen Moment steht ihr Mund einfach nur ratlos offen, dann legt sie ihre Stirn in tiefe Falten. «Oh, ich glaube, das gibt Ärger da hinten, Nicky.»

Ehe ich mich umdrehen kann, um mir selbst ein Bild von der Sache zu machen, höre ich auch schon Liams Stimme durch die Mensa hallen.

Natürlich. Wessen auch sonst?

«Pass auf, was du sagst!», schreit er plötzlich und baut sich vor Elliot auf. Jeremy springt neben ihm auf und zieht Liam ein Stück zur Seite, während er beruhigend auf ihn einredet. Sofort stehe ich ebenfalls auf und laufe möglichst schnell zum anderen Ende der Mensa. Auf einmal ist Gramps neben mir und überholt mich. Er hat zwar keine Aufsicht, aber offensichtlich bereits von unserem Tisch aus erkannt, dass das überhaupt nicht gut aussieht und ich Hilfe gebrauchen könnte. Liam scheint Jeremy nicht richtig zuzuhören, denn er wendet seinen Kopf immer wieder in Elliots Richtung, der irgendwas zu ihm sagt. Elliot zieht provokant die Augenbrauen hoch und ein spöttisches Grinsen macht sich auf seinem Gesicht breit, während er sich entspannt nach hinten lehnt. Ich weiß nicht warum, aber das bringt das Fass zum Überlaufen. Liam stürzt sich regelrecht auf Elliot und packt ihn am Kragen.

«Ich sage dir das zum letzten Mal: Shut the fuck up!», ruft Liam so laut, dass ich jedes einzelne Wort trotz der Entfernung höre.

Als wir endlich angekommen sind, liegen Liam und Elliot schon prügelnd auf dem Boden. Wie immer in solchen Situationen steht ein Großteil der Schüler bereits daneben und gafft. Mittlerweile hat sich ein richtiger Kreis gebildet und ich muss mir den Weg regelrecht freimachen.

Ich bin völlig überfordert, aber zum Glück reagiert Gramps schneller. Grob packt er die beiden an den Schultern und zieht sie mit Jeremys Hilfe auseinander, der der Einzige ist, der von den Schülern überhaupt irgendwas tut.

«Reiß dich zusammen, Alter!», zischt Jeremy, als er Liam mit seinem Unterarm gegen die Wand drückt. Der ignoriert ihn jedoch und will sich anscheinend gleich wieder auf Elliot stürzen. Liam schiebt Jeremy wie in Trance ein Stück zur Seite, der ihn jedoch sofort zurück an die Wand befördert.

«Drehst du jetzt völlig durch? Hör auf jetzt!», herrscht Jeremy ihn an.

Elliot hebt beschwichtigend die Hände, als er von Gramps zurechtgewiesen wird. Dabei habe ich genau gesehen, dass er nicht ganz unschuldig ist und es darauf angelegt hat.

Irgendwann widmet sich Gramps Liam, um ihn genauso zurechtzuweisen, und ich bin unglaublich froh, dass er das alles regelt. Gramps Tonfall ist so energisch und endgültig, dass niemand von den beiden mehr ein weiteres Wort sagt. Er kann sogar so laut schreien, dass ich mir sicher bin, dass Zoey jedes einzelne Wort am anderen Ende der Mensa hören kann.

Dann redet Gramps noch kurz mit Jeremy und fragt ihn, was genau passiert ist, aber er zuckt nur mit den Schultern und weicht Gramps' Blick aus. Er lügt. Er weiß genau, was passiert ist, auch wenn wir es ihm nicht nachweisen können.

Etwas orientierungslos stehe ich zwischen Liam und Elliot, die sich immer noch schweratmend anschauen. Was immer auch genau vorgefallen ist, ich glaube, das Thema ist noch nicht vom Tisch. Elliot reibt sich über seine blutende Schläfe und es ist offensichtlich, wer hier den Kürzeren gezogen hat. Trotzdem macht sich auf seinem Gesicht ein belustigtes Lächeln breit, als er auf mich herabsieht. «Miss Hale. Wenn man vom Teufel spricht.»

«Halt jetzt einfach dein Maul, Wright», warnt Liam ihn mit gesenkter Stimme und spricht so leise, dass man ihn kaum versteht.

«Hört auf jetzt mit diesem Mist!», blaffe ich sie an und verschränke die Arme vor der Brust. «Ich will von euch beiden kein Wort mehr hören! Wie alt seid ihr? Zwölf?»

Gramps berührt mich am Arm und zieht mich ein Stück zur Seite. «Jeremy weiß auch nicht, warum die beiden sich geprügelt haben.»

Ich zucke ratlos mit den Schultern und blicke wieder zu Liam und Elliot, die sich immer noch anfunkeln. «Ich bin mir sicher, dass Elliot ihn provoziert hat.» Es widerstrebt mir natürlich mehr als alles andere, Liam in Schutz zu nehmen, aber Elliots gehässiges Grinsen gefällt mir ebenso wenig.

Gramps wirft ebenfalls einen Blick über seine Schulter und zieht dann spöttisch eine Augenbraue nach oben. «Wundert dich das? Elliot ist bekannt dafür. Trotzdem hätte Liam nicht so ausrasten dürfen.»

«Natürlich nicht.»

Gramps reibt sich kurz nachdenklich das Kinn. «Ich bringe die beiden in Mrs. Grahams Büro. Ich schätze, die werden für den Rest des Tages suspendiert. Und du machst deine Aufsicht zu Ende. Einverstanden?»

«Einverstanden. Danke dir.»

Er pfeift mit den Fingern und als Liam und Elliot sich umdrehen, deutet er den beiden an, ihm zu folgen. Und das tun sie dann auch mit gesenkten Köpfen.

***

69 Tage vorher

Mitte Oktober haben wir wahnsinniges Glück mit dem Wetter. Nachdem Gramps, Aaron, Maya, Zoey und ich am Freitagabend auf einem Open Air Konzert waren, haben wir noch einen Abstecher ins Duke's gemacht und saßen wieder bis in die frühen Morgenstunden auf unserem Stammplatz. Mittlerweile macht das Duke's sogar meinem Lieblingscafé «Im Bett» in Brooklyn Konkurrenz. Es ist ein gemütliches Diner, wo die Atmosphäre immer ungezwungen ist, aus den Boxen meist Musik aus den 90ern läuft und jedes Wochenende hausgemachte Cocktails serviert werden, die nach Disneyfiguren benannt sind. Ich glaube, das ist das Geheimrezept des Duke's.

Den heutigen Samstag haben wir auf einer Weinprobe verbracht. Gramps hat mit mir gewettet, dass ich danach angetrunken sein werde, aber er hat die Wette verloren, weswegen er jetzt seine Wettschulden einlöst und uns eine Runde

Arizona Iced Tea spendiert, während wir es uns am Strand auf den Sonnenstühlen gemütlich machen.

«Ein paar Bekloppte gibt es echt immer», murmelt Aaron und zieht missbilligend die Augenbraue nach oben, während er aufs Meer schaut. Wir alle folgen seinem Blick und es dauert eine ganze Weile, ehe ich realisiere, dass da unten am Strand Liam, Jeremy, Kane und Daniel sind, die abwechselnd mit zwei Jetskis über das Wasser rauschen.

«Also, es ist zwar echt angenehm warm heute, aber das Wasser dürfte mittlerweile kalt sein», vermutet Maya und wischt über ihr Oberteil, auf dem sie gerade etwas Eistee verteilt hat. Mittlerweile sind nicht mehr viele Touristen in den Hamptons unterwegs und bei den relativ kalten Wassertemperaturen ist das Meer alles andere als überfüllt, was den Jungs sicherlich gelegen kommt. Kane hält immer wieder die Kamera hoch und filmt sich und die anderen, dabei quatscht er in die Cam.

«Wieso filmt er denn alles?», frage ich mit zusammengekniffenen Augen.

«Wahrscheinlich für seinen Youtube-Kanal», erklärt mir Gramps und trommelt mit seiner Eisteeflasche auf seinem Oberschenkel. «Wusstest du das nicht?»

«Nee.»

«Er lädt dort Videos hoch. Entweder von seinem Alltag oder Kritiken zu Computerspielen. Musst du dir mal anschauen, ist eigentlich ganz gut gemacht. Ich glaube, der macht da richtig Kohle mit.»

«Kane hat schon über zwei Millionen Abonnenten», ergänzt Maya. «Das Video mit den meisten Clicks ist das, bei dem Aaron während einer Schulfeier beim Schach gegen Liam gewinnt.»

Ich werfe Aaron einen belustigten Blick zu. «Du bist auch dabei?»

Er winkt nur ab. «Die Welt soll ruhig sehen, wie Liam verliert.»

Wir beobachten die vier eine ganze Weile schweigend. Als sie uns bemerken, stecken sie die Köpfe zusammen und ich werde das Gefühl nicht los, sie hecken irgendwas aus.

«Oh Gott, haben wir noch nicht mal am Wochenende vor denen Ruhe?», murmelt Aaron neben mir verärgert, aber es ist zu spät. Es dauert nicht lange, bis Liam in seiner Schwimmweste auf uns zukommt.

«Vielleicht denken die auch das Gleiche von uns», mutmaßt Maya.

Zoey, die links von mir sitzt, stupst mich an und ich werfe ihr einen fragenden Blick zu, den sie durch meine Sonnenbrille wahrscheinlich gar nicht erkennt.

«Ich weiß, was jetzt kommt: Showdown», flüstert sie, als sie sich ein Stück zu mir lehnt und sich ein breites Grinsen auf ihr Gesicht stiehlt. Ich will sie noch fragen, was sie meint, aber Liam ist nur noch wenige Meter von uns entfernt, und ich entscheide mich dafür, mich einfach überraschen zu lassen. Wie so oft bei ihm.

«Ich fordere Sie zu einem Jetski-Duell auf. Interesse, Mr. Fuller?» Mit verschränkten Armen stellt er sich vor Aaron und fährt sich einmal durch seine nassen Haare, während ihm das Wasser an der Schläfe herunterläuft. Abwartend blickt er auf Aaron herab und durch Liams breite Statur habe ich das Gefühl, plötzlich im Schatten zu sitzen.

«Nicht wirklich», antwortet Aaron unbeeindruckt. Das Gespräch ist für ihn augenscheinlich beendet.

Ein belustigtes Lächeln huscht über Liams Gesicht und obwohl er seine nächsten Worte als Scherz verkauft, wirken sie auch ernstgemeint: «Schlottern Ihnen schon die Knie?»

«Wobei?»

«Na, bei dem Gedanken an unser Duell.»

Aaron lacht humorlos neben mir auf und setzt seine Sonnenbrille ab. Nachdem er einige Male geblinzelt hat, baut er sich vor Liam auf, der ein Stück kleiner ist, aber Aaron ist auch wahnsinnig groß. «Was für ein Duell soll das sein? Du gegen mich? Junge gegen Mann?» Er versucht noch nicht mal, seine ablehnende Haltung zu verstecken, was wahrscheinlich auch der Grund dafür ist, warum Liam erst nach einigen Sekunden etwas erwidert.

Ganz ungerührt fragt er: «Ist das ein Ja oder schwenken Sie bereits die weiße Fahne?»

Ich kann gar nicht anders, als Liam in diesem Moment für seine abgebrühte Art ein wenig zu bewundern. Ich wünschte, ich hätte in der High School auch schon so vor Selbstbewusstsein gestrotzt wie er und wäre jemand gewesen, der sich nie hätte einschüchtern lassen.

Aaron seufzt laut auf, während er seinen Eistee verschließt und auf seinen Sonnenstuhl wirft. «Ich glaube, du gibst eh keine Ruhe, oder?»

Liam zuckt kurz mit den Schultern. «Und ich glaube, wir kennen beide die Antwort auf diese Frage.»

«Okay. Meinetwegen», gibt Aaron sich geschlagen und klingt irgendwie genervt. Ich frage mich, warum er so gereizt ist, schließlich darf er umsonst Jetski fahren. Ich würde das aufregend finden, aber es ist zweifelsfrei gut, dass mich keiner gefragt hat. Wahrscheinlich würde ich mich ohne Ende blamieren. Aaron deutet auf Gramps. «Eine Bedingung. Er entscheidet, wer von uns welchen Jetski fährt.»

Liam reibt sich das Kinn, während er belustigt den Kopf schüttelt. «Oh, Sie trauen mir zu, dass ich betrüge? Ich bin irgendwie enttäuscht.»

«Ich glaube, wir kennen beide die Antwort auf diese Frage», macht Aaron ihn nach und klopft dabei Sand von der kurzen Hose. «Ich traue dir ehrlich gesagt so einiges zu, Liam.»

Er nickt knapp und lässt sich nicht anmerken, was er von Aarons Bemerkung hält. «Abgemacht.»

Damit dreht er sich um und geht zurück zu Jeremy, Kane und Daniel.

«Muss ich mich jetzt ernsthaft bewegen?», ist das Erste, das über Gramps' Lippen kommt, als Liam außer Hörweite ist. Er scheint keine Antwort zu erwarten, denn er rafft sich bereits mit einem theatralischen Seufzer auf.

«Seid ihr bereit, Liams Untergang live aus der ersten Reihe mitzuerleben?», fragt Aaron mit einem Zwinkern, ehe er mit Gramps zum Wasser geht.

«Das ist echt unglaublich», murmelt Zoey belustigt neben mir und schiebt sich ihre Sonnenbrille ins dunkle Haar.

Maya prustet regelrecht los, als sie Zoey anstupst. «Das Gleiche dachte ich auch.»

Verwirrt schaue ich zwischen den beiden hin und her, ehe Zoey es mir erklärt. «Liam weiß ganz genau, was er sagen muss, um Aaron zu manipulieren, damit er auf irgendwas anspringt.»

«Macht er das öfter?», will ich wissen.

«Oh, ja. Liam und Aaron haben ständig irgendeine Competition. Das ist mittlerweile schon fast ein Klassiker.» Sie lacht wieder ihr herzliches Lachen, das ihre Zahnlücke zeigt, und beobachtet, wie Aaron und Gramps die letzten Meter zum Jetski schlendern. «Die haben sich schon bei allem möglichen Duelle geliefert. Armdrücken ...»

«Basketballkörbe werfen», ergänzt Maya.

«Baseball.»

«Schach», wirft Maya wieder ein.

«Poker. Eigentlich immer, wenn eine Feier oder etwas anderes Anlass zu einem Wettbewerb gaben.»

«Und, wer geht meistens als Sieger hervor?», frage ich und kann meinen belustigten Tonfall nicht gänzlich verbergen. Irgendwie passt es zu Aaron. Zum einen ist er ein super Typ, der alles mitmacht und sich für nichts zu schade ist, zum anderen ist er auch wahnsinnig ehrgeizig und ich kann mir vorstellen, wie sehr es ihn ärgert, wenn er verliert – insbesondere gegen seine Schüler.

«Es ist sehr ausgeglichen, würde ich sagen», meint Zoey und setzt sich aufrecht hin. «Oh, das nervt Aaron, wenn er gegen Liam verliert. Das wirst du möglicherweise gleich selbst miterleben. Er wird da richtig mürrisch. Gegen Liam ist er ein sehr schlechter Verlierer.»

Maya schnalzt mit der Zunge und dreht eine Haarsträhne um ihren Zeigefinger. «Ich glaube, die gönnen sich gegenseitig die Butter auf dem Brot nicht.»

«Mögen die sich nicht?», frage ich und bin tatsächlich ein wenig erleichtert, dass ich anscheinend wirklich nicht die Einzige bin, die Schwierigkeiten mit Liam hat.

Unschlüssig zuckt Maya mit den Schultern. «Ich weiß nicht. Anfangs dachte ich, das wäre nur Spaß, aber ...»

Zoey schüttelt heftig mit dem Kopf, ohne Maya ausreden zu lassen. «Die mögen sich überhaupt nicht. Ich glaube sogar, dass das untertrieben ist und die sich auf den Tod nicht ausstehen können.»

«Aaron darf es natürlich nicht so zeigen, aber es gab da diese Situation letztens ...», setzt Maya an und blickt kurz fragend zu Zoey. «Weißt du noch, letztes Jahr?» Maya räuspert sich und zieht die Beine an. «Wir hatten diesen Schulausflug gemacht und Gramps und Aaron sind gegen Jeremy und Liam angetreten. Beim Rudern. Aaron ist so schnell gerudert, als hätte er sein ganzes Leben nichts anderes gemacht und er war einfach übertrieben verbissen, dieses Duell zu gewinnen. Na ja, jedenfalls haben in letzter Sekunde Jeremy und Liam aufgeholt und das Ding gewonnen. Mann, ich weiß noch, wie sauer Aaron war und wie er Gramps angegangen ist, dass es seine Schuld gewesen sei, weil er sich mehr Mühe hätte geben sollen.»

Zoey nickt zustimmend. «Ja, das war heftig und sehr überzogen. Der ist ihm fast an die Kehle gesprungen. Und Gramps war völlig erledigt vom Rudern, das geht ja richtig in die Arme. Aber an der Reaktion hat man irgendwie gemerkt, dass Aaron ein persönliches Problem mit Liam hat. Das war schon nicht mehr professionell.»

«Was hat er denn gegen Liam?» Ich könnte natürlich jetzt hunderte Gründe aufzählen, aber ich dachte bis eben, dass er seine persönlichen Ecken und Kanten meistens bei mir raushängen lässt. Schließlich ist er in den anderen Kursen kaum anwesend.

«Na ja, Liam halt», meint Zoey und streicht sich eine Haarsträhne hinters Ohr. «Er macht es einem ziemlich leicht, ihn nicht zu mögen.»

Irgendwie finde ich diesen Satz äußerst treffend formuliert.

Ich seufze, während ich über meine kühle Dose streiche und beobachte, wie Aaron sich die Weste anzieht. «Ich verstehe ihn manchmal auch überhaupt nicht.»

«Man muss Liam nicht verstehen. Man muss nur wissen, wie man mit ihm umgeht», pflichtet Zoey mir bei, während sie sich ihre Sonnenbrille zurück auf die Nase schiebt und versucht, ihre braunen Haare gegen den Wind zu bändigen. «Es scheint loszugehen.»

Aaron dreht noch ein oder zwei Runden, um sich mit dem Fahrzeug vertraut zu machen, dann begibt er sich mit Liam auf Position. Es ertönt ein lautes Pfeifen und mit einer unglaublichen Geschwindigkeit heizen die zwei sofort los, als könnten sie nicht erwarten, die Maximalgeschwindigkeit zu erreichen. Das Wasser spritzt in alle Richtungen und selbst aus der Entfernung höre ich das Aufheulen der Motoren. Aaron und Liam rufen sich gegenseitig irgendwas zu, was jedoch akustisch nicht zu verstehen ist. Kurz halten beide an und für einige Sekunden ist nur das Rauschen des Meeres und des Windes zu hören, aber dann geben sowohl Aaron als auch Liam wieder Gas. Obwohl Maya, Zoey und ich alles nur aus der Ferne beobachten, verliert keiner von uns mehr ein weiteres Wort. Stattdessen lehnen wir uns nach hinten in unsere Sonnenstühle und schauen fasziniert zu, als die Jetskis wie Raketen übers Wasser schießen.

In diesem Moment wird mir mal wieder bewusst, wie unterschiedlich manche Leben sind. Ich erinnere mich noch, wie oft ich mit Rebecca unsere Eltern angeschnorrt habe, weil wir ins Kino gehen wollten, aber mal wieder kein Taschengeld mehr hatten. Oder wie häufig ich mit Rebecca und unseren Eltern in einem Fast-Food-Restaurant war und wir uns nicht getraut haben, einen Nachtisch zu bestellen, weil wir am Vortag wieder mitbekommen hatten, wie unsere Eltern sich darüber unterhalten haben, wie sie wohl unsere Studiengebühren bezahlen sollen. Oder wie oft wir gehört haben, wie andere Kinder von ihren Sommerferien in Europa erzählt haben, während wir auf die Brooklyn Bridge geschaut haben.

«Andere Leute machen hier Urlaub, Nicky!», hat Becks mich dann oft zu trösten versucht und mich vom Fenster mit Mini-Blick auf die Brücke weggezogen.

Ich kann gar nicht anders als zu lächeln, als ich Liam und seine Freunde beobachte. Ich bin nicht verbittert, weil sie anders aufwachsen, als ich es bin, denn auch wenn wir nicht viel Geld hatten, haben unsere Eltern alles gemacht, um Rebecca und mir eine tolle Kindheit zu ermöglichen. Und die hatten wir auch, denn ich habe viele schöne Erinnerungen. Vermutlich war auch all das der Grund, warum unsere Eltern so viel Geld in unsere Bildung investiert haben – damit wir unseren eigenen Kindern später materiell mehr bieten können. Obwohl das eine Kindheit nicht zwingend besser macht, wenn ich genauer drüber nachdenke, denn ich würde meine Erinnerungen gegen nichts eintauschen wollen.

*

Als Gramps und Aaron erst eine ganze Zeit später wieder auf uns zukommen, haben sich Maya, Zoey und ich längst anderen Themen zugewandt und lästern jetzt über die Oberpädagogen an unserer Schule. Es sieht so aus, als hätte Aaron das Duell gewonnen, denn er hält die Hand auf und Gramps schlägt lachend ein. Die beiden sind so in das Gespräch vertieft, dass sie gar nicht zu bemerken scheinen, wie mit einem gewissen Abstand Liam hinter ihnen her schlendert.

«Wo ist mein roter Teppich?», scherzt Aaron, als er uns erreicht hat. Mit der Hand wuschelt er einmal schnell durch Zoeys Haare, was er ständig macht und sie jedes Mal zur Weißglut bringt.

«Boah, Aaron, lass meine Haare in Ruhe!», beschwert sich Zoey und versucht, ihre Frisur wieder zu richten.

Aaron lässt sich in den Sonnenstuhl neben mir fallen. Er trinkt einen Schluck Eistee, verzieht dann aber angeekelt das Gesicht. Durch die Sonne dürfte das Getränk mittlerweile sehr warm sein. Jetzt hat auch er Liam entdeckt und lehnt sich mit einem breiten Grinsen gelassen zurück. Es ist nicht zu übersehen, wie sehr er den Triumph genießt. «Hast du heute noch nicht genug verloren, Liam?»

Er schmunzelt vor sich hin. Falls Aaron ihn mit dem Kommentar aus der Reserve locken will, gelingt es ihm nicht oder Liam überspielt es gut. «Doch, doch. Deswegen will ich Miss Hale herausfordern. Ich will heute schließlich auch mal gewinnen.»

Ach, ja. Was soll ich sagen? Charmant wie eh und je.

Er macht es einem wirklich sehr leicht, ihn nicht zu mögen.

Liam hat immer noch das Lachen auf dem Gesicht, aber natürlich hat seine Stimme wie so oft einen provokanten Unterton und ich frage mich, ob ich die Einzige bin, die das so empfindet. Auch sein Augenzwinkern lässt seine Provokation nicht schwächer wirken.

«Das macht er extra, Nicky», zischt Zoey so leise neben mir, dass es kein anderer verstehen dürfte. «Liam halt. Er weiß, was er machen muss, um seinen Willen zu bekommen.»

«Geh am besten gar nicht drauf ein», murmelt Aaron belustigt, als er mir mit seiner Hand kurz auf den Oberschenkel tippt. «Reinste Manipulation. So wie er es bei mir auch immer macht, aber sei du schlauer und fall nicht darauf rein.»

«Das Wasser ist mir zu kalt», versuche ich mich aus der Affäre zu ziehen und weiche Liams prüfendem Blick aus, während ich mit dem Fuß kreisende Bewegungen durch den Sand ziehe.

«Sie sollen Jetski fahren. Nicht schwimmen gehen.»

«Ich habe keine passenden Schuhe.»

«Geht auch barfuß. Machen wir alle so.»

Ich sehe zu Liam und meine Sonnenbrille hilft mir hoffentlich, meinen entgeisterten Gesichtsausdruck zu verbergen, während er abwartend die Augenbrauen hebt.

«Ich glaube, ich sehe bereits die weiße Fahne», mutmaßt Liam und legt den Kopf leicht schief, während er mich keine Sekunde aus den Augen lässt. «Schade, aber ich kann es verstehen. Wer verliert schon gerne?»

Zwei Sachen weiß ich gerade selbst: Erstens, Aaron hat recht, dass das reine Manipulation ist, und zweitens, dass ich gnadenlos gegen Liam verlieren werde. Dennoch stehe ich entschlossen auf und schiebe mir die Sonnenbrille ins hellblonde Haar.

«Okay. Ich nehme die Herausforderung an», verkünde ich mit fester Stimme, obwohl meine Beine schon weich sind. Ich klinge völlig gelassen, als hätte ich tatsächlich eine Chance, das Ding zu gewinnen.

Kurz blinzelt Liam überrascht, aber dann hat er sich sofort gefangen. «Jetzt?»

«Natürlich. Wann sonst?»

«Okay.» Ich warte, dass er zurück zum Wasser geht, aber er deutet zögernd auf meine Sonnenbrille. «Und die wollen Sie nicht hierlassen?»

Ich leiste mir schon den ersten Fehltritt, bevor ich überhaupt auf dem Jetski sitze, aber ich zucke nur trotzig mit den Schultern. Jetzt darf ich mir nichts anmerken lassen, also überspiele ich die Situation. «Wenn ich schon untergehe, dann mit Stil.»

«So ein Wortspiel kann auch nur von einer Literaturlehrerin kommen», meint Liam und lächelt mich kurz über seine Schulter an, dann geht er zum Wasser, ohne sich noch einmal umzudrehen. Er klingt zufrieden, aber natürlich ist er das. Er bekommt sicherlich viel zu oft was er will, und auf einmal ärgere ich mich darüber, dass auch ich ihm diesen Gefallen tue und auf seine Manipulation eingehe.

Unschlüssig blicke ich ihm hinterher, während die anderen vier belustigt schmunzeln. Am liebsten würde ich mich wieder hinsetzen, aber dafür ist es zu spät.

«Sagt nichts», sage ich und hebe mahnend den Finger.

«Oh, Nicky, wieso lässt du dich denn auf den Mist ein?», fragt Maya und lacht ebenso laut los, wie sie es vorhin getan hat, als Aaron auf diese Nummer reingefallen ist.

«Weil ich Jetski fahren will.» Was stimmt, wenn mich nur nicht so viele Augenpaare dabei beobachten würden …

«Viel Spaß», meint Gramps. «Wir werden ihn hier sicherlich auch haben.»

Nachdem ich tief Luft geholt habe, laufe ich los. Währenddessen senke ich meinen Blick und beobachte, wie meine Füße immer wieder im Sand versinken. Ich bin fast am Wasser und bereue es jetzt schon, zugesagt zu haben. Hoffentlich wird es wenigstens nicht so peinlich. Keine Ahnung, wie man so ein Ding überhaupt fährt.

«Sie haben echt angenommen, Miss Hale», stellt Kane verwundert fest und stemmt die Hände in die Hüften. «Ich habe meine Wette gegen Liam verloren. Ich dachte, Sie sagen Nein. Aber wahrscheinlich hat Liam das wieder so charmant gemacht, wie wir ihn kennen, oder?» Ich kann nicht deuten, ob er es sarkastisch meint oder nicht, aber Kane lacht los und haut Liam auf die Schulter, der nur die Augen rollt.

«Sie sind einfach eine coole Socke, Miss Hale», murmelt Jeremy und drückt mir die Schwimmweste in die Hand.

Ich lege sie mir über mein Oberteil. «Ja, vielen Dank.»

«Ich muss da noch ein paar Sachen enger machen», erklärt mir Jeremy mit einem Blick auf die Weste. «Sind Sie schon mal gefahren?»

«Nein. Das ist mein erstes Mal.»

Jeremy zieht konzentriert an meiner Weste, während Kane und Daniel vielsagende Blicke austauschen. Sie scheinen gar nicht mitzubekommen, dass ich sie beobachte, denn sie haben dieses schelmische Grinsen auf dem Gesicht, und ich weiß, dass jetzt ein sexistischer Spruch kommen würde, wenn ich nicht ihre Lehrerin wäre, aber sie reißen sich zusammen.

Liam scheint das Gleiche zu denken, denn er zischt nur genervt an sie gewandt: «Denkt nicht mal daran, es auszusprechen, wenn das nicht euer letzter Tag auf Erden sein soll.»

Jeremy bekommt von all dem nichts mit und wirft mir nur ein kurzes Lächeln zu, nachdem er mit meiner Weste fertig ist. «So, jetzt sitzt alles.»

Ich möchte Kane und Daniel nicht noch mehr Steilvorlagen bieten, und auch mit Liam halte ich die Kommunikation am liebsten aufs Minimum beschränkt, also wende ich mich an Jeremy, der hier mit Abstand der Vernünftigste ist. «Erklär mir doch mal, wie das Ding funktioniert.»

Jeremy nickt und geht mit mir die letzten Meter zum Jetski. Als ich mit den Fußspitzen im Wasser bin, ist es so kalt, dass ich zusammenzucke und ich bereue mehr denn je, so vorschnell zugesagt zu haben. Wenn ich von diesem Teil ins Wasser fliegen sollte, dann habe ich mich nicht nur blamiert, sondern sterbe wahrscheinlich auch noch an Unterkühlung. Wenigstens sterbe ich dann in Würde und stilvoll mit meiner weißen Ray Ban Sonnenbrille, die ich bei einem Sale in New York ergattert habe.

«Eigentlich ist es ganz easy: Hier geben Sie Gas», erklärt Jeremy mir und deutet auf einen Hebel rechts am Lenker. «Und mehr müssen Sie fast nicht wissen.»

«Wie wär's mit der Bremse?»

Er legt den Kopf schief und grinst. «Gibt es nicht.»

«Glaube ich nicht.»

Als er meinen entgeisterten Gesichtsausdruck sieht, lacht er auf, aber ist schon beim nächsten Thema. «Bevor Sie den Motor starten, achten Sie darauf, dass die Abrissleine an der

Schwimmweste dran ist, aber das überprüfe ich gleich nochmal oder Liam. So geht der Motor aus, falls Sie runterfliegen.»

«Runterfliegen?», wiederhole ich und blicke missmutig auf das kalte Wasser.

«Ja, wird aber nicht passieren.» Er kaut sich nachdenklich auf der Unterlippe herum. «Ansonsten ... Wenn Sie langsam fahren, ist Sitzenbleiben kein Problem, aber bei höherem Tempo müssen Sie die Wellen mit den Beinen abfedern.»

«Was soll das denn bedeuten?»

Er winkt ab. «Das merken Sie gleich schon.» Ich stöhne bei dieser grandiosen Einführung leise auf. «Einfach langsam herantasten und ein Gefühl dafür entwickeln. Nur nicht direkt über die Stränge schlagen, denn das Ding hat 300 PS.»

«Wie bitte?»

Jeremys Grinsen wird noch breiter. «Deswegen sagte ich: Tasten Sie sich erst mal heran.» Er klopft kurz auf den Jetski. «Da sind Sie schon relativ schnell mit unterwegs. Und im schlimmsten Fall geht es für Sie ins Wasser. Also, alles gut.»

Auf einmal steht Liam neben uns und wirft mir eine Wasserflasche zu, die ich im letzten Moment auffange. Sie ist eiskalt.

«Kühlbox», erklärt er mir knapp, als könnte er meine Gedanken lesen. Wie so oft verzieht er keine Miene. «Trinken Sie noch was. Es ist relativ warm heute und das Fahren ist anstrengender, als Sie wahrscheinlich denken.»

Mit meinen Fingern streiche ich über die kalte Flasche. «Was ist da drin? Gift?» Ich verkaufe es als Scherz, aber ein Funken Wahrheit ist dabei.

Liam fährt mit der Zunge kurz über seinen abgebrochenen Eckzahn. «Vertrauen Sie mir nicht?»

«Nein, eigentlich nicht.»

Liams grüne Augen blicken mich an, doch dann schlägt er sie nieder. Keine Ahnung, was er von meinem Kommentar hält, aber als er den Blick hebt, ist da wieder dieses selbstsichere Grinsen auf seinem Gesicht. «Ich vergifte Sie nicht, Miss Hale. Wir haben jetzt schließlich ein Duell, aus dem Sie als Verliererin hervorgehen werden.»

Ich öffne die Flasche und trinke einen Schluck, während er mich beobachtet. «Und du brauchst nichts mehr trinken?»

«Nein, brauche ich nicht. Ich bin unbesiegbar, Miss Hale. Auf sehr vielen Ebenen. Vertrauen Sie mir.»

Nicht nur unbesiegbar, sondern auch ziemlich arrogant …

«Wie gesagt, ich vertraue dir nicht», setze ich noch einmal nach, dann schließe ich die Flasche und drücke sie Jeremy in die Hand. «Und sorg dafür, dass Kane uns jetzt nicht filmt, ansonsten haben er und ich ein Problem!»

«Bereit?», fragt Liam mich, während er schon auf seinen Jetski zugeht.

So bereit, wie man eben sein kann, wenn man gegen Liam antritt …

Er dreht sich noch nicht mal mehr um und scheint sicher zu sein, den Sieg jetzt einzustreichen. Auch das kalte Wasser macht ihm nichts aus.

Ich tue so, als hätte ich ihn nicht gehört, und gehe ebenfalls noch ein Stück weiter ins Wasser. Mittlerweile geht es mir bis zu den Oberschenkeln und es ist eiskalt. Es fehlt nicht mehr viel, bis meine Jeansshorts ebenfalls nass sind. Möglichst unauffällig schaue ich, wie Liam auf seinen Jetski steigt und ich mache es ihm nach.

Sicheres Auftreten bei völliger Ahnungslosigkeit.

Jeremy kommt nochmal auf mich zu und befestigt die Abrissleine an meiner Weste, dann wünscht er mir viel Spaß.

Kaum habe ich den Motor gestartet, dreht sich Liam schon um. Ich betätige das Gas und das Ding schießt viel schneller als erwartet nach vorne, aber ich versuche mir meine Überraschung nicht anmerken zu lassen.

Okay, nächstes Mal vielleicht etwas geschmeidiger …

Ich fahre an Liam vorbei, dann nehme ich Gas weg und komme langsam zum Stehen. Betont lässig sage ich: «Gibst du schon auf?»

«Ich gebe Ihnen nur einen Vorsprung, damit Sie nicht so elendig verlieren.»

«Oh, Liam, hoffentlich blamierst du dich jetzt nicht. Du weißt ja … Wer hoch fliegt, fällt tief.» Ich ziehe wieder am Hebel für das Gas und der Wind weht mir meine Haare aus dem Gesicht. Immer weiter entferne ich mich vom Strand. Das gleichmäßige Vibrieren des Motors hat etwas Beruhigendes und ich merke die Wellen unter mir, trotzdem bin ich unsicher und irgendwie gehemmt, weil ich das Fahrzeug nicht kenne. Ich könnte schwören, dass ich mit 50 km/h über das Wasser brettere, aber mein Tacho zeigt gerade mal 24 km/h an. Es fühlt sich hier auf dem Wasser so an, als würde ich doppelt so schnell fahren. Dafür merke ich bereits jetzt, dass das Lenken für meine Arme anstrengend ist.

So wird das nichts mit den 300 PS …

Ich gebe mehr Gas und werde immer mutiger, aber ich erreiche noch nicht mal ansatzweise die 50 km/h. Aber das ist mir in diesem Moment völlig egal. Es macht Spaß und ich muss richtig lächeln, als ich die nächste Welle merke und das Wasser an meine Oberschenkel spritzt.

Liams Jetski heult auf und ein paar Sekunden später ist er neben mir.

«Na, willst du deinen Sieg jetzt schon feiern?», frage ich und ziehe die Augenbrauen an.

Er geht noch nicht mal auf meine Frage ein. «Nicht schlecht für den Anfang, Miss Hale, aber da geht noch mehr. Trauen Sie sich. Ihnen kann nichts passieren.»

«Ich finde, ich bin schnell genug.»

Ich erwarte, dass er jetzt spöttisch die Augenbrauen hebt, wie er es so oft macht, aber er nickt nur völlig ernst. «Okay.»

Ich kann gar nicht anders, als ihm mit leicht geöffnetem Mund hinterher zu starren, als er das Thema tatsächlich dabei belässt und ein paar Runden mit seinem Jetski düst.

Misstrauen macht sich in mir breit. Irgendwas hat er vor. Das passt nicht zu ihm. Keine Provokation, kein abwertender Blick oder missbilligendes Augenbrauenzusammenziehen.

Ich straffe meine Schultern und schiebe die Gedanken beiseite, um meine Zeit auf dem Wasser voll auszukosten. Mein Jetski gleitet weiter über die Oberfläche und ich genieße jede einzelne Kurve. Keine Ahnung, wie lange wir übers Wasser fahren, denn ich habe mein Zeitgefühl komplett verloren. Ich fahre im Vergleich zu Liam natürlich immer noch viel vorsichtiger, aber es macht dennoch unglaublichen Spaß.

Irgendwann ist Liam wieder neben mir. «Sie werden immer mutiger mit dem Jetski. Mögen Sie es?»

«Absolut», sage ich wahrheitsgemäß.

«Sind Sie auch so mutig, mir zu folgen, wenn ich Sie darum bitten würde?»

«Wohin?», frage ich sofort und in meiner Stimme schwingt so viel Skepsis mit, dass es mich nicht wundert, als Liam plötzlich grinst.

«Trauen Sie sich oder nicht?»

«Leg es doch drauf an.»

Er zuckt kurz mit den Schultern, dann nickt er. «Okay. Was anderes bleibt mir wohl nicht übrig.»

Ich sehe ihm wieder hinterher, als er davonfährt, und beschleunige meinen Jetski ebenfalls. Jedoch folge ich Liam nicht, sondern fahre eher ganz langsam übers Wasser, um zu überlegen, ob ich ihm wirklich nachfahren soll.

Natürlich traue ich ihm nicht. Wie soll das auch nach allem noch möglich sein?

Liam scheint mein Zögern zu bemerken, denn ohne sich umzudrehen, hält er seinen Jetski wieder an. Einige Sekunden höre ich nur das Rauschen des Meeres, weil sich keiner von uns mehr einen Zentimeter bewegt, dann dreht er sich um und jedes selbstsichere Lächeln ist aus seinem Gesicht verschwunden. Selbst über die Entfernung hinweg kann ich hören, wie er laut seufzt. «Lassen Sie mich jetzt nicht hängen, Miss Hale, auch wenn ich es wahrscheinlich verdient hätte.»

Immer noch unschlüssig verlagere ich mein Gewicht und streiche mir eine Haarsträhne aus dem Gesicht. Ich hätte zwar allen Grund, Liam zu misstrauen, aber meine verdammte Neugier ist stärker.

Er wirft mir noch einen Blick über die Schulter zu, dann gibt er Gas. Nicht zu schnell, sondern eher an mein Tempo angepasst, und ich fahre ihm tatsächlich hinterher. Liam dreht sich nicht ein einziges Mal um, um sich zu vergewissern, dass ich ihm folge, aber vermutlich hört er das Summen des Motors.

Wir fahren eine ganze Weile und jeden Meter, den ich mich mehr von den anderen am Strand entferne, bereue ich meine Entscheidung. Wahrscheinlich war das alles doch nicht so clever. Wir sprechen hier schließlich von Liam und bei ihm weiß man nie, woran man ist. Andererseits frage ich mich, was er schon Besonderes vorhaben soll.

Irgendwann bremst er ab und ich ebenso. Ganz langsam hebe ich den Blick zu den Klippen, neben denen wir gerade zum Stehen gekommen sind. Wir sind immer noch an der Küste, jedoch ein ganzes Stück entfernt von unserem Startpunkt. Die Stelle hier ist abgelegen und es ist so ruhig um uns herum, dass man nur das Rauschen der Wellen und das Summen der Jetskis hört.

Ehe ich etwas fragen kann, steht Liam schon auf und steigt auf einen flachen Felsen direkt am Wasser. Die Wellen zerbrechen vor seinen Füßen und die Klippen sehen mit einem Mal sehr gefährlich aus. Die Oberfläche ist nass, der Weg ist steil und es gibt nichts, woran man sich festhalten kann. Ich weiß noch nicht mal, ob es legal ist, da hochzuklettern.

«Jetzt müssen wir es auch zu Ende bringen», meint Liam.

«Ich werde mir alle Knochen brechen.»

Er schüttelt den Kopf. «Nein, werden Sie nicht. Ganz sicher. Ich bin ja da. Versprochen.»

«Super, jetzt fühle ich mich richtig sicher», entgegne ich sarkastisch. Die Situation ist so absurd, dass ich gar nicht anders kann, als zu lachen. Ich weiß nicht, ob es an irgendwelchen Endorphinen liegt, die das Fahren und die Geschwindigkeit gerade in mir ausgelöst haben und die mein Hirn vernebeln, aber ehe ich es genauer überdenke, löse ich die Abrissleine und stehe tatsächlich auf. Meine Beine sind wackelig. Selbst jetzt, wo ich mich keinen Zentimeter bewege, habe ich das Gefühl, dass der Jetski unter mir vibriert.

Liam zögert kurz, aber ich scheine so unbeholfen auszusehen, dass er mir die Hand reicht.

Fragend blicke ich zu ihm hinauf und bin bemüht, das Gleichgewicht zu halten. Und mindestens genauso damit beschäftigt, nicht spöttisch zu lachen. «Sehe ich so aus, als würde ich Hilfe brauchen?»

«Um ehrlich zu sein, ja. Sie sind nur zu stolz, um sie anzunehmen.»

Ich schnaube verächtlich und steige über den Jetski. Der Felsen ist verdammt hoch, aber ich schaffe es, drauf zu steigen. Kaum spüre ich jedoch den nassen Untergrund unter meinen Füßen, rutsche ich schon auf der nassen Oberfläche aus.

Liam fasst sofort nach meinem Arm und verhindert somit Schlimmeres. «Soll ich das jetzt kommentieren?»

«Nein.»

«Zwingen Sie mich nicht, mein Versprechen zu brechen.» Das sind seine letzten Worte, ehe er mich zu sich auf den Felsen zieht und wir die Klippen hochklettern.

Oben angekommen, stehen wir uns schweigend gegenüber. Meine Shorts sind mittlerweile komplett nass, auch mein Oberteil hat trotz der Weste schon einige Spritzer abbekommen, dafür sitzt meine Sonnenbrille immer noch in meinem Haar. Ich habe zwar keine Ahnung, was wir hier sollen, aber ich werfe immer wieder einen Blick über seine Schulter, wo sich der Himmel über dem Wasser ganz allmählich rosa verfärbt.

Liam starrt mich immer noch an und irgendwann wird es mir ganz unangenehm, dass er kein Wort mehr sagt. Weiß er überhaupt selbst, was er hier will?

«Schön hier», gebe ich zu und versuche meine Haare zu bändigen, die im Wind wehen.

Liam lächelt, als er mich beobachtet. «Wunderschön sogar.» Dann senkt er den Blick und neigt den Kopf. «Oh, fuck, die Jetskis ... Die Wellen sind mittlerweile unruhig und ich bin mir sicher, Sie möchten hier nicht mit mir festsitzen.»

Nee, eher nicht. Muss nicht unbedingt sein.

Liam steigt wieder die Klippen runter und es sieht ehrlich gesagt überaus leichtsinnig aus, wie schnell er sich auf der nassen Oberfläche bewegt. Er bindet die Jetskis aneinander und befestigt sie an einem Felsen. Als er wieder neben mir steht, deutet er mir an, an ihm vorbeizugehen und dann laufen wir zum Ende der Klippen. Liam lässt sich auf den Boden nieder und ich tue es ihm gleich. Wir sind weit oben, schätzungsweise drei Meter hoch. Die Sonne sitzt schon tief, obwohl es noch einige Zeit dauern wird, bis sie hinter dem Meer versinkt. Meine Füße baumeln über dem Abgrund, und die Wellen krachen immer wieder unter uns an die rauen Klippen. Ich bin froh, dass wir ein ganzes Stück von den anderen entfernt sind und uns keiner sieht. Das Adrenalin lässt mein Hirn wirklich nicht richtig funktionieren, und erst ganz allmählich realisiere ich, was ich hier gerade mache. Und mit wem. Es fällt mir schwer zu glauben, dass wir nach all dem hier zusammensitzen und diese wahnsinnige Aussicht haben.

«Miss Hale», sagt Liam irgendwann mit leiser Stimme und neigt den Kopf zur Seite, um mich anzusehen. Seine Augen haben wieder diesen Glanz, genau wie bei unserer ersten Begegnung am Schulanfang. «Ich muss mich bei Ihnen entschuldigen.» Ich kann regelrecht spüren, wie schwer es ihm fällt, diese Worte laut auszusprechen.

«Für was?» Bei meiner Antwort fehlt mir jegliche Kontrolle über meine Gesichtszüge.

Für welche der gefühlt tausend Sachen willst du dich jetzt genau entschuldigen, Liam?

Unweigerlich muss ich an unser Gespräch in der Küche denken.

Welchen Satz sagst du in einer Beziehung am meisten?

Es tut mir leid.

Und meinst du das auch so?

Nö.

Ich weiß nicht, ob Liam an das Gleiche denkt oder ob ihm die Situation gerade unangenehm ist, aber er schmunzelt leicht, als er sich verlegen durch seine Haare fährt. «Okay, die Liste ist lang, aber vor allem weil ich Sie bei uns zuhause so angegangen bin. Wissen Sie …», setzt Liam an, aber dann stockt er. «Es ist nicht immer einfach zu Hause. Mein Dad und ich haben nicht das beste Verhältnis und es nervt mich, dass er mir ständig sagen will, was ich zu tun habe. Ich mache dann prinzipiell das Gegenteil.» Liam seufzt und zieht ein Knie an. «Und dann hat er auch noch mit Ihnen über meine Mom gesprochen. Ich rede nicht gerne darüber, also will ich auch nicht, dass mein Dad darüber spricht. Das ist wirklich ein schwieriges Thema für mich und meine Nerven sind mit mir durchgegangen.» Liam sieht mich an und in seinem Blick liegt Ratlosigkeit, aber auch eine gewisse Unsicherheit. Es ist überraschend und unerwartet. Er hat mich noch nie so aufrichtig angeschaut, noch nicht mal als er bei mir zuhause saß. Es ist das, was noch übrigbleibt, wenn man nicht mehr von allen anderen Sachen abgelenkt ist. Kein Blinzeln, keine verschränkte Körperhaltung und kein abfälliger Tonfall. Keine Spielchen oder verwirrenden Antworten. Gerade wirkt Liam einfach nur echt und verletzlich. Aber es sind nicht nur seine Gestik und Mimik, die mich in diesem Moment so überraschen, sondern auch, dass er mir etwas so Privates von sich erzählt. Von sich aus, ganz ohne irgendwelche Aufforderungen oder Nachfragen. Völlig freiwillig, als wäre es etwas, was er tatsächlich loswerden will.

Er öffnet den Mund, dann schließt er ihn wieder und wendet den Blick ab, als hätte er es sich anders überlegt. Es dauert ein paar Sekunden, aber dann sieht er mich entschlossen an. «Darf ich Sie was fragen, Miss Hale?»

Ich nicke.

«Es ist persönlich», meint Liam und ich weiß nicht, ob es am Wind liegt, dass seine Stimme mit einem Mal ganz leise klingt. «Sie müssen nicht darauf antworten.»

«Okay.»

«Haben Sie mal jemanden verloren, der Ihnen wichtig war?»

Ich muss unweigerlich an Ben denken, aber natürlich ist der Schmerz, den ich damals durchlebt habe, nicht mal ansatzweise vergleichbar mit dem, den Liam empfunden haben muss. Niemals würde ich mich trauen, diese beiden Verluste gleichzusetzen, also schüttle ich den Kopf. «Nicht so wie du, nein.»

«Es ist schwer, wenn man den Menschen verliert, der einem am nächsten steht. Es macht irgendwas mit einem. Man denkt, dass man nie wieder glücklich wird.» Zum ersten Mal sieht Liam, der sonst so vor Selbstbewusstsein strotzt, hilflos aus.

«Und jetzt?», wage ich zu fragen. «Denkst du das immer noch?»

Eine ganze Weile schweigt Liam und ich bereue die direkte Frage bereits, aber dann macht sich ein müdes Lächeln auf seinem Gesicht breit und ich weiß, dass er es mir nicht übel nimmt. «Ich habe es jedenfalls sehr lange Zeit gedacht. Und so habe ich mich auch gefühlt.»

Seine Antwort lässt mich im Unklaren darüber, ob er wohl heute glücklich ist, wobei ich mir bei seinem nachdenklichen Blick gerade nicht sicher bin, ob er überhaupt selbst eine Antwort auf diese Frage hat. Und obwohl ich es gerne wissen würde, schlucke ich die Frage herunter, weil ich die Befürchtung habe, eine Grenze zu überschreiten. Eine Grenze, die bei Liam wieder zur Gegenwehr oder Verschlossenheit führt.

Stattdessen überlege ich, ob ich ihm sagen soll, wie leid es mir tut, dass er seine Mutter verloren hat. Oder dass ich hoffe, dass er eines Tages wieder glücklich ist. Andererseits muss man Selbstverständliches vielleicht nicht immer aussprechen, denn jeder Mensch, der ein Herz hat, würde ebenso denken.

«Dein Leben wird natürlich nie wieder so sein, wie es mal war», setze ich dann schließlich doch an und Liam, der zuvor noch gedankenverloren zum Horizont gestarrt hat, neigt den Kopf zu mir. «Es ist jetzt anders, weil da diese Lücke ist. Und die wird da auch immer bleiben. Aber das bedeutet nicht, dass du nicht mehr glücklich sein kannst. Ich glaube nicht, dass das Leben perfekt sein muss, um schön zu sein.»

Den letzten Satz hat Rebecca oft zu mir gesagt. In den frühen Phasen der Trauer versteht man ihn nicht, und vor einem Jahr hätte ich ihn auch nicht verstehen wollen, aber heute ergibt er für mich Sinn.

«Ja», sagt Liam schließlich gedehnt und seine gerunzelte Stirn verrät mir, dass er ernsthaft über meine Äußerung nachdenkt. «Ja, vielleicht haben Sie recht.»

Liam beobachtet mich und ich tue es ihm gleich, die Aussicht vor uns scheinen wir beide ausgeblendet zu haben. Tausend Fragen schwirren noch in meinem Kopf herum und nun wäre die Chance, sie loszuwerden. Nun sehe ich eine ganz andere Seite von ihm, eine, von der ich bis zuletzt unsicher war, ob sie bei ihm überhaupt existiert. Ich glaube nicht, dass ich je wieder einen Moment erleben darf, in dem sich Liam mir gegenüber so öffnet und mir mal einen Blick hinter seine hochgezogene Mauer gibt, die gerade einen Riss bekommen hat. Ich glaube sogar, dass sich dahinter viele Narben verstecken.

Was bleibt übrig, wenn man die Mauern wegzieht?

Mit einem Mal verschiebt sich mein gesamtes Bild von ihm in meinem Kopf. Er scheint zwei Gesichter zu haben. Einmal das, was ich gerade sehe – verletzlich, ein wenig unsicher – und dann sein übliches Getue in der Schule. Vielleicht steckt doch ein bisschen mehr hinter ihm als immer nur dieses arrogante und selbstgefällige Auftreten. Und vielleicht konnte ich schon damals, als er bei mir war und ich irgendwas in ihm gesehen habe, einen Blick hinter seine Mauern werfen. Und jetzt eben wieder. Gerade erkenne ich sehr viel von dem alten Liam, der am ersten Schultag bei mir in der Küche saß, zwischen peanut butter sandwiches, Teelicht ohne Licht und XXL-Pepsi-Bechern.

Ich weiß es nicht. Bei ihm ist das irgendwie schwer einzuschätzen.

«Wieso all das?», frage ich ihn schließlich mit zaghafter Stimme.

Auch wenn ich die Situationen nicht aufzähle, bin ich mir sehr sicher, dass er weiß, wovon ich spreche: Angefangen von unserer ersten Begegnung am Parkplatz, dass er später noch bei mir zuhause saß und seine offensichtlichen Annäherungsversuche, gefolgt von seinem Verhalten am nächsten Tag bis heute. Seine Provokationen, die gelangweilte Körperhaltung und jeden verachtenden Blick, den er mir seitdem zugeworfen hat, und mir so mehr als deutlich gezeigt hat, wie wenig er von mir hält.

Er lächelt wehmütig. «Das ist eine sehr lange Geschichte. Und die würde jetzt den Rahmen sprengen. Aber es ist vorbei. Ich bin nicht mehr der Feind, Miss Hale.»

«Ich verstehe es nicht, Liam. Ich habe dir nie etwas getan.»

«Ich weiß. Ich habe nicht nachgedacht und mich danebenbenommen. Das war ein Fehler. Es tut mir leid. Und dieses Mal meine ich es wirklich ernst.» Er sieht zum Horizont, vermutlich um mir nicht länger in die Augen blicken zu müssen. Ich wüsste zu gern, was er denkt, aber der Moment dafür ist schon wieder vorbei.

«Okay», gebe ich mich geschlagen. Mir ist klar, dass ich keine weiteren Antworten mehr bekommen werde. Jedenfalls nicht heute.

Liam nickt einige Male und lächelt mich schief an. Und endlich ist es mal ein echtes Lächeln. Nicht spöttisch oder von oben herab. «Gut. Das wollte ich Ihnen nur sagen.»

Damit ist eigentlich alles gesagt, aber er rührt sich nicht. Also sitzen wir noch einige Minuten zusammen, in denen niemand von uns ein weiteres Wort verliert, und das Einzige, was zu hören ist, ist das Brechen der Wellen unter unseren Füßen.

«Wie lange kannst du eigentlich alleine sein, bis du dich einsam fühlst?», frage ich ihn mit leiser Stimme.

Als Liam nach einigen Sekunden immer noch nicht antwortet, neige ich meinen Kopf und werfe ihm einen Seitenblick zu. Ein müdes Lächeln umspielt seine Lippen. «Wie kommen Sie jetzt darauf?»

«Ich habe mich gerade nur gefragt, ob es hinter deinen hochgezogenen Mauern nicht manchmal ein wenig einsam ist.»

Er bleibt mir eine Antwort schuldig, als er stattdessen nach einem Steinchen greift und es vor uns ins Wasser wirft. Ein Schatten liegt auf seinem Gesicht und der Ausdruck in seinen Augen verändert sich. Während sie sonst funkeln, wirken sie jetzt resigniert und niedergeschlagen.

«Sie kennen ja die Spielregeln. Keine Gegenfragen.»

Ja, Liam weiß genau, auf welche Situation ich anspiele und dass er mir die gleiche Frage beim Speeddating gestellt hat.

Als ich die Hoffnung aufgebe, noch eine Antwort zu erhalten, schaue ich wieder nach vorne aufs Meer. Auch wenn es ein toller Anblick ist, stehe ich irgendwann auf. Liam sieht fragend zu mir, dann steht er ebenfalls auf.

«Sie kommen nie zu den Spielen», meint Liam plötzlich, als wir zurück zu den Jetskis gehen.

Ich habe keine Ahnung, wovon er spricht. «Zu welchen Spielen?»

Seine Mundwinkel heben sich und enthüllen seine weißen Zähne. «Zu den American-Football-Spielen unseres Schulteams.»

«Ähm …» Ja, er hat recht. Meistens mache ich zu der Zeit mit Zoey einen Beautyabend oder Yoga. Das ist schon fast zur Tradition geworden, während Maya, Aaron und Gramps zu jedem Spiel latschen. Mit einem Mal habe ich fast ein schlechtes Gewissen, weil ich selbst weiß, dass man die Schulteams besser unterstützen sollte. Zoey sagt jedoch immer, es merkt eh keiner, ob wir da sind oder nicht, weil sich alle nur auf den Sport konzentrieren. Aber anscheinend hat sie sich getäuscht.

«Kommen Sie zum nächsten Spiel am Freitag?», will Liam wissen, ohne mir die Gelegenheit zu geben, mein Verhalten zu rechtfertigen. «Viele Lehrer kommen.»

«Ich weiß nicht», stammle ich etwas unbeholfen. Was sind das denn auf einmal für Fragen?

Dann verlangsamt er seinen Schritt, ehe er vollständig stehen bleibt, und mich anschaut. Seine Arme verschränkt er hinterm Rücken und es sieht irgendwie so aus, als wüsste er nicht, wohin damit. Liam schnalzt mit der Zunge und formuliert seine Frage um. «Können Sie zum Spiel kommen? Es wäre mir wichtig.»

Nach den letzten Wochen verspüre ich trotz seiner Entschuldigung von eben noch immer ein gewisses Misstrauen ihm gegenüber. Und ich glaube, es wird auch noch ein wenig dauern, bis ich das abgelegt habe. Ich kann gar nicht anders, als mich zu fragen, ob er nicht irgendwelche Hintergedanken hat.

«Es ist dir wichtig?», wiederhole ich seine Worte noch einmal.

Er nickt, ohne auch nur eine Sekunde wegzuschauen. Sein Blick ist genauso intensiv wie sonst auch. «Ja, es ist mir wichtig. Sehr wichtig sogar.»

Ich stemme die Hände in die Hüften und drehe mein Gesicht zum Wind, der meine Haare ganz durcheinanderwirbelt. «Was soll das hier alles? Gehört das auch noch zu deiner Entschuldigung?»

«Mehr als das.» Ich kann förmlich spüren, wie viel Mühe und Überwindung es Liam kostet, diesen Satz auszusprechen. «Ich weiß, ich bin wirklich nicht gut in diesem Entschuldigungsding. Ich mache es dafür viel zu selten, aber ich will einfach, dass Sie sehen, dass ich es ernst meine.»

Aus dem Augenwinkel nehme ich wahr, dass er mich abwartend ansieht, während ich auf das Meer starre, das seltsam still daliegt. Das könnte wirklich die Ruhe vor dem Sturm sein. Vor mir steht schließlich immer noch Liam. Liam, der mich am ersten Tag bewusst hinters Licht geführt hat, um mich am nächsten Tag in eine furchtbar missliche Situation zu bringen. Das könnte alles Teil seines Plans sein.

Sie gewinnen vielleicht diese Schlacht, aber nicht den Krieg. Den gewinne ich. Denken Sie an meine Worte.

Sie wollen Krieg? Den können Sie haben …

Ich merke, dass ich ihm noch so misstraue, obwohl ich gerade eine ganz andere Seite an ihm kennengelernt habe. Mir ist bewusst, was für einen Schritt er jetzt auf mich zugekommen ist und dass ihm das nach all den letzten Wochen sicherlich nicht leichtgefallen ist.

Schließlich nicke ich. «Okay.» Auch wenn es eigentlich nur ein Spiel des Schulteams ist, bei dem Zoey und ich sowieso öfter anwesend sein sollten, fühlt es sich nicht danach an.

Es fühlt sich nach viel mehr an. So, als würde ich ein Zeichen setzen.

«Aber wenn ich da bin, muss dein Team auch gewinnen», setze ich mit einem Zwinkern nach, als wir weitergehen.

«Holy Shit ...», murmelt er belustigt.

«Hm?»

«Das ist das letzte Spiel der Saison. Es geht um die Meisterschaft.» Ein kleines Lächeln huscht über Liams Gesicht. Mit seinem Finger tippt er sich kurz auf die Brust, dann zeigt er auf mich. «Aber wir werden gewinnen. Ich verspreche es Ihnen, Miss Hale.»

«Das ist dann ein sehr großes Versprechen.»

«Ich weiß. Und ich gebe nur Versprechen, die ich halten kann.»

«Auf welcher Position spielst du?»

«Ich bin Quarterback.»

Ich nicke und werfe ihm einen fragenden Blick zu. «Und ... Bist du gut?»

Er zuckt mit den Schultern. «Geht.»

Liam ist eindeutig um eine Versöhnung bemüht. Hätte ich ihn das im Unterricht gefragt, umgeben von seinen Mitschülern, würde er nicht so tiefstapeln. Irgendwie besänftigt mich das und ich muss lachen. «Sei nicht so bescheiden. Natürlich bist du gut. Du musst gut sein, wenn dich so viele Teams verpflichten wollen.»

Seine ernste Fassade bricht nun auch und er grinst. «In Ordnung, ich bin ganz okay.» Er hält inne, dann fragt er mich mit fester Stimme: «Miss Hale, darf ich Sie nochmal was fragen?» Diese Fragerei scheint genau Liams Ding zu sein. Nur mit dem Antworten hat er es nicht so.

«Meinetwegen.»

«Es ist wieder persönlich», warnt Liam mich vor.

Ich kann gar nicht anders, als schmunzelnd die Augen zu verdrehen. «Das kenne ich ja mittlerweile von dir.»

Sein Grinsen ist verschwunden und mich beschleicht das Gefühl, dass er ein ernstes Thema anschneiden wird. «Sie haben doch letztens ... Also, als Sie letztens in Ihrem Klassenzimmer geweint haben, das war doch nicht meinetwegen, oder?», stammelt er.

«Liam ...», unterbreche ich ihn und wende den Blick ab.

«Ihr Jahresvorsatz ...», rutscht es ihm dann allen Ernstes raus. Es herrscht eine seltsame Stille zwischen uns. Seine weit aufgerissenen Augen verraten mir, dass wir uns beide wünschen, dass er das Thema nicht angeschnitten hätte. Keiner von uns will mehr an diesen Abend denken und jeder hat dafür eigene Gründe.

«Ach, Liam», setze ich schließlich an, um diese angespannte Stille zu unterbrechen. Ich übergehe seinen Kommentar einfach und er sieht darüber irgendwie erleichtert und dankbar aus. «Meinst du wirklich, du schaffst es, mich zum Weinen zu bringen?»

«Ich hoffe nicht. Es war nur direkt nach dem Gespräch mit Jeremy und mir. Deswegen dachte ich mir, ich hätte den Bogen dieses Mal überspannt und ...»

«Nein», schüttle ich den Kopf. «Es war nicht deinetwegen.»

Ein besorgter Ausdruck tritt in sein Gesicht und er senkt die Stimme zu einem Flüstern, als er mich unvermittelt fragt: «Ist denn alles wieder ... okay?»

«Alles okay.» Dann gehe ich weiter in Richtung der Jetskis.

Als wir an den Felsen angekommen sind, stehen wir uns wieder genauso unschlüssig gegenüber, wie ein paar Minuten zuvor.

«Glauben Sie an zweite Chancen?», fragt er mich geradeheraus.

Ich zucke etwas unschlüssig mit den Schultern. «Ich glaube daran, dass Menschen sich ändern können, wenn sie es wirklich wollen.»

Liam nickt und ich weiß nicht, ob er noch auf einen weiteren Satz von mir wartet, oder warum er mich einfach nur schweigend anstarrt. «Miss Hale, wir hatten nicht den besten Start», meint Liam schließlich nach kurzem Zögern.

Stille.

Ja, das könnte man durchaus so sagen.

Er reicht mir die Hand. «Wir könnten nochmal von vorne anfangen ... Frieden?»

Einige Sekunden starre ich auf seine ausgestreckte Hand. Das wollte ich. Genau diesen Waffenstillstand. Jetzt ist er da und es ist so erleichternd für mich, dass ich es kaum glauben kann. Möglicherweise liegt es aber auch einfach an meinem Misstrauen ihm gegenüber.

«Frieden.»

Liam lächelt mich fast schon erleichtert an, als ich seine Hand ergreife und er mir auf den Jetski hilft.

«Liam Hunt, du bist ein Mensch voller Widersprüche», murmle ich nachdenklich, während er die Jetskis wieder von dem Felsen bindet.

Einen Moment sieht er mich irritiert an. «Ist das so? Schauen Sie nur genauer hin. Vielleicht bin ich dann gar nicht mehr so widersprüchlich. Ich bin sicher, Sie lösen das Rätsel.»

Am liebsten würde ich ihm sagen, dass ich das schon seit dem ersten Tag versuche, aber ich kommentiere es nicht weiter.

Liam befestigt die Abrissleine an meiner Weste und dann starte ich den Motor.

«Bereit?», will er wissen.

«Für was? Um dich endlich mal gewinnen zu lassen?»

Er lacht nur auf, aber lässt sich zu keiner Antwort hinreißen. Stattdessen springt er innerhalb einer Sekunde auf meinen Jetski und ehe ich überhaupt realisiere, was passiert, sitzt er auch schon hinter mir. Sein Arm streift meinen, als er an mir vorbei greift und das Gas betätigt. Ich spüre seinen Oberkörper am Rücken und wir rasen über die Wellen.

«Liam!», rufe ich atemlos. «Was machst du da?»

Trotz der Schwimmweste merke ich Liams lautes Lachen, das regelrecht an meinem Rücken vibriert. «Na, dem Ding mal richtig einheizen!»

Und das tut er im wahrsten Sinne des Wortes. Das Wasser spritzt an meine Füße, an meine Oberschenkel, an meine Arme, in mein Gesicht, in meine Haare. Innerhalb kürzester

Zeit bin ich klitschnass, aber Liam denkt gar nicht daran, abzubremsen. Stattdessen schießt der Tacho nach oben.

Wir sind noch gar nicht weit von den Klippen entfernt, als es passiert.

Meine Sonnenbrille löst sich aus meinem Haar und fällt ins Wasser. Liam bemerkt es sofort und lässt das Gas los, aber es ist schon zu spät. Ich könnte noch nicht mal die genaue Stelle benennen, wo sie ins Wasser gefallen ist. Hier sieht schließlich alles gleich aus.

«Oh, Shit, Shit, Shit», murmelt er entschuldigend und fährt ein Stück zurück. «Sorry!»

Noch während der Jetski langsamer wird, steht Liam auf, streift seine Schwimmweste ab und springt ins eiskalte Wasser. Es geht so schnell, dass ich noch nicht mal die Chance habe, ihm zu sagen, es einfach gut sein zu lassen. Unruhig rutsche ich auf meinem Platz herum und es kommt mir vor, als wäre er schon verdammt lange unter Wasser.

Hilflos blicke ich auf die Wasseroberfläche, als er endlich auftaucht.

«Sorry, die ist weg. Die finde ich niemals mehr», erklärt Liam mir, während er sich seine nassen Haare aus dem Gesicht streicht. «Jetzt habe ich mein Versprechen doch halb gebrochen. Kein Wunder, dass Sie mir nicht vertrauen.»

Er steigt mit einer Leichtigkeit und Schnelligkeit auf den Jetski, dass ich völlig überrumpelt bin, als plötzlich sein T-Shirt an seinem Körper klebt und sich seine Bauchmuskeln abzeichnen. Ich muss sofort daran denken, wie ich ihn damals auf dem Parkplatz angestarrt habe, und reiße meinen Kopf so schnell nach vorne, dass ich ein heißes Ziehen im Nacken spüre. Ich weiß nicht warum, aber mir ist plötzlich unglaublich warm, und ich war noch nie so froh, völlig durchnässt zu sein. Hoffentlich habe ich ihn jetzt nicht wieder so angestarrt. Ich habe das Gefühl, mein ganzer Kopf ist rot. Gut, dass Liam das nicht sieht, weil er hinter mir ist.

«Ist nicht schlimm», erkläre ich ihm und zum Glück klingt meine Stimme sicherer, als ich mich in diesem Moment fühle.

«Ich besorge Ihnen eine neue», sagt Liam, als er sich wieder hinter mich setzt. Er rutscht noch ein Stück näher und es kommt mir so vor, als würde ich seinen Atem an meinem Ohr spüren, als er sich nach vorne lehnt. Ich glaube, er ist mir viel näher, als er eigentlich dürfte, und ich spüre die kalten Wassertropfen an meinem Körper.

Wie mechanisch schüttle ich den Kopf. «Nein, brauchst du nicht», presse ich noch so eben hervor. «Alles gut.»

«Noch eine Runde?», fragt Liam mich ganz locker, als wäre das hier das Normalste der Welt. Vielleicht dramatisiere ich die Situation auch einfach. Wir fahren schließlich nur Jetski.

Ich nicke nur auf seine Frage, unfähig, irgendeine Antwort zu formulieren. Dann räuspere ich mich und denke krampfhaft an was anderes. «Ist das überhaupt legal, was wir hier machen?»

«Keine Sorge, ich wandere für uns beide in den Knast.»

«Oder boxen dich die besten Anwälte des Landes raus?»

«Die Hauptsache ist doch, dass es für Sie kein Risiko ist.» Auch wenn ich ihn nicht ansehe, weiß ich, dass er gerade grinst. Dann gibt er wieder Gas und innerhalb weniger Sekunden sind wir bei 62 km/h. Das ist schon sehr schnell, obwohl es sich wieder so anfühlt, als wären wir doppelt so schnell unterwegs. Er fährt eine Kurve und plötzlich komme ich mir vor wie in einer Achterbahn auf Schienen. «Geht es Ihnen gut?», fragt er mich. Immer wieder habe ich das Gefühl, wir würden kurz abheben und der Jetski fliegt durch die Luft. Keine Ahnung, ob das wirklich so ist, aber es fühlt sich unglaublich an und jedes Mal habe ich dieses Bauchkribbeln.

«Ja, aber wir fliegen hier gleich runter!», rufe ich ihm gegen den Wind zu. Es ist sehr laut um uns herum. Ich weiß nicht, was hier so laut ist. Der Wind, die Wellen oder mein Herz in der Brust, das wahnsinnig schnell schlägt.

«Nein. Ich bin da und habe das alles unter Kontrolle», höre ich Liam.

Ja, besser wär's …

Er rückt noch ein Stück näher zu mir heran, während er noch mehr beschleunigt. Ich traue mich gar nicht mehr, auf den Tacho zu schauen, aber dann tue ich es doch. 84 km/h.

Holy crap, ich hatte keine Ahnung, wie schnell diese Teile werden können, aber trotzdem fühle ich mich sicher. Zum ersten Mal bin ich entspannt und kann die Fahrt noch viel mehr genießen als vorhin, als ich alleine gefahren bin. Es ist irgendwie absurd, wenn ich darüber nachdenke, dass ich Liam hierfür vertrauen muss, aber irgendwas beruhigt mich gerade an ihm. Vielleicht, weil er Jetskifahren wirklich zu beherrschen scheint.

Ich drehe meinen Kopf und schaue auf die Wellen, die der Jetski hinterlässt. Dann sehe ich zu Liam. Meine Haare flattern ihm immer wieder ins Gesicht. Für eine Sekunde lässt er das Wasser aus den Augen und als sich unsere Blicke treffen, lächelt er mich an. Fast schon ein wenig verlegen, genau wie am ersten Tag in seinem Cadillac Escalade.

«Festhalten, jetzt wird es nochmal richtig schnell», warnt Liam mich mit belegter Stimme vor und dann schießt der Tacho ins Unermessliche. Wir sind tatsächlich bei 107 km/h.

Meine Klamotten kleben an mir, der Wind wird lauter und ist so stark, dass meine Augen tränen, das Wasser schlägt immer wieder gegen unsere Körper und obwohl ich nicht mal selbst fahre, bin ich völlig erschöpft und erledigt. In meinem Körper wird alles Mögliche freigesetzt, von Adrenalin bis hin zu Glückshormonen, und in mir herrscht Chaos. Und trotz all dem ist es ein toller Moment. Wir sind die einzigen Menschen hier draußen, ganz weit entfernt vom Strandabschnitt, und ich habe das Gefühl, das ganze Meer gehört uns. Und das tut es in diesem Moment irgendwie auch.

Irgendwann steuert Liam wieder auf die Klippen zu und bremst dann vor seinem Jetski ab. Mit einem sicheren Schritt steigt er auf sein Fahrzeug und befestigt die Abrissleine. Dann macht er eine Verbeugung. «Vielen Dank für die Fahrt, Miss Hale. Dann bringe ich Sie mal sicher zu unserem Startpunkt zurück.»

Er gibt Gas, aber dieses Mal ganz gemächlich, und wir fahren zurück zum Strandabschnitt, wo ich auch bereits Jeremy, Kane und Daniel sehe. Und weiter hinten sitzen auch Zoey, Maya, Aaron und Gramps.

Wir sind viel zu schnell wieder in der Realität und ehrlich gesagt bin ich dafür noch gar nicht bereit. Ich bin fast wie benebelt, was am Jetski liegen muss.

«Wow, ihr seid ja beide komplett durchnässt», ruft Kane lachend, als wir vor ihnen zum Stehen kommen. Wie auf Kommando meldet sich jetzt auch der Tank des Jetskis, der nachgefüllt werden muss, was mich nicht wirklich wundert.

«Tja, wer trocken vom Wasser kommt, hatte keinen Spaß», entgegnet Liam. Er ist bereits abgestiegen und wirft mir einen Blick zu, als würde er sich versichern, dass ich es auch heil vom Jetski schaffe und mir nicht auf den letzten Metern die Knochen breche.

Als ich wieder am Strand stehe, fahre ich mit den Fußspitzen durch den feuchten Sand. Daniel fragt mich irgendwas, aber ich schaue über meine Schulter zu Liam, der jedoch nur beschwichtigend die Hände hebt, als Jeremy ihm einen vielsagenden Blick zuwirft und wie wild mit den Armen gestikuliert.

«Miss Hale?», fragt Daniel mich mit zusammengekniffenen Augenbrauen.

«Was?»

«Ich habe gefragt, ob Sie gerade dort hinten so übers Meer gedüst sind oder Liam?»

Ich räuspere mich. Auch wenn ich es überhaupt nicht will, muss ich bei der Erinnerung lächeln. «Oh, das war Liam.»

Wir haben darüber zwar nicht gesprochen, aber ihm wird hoffentlich klar sein, dass das zwischen uns bleiben sollte. Da kann er mir gleich mal zeigen, wie ernst ihm seine gelobte Besserung ist.

Liam erscheint an meiner Seite. «Miss Hale hat sich aber auch sehr gut geschlagen. Seien Sie nicht so bescheiden.»

Ich ziehe die Weste aus und drücke sie ihm in die Hand. «Vielen Dank dafür.»

«Für die Weste?» Er zwinkert mir zu.

«Genau. Danke für die Weste. So was wollte ich schon immer mal tragen.»

«Ich habe zu danken.» Wieder macht Liam diese Verbeugung, was Kane und Daniel zum Grinsen bringt. Nur Jeremy beobachtet es völlig ausdruckslos und ich will in diesem Moment gar nicht genau wissen, was er denkt. Plötzlich will ich weg von hier, also winke ich schnell zum Abschied und laufe zu den anderen.

«Ihr wart ja ewig unterwegs!», ist das Erste, was Aaron sagt, als ich fast bei ihnen angekommen bin. Irgendwie klingt er vorwurfsvoll, aber das wird meine gute Laune nicht ruinieren.

Zoey hingegen lacht genauso sorglos auf wie sonst auch und zeigt wieder ihre Zahnlücke. «Und du bist so nass! Was habt ihr denn gemacht?»

Ratlos hebe ich die Hände. «Tja, wer trocken vom Wasser kommt, hatte keinen Spaß», zitiere ich Liam. Ich werfe einen letzten Blick über meine Schulter zu ihm. Er steht dort genauso wie vorhin und seine Augen ruhen immer noch auf mir, während die anderen drei schon mit irgendetwas anderem beschäftigt sind.

***

65 Tage vorher

«Also, steht unser Date übermorgen noch?», fragt Liam mich in seinem gewohnt lockeren Tonfall am nächsten Mittwoch. Der Gong hat vor einigen Minuten die Stunde beendet und anders als sonst ist Liam der letzte Schüler in meinem Klassenraum. Der allerletzte. Sonst verlässt er entweder zusammen mit Amber das Zimmer, oder mit Jeremy, Daniel und Kane.

Langsam hebe ich meinen Blick von seinen Händen, mit denen Liam das Pult umfasst, während er sich dagegen lehnt. Und da ist es wieder. Dieses Grinsen, das wieder seinen abgebrochenen Eckzahn zeigt. Er scheint sehr gut darin zu sein, seine andere Seite zu verstecken, die er mir für eine Minute bei den Klippen gezeigt hat. Ich glaube, ihm ist gar nicht bewusst, wie viel sympathischer er damit wäre. In der Schule wirkt Liam wie ein anderer Mensch, auch wenn er aufgehört hat, mir diese abwertenden Blicke zuzuwerfen und mittlerweile auch mal etwas aufrechter sitzt. Selbst zum Unterricht erscheint er pünktlich und die Türen knallt er jedenfalls nicht mehr ganz so laut zu. Überhaupt ist die Stimmung zwischen uns viel lockerer seit unserem Gespräch am Wochenende. Ich hoffe, dass das so bleibt und er nicht wieder in alte Muster verfällt.

Ich verstehe seine Anspielung, aber alles in mir sträubt sich, auf sein Spielchen einzugehen. Fragend hebe ich eine Augenbraue und lege die Stirn in Falten, als hätte ich keine Ahnung, was er meint. «Was für ein Date?»

Sein Grinsen wird noch breiter und natürlich lässt er sich durch meine Gegenfrage nicht verunsichern. Ja, er mag diese Spielchen eindeutig. «Übermorgen Abend. American Football. Und ich hole Ihnen den Sieg. Das war der Deal.»

«Das war der Deal, aber das ist kein Date», korrigiere ich ihn.

Er hebt beschwichtigend die Hände. «Okay, meinetwegen. Ich wollte es nur für die Dramatik so verpacken. Ich dachte, Sie mögen Dramatik. Das predigen Sie doch ständig im Unterricht. Dramatik, Dramatik, Dramatik …»

Liam imitiert mich so treffend mit einem gewissen Charme, dass ich gar nicht anders kann, als zu schmunzeln und meinen Stift hinzulegen. Und ich will auch gar nicht leugnen, dass ich überrascht bin, dass er im Unterricht doch mehr aufpasst, als ich gedacht habe.

«Okay, was gibt's?» Ohne Grund ist er nicht immer noch hier, obwohl es schon längst geklingelt hat.

Er legt den Kopf schief und lächelt mich an, dann lässt er seinen Rucksack von seiner Schulter gleiten und durchsucht ihn. Ohne zu zögern legt er mir eine kleine Box auf den Tisch. «Das gibt's.»

«Was ist da drin? Eine Bombe?»

Liam streift sich den Rucksack wieder über eine Schulter und zuckt nur knapp mit den Schultern. «Legen Sie es doch drauf an und öffnen Sie die Box. Trauen Sie sich oder nicht?»

Ich seufze einmal tief und ziehe die Schachtel zu mir, dann öffne ich sie. Ich bin so überrascht, dass ich Liam mit offenem Mund anstarre, während sich auf seinem Gesicht ein lockeres Grinsen breitmacht. So viel Aufmerksamkeit habe ich ihm gar nicht zugetraut.

Nein, das geht nicht. Sofort schüttle ich den Kopf und verschließe sie wieder. «Liam …»

Ich schiebe die Box wieder herüber, aber er ist genauso schnell und hält mit seinen Fingern bereits dagegen. «Bitte, nehmen Sie es einfach an. Es hat lange gedauert, ein ähnliches

Modell zu finden. Ich glaube, die Version Ihrer Ray Ban Brille wird nicht mehr produziert. Kann das sein?»

Wieder schüttle ich nur eindringlich den Kopf. Auf seine Frage gehe ich noch nicht mal ein. «Nein. Das geht nicht.»

Er hebt fragend die Hände, ohne mich auch nur eine Sekunde aus den Augen zu lassen. «Warum?»

«Ich darf nicht.»

«Wie bitte?»

«Ich darf nicht. Könnte man als Bestechung auslegen. Geschenke von Schülern an Lehrer sind immer so eine Sache.» Ich lege die Hände auf den Tisch und verschränke meine Finger miteinander.

Liam beugt sich ein Stück zu mir herunter und schiebt mir die Schachtel wieder entgegen. Sturkopf. Er seufzt laut auf, was mehr wie ein Stöhnen klingt. «Miss Hale, ich bitte Sie. Das kann jetzt nicht Ihr Ernst sein.»

Ich lächle schwach. «Ich danke dir, Liam. Wirklich. Ich weiß das zu schätzen, aber es geht nicht.»

Er blickt auf die Box, die ich gerade wieder zu ihm herübergeschoben habe. Dann sieht er mich amüsiert an. «Bestechung? Ernsthaft? Mit so einer billigen Brille?»

«Die war nicht billig», entgegne ich und klinge fast schon etwas beleidigt. Ich lehne mich nach hinten und verschränke die Arme vor der Brust. «Selbst im Sale hat sie noch knapp $100 gekostet.»

«Ja», sagt Liam gedehnt. «Billig, sag ich doch.» Er zwinkert mir zu, um es als Witz zu verkaufen, aber ich glaube, es ist sein voller Ernst. Die Hamptons halt. «Okay, wenn Sie die Sonnenbrille nicht von mir annehmen wollen, weil Sie das in Schwierigkeiten bringen kann, muss ich das akzeptieren. Aber ich schulde Ihnen was.»

«Nein, wir sind quitt. Du schuldest mir gar nichts.»

«Wie Sie meinen», sagt Liam. Er lässt die Box wieder in seinem Rucksack verschwinden und geht zur Tür. Ich widme meine Aufmerksamkeit wieder dem vor mir liegenden Essay, als die Tür ins Schloss fällt.

Ich zucke regelrecht zusammen, als ich plötzlich Liams leise Stimme höre.

«Wissen Sie, ich werde bald 18», erklärt er mir und lehnt sich mit verschränkten Armen an die geschlossene Tür.

Die Situation ist so bizarr, dass ich auf einmal laut lache und meinen Kopf auf meiner Hand abstütze. «Wieso sagst du mir das jetzt?»

«Sie wissen genau, warum ich Ihnen das sage. Weil ich Ihnen was schulde. Vielleicht könnten wir …»

«Nein», unterbreche ich ihn sofort und schüttle eindringlich den Kopf. «An was auch immer du gerade denkst … Vergiss es.»

«Sie wissen doch gar nicht, was ich sagen wollte», entgegnet er mit einem Grinsen.

Entschieden hebe ich die Hände. «Egal, was du sagen wolltest … Ein Satz, der schon so anfängt, kann nie gut enden.»

Liam sieht mich immer noch belustigt an und es ist offensichtlich, dass ihm dieses Wortgefecht Spaß macht. Seine Mundwinkel zucken amüsiert. «Wieso? Sie sollen mich ja nicht heiraten, sondern nur mit mir zum Dinner ausgehen. Als Entschuldigung für Ihre Sonnenbrille, die jetzt zwischen irgendwelchen hässlichen Algen am Meeresgrund liegt.»

«Nein. Keine Sonnenbrille, kein Dinner. Wir sind quitt.»

Er hat die Hand schon wieder am Türgriff und nickt, wenn auch etwas widerwillig. «In Ordnung. Dann ist der Sieg morgen Abend wohl das Mindeste.»

«Nervös?»

«Ja. Ausnahmsweise schon», gibt er ohne zu zögern zu. «Es geht schließlich um Einiges. Um die Meisterschaft und um mein Wort. Und ich weiß gerade nicht, was mir wichtiger ist.»

Ich lächle ihn an und er öffnet die Tür, dann schließt er sie wieder. Obwohl er ein ganzes Stück von mir entfernt steht, höre ich sein tiefes Seufzen. «Miss Hale, zwischen uns ist doch alles wieder gut, oder?» Er klingt richtig besorgt, als wäre es ihm wichtig, dass die Wogen zwischen uns geglättet sind.

«Es ist alles gut. Ich bin nicht nachtragend», erkläre ich ihm und lehne mich zurück. Nachdenklich fahre ich mit meinem Finger über den Rotstift, der neben meinem Etui liegt. «Aber ich vergesse auch nichts.»

Liam nickt einige Male, ehe er wieder die Tür öffnet und den Raum verlässt.

***

63 Tage vorher

Zoey greift nicht zum ersten Mal heute in meine XXL-Tüte Popcorn. Sie zieht ihre Hand zurück und das Popcorn verteilt sich über unsere Beine. Ohne mit der Wimper zu zucken, stopft sie sich den Rest in den Mund. «Dein Popcorn schmeckt so viel besser als meins.» Zoey raschelt mit ihrer Tüte und hält sie mir fragend unter die Nase, aber ich stupse ihre Hand lachend zur Seite. «Welche Sorte hast du genommen?»

«Karamellisiert.»

«Das habe ich jetzt davon, wenn ich nie etwas Neues ausprobiere. Ein Hoch auf die Langweiler.» Wieder greift sie in meine Tüte und ich genieße die Aussicht von der Tribüne auf das Spielfeld. Im Hintergrund geht bereits die Sonne unter und die rosa gefärbten Wolken erinnern mich eher an ein Abendrot im Sommer als an einen kühlen Herbstabend, wie wir ihn heute haben. Die Tribünen füllen sich immer mehr und es dürften mittlerweile bereits einige hundert Zuschauer hier sein.

Ich zupfe an meiner Basecap, die das Logo unseres Sportteams zeigt, und die Zoey und ich selbstverständlich im Partnerlook tragen. Genau genommen ist es aber nicht nur ein Partnerlook, denn jeder Zuschauer trägt solch eine Cap mit einer der beiden Mannschaften.

Auch wenn ich es nicht laut ausspreche, bereue ich es gerade ein wenig, dass Zoey und ich nicht schon eher zu den American-Football-Spielen gegangen sind. Die Atmosphäre hat etwas so Besonderes, dass sie sogar mich als Nicht-Fan erreicht. Sie ist ausgelassen, weil sich jeder auf das Spiel freut, gleichzeitig merke ich auch eine unterschwellige Anspannung, weil natürlich jeder hofft, sein Team gewinnen zu sehen. Auch in der Schule war ein Ausnahmezustand. Mrs. Graham hat nicht nur das Lehrerzimmer mit Fahnen des Schulteams schmücken lassen, sondern ebenso die Flure und den Eingang. Auch der Unterricht hat frühzeitig geendet.

Die Spieler der East Springs High School tragen ihre schwarz-roten Trikots, dazu verschiedene Schoner, Helme und einen Mundschutz. Gerade wärmen sie sich auf dem Spielfeld auf und am Rand steht ein kleines Mädchen, das eine riesige Sieben auf ihrem viel zu großen Trikot trägt. Es ist Jeremys Nummer und es muss sich bei ihr um seine Schwester handeln, weil sowohl Jeremy als auch Liam vorhin bei ihr standen und Späße mit ihr gemacht haben.

«Wetten, du warst auch mal Cheerleaderin, Nicky? Du siehst schon so aus. Wenn ich mir eine Cheerleaderin vorstelle, würde ich sie so beschreiben wie dich», meint Zoey mit vollem Mund und sieht mich fragend an.

Misstrauisch ziehe ich die Augenbrauen zusammen. «Soll das ein Kompliment sein?»

«Na klar», meint Zoey und nickt eifrig. «Die sind doch immer hübsch. Also, warst du eine?»

«Ja, war ich tatsächlich, aber nur ein Jahr als Freshman.» Dann habe ich natürlich wieder aufgegeben.

«Und, hattest du was mit einem Spieler?», will Zoey wissen.

«Wieso sollte ich?»

«Das ist doch das absolute Klischee: Spieler und Cheerleader. Also, bring doch mal Licht ins Dunkel», lacht sie und zeigt mir wieder ihre hübsche Zahnlücke. Es ist das erste Mal, dass Aaron neben mir von seinem Smartphone aufblickt. Das absurde Gespräch scheint wohl langsam sein Interesse zu wecken. Witzig, dass Männer gerade bei solchen Themen hellhörig werden.

Ich schüttle betont langsam den Kopf. «Ich muss dich enttäuschen, Zoey. Ich hatte nie was mit einem Spieler.»

Aaron blickt wieder mit grimmiger Miene auf sein Handy. Maya und Gramps haben sich vor einigen Minuten verzogen und gesagt, sie besorgen weitere Getränke, aber ich glaube, sie sind vor Aaron geflüchtet. Er hat heute wahnsinnig schlechte Laune. Die ganze Zeit sitzt er nur stillschweigend auf seinem Platz und redet so gut wie kein Wort mit uns. Wenn er nicht gedankenverloren durch die Gegend starrt, checkt er wieder sein Smartphone. Und was mich am meisten nervt, ist, dass er ständig die Augen rollt. Nicht bei uns, aber wenn er Gesprächsfetzen von anderen Zuschauern mitbekommt. Ich sehe jedoch darüber hinweg, weil mit seiner Freundin Schluss ist. Sie haben sich vorgestern getrennt und am liebsten würde ich ihn mit meiner guten Laune ablenken und auf andere Gedanken bringen. Aber ich glaube, er will einfach nur in Ruhe das Spiel ansehen und nicht angesprochen werden. Es wundert mich sowieso, dass er überhaupt hier ist. Ich hätte mich an seiner Stelle wahrscheinlich zu Hause verkrochen, aber ich glaube, es ist ein Trugschluss, zu denken, dass jedem eine Trennung so wehtut und den Halt unter den Füßen wegreißt, wie es bei Ben und mir war.

Maya und Gramps kommen zurück und quetschen sich zwischen den Reihen zu uns durch, dann lassen sich beide synchron auf ihre Plätze fallen und seufzen so laut, dass ich es sogar über die Lautstärke der Zuschauer höre. Gramps riecht wieder nach Zigaretten und mir ist klar, dass sie irgendwo rauchen waren.

Immer wieder blicke ich mich in den Zuschauerrängen um. Ich sehe hier so viele Eltern, aber einer scheint zu fehlen: Liams Vater John. Vorhin stand Liam bei Jeremys Eltern. Ich erinnere mich noch, dass Liam mal gesagt hat, dass sein Dad nicht glücklich mit seinem Sport ist, aber dass der Vater den eigenen Sohn an so einem wichtigen Tag nicht unterstützt, finde ich traurig. Es scheint schon fast eine Art Boykott zu sein.

Warme Finger berühren meinen Unterarm.

«Ich würde gerne mal was mit dir besprechen, Nicky», meint Aaron und verstaut sein Handy in der Hosentasche. Das ist der erste Satz, den er heute nach der Begrüßung zu mir sagt, und ich kann gar nicht anders, als überrascht zu lächeln.

«Okay.»

«Im Dezember gehe ich mit den Seniors auf Stufenfahrt und ...»

Ich unterbreche ihn und winke sofort ab. «Ja, klar. Kann ich machen.»

Kurz hält Aaron inne. «Was?»

«Blumen gießen. Darum geht es doch, oder?»

Zoey lacht laut neben mir auf und hat sich das karamellisierte Popcorn mittlerweile auf ihrem Schoß platziert. «Oh, er hat keine Blumen. Ich befürchte, die würden bei ihm keine Woche überleben. Aaron, ist bei dir nicht sogar mal ein Kaktus vertrocknet?»

Eigentlich würde Aaron wenigstens leicht schmunzeln über solch einen Kommentar, aber nicht heute. Heute ist alles anders. Er quittiert das nur mit einem Augenrollen. «Also, die Stufenfahrt ist jedenfalls nur ein Wochenende und … Eigentlich sollte Anya mitkommen, aber die ist bis dahin hochschwanger und deswegen habe ich die Seniors gefragt, wen sie gerne als Lehrerin dabei haben wollen. Und sie haben sich für dich entschieden.»

Ich warte darauf, dass er es als Scherz auflöst, aber seine Miene ist immer noch völlig ernst. Irgendwann, als Aaron die Augenbrauen zusammenzieht, frage ich verwundert: «Für mich?»

Er nickt. «Ja, ziemlich einstimmig sogar. Und natürlich fände ich es auch besser, wenn du mitkommst, statt Michelle, die auf Platz 2 gelandet ist.»

«Ich weiß nicht», stammle ich und greife in die Popcorntüte auf Zoeys Schoß, um Zeit zu schinden. Aaron sieht mich abwartend an und ich kaue betont langsam. «Was muss ich denn da machen?»

«Nicht viel. Es ist schon alles organisiert. Die Seniors müssen da ein Projekt für die Schule machen. Wir beide machen nur die Aufsicht und ein paar Aktivitäten in der Freizeit mit denen. Nichts Besonderes, aber es könnte lustig werden. Eigentlich wollte Gramps mitfahren, aber Mrs. Graham will unbedingt, dass die zweite Lehrkraft weiblich ist.»

Zoey nickt eifrig und ihr kurzer Zopf wippt dabei auf und ab. «Das hat Maya letztes Jahr auch gemacht. Sie meinte, es war total witzig. Okay, es war wohl auch sehr anstrengend, weil die Seniors nachts aufgedreht haben, aber trotzdem.»

«Ich schicke dir morgen mal ein paar Infos», schlägt Aaron mir vor.

«Okay. Ich überlege es mir.»

Aarons Mundwinkel zucken ganz leicht und mit viel Phantasie könnte es möglicherweise ein entschuldigendes Lächeln sein. «Eigentlich habe ich schon für dich zugesagt. Ich bin davon ausgegangen, dass du mich nicht hängen lässt, aber ich kann das auch nochmal umwerfen.»

«Oh … Okay. Gut, dann fahre ich wohl mit.»

«Sorry», sagt er und zuckt unschlüssig mit den Schultern.

Ich lächle ihn an. «Nein, ist okay. Ich hätte sowieso zugesagt.»

«Perfekt», nickt Aaron begeistert. «Das wird super. Will jemand noch einen Hot Dog? Nachos? Ich spendiere eine Runde.»

Die zwei Mannschaften scheinen mit dem Aufwärmen fertig zu sein, und versammeln sich nun in der Mitte des Spielfelds, um gleich die Nationalhymne zu singen.

Aaron quetscht sich durch die Reihen, um noch die letzten Dinge zu besorgen. Kaum ist er weg, hebt Zoey den Finger, als hätte sie einen genialen Einfall. «Oh, Nicky, ich muss dir noch was geben. Fast hätte ich es vergessen!» Sie bückt sich und durchsucht ihre Tasche, die irgendwo auf dem Boden liegt. Als sie sich wieder aufrichtet, drückt sie mir etwas in die Hand. «Hier, das hat Liam mir gegeben. Er meinte, du hast das bei der Aufsicht liegen lassen. Manchmal hat er anscheinend auch echt seine guten Seiten, oder?»

Ich muss schmunzeln, als ich die Box wiedererkenne. Auch ohne sie zu öffnen, weiß ich, dass sich darin die Ray Ban befindet. Und ich muss auch ein kleines bisschen schmunzeln über Liams Hartnäckigkeit. Mit einem Lächeln verstaue ich die Box in meiner Tasche.

«Ja, die hat er», murmle ich als Antwort, mehr an mich als an Zoey gerichtet.

*

Irgendwann ist das Spiel dann kurz vor dem Start und ich weiß selbst nicht, warum ich so aufgeregt bin, aber ich bin es. Es ist fast so, als müsste ich selbst spielen. Gramps hat verdammt gute Plätze für uns organisiert und wir haben die perfekte Sicht von der Untertribüne. Die Spieler werden alle namentlich angekündigt und laufen aufs Feld. Die Reihe hinter mir scheint mit der kompletten Mannschaft vertraut zu sein, denn sie schreien die verschiedenen Namen aus voller Kehle mit. Es ist ein wahnsinnig lauter Applaus bei jedem einzelnen Spieler und ich bin überwältigt, dass unser Team dermaßen unterstützt wird. Ich bin richtig stolz und ich wette, das sieht man mir auch an. Meine Mundwinkel tun schon weh vom ständigen Grinsen, dabei hat das Spiel noch nicht mal angefangen.

Und der Kommentator brüllt auch schon irgendwas ins Mikrofon. All das blende ich jedoch aus. Meine ganze Aufmerksamkeit liegt auf Liam, der immer wieder auf die Ränge schaut. Es sieht fast so aus, als würde er gezielt nach jemandem suchen und ich frage mich, ob er nach seinem Dad Ausschau hält.

Dann beginnt endlich das Spiel und es herrscht von der ersten Sekunde an ein unglaublicher Geräuschpegel. Um uns herum wird geschrien und gejubelt. Die Atmosphäre ist so geladen, dass ich mich davon mitreißen lasse, obwohl ich nicht mit allen American-Football-Regeln vertraut bin.

«Wow, ziemlich cool hier, oder?», schreit mir Zoey irgendwann ins Ohr und strahlt mich an. «Ich bin total froh, dass du mich überredet hast, mitzugehen!»

Es ist ein sehr ausgeglichenes und spannendes Spiel, was mir die Anzeigetafel bestätigt und ich glaube, Zoey hat schon jeden einzelnen Fingernagel abgeknabbert. Immer wieder schreien die Leute, pfeifen, jubeln, manchmal auch alles zusammen. Der arme Kerl hinter mir ist schon ganz heiser.

Ich würde es Liam so wünschen, dass sein Team gewinnt. Nicht, weil er es mir versprochen hat, sondern weil es eine tolle Anerkennung ist für die Leistung, die das Team bringt und die ganze Schule stolz macht. Jeder hier ist stolz. Ich kann es an den Gesichtern der Zuschauer ablesen.

Die Spieler rempeln sich gegenseitig an und es sieht alles sehr ruppig und brutal aus. Die Nerven scheinen allmählich blank zu liegen, denn die Zeit ist fast abgelaufen. Wir liegen einen Punkt zurück, als Liam von Jeremy den Ball zugespielt bekommt. Mein Herz bleibt regelrecht stehen, als die Spieler des Gegenteams auf ihn zurennen. Wieder ein einziger Haufen schubsender Typen, aber Liam schafft es irgendwie, an ihnen vorbeizuziehen. Er läuft los, ist unglaublich schnell und dann wirft er sich mit einem riesigen Sprung in die gegnerische Endzone.

Im Stadion bricht ein ohrenbetäubender Applaus aus, die Leute rasten förmlich aus und von allen Seiten fliegt irgendwas durch die Ränge, egal, ob Hot Dogs, Nachos oder Pappbecher.

Es gibt kein Halten mehr und jeder, der jetzt noch saß, springt auf und jubelt mit. Mit Zoey hüpfe ich zusammen vor Freude herum und selbst Aaron scheint seine Antipathie gegenüber Liam in diesem Moment vergessen zu haben und stimmt mit ein.

«TOUCHDOWN!», höre ich Gramps schreien, obwohl er gar nicht neben mir steht. Die Zeit ist abgelaufen. «Das war's! Fuck, wir haben gewonnen!»

Liam läuft an den Spielfeldrand und Jeremy ist der Erste, der auf ihn zustürmt. Er springt regelrecht auf Liam drauf und dann kommen auch andere Spieler. Liam hält dem ganzen Gespringe und Geschubse stand, er blickt mit einem breiten Grinsen auf die Tribüne und sucht wieder die Ränge ab. Er deutet auf seine Brust, dann zeigt er in meine Richtung. Es ist genau die gleiche Geste, die er schon an den Klippen gemacht hat, als er mir den Sieg seines Teams versprochen hat und langsam zweifle ich daran, dass es sich hier um Zufall handelt. Ich glaube eher, dass die Geste ganz bewusst mir gewidmet ist. Das rührt mich irgendwie. Sowas hat noch nicht mal Ben für mich gemacht.

«LIAM HUNT!», schreit der Kommentator ins Mikrofon, um seinen Namen von der Menge ebenfalls durchrufen zu lassen, und ich habe wirklich Gänsehaut. Am ganzen Körper. Die Menschen im Stadion feiern ihn und das gesamte Team, während Liam immer noch in meine Richtung sieht. Er strahlt über das ganze Gesicht und auf der großen Anzeigetafel kann ich ihm die Erleichterung regelrecht ansehen. Und ich bin mir sicher, dass er weiß, wie stolz ich in diesem Moment auf ihn bin.

*

Nach dem Spiel herrscht so ein Durcheinander, dass Zoey und ich die anderen verloren haben, aber in weiser Voraussicht haben wir bereits vor dem Spiel einen Treffpunkt ausgemacht und warten jetzt dort auf sie. Aber wir stehen hier schon einige Zeit, ohne dass Aaron, Maya und Gramps in Sicht sind. Mittlerweile ist es schon spät am Abend, denn das Spiel ging durch die ganzen Unterbrechungen wahnsinnig lange.

«Ich glaube, wir stehen hier falsch», vermutet Zoey irgendwann und zieht ihr Smartphone hervor. «Ich rufe mal bei Maya an. Auf meine WhatsApp-Nachrichten reagiert sie nicht.» Sie geht ein Stück zur Seite, als würde der Lärm da weniger zu hören sein, und schreit ins Telefon.

Währenddessen kommt Liam auf mich zu und ich sehe schon von Weitem sein triumphierendes Grinsen. Anfangs fand ich es jedes Mal arrogant und überheblich, und wahrscheinlich ist es das immer noch, aber mittlerweile kenne ich eben auch seine andere Seite.

Am liebsten würde ich ihn umarmen, weil ich so stolz auf ihn bin, aber ich halte mich zurück und reiche ihm die Hand, während ich ihn anlächele. Er ist der Einzige, dem ich seit Spielende noch nicht begegnet bin, und ich frage mich, was er die ganze Zeit gemacht hat. Liam trägt immer noch sein Trikot mit der Nummer 13 – seine Lieblingszahl, wie ich ja bereits weiß – und ist noch nicht geduscht. Ein wenig Schweiß läuft an seiner Schläfe herunter.

Déjà-vu. Es erinnert mich unweigerlich an unsere allererste Begegnung vor dem Sekretariat, als er verschwitzt vor mir stand und die Sportklamotten an seinen Bauchmuskeln geklebt haben.

«Glückwunsch, Liam. Ich glaube, ihr hättet die Saison nicht besser beenden können. Ich bin total stolz auf dich und dein Team.»

Seine warme Hand schließt sich um meine. «Danke. Das bedeutet mir sehr viel. Schön, dass Sie da waren, Miss Hale. Der letzte Treffer war für Sie. Weil ich es Ihnen versprochen habe, dass unser Team gewinnt. Und, wie gesagt, ich halte meine Versprechen. Haben Sie meine Geste gesehen?» Wieder deutet er auf seine Brust, dann zeigt er auf mich.

Ja, seine Geste war nach dem entscheidenden Touchdown nicht zu übersehen. Die anderen konnten es natürlich nicht zuordnen, aber meine Wangen glühen jetzt schon wieder, wenn ich daran zurückdenke. Etwas verlegen erwidere ich sein Lächeln. «Ja, habe ich. Natürlich. Danke.»

Danke? Habe ich mich gerade ernsthaft bedankt? Macht man das überhaupt? Ich habe keine Ahnung, was ich von mir gebe. Es kommt mir vor, als würden die Worte so in der Luft hängen, und ich spreche einfach meine Gedanken aus, um überhaupt etwas zu sagen: «Gibt es auch was, das du nicht kannst?»

Am liebsten würde ich die Augen rollen. Da wäre das Schweigen doch besser gewesen … Meine Kommentare waren auch schon mal geistreicher.

Liam zieht die Augenbrauen zusammen und die Ahnungslosigkeit ist ihm ins Gesicht geschrieben. Er hat keine Ahnung, wovon ich rede, und um ganz ehrlich zu sein, so wirklich weiß ich das auch nicht. «Bitte?»

«Na ja … Jetski, American Football, Eliteunis wollen dich haben, Sandwich-Making …»

«Ach …» Liam winkt schmunzelnd ab und als er einen Blick auf meine Basecap wirft, grinst er mich an. «Steht Ihnen.» Erst jetzt realisiere ich, dass er immer noch meine Hand hält. Ich will sie ihm entziehen, aber er verstärkt den Griff. «Was steht heute noch bei Ihnen an?»

Ich bin zuerst etwas irritiert über seine Frage, aber er schaut mich so neugierig an, dass er sie tatsächlich ernst zu meinen scheint. Ratlos zucke ich mit den Schultern und sehe mich nach den anderen um. «Ich weiß es ehrlich gesagt noch gar nicht.» Jetzt endlich sehe ich Aaron, der mit einem Spieler des gegnerischen Footballteams an der Ecke steht und winkt, als er mich sieht.

Liam folgt meinem Blick und nickt einige Male, dann lässt er meine Hand los. Er will gerade etwas sagen, als ein Mädchen neben uns auftaucht und Liam in die Arme springt. Wieder bin ich irritiert, noch mehr als über seine unverblümte Frage über meine Pläne für den Rest des Abends, und ich bin noch viel irritierter, als er sie zu sich heranzieht und einen flüchtigen Kuss auf ihren Scheitel drückt.

Das ist nicht Amber. Nein, das ist Sydney. Eine Cheerleaderin. Heute ist definitiv alles anders.

«Du bedienst das Klischee», rutscht es mir heraus, weil ich sofort an das Gespräch mit Zoey auf der Tribüne denken muss.

«Wie?» Liam wirft mir einen fragenden Blick zu. Ich kann nur hoffen, dass er mich akustisch nicht verstanden hat.

«Nichts. Gar nichts», lächle ich ihn an und nicke dann Sydney zu.

Es dauert eine ganze Weile, bis das Bild vor mir Sinn macht. Zwei Dinge weiß ich plötzlich: Erstens, wo Liam gerade war – und mit wem er dort war –, und zweitens, warum Amber gestern im Unterricht angefangen hat zu heulen. Nein, nicht ein paar Tränen, sondern sie hat richtig geschluchzt und ihre Augen waren bereits zu Beginn der Stunde rot geschwollen. Vor ihr auf dem Tisch lag ein riesengroßer Berg zusammengeknüllter Taschentücher und jede Menge leere Packungen. Irgendwann habe ich sie mit einer Freundin vor die Tür geschickt, damit sie sich beruhigen kann.

Ich habe noch nicht mal mitbekommen, dass Liam von Amber getrennt ist, und er hat schon wieder eine Neue. Heilige Scheiße, ist das mies. Ich finde es selbst als Außenstehende schon mies, aber wie muss Amber sich erst fühlen? Kein Wunder, dass ich sie heute hier nicht gesehen habe. Sie tut mir leid.

«Liam, du bist so toll», strahlt Sydney ihn an, als sie zu ihm aufblickt. Ihre Augen funkeln ihn leidenschaftlich an und es wundert mich, dass sie keine Herzform annehmen.

Ich weiß nicht, wann ich mich zuletzt so unwohl gefühlt habe. Als wäre es falsch, dass ich diesen Moment miterlebe, weil er zu privat ist.

«Ja, danke», erwidert Liam knapp und umfasst ihre Schultern. «Gibst du mir noch kurz Zeit, Sydney? Ich habe gerade mit Miss Hale über meinen Essay gesprochen.»

Ach ja? Haben wir das? Hab' ich wohl verpasst …

Sydney verdreht nur genervt die Augen und zeigt ihm damit unmissverständlich, was sie von seinem Vorschlag hält. «Du denkst doch jetzt nicht ernsthaft an Schule?»

«Komm schon, zwei Minuten.» Er schenkt ihr ein Lächeln und seine sonst so markanten Gesichtszüge werden dadurch viel weicher. Liam spielt nicht fair. Er weiß genau, was er damit für eine Wirkung auf Sydney hat und es wundert mich nicht, dass sich ihre zusammengekniffenen Augenbrauen entspannen und sie schließlich nickt. Und, ja, ich gebe es zu, auch ich wäre als Schülerin bei diesem einnehmenden Lachen schwach geworden. Ich hätte mich genauso von ihm blenden lassen und am Ende hätte er mein Herz zerfetzt, genau wie Ben es getan hat. Dennoch bleibt mein Blick an Liams abgebrochenem Eckzahn hängen, der bei jedem anderen als Makel gelten würde, aber bei ihm nur sein Lachen unterstreicht.

Ich wünschte, er würde mich auch mal so anlächeln.

Verdammt.

Habe ich das gerade wirklich gedacht? Obwohl ich weiß, dass keiner meine Gedanken hören kann, wird mir mit einem Schlag unglaublich warm und ich senke den Blick.

Scheiße. Heilige Scheiße. Das hätte ich niemals denken dürfen. Er ist noch nicht mal 18. Ja, im realen Leben wäre es in New York nicht illegal und es würde niemanden interessieren, dass er 17 Jahre ist und ich 22, weil er bereits das *Legal Age* erreicht hat. Aber er ist mein Schüler! Irgendwas ist halt immer …

Ich will an etwas anderes denken, aber mir fällt nichts ein. Stattdessen lächle ich Sydney übertrieben nett an, aber sie rümpft nur die Nase und wirft mir einen abwertenden Blick zu. Wenn ich es nicht besser wüsste, würde ich denken, sie hat meine Gedanken doch gehört.

Sie seufzt und schüttelt an seiner Hand, die mit ihrer verschränkt ist. «Aber beeil dich. Es ist Freitagabend, Liam, und wir haben noch einiges vor.»

Und dann zwinkert sie ihm verschwörerisch zu.

Okay, das ist wirklich zu viel. Zu viele Informationen. Mir wird mit einem Mal noch viel wärmer, weil ich versuche, nicht laut loszulachen. Keine Ahnung, ob Liam das genauso unangenehm ist wie mir, oder ob er anzüglich grinst. Ich traue mich nicht, ihn anzuschauen, sondern sehe mich peinlich berührt nach Zoey um. Wo ist sie eigentlich? Aber sie steht nicht mehr dort, wo sie vor einer Minute noch telefoniert hat.

Eine Hand berührt mich oberhalb meines Steißbeins und ich entscheide bereits jetzt, dass diese Person für den Rest meines Lebens in meiner Schuld stehen wird, weil sie mich aus dieser misslichen Lage rettet. Dann schaue ich in Aarons hellblaue Augen, der mich anlächelt und Liam dann mit hochgezogenen Augenbrauen mustert. Er legt mir freundschaftlich einen Arm um die Schultern. Passend zum sportlichen Anlass trage ich flache Schuhe und so fühle ich mich noch kleiner, als ich ohnehin schon immer neben Aaron bin. Zum ersten Mal am heutigen Abend scheint seine Laune besser zu sein, aber das ist auch kein Wunder, nachdem wir dieses tolle Spiel gesehen haben. «Genialer Touchdown, Liam. Glückwunsch. Ich hätte aber auch mal wieder Lust auf Baseball. Auf einen Home Run. Ich bin sicher, du verstehst, was ich meine.»

Sydney redet bereits mit einer Freundin und zerrt ungeduldig an Liams Hand, um ihn von uns wegzuziehen, aber er bewegt sich kein Stück. Stattdessen presst er die Lippen zu einer dünnen Linie zusammen und seine Kiefermuskeln sind angespannt, während er immer noch Aaron fixiert und seine dunkelgrünen Augen verärgert blitzen. Die nächsten Worte spuckt er regelrecht aus. «Ich wünsche Ihnen noch einen schönen Abend, Miss Hale. Und passen Sie auf sich auf.»

Er dreht sich abrupt um und streift dabei nicht gerade sanft Sydneys Hand ab. «Ich muss jetzt erst mal duschen.» Dann dreht er sich um und verschwindet mit angespannten Schultern in der Menge. Sydney läuft ihm hinterher und wirft mir über die Schulter einen bitterbösen Blick zu, als könnte ich etwas dafür, dass Liam sie stehen gelassen hat. Dabei habe ich genauso wenig eine Ahnung wie sie, was jetzt wieder sein Problem ist.

«Also, noch ein Abstecher ins Duke's?», fragt mich Aaron mit einem Zwinkern. «Ich könnte mal wieder drei Portionen Chicken Wings essen. Und was ist mit dir? Cinderella-Cocktail? Oder heute lieber Alice-im-Wunderland?»

November

42 Tage vorher

«Fährst du zu Thanksgiving denn auch nach Hause, Nicky?», fragt mich Aaron im betont gelassenen Tonfall, während er das Auto abrupt abbremst. Ich reiße meinen Blick vom Fenster los, wo die vertrauten Straßen New Yorks an mir vorbeiziehen. Irgendwo hupt ein Auto und Aaron schaut sich fragend um und ich kann gar nicht anders, als zu schmunzeln, weil ihn der Straßenverkehr in New York City offensichtlich überfordert.

Es grenzt auch wirklich an Wahnsinn, dass wir zu dieser Tageszeit keine öffentlichen Verkehrsmittel nehmen, sondern mit dem Wagen durch das Zentrum fahren. Das wäre selbst für mich als New Yorkerin eine kleine Herausforderung gewesen, aber Aaron hat meine Einwände heruntergespielt und nun sitze ich zusammen mit Zoey auf der Rückbank, während Aaron mit beiden Händen fest das Lenkrad umklammert und Gramps in Dauerschleife *Natural* von Imagine Dragons abspielt. Ich weiß nicht, ob ich es überlebe, den Song zum gefühlt hundertsten Mal während der letzten drei Stunden zu hören, während Gramps völlig selbstsicher und falsch mitsingt.

«Ja, ich fahre direkt nach dem letzten Schultag», rufe ich regelrecht gegen die Musik an, in der Hoffnung, dass Gramps sie wieder etwas leiser stellt, was er dann auch endlich macht.

«Habt ihr besondere Traditionen? Geht ihr Elche jagen, wie Zoey mit ihrer Familie in Kanada?» Aaron lacht laut auf und Gramps stimmt mit ein, wohingegen Zoey nur die Augen verdreht.

«Immer diese Kanada-Klischees», murmelt sie, doch ich kann sehen, wie ihre Mundwinkel zucken. Sie lehnt sich nach vorne und trommelt mit den Fingern auf den Sitz vor ihr. «Was macht ihr denn, Aaron? Wieder ein Kürbiskuchen-Wettessen mit der ganzen Familie?»

Aaron zwinkert ihr im Rückspiegel zu. «Na, klar. Aber erst nach dem Truthahn. Letztes Jahr hat mein Bruder Damian gewonnen, aber dieses Jahr streiche ich den Sieg ein. Kommt deine Schwester aus Paris nach Hause, Nicky?»

Ich nicke begeistert. «Yeah. Und ich kann es kaum erwarten, sie wiederzusehen.»

«Du siehst deine Familie dann zum ersten Mal wieder, seit du in den Hamptons lebst, oder?», will Gramps wissen und wirft mir über die Schulter einen Blick zu.

«Ja, genau.»

Auf Gramps' Gesicht macht sich ein amüsiertes Grinsen breit. «Was die wohl sagen würden, wenn wir jetzt mit all den charmanten Seniors im Gepäck vor deren Tür auftauchen und das Mittagessen crashen?»

«Das testen wir besser nicht», bremse ich seine Idee sofort aus.

«Deine Eltern vermissen dich bestimmt.»

«Die zwei Wochen werden sie wohl noch aushalten. Ich bin schließlich nur beruflich hier. Nicht zum Spaß.»

«Beruflich, aha», wiederholt Gramps gedehnt. «Wie genau sieht denn überhaupt der berufliche Ablauf heute aus? Ich habe mich bei der Planung für den Ausflug mit den Seniors ja eher zurückgehalten.»

Aaron wirft einen Blick auf die Uhr und gibt Gas. «In 40 Minuten treffen wir uns mit den Seniors am Grand Central Terminal. Rechnen wir eher mit einer Stunde, weil die meisten Seniors keine Ahnung haben werden, wo sie ihre Autos parken können.»

Ja, wir hätten mit dem Zug anreisen sollen. Ich habe es nicht nur einmal vorgeschlagen, aber Aaron und Gramps haben nur amüsiert den Kopf geneigt und gefragt, ob ich wirklich ernsthaft glaube, dass die Seniors für einen Schulausflug in den Zug steigen.

Gramps zieht aus seinem Rucksack einen zerknitterten Zettel heraus. Er entfaltet ihn und neben den Kekskrümeln, die sich jetzt in Aarons Auto verteilen, entgeht mir nicht der große Kaffeefleck am unteren Rand. Notdürftig streicht er den Zettel einmal glatt, aber er sieht noch genauso verknittert aus wie vorher. Als Zoey neben mir kurz schnaubt, weiß ich, dass sie es auch gesehen hat.

«Okay, zuerst gehen wir zusammen ins MoMA.» Am liebsten würde ich laut aufstöhnen, weil ich das Museum of Modern Art buchstäblich hasse. Ich weiß nicht, wie oft mich Becks dort hingeschleppt hat, aber ich kann dem Ganzen nichts abgewinnen. Natürlich spreche ich es nicht laut aus, weil ich nicht der Kulturbanause unter uns sein will, aber ich bezweifle, dass die anderen davon begeisterter sind als ich. Irgendwie freue ich mich schon auf Liams gelangweilte Blicke. «Und dann ist laut Planung freier Aufenthalt in New York», erklärt Gramps mit Blick auf den Zettel. «Wir treffen uns erst später wieder für das Musical am Broadway. Und wer Lust hat, trifft sich vorher mit uns am Empire State Building für den Sonnenuntergang. Ist das so richtig?»

«Ja», entgegnet Zoey und entreißt Gramps den Zettel aus den Händen, um selbst einen Blick drauf zu werfen.

«Kommt ihr auch zum Empire State?», fragt Aaron und lässt die Fensterscheibe herunter, um ein Ticket für das Parkhaus zu ziehen.

«Vielleicht», geben Zoey und ich zeitgleich zurück.

«Was? Wieso? Sind wir da etwa möglicherweise alleine mit den Seniors?»

«Nicky und ich gehen nach dem MoMA erstmal den besten Cheesecake aus ganz New York essen und dann müssen wir shoppen. Ihr wisst schon, berufliche Verpflichtung und so.»

*

Wir sind wie im Rausch. Ich kann es nicht anders ausdrücken. Zuerst war mir nach der Trennung von Ben jede Lust aufs Shoppen vergangen, dann hatte ich Angst, ihm und Madison über den Weg zu laufen. Und seit ich in den Hamptons lebe, weiß ich sowieso nicht, wo man dort in meiner Preiskategorie einkaufen gehen kann, ohne das Konto zu überziehen. Aber jetzt gerade, wo ich mit meinen Fingern über all die verschiedenen Klamotten streiche, kommt es mir so vor, als hätte ich die ganze Zeit vergessen, wie toll es ist, in einen Laden zu gehen und Klamotten anzuprobieren. Zu meiner Verteidigung muss ich aber auch gestehen, dass ich nicht wusste, was Zoey für eine tolle Shoppingpartnerin ist.

Wir befördern unseren Enthusiasmus gegenseitig auf ein neues Level, indem wir dem anderen jedes Mal neue Sachen zeigen. Und Zoey ist unglaublich geduldig und immer, wenn wir etwas entdecken, erhellt sich ihre Miene. Sie hat sogar einer Frau einen Rock aus dem Korb geklaut, weil er der letzte in meiner Größe war und sie fand, dass er mir viel besser stünde.

«Wow, schau dir diese Stiefel an», fordere ich Zoey auf, die gerade eine wunderschöne grüne Bluse in ihrem überquellenden Einkaufskorb verstaut.

Sie zerrt mir die dunkelroten Wildlederstiefel aus der Hand und betrachtet sie eingehend.

«Oh. Mein. Gott», betont Zoey jedes einzelne Wort und ihre Stimme klingt abgehackt. Sie reißt den Mund auf und sieht beeindruckt aus. «Die musst du nehmen. Oder wenigstens anprobieren.»

«Aber ich ...», setze ich an, während ich einen hilflosen Blick auf meinen vollen Korb werfe, aber sie legt die Stiefel einfach oben drauf.

«Komm schon, Nicky. Man gönnt sich doch sonst nichts.»

Ich atme einmal tief durch und ehe ich es genauer abwägen kann, spreche ich meine Gedanken laut aus. «Okay, wir machen jetzt einen Deal. Wenigstens ein Teil aus diesem Korb wird am Ende jeder von uns mit nach Hause nehmen.»

Zoeys Augen leuchten regelrecht auf. «Super Idee. Das wird zwar ein teurer Deal, weil es mir jetzt schon vor meiner Kreditkartenabrechnung graut, aber egal.»

«Dafür gehen wir schließlich arbeiten», versuche ich unser schlechtes Gewissen zu beruhigen.

«Erst Shoppen macht das Leben doch richtig lebenswert, oder?», fragt Zoey feierlich mit einem Lachen.

Ich zwinkere ihr einmal zu, während wir unseren Weg Richtung Umkleide ansteuern. «Ich bin mir sogar sehr sicher, dass das mal irgendein griechischer Philosoph gesagt hat.»

Zoey sieht mit einem etwas wehmütigen Blick von ihrem Korb auf. «Vielleicht sollten wir lieber sagen, dass jede von uns zwei Teile nimmt?»

Nachdenklich runzle ich die Stirn und kann ihr den Wunsch kaum abschlagen, aber ich glaube, bei zwei Teilen müssen wir beide möglicherweise einen Kredit aufnehmen.

Zoey scheint nach kurzer Überlegung das Gleiche zu denken und zeigt mir wieder ihre Zahnlücke. «Vielleicht bleiben wir doch vernünftig und nehmen nur ein Teil.»

Vor den Umkleidekabinen hat sich eine lange Schlange gebildet und so kommen wir nach ein paar Minuten auf die glorreiche Idee, uns in eine Umkleidekabine auf der Männeretage zu schleichen, wo noch mehr als genug frei ist.

Kurz danach streiche ich noch ein letztes Mal über das schwarze Etuikleid, dann reiße ich die Tür auf, weil ich kaum erwarten kann, es Zoey zu zeigen. Sie hat es für mich entdeckt und ich war zuerst etwas skeptisch, weil ich die Befürchtung hatte, das Schwarz würde mich jetzt, wo die Sommerbräune mittlerweile verblasst ist, mit den blonden Haaren blass aussehen lassen. Aber jetzt finde ich, dass es das Blau meiner Augen erst recht zur Geltung bringt.

Als ich jedoch aus der Umkleide spähe, ist Zoey weit und breit nicht in Sicht. Stattdessen sitzt Liam genau gegenüber meiner Kabine. Er lehnt sich nach vorne und tippt gelangweilt auf seinem Handy herum, dann hebt er den Blick. Er reißt die Augen ein Stück auf und hält in seiner Bewegung inne. Schweigend starren wir uns einige Sekunden an und ich glaube, keiner von uns kann fassen, dass wir uns hier tatsächlich begegnen.

«Liam!», sage ich und klinge genauso fassungslos, wie ich mich fühle. Ich weiß nicht, warum ich plötzlich auch noch so vorwurfsvoll klinge, denn er darf dieses Einkaufszentrum genauso betreten wie ich. «Was machst du denn hier?»

New York ist so verdammt groß und ausgerechnet wir begegnen uns dann trotzdem. Vor einer Umkleidekabine.

Es dauert noch eine weitere Sekunde, bis Liam sich endlich aus seiner Schockstarre löst, dann lässt er sein Handy in der Hosentasche verschwinden. Er greift nach seiner schwarzen Jacke, die neben ihm liegt, und legt sie sich über den Schoß.

«Miss ... Miss Hale», stottert er. Er schließt kurz die Augen und schüttelt den Kopf, dann scheint er sich wieder gefangen zu haben und redet mit fester Stimme weiter. «Ich warte auf Jeremy. Der will was anprobieren, aber ich habe mich hier schon mal hingesetzt.» Liam zuckt ratlos mit den Schultern und deutet auf die anderen Kabinen. «Sind Sie alleine hier?»

Ich stemme die Hände in die Hüften, weil ich keine Ahnung habe, was ich sonst mit ihnen machen soll. Am liebsten würde ich einfach die Tür schließen, um nicht länger so vor ihm zu stehen, aber ich will auch nicht unhöflich sein. «Nein. Mit Miss Anderson. Ich wollte ihre Meinung hören.»

Er legt den Kopf schief. «Nehmen Sie beides.»

«Was?»

«Nehmen Sie sowohl die Schuhe als auch das Kleid. Steht Ihnen beides.»

Meine Wangen fangen an zu glühen und ich streiche etwas verlegen über mein Etuikleid. Beeindruckend, dass ich den Preis von $299 bisher so erfolgreich ignorieren konnte. Irgendwie war Shoppen auch schon mal billiger. Ich will weder wissen, was wohl diese hübschen Wildlederstiefel kosten, noch was für ein Ausdruck gerade auf meinem Gesicht liegt. Auch wenn ich meinen Blick immer noch abwende, habe ich das Gefühl, Liam wartet auf eine Antwort von mir. «Willst du dir mit deinem Kompliment Pluspunkte auf meiner Sympathieskala erschleichen?»

«Miss Hale, wir wissen beide, dass meine Sympathieskala bei Ihnen relativ schnell im dreistelligen Minusbereich war. Nein, das ist einfach die Wahrheit. Warten Sie ab, was Miss Anderson sagen wird.»

Ich verschränke die Arme vor der Brust und lehne mich an die Umkleide. «Wieso bist du nicht auf dem Empire State Building? Die meisten Seniors sind jetzt dort und schauen sich den Sonnenuntergang an.»

«Lohnt sich das?» Der monotone Tonfall seiner Stimme zeigt mir, dass er die Frage aus reiner Höflichkeit stellt. Es interessiert ihn in keiner Weise und ich frage mich, wie viele beeindruckende Dinge er wohl in seinem Leben schon gesehen haben muss, dass ihn das Empire State beim Sonnenuntergang so kalt lässt. Oder möglicherweise hat er es noch nie gesehen und hat keinerlei Ahnung, was er gerade verpasst. Ich kann es nicht einschätzen. Wie so oft bei Liam.

Fast schon etwas trotzig nicke ich. «Auf jeden Fall. Selbst ich als waschechte New Yorkerin finde es immer noch einen der schönsten Anblicke.»

Liam schmunzelt leicht, als er sich nach vorne lehnt und durch seine Haare wuschelt, und ich frage mich unweigerlich, was er daran schon wieder so amüsant findet. «Das Allerschönste an New York gibt es woanders zu sehen.» Ich weiß nicht, ob er einfach zu leise spricht oder ob es daran liegt, dass er den Kopf abgewandt hat und auf den Boden starrt, aber ich verstehe ihn kaum. Ich bin mir nicht mal sicher, ob der Satz überhaupt bei mir ankommen sollte, aber jetzt bin ich definitiv neugierig, was er meint.

«Ja? Was ist das denn?»

Liam setzt sich auf und blinzelt einige Male. «Was?»

«Wovon redest du?», wiederhole ich meine Frage. «Was gefällt dir am besten in New York?»

Seine grünen Augen huschen unruhig hin und her und ohne Zögern sagt er: «Golden Gate Bridge.»

«Golden Gate Bridge? In New York?»

«Tower Bridge.»

«Meinst du vielleicht die Brooklyn Bridge?», helfe ich Liam auf die Sprünge. Keine Ahnung, was mit ihm los ist, aber er wirkt etwas abwesend.

Liam beißt sich verlegen auf die Unterlippe, dann nickt er einige Male völlig entschlossen. «Ja. Genau. Sagte ich Golden Gate oder Tower Bridge, meinte ich die Brooklyn Bridge. Entschuldigen Sie, Miss Hale. Ich war mit meinen Gedanken gerade woanders. Irgendwo zwischen San Francisco und London.» Er räuspert sich und lehnt sich nach hinten. «Also, wieso sind Sie dann nicht auf dem Empire, wenn Sie es so beeindruckend finden?»

Ich muss lächeln. «Wie gesagt, waschechte New Yorkerin. Ich war schon zu fast allen Tageszeiten oben. Allerdings noch nie bei Sonnenaufgang und wahrscheinlich würde mich das mehr reizen. Wenn es oben auf dem Empire State noch ruhig ist, ganz ohne Menschen und die Sonne langsam die Lichter der Stadt ablöst.» Etwas unschlüssig zucke ich mit den Schultern. «Aber so ist das halt. Man will immer die Dinge, die man nicht haben kann.»

«Ja, Miss Hale. Ich weiß ganz genau, wovon Sie sprechen», sagt Liam schon wieder so leise, dass ich ihn nur mit Mühe verstehe.

«Liam, können wir los?» Jeremys Stimme lässt nicht nur mich zusammenzucken, sondern auch Liams Augen schießen sofort in die Richtung, in der sein bester Freund steht.

Wie lange steht er da schon?

«Jeremy», sagt Liam überrascht und setzt sich sofort aufrechter hin. Überschwänglich streicht er über sein eh schon glattes rotes Hemd. «Ich habe gar nicht mitbekommen, dass ...»

«Ja, habe ich wohl gemerkt», gibt Jeremy ausdruckslos zurück und zieht eine Augenbraue hoch. Obwohl seine Stimme völlig monoton klingt, wirkt er genervt. Vielleicht liegt das an seinen braunen Augen, die er zusammengekniffen hat. «Hast nichts um dich herum wahrgenommen, Liam. Im wahrsten Sinne des Wortes.»

«Willst du denn nichts mehr anprobieren?», fragt Liam irritiert.

«Nein. Mir ist gerade die Lust vergangen. Wir können direkt gehen.»

Eine Umkleidekabine öffnet sich und Zoey tritt hervor. Sie spielt mit der Zungenspitze nachdenklich an ihrer Zahnlücke, während sie ihr dunkelgrünes Kleid vor dem Spiegel betrachtet und glattstreicht. Sie scheint Jeremy und Liam nicht mal zu bemerken und ich würde die beiden in diesen Moment auch zu gerne ausblenden können.

«Sieht super aus», sage ich ehrlich zu Zoey und lächle sie an. Aus dem Augenwinkel erkenne ich, dass Liam mich immer noch anstarrt.

«Danke», gibt sie zurück. Endlich dreht sie sich um und als sie die beiden sieht, huscht kurz ein überraschter Ausdruck über ihr Gesicht, aber dann strahlt sie ihr Zehn-Volt-Lachen. «Oh, hi, Jeremy und Liam. Ihr auch hier?» Sie winkt kurz, dann richtet sie ihre Aufmerksamkeit auf mich. «Deine Sachen sehen aber auch toll aus. Du solltest das ganze Outfit kaufen.»

Liam lacht neben mir laut auf. «Meine Worte, Miss Hale. Sie erinnern sich?»

Jeremy schnaubt nur und schüttelt ungläubig den Kopf, während er Liam anstarrt. Der scheint das gar nicht zu bemerken, sondern sieht mich immer noch mit diesem triumphierenden Lächeln an.

«Alles okay, Jeremy?», frage ich schließlich zaghaft, als sich eine Falte zwischen seinen Augenbrauen bildet. Es geht mich zwar nichts an, aber er wirkt ungewohnt gereizt. Mittlerweile kann ich Jeremy gut einschätzen und es dauert lange, bis seine Geduld ausgereizt ist.

Seine Gesichtszüge entspannen sich wieder und er schenkt mir ein Lächeln. «Alles okay, Miss Hale. Das hat nichts mit Ihnen zu tun. Das ist eher was zwischen Liam und mir.» Das sind seine letzten Worte, ehe er sich umdreht und Richtung Ausgang steuert.

Liam zwinkert mir noch einmal zu, dann steht er auf und schlendert Jeremy hinterher.

«Meinst du, wir könnten nochmal darüber verhandeln, ob nicht jeder von uns doch zwei Teile nimmt?», fragt Zoey mich und runzelt nachdenklich die Stirn. «Ich glaube nicht, dass ich mich entscheiden kann.»

Wir schlüpfen noch einige Male in die Umkleidekabinen zurück und zeigen uns gegenseitig andere Outfits, die uns die Entscheidung nicht leichter machen. Schlussendlich einigen wir uns darauf, dass sie das dunkelgrüne Kleid nimmt, während ich mich für die Wildlederstiefel entscheide, die ich am liebsten gar nicht mehr ausziehen würde. Wir waren uns beide einig, dass $299 für das dunkle Etuikleid *etwas* viel ist und wir vernünftig bleiben sollten. Obwohl es schon echt schön ist ...

Als ich mich umgezogen habe, antworte ich Rebecca auf ihre WhatsApp-Nachricht und öffne gedankenverloren die Tür. Fast remple ich Liam an, der neben meiner Kabine steht. Es ist offensichtlich, dass er auf mich gewartet hat, um mich abzupassen. Zwischen Zeige- und Mittelfinger hält er eine schwarze American Express, so lässig, als wäre es eine Visitenkarte und nicht die begehrteste Kreditkarte der Welt, die nur diejenigen bekommen, die über ein Millionenvermögen verfügen.

«Nehmen Sie alles. Ich schulde Ihnen was. Meine PIN ist 0609.»

Hat er mir jetzt ernsthaft seine PIN verraten oder ist das wieder eins seiner Spielchen? Egal, ich werde es nicht testen.

«Du schuldest mir gar nichts.» Ich kann gar nicht anders, als mich auf Zehenspitzen zu stellen, um über seiner Schulter nach Jeremy oder Zoey Ausschau zu halten.

«Doch. Ich habe Ihre Sonnenbrille auf den Meeresgrund befördert. Erinnern Sie sich noch?»

Schmunzelnd trete ich aus der Umkleide hervor und mir entgeht nicht, wie Liam mich beobachtet. Zoeys Tür ist immer noch verschlossen und ich erkenne ihre roten Sneaker am Boden der Kabine. Sie zieht sich immer noch um, aber trotzdem senke ich meine Stimme, damit sie uns nicht hört. «Ist das so? Ich erinnere mich nämlich vor allem daran, auf mysteriöse Weise eine neue Ray Ban Sonnenbrille bekommen zu haben, die ich angeblich irgendwo liegen gelassen habe.»

«Keine Ahnung, wovon Sie sprechen.» Liams Mundwinkel zucken.

«Was ist mit Jeremy los? Hat er sich wieder beruhigt?», frage ich Liam geradeheraus, um das Thema zu wechseln. Während ich auf seine Antwort warte, beginne ich, das Etuikleid zurück auf den Bügel zu hängen. Ein bisschen wehmütig streiche ich über eine Falte, während ich gedanklich davon Abschied nehme. $299 sind hier nicht drin. Jedenfalls nicht in Kombination mit den Wildlederstiefeln.

Als Liam nach einigen Sekunden immer noch nicht geantwortet hat, hebe ich den Blick. Er hat sich noch keinen Zentimeter bewegt. Abwartend hebe ich eine Augenbraue. Es geht mich genau genommen nichts an, was mit Jeremy los ist, weil es etwas zwischen den beiden ist, aber irgendeine Reaktion erwarte ich gerade schon von Liam. Jedenfalls mehr als dieses ratlose Schweigen.

Schließlich räuspert sich Liam. «Sie haben es also bemerkt.»

«Ähm, ja. War kaum zu übersehen.»

Liam zuckt betont gelassen mit den Schultern, aber sein Blick verrät ihn. Er blinzelt plötzlich einige Male. «Er ist eifersüchtig.»

«Wie darf ich das denn verstehen?» Ich bin bemüht, nicht laut loszulachen.

«Dass ich mit Ihnen geredet habe. Es passt ihm nicht. Sie wissen schon. Jeder hat einen Crush. Manche schwärmen für irgendwelche Promis, manche für Lehrer. Oder so. Jeremy steht halt auf Sie.»

«Aha», antworte ich unbeeindruckt. Mir ist klar, dass Liam mich gerade anlügt, um mir die Wahrheit zu verschweigen. «Und wer ist dein Crush?»

Liam grinst nur verschmitzt. «Keine Chance, Miss Hale. Vielleicht verrate ich es Ihnen, wenn Sie mir Ihren verraten.»

«Netter Versuch, aber du kennst doch die Regel: Keine Gegenfragen. Und wie findet Jeremy es, dass du mir sein Geheimnis verrätst?» Den letzten Teil des Satzes setze ich mit meinen Fingern in Anführungszeichen, aber ich denke, Liam hat sowieso schon gemerkt, dass ich ihm nicht glaube.

«Er ist wahrscheinlich heilfroh, dass Sie es mir eh nicht abkaufen.» Liam drückt sich grinsend von der Wand ab. Einen Schritt kommt er auf mich zu, die Kreditkarte immer noch zwischen den Fingern. «Also, wie sieht's aus?»

«Glaubst du ernsthaft, ich kann mir kein $299 Kleid leisten?», frage ich ihn mit einer gewissen Portion Trotz in der Stimme.

Liam legt den Kopf schräg und dann zucken seine Mundwinkel amüsiert. «Ich weiß nicht. Sie kaufen ja schließlich auch Sonnenbrillen im Sale.» Er zwinkert mir zu, wahrscheinlich um seine Provokation abzuschwächen. Ich glaube, ihm fehlt tatsächlich die Vorstellung von Geld, aber das wundert mich auch nicht, wenn man bedenkt, wie er aufgewachsen ist.

«Und das sagt mir mein Schüler, der noch keinen einzigen Tag in seinem Leben für einen einzigen Penny arbeiten musste.»

Liam scheint kurz irritiert zu sein, denn für einen Moment zieht er die Augenbrauen zusammen, aber dann ist da wieder nur dieses triumphierende Lächeln auf seinem Gesicht und er wedelt mit seiner schwarzen Kreditkarte hin und her. «Nun, was soll ich sagen? Wer hat, der kann. Letzte Chance, Miss Hale. Ich möchte es wiedergutmachen.»

«Nein. Es gibt nichts gutzumachen.»

Liam verdreht leicht die Augen und es ist nicht zu übersehen, wie sehr ihn diese Diskussion reizt, weil er nicht seinen Willen bekommt. «Letzte Chance.»

«Das hast du gerade schon gesagt.»

Er stöhnt genervt auf und blickt an die Decke. «Warum sind Sie eigentlich so stur? Sie machen mich wahnsinnig, Miss Hale. Ich habe es Ihnen schon mal gesagt.» Liam stopft seine Kreditkarte zurück in sein Portmonee und verlässt mit angespannten Schultern den Umkleidebereich. Möglicherweise habe ich ihn wieder in seinem Ego gekränkt. Bei Liam weiß man das nie so genau.

Während ich auf Zoey warte, beende ich die WhatsApp-Nachricht für Rebecca und als sich endlich die Tür zur Umkleide öffnet, sind Zoeys Haare ganz zerzaust.

«Planänderung», erkläre ich ihr und recke fast schon trotzig das Kinn, während ich das $299-Preisschild möglichst gut zu verdrängen versuche. Wird schon. Augen zu und Karte durch. «Jede von uns nimmt doch zwei Teile.»

Was die Hamptons können, kann Brooklyn schon längst.

«Ich liebe deine Planänderungen, Nicky», verkündet Zoey mir gutgelaunt und kommt mit einem Haufen Klamotten über dem Arm aus der Kabine. «Dieser Kaschmirschal ist auch einfach zu schön, um ihn hier zu lassen. Ich glaube, er hat sogar Mama zu mir gesagt.»

***

29 Tage vorher

Ich will meinen Koffer die letzten Stufen hinaufziehen, um auf die Klingel für FAMILIE HALE zu drücken, als die Tür schon aufgerissen wird.

«Oh mein Gott, da bist du ja endlich!» Rebecca strahlt mich an und dann stürzt sie sich schon auf mich. Mir steigt ihr typischer Shampoogeruch in die Nase. Himbeere. Jetzt, so nah bei ihr, mit dem vertrauten Duft, wird mir wieder bewusst, wie sehr sie mir jeden Tag fehlt. Trotzdem bin ich stolz, dass ich es geschafft habe, mein anfängliches Heimweh in den Griff zu bekommen.

Fast drei Monate sind vergangen, seit ich meine Familie zum letzten Mal gesehen habe. Aber ich habe diese Zeit gebraucht, um meinen eigenen Platz in einer Welt zu finden, die für mich ganz neu und ungewohnt war. Ich weiß nicht, ob ich nach meinem schwierigen Start nicht ansonsten unsicher geworden und zurück nach Brooklyn gezogen wäre. Und wenigstens dieses eine Mal wollte ich nicht wieder aufgeben, wie schon unzählige andere Dinge in meinem Leben.

«Ich bin die schlechteste Schwester der ganzen Welt, oder?», meint sie und obwohl ihre Stimme vor Freude über unser Wiedersehen immer noch vibriert, kann ich ein bisschen Wehmut erkennen.

Ich schüttle den Kopf und umarme sie fester. «Nein, die allerbeste Schwester.»

Auch wenn ich sie gerade nicht ansehe, weiß ich, dass sie lächelt. Dann seufzt sie laut. «Ich hätte es irgendwie einrichten müssen, dich mal besuchen zu kommen.»

«Wie denn? Du warst am anderen Ende der Welt. Jedenfalls so ungefähr.»

Sie lässt mich los und umfasst meine Schultern, dann zieht sie mich wieder schnell in ihre Arme, als könnte sie es nicht glauben, dass ich tatsächlich vor ihr stehe.

«Lass uns reingehen», beschließt Becks und nimmt meinen Koffer, um ihn in die Wohnung zu ziehen. «Die anderen warten schon.»

Kaum stehen wir im Flur, da kommt auch schon meine Mom aus der Küche auf mich zu und schließt mich in ihre Arme. Genau wie Rebecca lässt sie mich eine ganze Zeit nicht los und mit einem Mal habe ich ein schlechtes Gewissen. Ich hätte wirklich mal eher vorbeischauen sollen.

«Es sollte viel öfter Thanksgiving sein», meint meine Mom und kneift mir in die Wangen, was sie ständig macht und mir, wie so oft, ein Augenrollen entlockt.

Auch mein Dad hat sich bereits an den Türrahmen gelehnt und wartet darauf, dass sie mich wieder loslässt, dann umarmt er mich kurz. Bei ihm ist es weitaus weniger emotional, aber auch das ist typisch für ihn.

Es ist alles wie immer. So, als wäre ich nie weggewesen. Ein warmes Gefühl macht sich in mir breit. Es ist schön, wieder hier zu sein und all die vertrauten Gesichter zu sehen.

«Wie lange bleibst du hier?», frage ich Rebecca, als sie mich ins Wohnzimmer schiebt. Sie gibt mir eine Antwort, aber sobald ich im Zimmer stehe, höre ich nicht mehr richtig zu. Vor mir sitzt ein Typ. Jemand, den ich nicht kenne.

«Oh, ein Fremder. Hat der sich verlaufen?», zische ich Becks zu, aber der Typ steht schon auf und lächelt mich freundlich an. Hätte mich nicht irgendwer kurz warnen können?

«Pierre-Pascal», stellt er sich vor, als ich seine ausgestreckte Hand ergreife. Seltsamer Name. Selbst in meinem Kopf klingt es schon anders als von ihm ausgesprochen. Ich versuche es noch einige Male gedanklich nachzusprechen, aber er hat es anders betont.

«Nicole. Aber sag doch einfach Nicky.»

«Schön dich kennenzulernen, Nicky.» Franzose. Sein Akzent ist deutlich zu hören und mir ist sofort klar, dass Rebecca ihn während ihres Auslandsaufenthalts in Frankreich getroffen hat.

«Also, musst du erst durch die halbe Weltgeschichte fliegen, um jemanden zu finden, Becks?», frage ich sie mit einem Zwinkern.

«Sieht ganz so aus.» Sie drückt Pierre-Pascal einen Kuss auf den Mund und lässt sich auf dem Platz neben ihm nieder. Er reibt sich unschlüssig über seinen Vollbart und starrt mich aus großen braunen Augen an.

Irgendwas klirrt in der Küche, wo meine Eltern damit beschäftigt sind, unser Essen für Thanksgiving aus dem Ofen zu holen.

«Und du kommst aus Frankreich, Pierre-Pascal?», frage ich ihn betont langsam, während ich mich gegenüber von Rebecca auf den Stuhl fallen lasse und mir Arizona Iced Tea einschenke. Ich bin mir nicht ganz sicher, ob Pierre-Pascal uns problemlos versteht. Vielleicht sprechen wir zu schnell. Es könnte aber auch sein, dass er einfach immer so ratlos mit seinen großen dunklen Augen aussieht.

Rebecca lacht auf und greift nach seiner Hand. «Sprich normal, Nicky. Er kann fließend Englisch.»
Pierre-Pascal grinst. «Oui.»
«Was?», frage ich und sehe ihn irritiert an. Ich spreche kein Wort Französisch – im Gegensatz zu Becks, aber sie kann gefühlt jede Sprache der Welt.
«Oui. Aus Lyon.»
Ich muss zugeben, dass sein Akzent ganz süß ist, aber sein Lachen ist nicht so einnehmend wie das von Liam. Keine Ahnung, warum ich jetzt gerade an ihn denken muss, aber irgendwie lässt mich der Gedanke unruhig auf meinem Platz herumrutschen.
«Und, wo habt ihr euch in Frankreich kennengelernt?», frage ich prompt, um meine Gedanken in eine andere Richtung zu lenken.
Rebecca strahlt Pierre-Pascal an, ohne mich auch nur eines Blickes zu würdigen. Ich wusste gar nicht mehr, dass Verliebte so anstrengend sein können. «An der Uni. Er ist dort Professor.»
Mit einem Mal reicht mir mein Eistee nicht mehr und ich greife nach der Weinflasche auf dem Tisch. Es ist eigentlich völlig klar, dass Rebecca einen Professor datet, während ich ... ja, egal. Reden wir nicht von mir. Das ist nun wirklich nicht nennenswert.
Ich schenke mir reichlich Wein in mein Glas und trinke es sofort leer. Solche Gedanken kann ich nicht gebrauchen.
Nicht heute und schon gar nicht hier.
«Ich will ja nicht unhöflich sein, aber wie alt bist du?», frage ich Pierre-Pascal und schenke mir großzügig Wein nach. Wenn mein Dad nicht hier wäre, würde ich denken, Pierre-Pascal datet meine Mom. Ich schätze, dass er ungefähr 50 Jahre alt ist.
«38», antwortet Pierre-Pascal. Er schmunzelt sogar und scheint mir meine Frage nicht übel zu nehmen.
«Das geht ja. Zehn Jahre älter als Rebecca», stelle ich fest und neige meinen Kopf zu ihr. «Die werden ja immer jünger bei dir. Dein Ex war doch 42.»
«41», korrigiert Becks mich augenrollend. «Und, wie jung ist deiner?»
«Was?» Meine Hände klammern sich um das Weinglas.

«Ehrlich gesagt dachten wir, du bringst auch jemanden mit», meint Rebecca lachend und deutet auf den Tisch, der für sechs Leute gedeckt ist. «Mom hat sogar noch ein zweites Bettzeug in deinem Zimmer überzogen. Weil Pierre-Pascal auch nicht angemeldet war, dachte sie wohl, du kommst vielleicht auch nicht allein. Komm schon, Nicky, du willst uns ja wohl nicht erzählen, dass du noch niemanden kennengelernt hast.»

«Ich bin immer noch Single.»

«Das meine ich nicht», zwinkert Rebecca mir zu.

Zum Glück bin ich ihr keine Antwort mehr schuldig, weil meine Eltern mit dem Essen ins Zimmer kommen und uns den besten Truthahn aus ganz New York servieren. Den ganzen Abend sitzen wir zusammen, quatschen über die letzten Monate und abends liegen wir alle auf dem Sofa, schauen eine Komödie und essen Popcorn. Es fühlt sich an, als wäre ich nie weg gewesen, und ich genieße jede Sekunde mit meiner Familie. Obwohl ich glücklich bin, fühle ich mich nur wie ein gut versorgter Gast. Trotz all der tollen Momente kann ich es nicht lassen, immer mal wieder Bilder in die WhatsApp Gruppe mit Zoey, Aaron, Maya und Gramps zu stellen und mich mit ihnen über ihren Tag auszutauschen. Mein Zuhause sind die Hamptons. Mit all den Leuten, die dort an meiner Seite sind, und auch mit all den Schwierigkeiten.

Abends sitzt Rebecca noch lange im Pyjama bei mir auf dem Bett und zeigt mir Fotos aus Frankreich, während Pierre-Pascal schon im Zimmer nebenan schläft. Irgendwann, als es schon weit nach Mitternacht ist, schleicht sich Rebecca dann zu ihm rüber. Und das Bett neben mir bleibt leer.

Dezember

14 Tage vorher

Der erste Tag der Stufenfahrt ist fast geschafft. Keine Ahnung, wie ich das Wochenende überstehen soll, denn ich bin jetzt schon fertig und freue mich seit gefühlten Stunden auf mein Hotelzimmer. Dabei haben wir heute gar nicht viel gemacht: Nachdem wir nach einer ungefähr vierstündigen Reise in Boston angekommen sind, haben wir die Zimmer verteilt und während die Seniors das Projekt für die Schule bearbeitet haben, sind Aaron und ich in ein Café gegangen und haben uns durch die Waffelkarte gegessen. Anschließend waren wir mit den Schülern Abendessen und sie haben uns noch ihre Zwischenergebnisse für die Projekte vorgestellt.

Trotzdem bin ich einfach nur müde. Und ich habe das ungute Gefühl, dass ich diese Nacht möglicherweise weniger Schlaf bekomme, als mir lieb ist. Maya hat mir heute Morgen vor der Abfahrt noch erzählt, wie der letzte Jahrgang bei der Stufenfahrt einen draufgemacht hat.

Irgendwie war mir bereits vor der Zimmerverteilung klar, dass Liam und Jeremy auf meiner Etage landen werden und so ist es natürlich auch gekommen. Bei denen würde es mich eher wundern, wenn sie pünktlich zur Nachtruhe auf ihrem Zimmer sind. Die Chancen auf eine ruhige Nacht stehen damit mehr als schlecht.

Am Abend sitzen Aaron und ich mit einigen Schülern zusammen am Lagerfeuer, wo die klare Luft etwas sehr

Angenehmes hat. Die Feuerstelle befindet sich direkt an unserem Hotel, das ruhig und abgelegen liegt.

Als die Sonne langsam untergeht und der Wind kälter wird, streift Aaron seine Jacke ab und legt sie mir über die Schultern. Trotz meiner eigenen Jacke, die ich bereits trage, und der Wärme des Lagerfeuers ist es kalt. Ich lächle ihn für seine Aufmerksamkeit dankend an und schließe den Reißverschluss. Als ich ihn fragen will, ob ich nicht gleich meine andere Jacke aus dem Zimmer holen soll, krempelt er schon fast demonstrativ die Ärmel seines Hemdes hoch. Ich muss ein bisschen schmunzeln, weil ihm einfach nie kalt ist. Er ist auch der einzige Lehrer bei uns, der das Fenster im Lehrerzimmer im Dezember sperrangelweit aufreißt und sich sogar davorsetzt, um seinen Unterricht vorzubereiten. Mit hochgekrempelten Ärmeln, versteht sich.

«Du frierst. Versuch gar nicht erst, es abzustreiten», meint Aaron mit einem wissenden Lächeln, während er langsam aufsteht und nach seiner Umhängetasche greift. «Ich muss sowieso noch ein paar Dinge an der Rezeption für morgen klären. Dann hole ich mir meine andere Jacke vom Zimmer. Brauchst du sonst noch was?»

Ich schüttle den Kopf.

«Sicher? Vielleicht noch einen Skianzug?», scherzt Aaron, woraufhin ich laut auflache. Seine Augen scannen mich von oben bis unten. «Du siehst heute übrigens wirklich toll aus, Nicky. Also, sonst natürlich auch, aber heute besonders.»

Im ersten Moment bin ich irritiert über seine Offenheit, weil er so etwas noch nie zuvor zu mir gesagt hat. «Ähm … Danke.» Es klingt eher wie eine Frage und ich werfe Aaron einen verwirrten Blick zu, woraufhin seine ebenmäßigen Lippen leicht zucken.

«Und es liegt nicht an meiner Jacke, obwohl sie dir durchaus auch steht», verkündet Aaron mir mit einem Zwinkern. Ich zupfe noch einmal an seiner Jacke, halte aber in meiner Bewegung inne, als ich Liams Blick wahrnehme, der uns gegenübersitzt. Seine Augen funkeln regelrecht, aber dieses Mal nicht voll Glanz, sondern vor Wut. Er sieht mich ungläubig an, ungefähr genauso entgeistert, als sein Literatur-Kurs vor einigen Wochen innerhalb von drei Tagen einen

1500-Wörter-Essay einreichen sollte. Dann steht er auf, pfeffert seinen Pappbecher in den Mülleimer und stapft davon.

Einen Penny für seine Gedanken …

Er braust genauso ab, wie er es nach dem American-Football-Spiel gemacht hat, als er seine Freundin stehen ließ. Und bei der nächsten Begegnung verhält er sich dann wieder normal, als wäre nichts gewesen. Aber das ist auch legitim, denn er ist mir keine Rechenschaft schuldig.

Gedankenverloren knibble ich an meiner Arizona Iced Tea Flasche herum, und dann fragt mich eine Schülerin über mein Studium aus. Währenddessen beobachte ich Liam, der ein ganzes Stück entfernt hinten bei seiner Freundin Sydney steht. Sie schlingt die Arme um ihn und stellt sich auf die Zehenspitzen, um ihn zu küssen. Sydney ist Freundin Nummer drei seit September. In vier Monaten. Irgendwie nicht so der beständige Typ. Mittlerweile bin ich nicht mehr von dem überzeugt, was sein Dad über die wechselnden Beziehungen gesagt hat. Liam sucht Bestätigung. Eine Bestätigung, die er zu Hause vielleicht nicht bekommt. Das geht mir immer wieder seit dem American-Football-Spiel durch den Kopf, weil sein Dad an so einem wichtigen Tag nicht da war. Vielleicht liege ich mit meiner Vermutung auch komplett falsch, aber ich versuche nur einzelne Puzzleteile zusammenzulegen, um das Rätsel zu lösen und schlauer aus Liam zu werden. Ein eher mühsamer Prozess und ich muss unweigerlich an Zoeys Worte denken.

Man muss Liam nicht verstehen. Man muss nur wissen, wie man mit ihm umgeht …

Irgendwann sitze ich nur noch mit Jeremy und seiner Freundin Sasha zusammen, die die Finger nicht von ihm lassen kann. Sie scheint mich komplett auszublenden. Jeremy drückt sie immer wieder dezent zurück, aber seine Freundin ist hartnäckig.

«Tut uns einfach alle einen Gefallen und nehmt euch ein Zimmer», erkenne ich Liams Stimme. Mit einem Seufzen lässt er sich neben mir am Lagerfeuer nieder und greift nach einem Pappbecher, um sich Wasser einzuschenken. «Aber bitte nicht das Zimmer von Jeremy und mir.»

Sasha kichert leise vor sich hin und drückt Jeremy einen Kuss auf die Wange, dann steht sie auf und wartet darauf, dass er sich ebenfalls erhebt. Jeremy schaut jedoch nur unschlüssig zu Liam und mir, als wäre er sich nicht sicher, ob das so eine gute Idee wäre, uns beide alleine zu lassen. Seit ich mit ihnen das Gespräch über ihre Fehlstunden und möglichen Zukunftspläne geführt habe, zu dem mich Mrs. Graham verdonnert hatte, hat er immer ein Auge auf Liam, wenn wir irgendwo sind. Ich glaube, es ist ihm unangenehm, wie Liam mich in dem Gespräch angegangen hat und dann so undankbar abgerauscht ist. Jeremy scheint keine Ahnung zu haben, dass Liam und ich die Fronten längst geklärt haben, als wir an den Klippen waren.

Sasha beugt sich plötzlich nach vorne und umarmt Jeremy von hinten, woraufhin er regelrecht zusammenzuckt.

«Jetzt komm endlich! Die anderen warten schon!», sagt sie mit ihrer quietschigen Stimme.

Jeremy streicht einmal über ihren Arm und wirft mir ein entschuldigendes Lächeln zu, dann steht er ebenfalls auf. Er greift nach Sashas Hand und zieht sie hinter sich her, aber nicht, ohne nochmal einen letzten Schulterblick auf Liam und mich zu werfen.

Im Hintergrund läuft *Be The One* von Dua Lipa. Die Schüler lachen um uns herum, aber zwischen Liam und mir fällt kein einziges Wort.

Ich nehme mir ein Marshmallow und spieße es mit einem Stab auf, um es über das Lagerfeuer zu halten. Es fällt sofort herunter und am liebsten würde ich frustriert aufstöhnen.

Liam greift nach einem weiteren Stab und setzt ein Marshmallow darauf. «Sie müssen es ganz durchstechen. Sonst fallen die öfter herunter, wenn sie heiß werden», erklärt er mir mit leiser Stimme und reicht mir den Stab. Er trinkt etwas von seinem Wasser und als er seinen Blick hebt, greift er plötzlich für eine Sekunde nach meiner Hand und verändert den Winkel. «Und so verbrennen sie.» Er lässt meine Hand immer noch nicht los und die schlechte Laune von vorhin scheint wieder verschwunden zu sein. Seine grünen Augen, die wie so oft fast schon leuchten, mustern mich aufmerksam und die markanten Gesichtszüge werden allmählich weicher, als sich langsam ein Lächeln auf sein Gesicht schleicht. «Miss Hale, wissen Sie, ich mag Sie.»

«Ach ja?», antworte ich ziemlich unbeeindruckt. «Seit wann das denn?»

Er grinst verschmitzt und zuckt mit den Schultern. «Schon lange. Und was ist mit Ihnen?»

«Ob ich mich mag?», zwinkere ich ihm zu. «Passt schon. Ich muss es ja auch den ganzen Tag mit mir aushalten. Manchmal ist es ein bisschen anstrengend.»

Liam zeigt sein typisches Lachen und wie immer ist es einnehmend. «Nein, ich meine, ob Sie mich mögen.»

Unentschlossen neige ich den Kopf. «Mal mehr, mal weniger. Das kommt immer ein wenig auf deine Tagesform an.» Ich verkaufe es als Scherz, weil ich nicht glaube, dass er ernsthaft eine Antwort darauf erwartet, aber trotzdem ist ein Funken Wahrheit dabei.

«Damit kann ich leben.» Er nickt zufrieden. Als er innehält, verschwindet sein selbstsicherer Ausdruck und er kaut sich unschlüssig auf der Unterlippe herum. «Ich bin Ihnen noch eine Antwort schuldig.»

«Wovon redest du?»

«Ich habe eine Antwort auf Ihre Frage.»

«Auf welche Frage?»

Dann lächelt er mich entschuldigend an. «Ob es möglich ist zu lügen, ohne ein Wort zu sagen. Die Antwort lautet Ja.»

Ich vergrabe die Hände in Aarons Hoodie und mir steigt sein Geruch in die Nase. Eigentlich mag ich Aarons Auswahl an Parfüms und Aftershaves, aber es gibt diesen einen Duft, den ich nicht mag. Und ausgerechnet danach riecht der Hoodie. Er riecht fruchtig, für mich eher ein Sommerduft, und erinnert mich irgendwie an eine Orangenplantage. «Wie kommst du jetzt darauf?»

«Weil es bei unserer Begegnung so war.» Liam blickt sich um, wahrscheinlich um sicherzugehen, dass niemand etwas von unserem Gespräch mitbekommt. Ich bin erleichtert, dass er mit der Geschichte vorsichtig und umsichtig umgeht. Meine Theorie, dass er noch nicht mal Jeremy davon erzählt hat, könnte durchaus stimmen. «Sie wissen schon, auf dem Parkplatz und bei Ihnen in der Wohnung. Ich habe nie mit einem Wort gesagt, dass ich nicht Ihr Kollege bin, und trotzdem habe ich Sie an diesem Tag irgendwie angelogen, weil ich genau wusste, wie Sie es interpretieren. Also, ja. Man kann lügen, ohne ein Wort zu sagen.»

«Wieso nicht? Wieso hast du es mir nicht klar gesagt?», will ich wissen. Meine Stimme klingt ein wenig verzweifelt und ich hoffe, er bemerkt es nicht, weil ich mir nicht anmerken lassen möchte, wie sehr mich die Sache mitgenommen hat.

Seine Miene wird ganz ernst und er starrt auf seine zusammengefalteten Hände. «Weil ich Sie kennenlernen wollte. Und wir hatten nur diesen einen Abend.»

Ich seufze frustriert. «Oh, Liam. Das war eine wirklich miese Nummer.»

Ich denke, Liam ist bis heute gar nicht bewusst, was er bei mir damit angerichtet hat. Es war eine unüberlegte, dumme Handlung von ihm, bei der er nicht über die Konsequenzen nachgedacht hat. Aber er konnte auch nicht wissen, dass ich mit jeder Sekunde, die ich mit ihm verbracht habe, mehr von ihm fasziniert war. Und dann, als ich wusste, dass er mein Schüler ist, war es schon fast zu spät. Nein, er konnte wirklich nicht wissen, was er damit anrichtet.

«Ich weiß, Miss Hale. Ich habe es bereits bereut, als ich bei Ihnen an der Tür stand. Da wurde mir bewusst, was ich getan habe. Ich mache zwar oft unkluge Dinge, aber das ...» Er atmet tief aus und streicht sich verlegen durch die Haare. Ich glaube Liam, dass ihm das Ganze tatsächlich unangenehm ist und er selbst keine plausible Rechtfertigung für sein Verhalten hat. «Keine Ahnung. Ich habe das Ganze nicht durchdacht. Im Auto habe ich noch versucht, meine Gedanken zu ordnen und habe möglichst wenig gesagt, um nichts Unüberlegtes loszutreten. Ich war schon fast blockiert, weil mich das so gehemmt hat. Aber als Sie dann wieder in Ihrem Auto waren und weggefahren sind, da dachte ich, ich muss es einfach riskieren und alles auf eine Karte setzen. Weil ich wusste, wir haben nur diesen einen Abend und am nächsten Tag werden Sie wissen, dass ich Ihr Schüler bin. Es war egoistisch und ein Riesenfehler. Es tut mir unfassbar leid. Ehrlich. Ich hoffe, Sie können mir eines Tages verzeihen.»

Liam sieht mich an. Ohne zu blinzeln, ohne die Augenbrauen anzuheben oder dass seine Mundwinkel zucken. Völlig ernst. Dafür treten ein unsicherer Ausdruck und vor allem Schuldgefühle in seine Augen.

Ich hoffe, du verzeihst mir eines Tages, Nicole. Ich sollte jetzt wirklich gehen. Wir sehen uns morgen. Gute Nacht.

Ich muss an seine Worte an unserem ersten und einzigen Abend denken, als wir uns an der Tür gegenüberstanden. Damals bin ich davon ausgegangen, dass er sich dafür entschuldigt, weil er mich küssen wollte. Aber ich glaube, er hat über was ganz anderes geredet.

Ich habe es bereits bereut, als ich bei Ihnen an der Tür stand. Da wurde mir bewusst, was ich getan habe.

Und in diesem Moment schließe ich Frieden mit der Sache. Nicht, weil mir Liam wahnsinnig gute Gründe liefert, die sein Verhalten rechtfertigen, sondern weil ich ihm ansehe, wie leid es ihm tut. Er verspürt Reue, und mehr kann ich nicht von ihm verlangen.

Trotzdem gibt es noch etwas, das ich unbedingt loswerden muss. Einmal schaue ich mich um, um sicherzugehen, dass alle Schüler außer Hörweite sind, und meine nächsten Worte klingen vorwurfsvoll. «Du weißt schon, dass ich deswegen möglicherweise meinen Job hätte verlieren können, oder?»

Liam seufzt und eine ganze Weile schweigt er, ohne mich anzusehen. Schließlich wirft er irgendetwas ins Feuer, das sofort in Flammen aufgeht. «Ich glaube, dafür hätte mehr zwischen uns gewesen sein müssen.» Er sagt es völlig gelassen, während ich allein bei seinen Worten fast nach Luft schnappen muss. Wie er so nüchtern und abgeklärt darüber reden kann, ist mir schleierhaft. «Aber das spielt auch keine Rolle. Es ist nichts passiert und selbst wenn etwas passiert wäre, dann hätte es keiner erfahren. Ich habe darüber ehrlich gesagt nie nachgedacht, weil mir klar war, dass das zwischen uns bleiben wird.»

Liam zuckt mit den Schultern und dann legt er den Kopf schief. Ungeduldig kaut er auf seiner Unterlippe herum, als würde er noch auf eine Antwort meinerseits warten, aber ich lasse mich zu keinem Kommentar hinreißen. Was soll ich auch sagen? Dass ich ihn an dem Abend beinahe doch geküsst hätte, weil ich es irgendwie wollte?

Schließlich lehnt sich Liam ein Stück zu mir herüber und senkt bei seinen nächsten Worten die Stimme. Die Schüler, die ein gutes Stück von uns entfernt stehen, sind durch ihr Gelächter und die Schreie sehr präsent. Mittlerweile ertönt aus allen möglichen Richtungen Musik. «Aber alles, was ich an diesem Abend zu Ihnen gesagt habe, war ernst gemeint. Selbst das Freundin-Ding. Oder, dass Kopierer Fünf meistens nicht funktioniert.» Seine Augen funkeln mich belustigt an. «Haben Sie das schon bemerkt?»

«Ja.»

«Und, haben Sie an meine Worte gedacht?»

Unweigerlich muss ich leise lachen, weil ich tatsächlich daran denken musste, als ich am nächsten Tag im Kopierraum stand und genau dieses Gerät ausfiel. Zu dem Zeitpunkt war die Welt auch noch in Ordnung. «Ja. Habe ich.»

Liam lächelt mich schief an, doch dann ist er wieder ernst. «Aber es ist mir wichtig, dass Sie das verstehen. Alles, was ich Ihnen bei diesem bescheuerten Speeddating gesagt habe, entsprach der Wahrheit. Alles. Und alles, was ich Sie gefragt habe, wollte ich wissen. Das war alles echt. Alles an diesem Abend war echt. Nichts war fake oder gelogen. Verstehen Sie, was ich damit meine?»

Hitze steigt in meinem Körper auf und ich ziehe verlegen meine Beine an, weil ich plötzlich einen Bewegungsdrang verspüre. «Ich denke schon, ja.»

«Ich meine, es war alles echt», wiederholt Liam nochmal und hebt bedeutungsvoll seine Augenbrauen, als wüsste er nicht, wie er seine Gedanken in Worte fassen soll. Vielleicht ist das auch ausnahmsweise mal ganz gut so. «Sie wissen schon ... Alles halt.»

Liams grüne Augen beobachten mich aufmerksam, aber ich wende den Blick ab. Ich glaube, er spielt auf seine Annäherungsversuche an, aber ich darf darüber nicht mehr nachdenken. Das hätte einfach nie passieren dürfen. Er hat meine Hand gehalten. Mir Haarsträhnen aus dem Gesicht gestrichen. Seine Hände lagen auf meiner Hüfte. Oder auf meinem Oberschenkel. Er hat mich viel zu nah und zu lange gehalten.

Aber das Schlimmste ist: In meiner Ahnungslosigkeit habe ich es genossen. Und ich bin mir sicher, dass es ihm nicht anders gegangen ist.

Aus dem Augenwinkel erkenne ich, dass Liam mich immer noch ansieht. Erwartet er jetzt ernsthaft, dass ich irgendwas dazu sage?

«Ich wusste vorher auch nicht, wie sich die Dinge entwickeln», schiebt Liam nach, als ich weiterhin schweige.

Holy Shit ... Ich bekomme schon bei dem Gedanken Herzrasen und ich darf diese Erinnerungen an den Abend nicht nochmal durchleben, sondern muss sie verdrängen. Wie jedes Mal sonst auch.

«Ich will eine Änderung der Spielregeln», rutscht es mir plötzlich raus.

«Was meinen Sie?»

«Ich möchte dir eine Frage stellen, die du mir gestellt hast.»

Mit seinen Fingern fährt er über den Rand des Bechers. «Okay.»

«Hier ist sie: Wenn es irgendwas gibt, das du in der Vergangenheit ändern könntest, was würdest du machen?»

Liam zieht scharf die Luft ein. «Oh, Miss Hale. Das ist die mieseste Frage, die Sie mir stellen können. Ich weiß genau, worauf Sie anspielen.»

«Ich weiß. Und trotzdem will ich es wissen.» Ich will wissen, wie sehr er seine Tat an diesem Abend wirklich bereut und mir ist klar, dass er durch die Frage mit dem Rücken zur Wand steht.

Er seufzt und legt nachdenklich die Stirn in Falten. Eine ganze Weile reibt er sich nur schweigend über seine Bartstoppel und irgendwas an dem Geräusch jagt mir eine Gänsehaut über den Rücken. Ich weiß gar nicht, was ich von ihm hören will und ob es hier überhaupt eine falsche oder richtige Antwort gibt.

«Ich bereue es, dass ich Sie in diese Situation gebracht habe. Sie werden jetzt enttäuscht sein, aber ich bin ehrlich. Ich muss genauso antworten, wie Sie es gemacht haben: Ich würde nichts ändern. Weil ich ansonsten auf die Erinnerung verzichten müsste. Und die will ich nicht mehr hergeben. Wirklich nicht.» Er zuckt mit den Schultern und trinkt etwas aus seinem

Pappbecher. «Aber ich würde es Ihnen eher sagen und Sie nicht so ins offene Messer laufen lassen am nächsten Schultag. Und ich wäre danach nicht mehr so ätzend zu Ihnen. Aber ich würde immer wieder Ihre Batterie wechseln und danach nach Ihrer Nummer fragen. Und dann mit Sushi vor Ihrer Tür stehen.» Kurz hält er inne und als er mich anlächelt, werden seine Gesichtszüge viel weicher. Auch ohne dass er etwas ausgesprochen hat, weiß ich, dass er jetzt irgendwas bringt, um die Situation aufzulockern. Ich erkenne es an seinem Grinsen. «Obwohl ich jetzt weiß, dass Sie Sushi nicht mögen. Allerdings würde ich nächstes Mal ein Feuerzeug einpacken. Sie wissen schon, für die romantische Stimmung.»

Liam schafft es, dass ich zum ersten Mal seit Wochen ohne Wut oder Schuld an den Abend denken kann. Ich sehe einfach nur Liam vor mir, wie er auf dem Barhocker saß und die Sandwiches zwischen die Pappbecher und die unangerührten Sushiboxen quetschte. Und wie er selbstsicher das unangezündete Teelicht aufstellte.

Meine ernste Fassade bricht und ich kann gar nicht anders, als laut zu lachen.

Liam sieht schon fast erleichtert aus, dann heben sich auch seine Mundwinkel. «Meine romantische Seite hat Sie tief beeindruckt, oder?»

«Und wie. Sie ist noch ein bisschen ausbaufähig, um ehrlich zu sein.»

Er legt sich verlegen eine Hand in den Nacken. «Aber ich würde auf diesen Abend nicht verzichten wollen. Ich bin halt ein Egoist. Es ist wohl was dran, wenn die Leute das über mich sagen. Ich bereue mein Verhalten und trotzdem würde ich es wieder so machen. Falls das Sinn ergibt. Reicht Ihnen das als Antwort?»

«Ja, die Antwort passt», sage ich mit einem kleinen wissenden Lächeln. «Du bist und bleibst eben ein Mensch voller Widersprüche.»

Seine Augenbrauen schießen nach oben und er sieht überrascht aus. «Finden Sie das immer noch?» Nachdenklich legt er die Stirn in Falten, als würden ihn meine Worte treffen. «Ich versuche Ihnen schon so gut wie möglich zu zeigen, wie ich wirklich bin. Dabei hatte ich irgendwie den Eindruck, Sie haben mich mittlerweile verstanden. Jedenfalls viel besser als die meisten anderen Menschen.»

Ich zucke schmunzelnd mit den Schultern. «Ich bin noch am Rätseln.»

«Halten Sie bitte durch und seien Sie noch ein wenig geduldiger mit mir», zwinkert Liam, dann lehnt er sich nach vorne und schenkt in einen leeren Pappbecher Pepsi ein. Schweigend reicht er ihn mir.

«Danke», entgegne ich. Als ich ihm den Becher abnehmen will, berührt er meine Finger. Nein, nicht kurz, sondern er legt seine Finger ganz bewusst auf meine. Es ist extra und ich frage mich, wieso er das macht.

«Miss Hale ...», setzt er mit leiser Stimme an.

Das Feuer vor uns knistert.

«Was ist, Liam?»

Er sieht mich einfach nur an, seine grünen Augen brennen sich regelrecht in meine. Liam darf mich nicht so anschauen. Kein Wort sagt er, dafür hält er immer noch meine Finger. Schon mindestens drei Sekunden zu lange, aber wir scheinen beide verdammt gut darin zu sein, das zu ignorieren.

Aber dann schreien Schüler so laut um uns herum, dass ich mich bei unserem unvorsichtigen Verhalten sofort ertappt fühle. Grob reiße ich den Becher zu mir, während Liam sich sofort mit versteiften Schultern alarmiert umschaut. Aber niemand schenkt uns auch nur eine Spur Beachtung. Die Schüler sind viel zu sehr damit beschäftigt, sich gegenseitig Saltos vorzumachen, während Kane wieder alles filmt.

In weiter Ferne kann ich in einem Lichtkegel Aaron erkennen, der die Rezeption verlassen hat und auf uns zukommt.

Liam scheint das alles nicht zu interessieren, denn er dreht sich augenrollend zu mir um und schnalzt genervt mit der Zunge. Irgendetwas knirscht unter seinen weißen Nike Air Schuhen, als er damit über den Boden fährt. Einen Moment zögert er und scheint abzuwägen, ob er die nächsten Worte wirklich laut aussprechen soll. Er beugt sich wieder ein Stück zu mir rüber und sein Parfüm steigt mir in die Nase. Ganz bewusst stelle ich das Atmen ein, weil ich das Gefühl habe, sein Geruch ist etwas zu Persönliches. Viel zu intim, und er weckt Erinnerungen, die ich nicht mehr durchleben sollte. Außerdem bin ich immer noch über mich selbst geschockt, was ich beim American-Football-Spiel über sein Lächeln gedacht habe.

Egal. An etwas anderes denken …

Wie so oft, wenn Liam in meinem Kopf herumschwirrt, denke ich wieder krampfhaft an etwas anderes.

Bei seinen nächsten Worten ist seine Stimme gesenkt. «Miss Hale, ich muss noch etwas anderes loswerden. Es geht um Mr. Fuller.»

«Was?», frage ich eine Nummer zu harsch. «Wie kommst du jetzt auf ihn?»

Liam weicht meinem Blick aus und lehnt sich mit einem frustrierten Seufzer wieder ein Stück zurück. «Fuller ist eine linke Ratte, Miss Hale. Vertrauen Sie mir einfach und passen Sie bitte auf sich auf. Auch das war an dem Abend ernst gemeint. Halten Sie sich von Fuller fern.»

Mit offenem Mund starre ich ihn an und verstehe gar nichts mehr. «Liam, wovon redest du?»

Er zuckt nur kurz mit den Schultern. «Es war nur eine Frage der Zeit, bis er es bei Ihnen versucht. Er hat schon mehrere Lehrerinnen angemacht. Sie passen in sein Beuteschema: Blond, schlank, jung, gutaussehend ...»

Liam zählt noch weitere Dinge auf, aber meine Aufmerksamkeit hat sich verabschiedet, weil ich mich an seiner Seite kaum konzentrieren kann. Das macht mir Angst. Ich habe keine Ahnung, was er mit mir macht, aber ich weiß, dass ich geliefert wäre, wenn er davon wüsste. Oder irgendwer sonst.

Er hört auf zu reden und sieht mich abwartend an. Verdammt, hat er mich etwas gefragt?

«Sie sind doch auch privat befreundet», setzt Liam nach und mit einem Mal klingt er vorwurfsvoll.

Ich räuspere mich, um Zeit zu schinden. «Ja, schon. Wir verstehen uns gut.»

Liam schnaubt verächtlich und schüttelt ungläubig den Kopf. Er scheint das äußerst absurd zu finden. «Ich habe Sie hiermit gewarnt. Seien Sie vorsichtig, Miss Hale.»

«Wieso ist dir das so wichtig?», fordere ich ihn heraus.

Liam zieht die Stirn kraus und ausnahmsweise scheint ihm meine direkte Frage mal die Sprache zu verschlagen. «Sorge oder Beschützerinstinkt. Nennen Sie es, wie Sie möchten. Ich weiß, dass mich das alles nichts angeht … Aber …» Er stöhnt genervt auf und wirft einen Blick über seine Schulter. Aaron ist fast bei uns. «Gerade Fuller ... Sie haben etwas Besseres verdient, aber bestimmt nicht ihn.»

«Was ist da los? Zwischen dir und Mr. Fuller, meine ich. Mir ist das schon beim Jetski aufgefallen.»

Liam weicht meinem Blick aus. «Wir mögen uns einfach nicht. Das ist die Kurzfassung, aber sie trifft es auf den Punkt.» Sein Ton ist so endgültig, dass ich sofort aufgebe, weiter nachzubohren. Mehr Informationen werde ich mal wieder nicht bekommen.

Ich nicke, auch wenn ich jetzt nicht schlauer bin als zuvor. Genau genommen geht es mich aber auch nichts an.

«Bei Ihnen sind wir uns aber mal einig», meint Liam mit einem schwachen Lächeln. «Sie sehen wirklich toll aus.»

Hat er das jetzt ernsthaft gesagt? Zu mir? Seiner Lehrerin? Wie konnte unser belangloses Gespräch eigentlich so eine Richtung einschlagen? Haben wir nicht zu Beginn noch über Marshmallows geredet?

Liam beißt sich unschlüssig auf die Unterlippe und scheint seine eben ausgesprochenen Worte bereits zu bereuen. «Tut mir leid, Miss Hale, das war wirklich unpassend. Es ist mir so herausgerutscht. Ich will Sie nicht ständig in so unangenehme Situationen bringen.»

«Das tust du aber.»

Dann zuckt er kurz mit den Schultern und seine Zweifel sind plötzlich wieder wie verflogen. Ich verfluche ihn für seine Selbstsicherheit. Ist ihm eigentlich nie etwas peinlich? «Andererseits kann ich das auch objektiv beurteilen, trotz der Tatsache, dass Sie meine Lehrerin sind. Ich bin zwar Ihr Schüler, aber nicht blind.»

Was ist hier eigentlich los? Liegt hier Testosteron in der Luft? In meinem Gehirn herrscht dafür gähnende Leere und mir fällt keine passende Erwiderung ein, aber Aaron rettet mich sozusagen aus der Situation. Schon von weitem kann ich seine

Stimme hören, als er irgendwas zu den Schülern ruft und laut lacht.

Auch Liam scheint es zu hören, denn er rückt ein Stück von mir weg und schiebt sich eine Hand in die Hosentasche. Mit der anderen Hand hält er einen Stab mit zwei Marshmallows ins Feuer, woraufhin eins sofort abfällt. Er verdreht die Augen, wobei ich mir nicht ganz sicher bin, ob das dem herabfallenden Marshmallow geschuldet ist, oder Aaron, der sich gutgelaunt zu uns gesellt.

«Seid ihr nur noch zu zweit am Lagerfeuer?», fragt Aaron und lässt sich auf der anderen Seite von mir nieder. Er sitzt mir plötzlich so nah, dass ich ein Stück von ihm weg zu Liam rutsche.

«Jetzt nicht mehr», murmelt Liam so leise, dass ich nicht mal sicher bin, ob er es wirklich gesagt hat. Er reicht mir den Stab mit dem übriggebliebenen Marshmallow. «Hier, für Sie, Miss Hale.»

«Ähm ... Danke», entgegne ich etwas irritiert. Es ist offensichtlich, dass er schnell weg will. Er drückt mir den Stab regelrecht in die Hand und ist wahrscheinlich froh, ihn loszuwerden. Unsere Finger berühren sich wieder, aber dieses Mal ist es zufällig.

Abrupt steht Liam auf und streicht sein dunkelgraues Hemd glatt, dann schließt er den Reißverschluss seiner schwarzen Ralph Lauren Jacke. Er blickt zwischen Aaron und mir hin und her. Seine Augen sind nur noch zu schmalen Schlitzen verengt und in seinem Blick liegt wieder so viel Abneigung, dass ich mich zwangsläufig zu unserer ersten Begegnung im Klassenraum zurückversetzt fühle. «Dann noch einen schönen Abend.»

Ohne eine Erwiderung abzuwarten, dreht er sich um und geht auf Kane und Daniel zu, die sich mit der Kamera filmen, während sie Basketballkörbe werfen.

«Süß. Er schenkt dir ein Marshmallow. Seriously?», fragt Aaron mich und hebt grinsend die Augenbrauen.

«Ja. Ich find's auch süß», sage ich mit ernster Stimme und halte den Stab weiterhin ins Feuer. Irgendwie habe ich das Bedürfnis, ihn zu verteidigen.

«Liam?», ruft Aaron schließlich und rümpft die Nase.

Er dreht sich wortlos um, wobei seine Miene nicht verrät, was er denkt.

«Suchst du Jeremy?», will Aaron wissen und neigt den Kopf zur Seite.

«Wieso?» Es ist nur ein einziges Wort, aber Liam sagt es so kalt und ausdruckslos, dass ich das Gefühl habe, die Temperatur um uns herum sinkt um mindestens zehn Grad. So viel Abneigung hat er noch nie mit einem Wort an mich transportiert.

Aaron zuckt mit den Schultern und sein Grinsen verwandelt sich in ein spöttisches Lächeln. «Du weißt doch ... Jemand sollte ein Auge auf ihn haben. Ich will nicht, dass seine Eltern noch klagen.»

Ich habe keine Ahnung, was hier gerade passiert, aber es gefällt mir nicht. Aaron provoziert ihn ganz bewusst. Liams Körper ist unwillkürlich angespannt und eine Hand ballt er zur Faust. Bei den nächsten Worten bebt seine Stimme leicht. «Ich schätze, Jeremy ist alt genug, um zu wissen, was er tut.»

«Du meinst, er ist alt genug, um Verantwortung für seine Handlungen zu übernehmen?», versichert sich Aaron und sein belustigter Tonfall verrät mir, dass es ihm Spaß macht, Liam solche Fragen zu stellen.

Dieser dreht sich daraufhin kommentarlos um und geht mit zügigen Schritten an den anderen Schülern vorbei. Ich schaue Liam noch nach, aber irgendwann verschwindet er in der Dunkelheit.

«Was war das denn?», erkundige ich mich und mein Tonfall ist schroff.

Aaron winkt ab und spießt einen Marshmallow auf. Erst da fällt mir auf, dass ich meinen Stab immer noch ins Feuer halte. Der Marshmallow ist zu einem schwarzen Klumpen verschmolzen.

«Jeremy halt.»

«Was soll das bedeuten?»

Aaron zuckt knapp mit den Schultern. «Er trinkt gerne Alkohol. Zu viel. Und am Ende müssen wir uns wieder mit den Eltern rumschlagen.»

«Jeremy trinkt zu viel Alkohol?», frage ich verwundert und lege die Stirn in Falten.

Aaron lacht auf, als hätte ich irgendetwas Absurdes gefragt. Er dreht seinen Marshmallow einige Male über dem Feuer. «Oh ja. Gerade Jeremy.»

«Ich weiß nicht, Aaron ... Wo soll er das Zeug denn immer herbekommen? Er ist doch unter 21.»

«Ach Nicky, komm schon. Haben wir nicht alle in dem Alter Alkohol bekommen, wenn wir es wollten? Vielleicht haben sie gefälschte Ausweise», mutmaßt Aaron und beißt in sein Marshmallow. «Außerdem ... schau dir Liam und Jeremy doch mal an. Die sehen beide so erwachsen aus, dass sie bestimmt überhaupt nicht mehr nach Ausweisen gefragt werden. Es interessiert mich auch nicht, was er in seiner Freizeit macht, aber auf einer Schulfahrt kann er solche Aktionen vergessen. Wenn er alkoholisiert ist, wird er nämlich schnell asozial und aggressiv. Das endet gerne mit Schlägerei und ähnlichem Mist.»

Mit offenem Mund starre ich zu Jeremy herüber, der sich mit seiner Freundin gerade auf eine Bank gesetzt hat. Er nimmt ihre Hand und legt lachend den Kopf in den Nacken, während sie wild gestikuliert und ebenfalls lacht. «Das hätte ich gar nicht von ihm gedacht.»

«Das ist aber ein offenes Geheimnis», erklärt mir Aaron zwischen den Bissen und mittlerweile klingt er verärgert. «Sowohl Jeremy als auch Liam sind mit Vorsicht zu genießen. Vertrau mir, ich kenne die beiden schon etwas länger als du.»

Ich habe schon länger gespürt, dass hier eine gewisse Abneigung herrscht. Aber jetzt, nach Liams Warnung bezüglich Aaron, und wo auch Aaron mir mit seinem Tonfall unmissverständlich zeigt, was er von Liam und Jeremy hält, wird mir klar, wie verhärtet die Fronten tatsächlich zu sein scheinen. Bisher ist mir nur noch nicht ganz klar, warum das so ist.

«Na ja, vielleicht hat Liam ja wirklich ein Auge auf Jeremy», versuche ich Aaron zu besänftigen.

Er seufzt und wirft seinen Stab Richtung Mülleimer, verfehlt diesen aber knapp. «Das glaubst du ja wohl selbst nicht. Liam interessiert sich für niemanden, außer für sich selbst.» Aaron steht auf und wirft den Stab in den Mülleimer, dann sitzt er wieder bei mir. «Ich kann dir sagen, wo er jetzt gerade ist: Bei Sydney im Zimmer und holt sich da seinen nächsten Blowjob ab. Und nächste Woche serviert er sie wieder ab. Liams Frauengeschichten sind genauso ein Evergreen wie Jeremys Alkoholstorys.»

Unweigerlich blicke ich zu Daniel und Kane, aber bei ihnen ist er nicht. Könnte durchaus für die Theorie sprechen.

Aaron massiert sich kurz die Hand und lässt einige Knöchel knacken. «Die beiden sind bei dir auf der Etage, oder?»

«Ja.»

Eindringlich sieht er mich an, die Augen leicht aufgerissen. «Okay, pass auf, Nicky. Bei denen musst du vor der Nachtruhe besonders aufmerksam kontrollieren. Überprüfe die Betten ganz genau. Entweder findest du dort Weiber oder Alkohol. Mach es einfach. Langjährige Erfahrung.»

«Und wenn ich etwas finde, verständige ich die Eltern?»

Aaron sieht mich belustigt an. «Ja, aber nur bei Liam und Jeremy, um den beiden eins reinzuwürgen. Bei allen anderen Schülern nimmst du einfach den Alkohol weg. Motz' sie an, so viel du willst, aber kein Wort zu den Eltern. Die bezahlen einen Haufen Geld dafür, dass sie ihre Kids hier einfach abgeben und sind nicht sonderlich daran interessiert, sich mit solch einem Zeug herumzuschlagen. Mrs. Graham meint außerdem, es macht keinen guten Eindruck, wenn es sich bei den Eltern herumspricht. Du weißt ja, es geht auch immer um Anmeldezahlen und nach außen soll die Schule einen sauberen Eindruck machen.»

Ich mag Aaron. Das tue ich wirklich. Er ist mir in den wenigen Monaten total ans Herz gewachsen. Auf ihn kann ich mich verlassen und er gehört zu der Sorte Freunde, die dir nicht nur auf den letzten Metern seinen Regenschirm reicht, wenn es anfängt zu regnen, sondern auch mit dir ohne Regenschirm im Regen stehen bleibt. Er ist fürsorglich und aufmerksam. So wie er mir jeden Montagmorgen einen XXL-Kaffee im Thermobecher mitbringt, weil er weiß, dass ich es an diesem Tag in der Woche niemals schaffen werde, mich zu organisieren. Oder wie er letzte Woche bei unserer Gruppenabstimmung für meinen Kinofilm gestimmt hat, obwohl ich ganz genau weiß, wie schrecklich er die Besetzung findet. Das ist Aaron. Ja, ich mag ihn seit dem ersten Tag, auch mit all seinen Ticks, wie beispielsweise sein übertriebener Ehrgeiz. Irgendwie gehört der zu ihm und macht ihn aus. Aber gerade lerne ich eine Seite an ihm kennen, die mir überhaupt nicht gefällt. Ich mag seine Doppelmoral nicht und dass er Liam und Jeremy anders behandelt als deren Mitschüler. Aber ich weiß auch, was Aaron für ein lieber Mensch ist, also muss da etwas im Argen liegen zwischen den Dreien. Und es muss irgendetwas Heftiges vorgefallen sein, sonst würde Aaron das nicht sagen. Er ist sonst nie so.

«Möchtest du, dass ich sie kontrolliere?», bietet er mir an.

Ich schüttle betont langsam den Kopf. «Nein, ich mache das schon. Ich werde ja wohl mit zwei Schülern fertig.»

Es ist seltsam, dass mich Aaron vor den beiden warnt, und Liam mich wiederum vor Aaron. Irgendwas passt hier nicht zusammen. Wer sagt die Wahrheit und warum sollte der andere lügen?

«Falls es Schwierigkeiten gibt, ruf mich kurz an, dann komme ich vorbei und schicke sie geradewegs nach Hause», meint Aaron. «Nerven die dich nicht auch?»

«Eigentlich nicht.» Wieder steigt mir dieser Orangengeruch des Hoodies in die Nase und mit einem Mal wird mir alles zu viel. Ich ziehe den Hoodie aus und drücke ihn Aaron mit einem dankbaren Lächeln in die Hand.

«Wie können die dich mit ihrer Überheblichkeit und Arroganz nicht nerven? Kein Wunder, dass die beste Freunde sind. Gleich und gleich gesellt sich bekanntlich gern.»

Der Einzige, der mich gerade nervt, ist Aaron. Dass er so über Jeremy redet, nervt mich, weil ich ihn ganz anders einschätze und noch nie Probleme mit ihm hatte. Und bei Liam nervt es mich, weil ... ja, weil es halt Liam ist. Und das zwischen uns schwer in Worte zu fassen ist.

*

Unentschlossen stehe ich vor Liams und Jeremys Zimmertür und verlagere mein Gewicht von einem Bein aufs andere. Es ist das letzte Zimmer, das ich noch nicht zur Nachtruhe kontrolliert habe. Bis zum Schluss wollte ich es aufschieben, weil ich mich naiv an die Hoffnung geklammert habe, dass sich der Lärm in diesem Zimmer wie von selbst auflöst. Ich brauche mein Ohr noch nicht mal an die Tür zu halten, um zu hören, dass die beiden definitiv nicht alleine in diesem Raum sind.

Es ist wirklich so, wie Aaron gesagt hat. Ich habe ihm nicht geglaubt und jetzt kann ich mich alleine mit denen rumschlagen. Echt toll ...

Einmal klopfe ich an, zweimal, aber die Tür bleibt verschlossen. Es scheint mich überhaupt keiner zu hören, was an den lauten Musikbeats liegen könnte. Einige Sekunden verstreichen, in denen ich auf die geschlossene Tür starre. Im Zimmer ist lautes Gelächter zu hören und nie zuvor habe ich mir ein paar Jahre mehr Berufserfahrung gewünscht als in diesem Moment.

Ich schüttle den Kopf, um diese lähmenden Gedanken zu vertreiben, und klopfe erneut, dieses Mal jedoch heftiger.

Dann wird die Tür aufgerissen, als hätte man bereits auf das Anklopfen gewartet. Liam steht vor mir und aus dem Augenwinkel erkenne ich, dass er sein graues T-Shirt schnell ein Stück nach unten über seinen nackten Bauch streicht.

Ich muss unweigerlich an die Blowjob-Story von Aaron denken.

Liam blinzelt einige Male, als wäre er überrascht, dass ich plötzlich vor ihm stehe. Offenbar hat er jemand anderen erwartet. Nachdem er meinem Blick ausgewichen ist, streicht er sein T-Shirt erneut glatt. «Miss Hale ... Wir ... ähm ...»

«Darf ich reinkommen?», unterbreche ich ihn und hebe erwartungsvoll die Augenbrauen.

Kurz zögert er, dann geht er einen Schritt zurück und deutet mir an, das Zimmer zu betreten. Und da sitzen tatsächlich drei Mädels auf dem Sofa. Ich sollte mich aufregen, weil sie die Nachtruhe ignorieren, aber ich bin einfach nur dankbar, dass sie immerhin angezogen sind. Wobei Sophie viel zu knapp und aufreizend gekleidet ist, aber wenigstens hat sie Klamotten an. Mit der Zeit sinken wohl die Ansprüche. Die drei Mädels sind alle bei Aaron auf der Etage und ich kann dafür garantieren, dass er hier gleich auf der Matte steht, wenn er seinen Kontrollgang schneller als ich beendet und feststellt, dass das Zimmer der Mädels leer ist.

Jeremy steht abrupt auf und bleibt ratlos zwischen den Mädels stehen. Sofort verstummen die Gespräche und alle Augen sind auf mich gerichtet. Ich bin leicht irritiert, dass entgegen meiner Erwartung Sydney nicht auf dem Sofa sitzt, aber bei Liam und Jeremy sollte mich nichts mehr wundern. Sophie überprüft immerhin, ob man irgendetwas von ihren Brüsten sieht, was verborgen bleiben sollte, und es kostet mich alle Kraft, nicht genervt die Augen zu verdrehen.

Die aufgerissene Packung Chips und ein umgeworfenes Glas inklusive Pepsi-Pfütze lassen erahnen, was hier gerade abgelaufen ist.

«Ich unterbreche eure Party nur ungern, aber es ist Nachtruhe. Schon seit ungefähr einer halben Stunde», erkläre ich mit angehobener Stimme, um die laute Musik übertönen zu können, während aus den Boxen ein Song von Cardi B läuft. In diesem Moment komme ich mir spießig vor, vielleicht weil ich nur ein paar Jahre älter als sie bin und letztes Jahr selbst noch an der Uni gefeiert habe.

«Oh, Miss Hale, Sie sind so eine Spielverderberin!», bestätigt Sophie meine Theorie im zickigen Tonfall und verdreht übertrieben genervt die Augen. «Wir haben doch nur auf Liams Geburtstag angestoßen.»

Einen Moment bin ich versucht, ihm einen fragenden Blick zuzuwerfen, aber dann schüttle ich den Kopf. Bin ich jetzt eigentlich völlig bescheuert?

«Tja, nach einer halben Stunde habt ihr wohl genug angestoßen», entgegne ich schnippisch. «Macht die Musik aus. Die Party ist vorbei.» Ich stemme die Hände in die Hüfte, aber keiner rührt sich, was meine Geduld schnell ans Limit katapultiert. «Na, ab in eure Zimmer!», zische ich energischer und deute auf die Tür. «Sofort!»

Hilfesuchend blickt Sophie zu Liam, als ob er die Wogen zu ihren Gunsten glätten könnte, und am liebsten würde ich sie eigenständig an den Haaren aus dem Zimmer ziehen.

«Los, ihr habt doch gehört, was Miss Hale gesagt hat!», meint Liam und hebt entnervt die Hände, während er zu seinem Smartphone geht und es von den Musikboxen trennt. Sofort verstummt die Musik. «Haut ab jetzt!»

Aus Sophies Augen schießen mir regelrecht Blitze entgegen und ich bin mir ziemlich sicher, dass sie mir für diese unsensible Unterbrechung am liebsten vors Schienbein treten würde. Sie streift ihren Rock glatt und zupft ihn zurecht, aber er wird dadurch leider auch nicht länger. Sie bückt sich und greift nach ihren schwarzen Louboutin High Heels, dann marschiert sie barfuß an mir vorbei und ich rieche eindeutig Alkohol. Sie nuschelt irgendetwas Unverständliches, was alles andere als nett klingt, und dann verlässt sie mit ihren Freundinnen das Zimmer. Sie knallt die Tür so laut ins Schloss, dass der Boden unter mir leicht vibriert.

Liam schiebt sich beide Hände in die Hosentasche, während Jeremy unruhig auf den Fußballen auf- und abwippt. Beide vermeiden den Augenkontakt mit mir, sondern lassen ihre Blicke unsicher durch den spärlich beleuchteten Raum gleiten. Sie scheinen darauf zu warten, dass der jeweils andere das Wort ergreift.

«Miss Hale, es tut mir leid ... Wir wussten nicht, dass schon Nachtruhe ist», meint Liam nach endlosen Sekunden. «Wir haben wohl die Zeit aus den Augen verloren.»

«Ja, das passiert wohl schon einmal, wenn man sich zu gut amüsiert», gebe ich bissig von mir und schaue wieder auf das Chaos auf dem Tisch.

Liam scheint meine Gedanken lesen zu können, denn er fängt schon an, das umgeworfene Glas wieder hinzustellen. An seinen Fingerspitzen kleben Reste der Pepsi und er schüttelt seine Hände. «Wir räumen das gleich auf, keine Sorge.»

«Wo ist der Alkohol?», will ich schließlich wissen, nachdem ich einmal tief durchgeatmet habe. Immer wieder schwirren mir Aarons Worte durch den Kopf.

Überprüfe die Betten ...

Hoffentlich bleibt mir wenigstens das erspart.

«Wir haben keinen Alkohol getrunken», verteidigt sich Jeremy und hebt beschwichtigend die Hände.

«Wo ist der Alkohol?», wiederhole ich hartnäckig. «Ich frage nicht noch einmal. Der ganze Raum riecht danach.»

Jeremy geht sofort zum Fenster und reißt es auf. Liam geht währenddessen ohne Zögern auf einen Schrank zu. Aufgrund seiner Größe versperrt er mir die Sicht, aber als er sich zu mir umdreht, reicht er mir eine Flasche, die nur noch halb gefüllt ist. Wodka.

Ich umklammere die Flasche so fest, dass es mich wundert, dass sie nicht unter dem Druck zerbricht. «Ihr seid beide unter 21, verdammt! Wo habt ihr das Zeug überhaupt her?» Der gereizte Tonfall meiner Stimme überrascht mich selbst, aber ich bin sauer über das Verhalten der beiden. Und auch ein wenig enttäuscht, dass sie wirklich so sind, wie Aaron mir vorhin schon erzählt hatte. Ich habe mich getäuscht und mich von ihnen blenden lassen. Es sieht ganz so aus, als würde Aaron die Wahrheit sagen. Er hat mir die Situation genau so prophezeit, wie sie schlussendlich eingetreten ist. «Ihr könnt nicht einfach Alkohol mit auf eine Schulfahrt nehmen!»

«Der Alkohol gehört uns nicht», stellt Liam klar. «Die Mädels haben ihn vorhin mitgebracht.»

«Und wieso steht die Flasche dann bei euch im Schrank?», frage ich mit zusammengekniffenen Augenbrauen.

«Weil sie die Befürchtung hatten, dass sie mit dem Alkohol auffliegen. Also haben wir ihn genommen.»

«Oh, das ist ja wirklich heldenhaft von euch», rutscht es mir heraus und ich kann meinen spöttischen Unterton nicht ganz verbergen.

«Wie bitte?», fragt Liam irritiert und schließt die Schranktür hinter sich.

«Sehr aufopferungsvoll, schließlich habt ihr jetzt den Ärger. Bei der nächsten Aktion geht es für euch nach Hause. Das ist eure letzte Chance. Haben wir uns verstanden?» Ich warte die Antwort gar nicht mehr ab, sondern umfasse mit meinen Fingern bereits die Türklinke.

«Miss Hale ...», setzt Liam zögernd an. Ich drehe mich zu ihm um, sein Blick durchbohrt mich regelrecht. «Es ist wirklich so, wie ich es gesagt habe. Jeremy und ich trinken keinen Alkohol. Nie. Wir sind Sportler.» Liam steht jetzt so nah bei mir, dass ich den Alkohol eigentlich riechen müsste, aber mir steigt nur sein Aftershave in die Nase. Jeremy hingegen steht auf der anderen Seite des Raums. Womöglich ist das ein Zufall, aber vielleicht auch reine Berechnung. Jeremys aufrechte Körperhaltung und sein klarer Blick sprechen dafür, dass sie die Wahrheit sagen, aber vielleicht ist Jeremy auch einfach in Übung, wenn man Aarons Behauptung Glauben schenkt. Ich könnte Jeremy zu mir bitten und dann würde ich den Alkohol riechen können, aber ich entscheide mich dagegen. Ich weiß noch nicht mal warum. Wahrscheinlich will ich nicht wahrhaben, dass Aaron recht haben könnte, und ich mich habe blenden lassen.

Ich habe die Hand schon am Türgriff, ehe ich mich noch einmal umdrehe. «Happy Birthday, Liam.»

Dann verlasse ich den Raum.

***

13 Tage vorher

«Komm schon, Nicky. Alle reden von diesem Horrorhaus. Wenn wir schon hier in diesem Freizeitpark sind, müssen wir das mitnehmen. Das wird der Wahnsinn!», verspricht mir Aaron am nächsten Tag und zieht mich hinter sich her. Widerwillig folge ich ihm und der Eingang der Attraktion kommt immer näher. Mit jedem Schritt scheinen meine Beine ihre Funktion mehr abzulegen und weigern sich mittlerweile regelrecht, mich weiter fortzubewegen. Ich weiß ehrlich gesagt nicht, wie ich in diese Sache hineingeraten konnte. Aber ich wusste irgendwie von Anfang an, dass dieser Ausflug in den Freizeitpark nicht gut für mich enden wird.

«Aaron, ich weiß nicht ... Das ist wirklich nicht mein Ding», jammere ich weiter und sehe mich wieder hilflos um. Wenn Aaron mein Handgelenk nicht so fest umfassen würde, könnte ich mich vielleicht hinter dem großen Schild da drüben verstecken. Möglicherweise merkt niemand, dass ich gar nicht dabei bin. «Geht ihr einfach als Gruppe rein und ich warte draußen. Vielleicht kann ich mich sogar nützlich machen und manche Schüler reanimieren, wenn sie vor Schreck einen Herzinfarkt haben.»

Aaron schnalzt mit der Zunge und dreht sich so plötzlich zu mir um, dass ich anhalten muss, um ihn nicht umzurennen. «Okay, Nicky, wovor hast du Angst? Ich therapiere dich im Schnellverfahren. Hast du eine Phobie vor Clowns? Das nennt man Coulrophobie, habe ich letztens gelesen. Aber ich glaube, hier gibt es überhaupt keine Clowns.» Er umfasst meine Schultern mit seinen Händen und sieht mich so intensiv an, als würde er mich augenblicklich hypnotisieren wollen.

«Ich habe keine Angst. Vor nichts.» Ich bin echt eine erbärmliche Lügnerin. Ich kann zwar problemlos Horrorfilme schauen, aber durch so ein Haus zu latschen ist dann doch zu viel des Guten.

Aaron schaut mich amüsiert an und ist sichtlich bemüht, nicht genervt die Augen zu rollen. Er lockert seinen Griff und lässt seine Hände schließlich fallen. «Natürlich hast du das. Aber du wirst es schon überleben. Sogar unsere Schüler trauen sich da rein», erklärt er mir und deutet mit seiner Hand auf die Seniors neben uns. «Der Einlass ist ab 16 Jahren. Was soll da schon passieren? Das ist sozusagen für Kinder.»

Aaron schiebt mich vor und drängelt an einigen Leuten vorbei, aus Lautsprecherboxen ertönt schaurige Musik. Und dann stehen wir plötzlich mitten in der Schlange. Vor mir sind Schüler, hinter mir auch. Ich sitze fest. Diese Erkenntnis ist überaus ernüchternd.

«Toll», murmele ich ironisch und drehe mich um die eigene Achse, woraufhin Aaron nur laut auflacht.

Er legt mir einen Arm um die Schulter und zieht mich ein Stück zu sich. «Das wird richtig witzig, Nicky. Nachher wirst du sagen, dass du froh bist, mitgekommen zu sein. Das wirst du nicht verpassen wollen.»

«Oh, ja. Natürlich», spotte ich. «Genau so wird es kommen.»

«In Ordnung, wir machen einen Deal. Wenn du es schaffst, dadurch zu gehen, schulde ich dir eine Cola, einverstanden?», bietet Aaron mir an und hält mir seine Hand hin, damit ich einschlagen kann.

«Eine Cola im Austausch für den sicheren Herzinfarkt. Das ist ein richtig guter Deal», meine ich belustigt. «Wie wär's wenigstens mal mit einem vernünftigen Wetteinsatz?»

«Okay. Eine Cola – und ich spendiere das heutige Abendessen.»

Ich dachte eher an ein alkoholisches Getränk im Duke's, aber das lasse ich mir natürlich auch nicht entgehen und schlage ein.

Aaron grinst und wendet sich einer Schülerin zu, die ihn etwas fragt. Wie aus dem Nichts tauchen Liam und Jeremy neben mir auf und stellen sich dicht zu Aaron und mir.

«Nervös?», formt Liam lautlos mit seinen Lippen und zwinkert mir zu. Entweder hat er das Gespräch mit Aaron mitbekommen oder man sieht mir meine Panik an.

Ich fühle mich ertappt, beiße mir aber auf die Innenseite der Wangen, um ein Lachen zu unterdrücken. «Niemals», gebe ich ebenso lautlos zurück, woraufhin er schmunzelt.

Viel zu schnell geht die Schlange voran, beim nächsten Durchgang sind wir bereits dran. Meine Hände sind ganz feucht und möglichst unauffällig streiche ich sie mir an meiner Jeans trocken. Von drin hört man bereits einige schrille Schreckensschreie. Wieder sehe ich mich ratlos um und denke darüber nach, einfach umzudrehen. Die Situation stresst mich jetzt schon und ich bin noch nicht einmal eine Sekunde drin.

«Aaron, ich will wirklich nicht», verkünde ich ihm und will schon umdrehen, aber dann umfasst er wieder mein Handgelenk.

«Ach, Nicky, komm schon. Das wird lustig», meint er. Der Kontrolleur an der Tür deutet uns an, einzutreten, aber Aaron nickt nur knapp und winkt einigen Seniors hinter uns, schon vorzugehen. «Wir gehen zusammen. Ich halte deine Hand und du darfst die ganze Zeit schreien, okay? So viel, dass ich einen Hörsturz bekomme.»

Ich trete einen Schritt zur Seite, um an Aaron vorbeizuschauen, und beobachte, wie meine Schüler hineingehen. Ein Mädchen fängt sofort an zu schreien und hebt sich schützend die Hände vors Gesicht, als könnte sie so der Realität entkommen. Aus sicherer Entfernung würde ich darüber sicher schmunzeln, aber gerade finde ich das gar nicht witzig.

«Die nächsten, bitte», weist uns der Kontrolleur an und klingt schon etwas ungeduldig. Aaron zieht mich einfach hinter sich her und mein Herz schlägt so laut, dass er es eigentlich hören müsste. Meine Schritte werden durch den ausliegenden Teppich gedämpft und ich höre nur die Schreie anderer Personen, die bereits mittendrin in der Attraktion sind. Das ist mein persönlicher Albtraum: durch ein Horrorhaus gehen, in dem irgendwelche Zombies und andere Monster aus den

Ecken springen, mich erschrecken und anfassen. Egal, ob das nur Show ist – mir gefällt es hier überhaupt nicht ...

Okay, genug davon! Aaron hat recht. Selbst meine Schüler trauen sich da rein und jetzt muss ich mich wohl dem Gruppenzwang beugen.

«Ich gehe vor und mache den Weg frei», verkündet Aaron mir siegessicher. Der Gedanke beruhigt mich ein wenig, denn dann kann ich mich mental darauf einstellen. Wenn man weiß, was folgt, erschreckt man sich bestimmt nicht so sehr. Und wenn man sich das lange genug einredet, glaubt man es bestimmt selbst.

«AAAH!», schreit Aaron plötzlich hysterisch, als er gerade einmal drei Meter vor mir ist. Sein Schrei ist so laut, dass mein Trommelfell fast platzt. Aarons Stimme ist mindestens fünf Oktaven zu hoch. Er flucht irgendetwas Unverständliches, dann rennt er in die Dunkelheit vor sich. Er lacht auf und ich muss einfach einstimmen, weil er so panisch klingt, auch wenn ich gar nicht weiß, was passiert ist. «Oh Gott, da ist jemand, Nicky! Pass auf! Direkt nach dem Eingang steht jemand!», ruft er mir noch schnell zu, ohne sich noch einmal umzudrehen. «Ich warte da hinten auf dich!» Kurz danach höre ich ihn wieder schrill aufschreien und schon ist er verschwunden.

Ich bleibe so plötzlich stehen, als hätte man mich in Zement gegossen. Ganz langsam verschwindet mein Lachen. Ist das sein Ernst? Ist das sein verdammter Ernst, mich hier einfach stehen zu lassen? Nachdem wir alle Schüler vorgelassen haben? Immer noch verwundert starre ich in die Dunkelheit, in die Aaron abgetaucht ist, aber er kommt nicht mehr zurück.

Ich zucke mit den Schultern und dann macht sich Erleichterung in mir breit, dass ich dieses «Abenteuer» hier umgehen kann, weil mich keiner mitziehen wird. Meine Laune verbessert sich schlagartig.

Ich drehe mich in Richtung Eingang um, aber dann halte ich inne.

Vor mir steht Liam.

«Liam», stammle ich verwundert.

«Anwesend», meint er und grinst mich wissend an.

«Wie ... Was machst du denn hier?» Ich bin davon ausgegangen, dass Aaron und ich gerade alle Schüler vorgelassen haben. Als ich an Liam vorbeischaue, sehe ich auch niemanden sonst.

«Ich gehe jetzt mit Ihnen durchs Haus», meint er locker und schiebt die Hände in die Hosentaschen, während er mit seinem Kinn in die Dunkelheit deutet.

«Was? Nein!», sage ich und schüttle energisch den Kopf.

«Nein? Ernsthaft?», stöhnt er dramatisch auf und blickt sich um. «Bitte tun Sie mir das nicht an. Wenn Sie nicht gehen, fühle ich mich verpflichtet, ebenfalls nicht zu gehen. Und dann bin ich definitiv die größte Pussy der Schule – ansonsten wäre es Mr. Fuller. Sein Schrei gerade war ja wohl wirklich legendär. Ich kann nur hoffen, dass Kane das aufgenommen hat, schließlich rennt der doch ständig mit seiner Kamera herum und filmt alles und jeden.»

Ich muss schmunzeln, auch wenn ich es gar nicht will. «Keine Sorge, du brauchst mich nicht zu begleiten. Ich finde den Weg ganz alleine zurück und du darfst alleine durchgehen.»

Liam scheint sich davon nicht beirren zu lassen. «Begleiten Sie mich bitte, Miss Hale. Den Titel der größten Pussy will ich wirklich nicht haben. Ich habe schon genug andere Titel, auf die ich nicht gerade stolz bin.»

Einen Moment zögere ich, aber dann nicke ich. «Wage es nicht, mich einfach alleine da stehen zu lassen, Liam Hunt!», mahne ich ihn im strengen Tonfall.

«Niemals, Miss Hale. Bereit?»

«Bereit», nicke ich knapp. Ich fühle mich immer noch so unsicher wie vorhin, aber jetzt ist es zu spät, um umzudrehen. Dann geht Liam auch schon mit großen Schritten entschlossen weiter in das Horrorhaus rein. Und ich sterbe mindestens fünftausend Tode. Das Unwissen darüber, was hinter jeder Ecke lauert, nagt an mir. Wie können Leute hier eigentlich arbeiten? Sind die überhaupt menschlich?

Immer wieder blinzle ich für eine Sekunde, dann schließe ich die Augen sofort wieder, genau wie ich es jedes Mal mache, wenn im Horrorfilm gruselige Szenen kommen. Ich weiß gar nicht, wie ich es schaffe, einen Schritt nach vorne zu setzen, aber Liam schiebt mich ganz leicht. Es ist gut, dass es in diesem Raum so dunkel ist und uns keiner beobachten kann.

Ich bin mir nicht ganz sicher, ob es richtig ist, hier zusammen mit meinem Schüler durchzugehen, aber alleine würde ich mich das niemals trauen. Immer wieder öffne ich ganz kurz die Augen und habe keine Ahnung, wo wir sind. Ständig höre ich in der Ferne Leute aufschreien, nur Liam gibt keinen Mucks von sich. Ein lauter Männerschrei in der Nähe klingt nach Aaron und ich muss trotz allem laut loslachen.

Liam scheint das Gleiche zu denken. Er murmelt etwas, das verdächtig nach «Fuller, du Idiot» klingt, aber ich frage nicht weiter nach, weil ich gerade ganz andere Sorgen habe. Nämlich dieses Horrorhaus zu überleben.

«Öffnen Sie mal die Augen», fordert Liam mich auf und ich spüre seine Finger an meinen Schultern. «Die Zombies sind echt gut gemacht.»

Beobachtet er mich etwa?

Langsam öffne ich die Augen und blicke mich um, aber der Raum ist größtenteils dunkel. Nur durch kleine Lichteinschübe sehe ich überhaupt etwas.

«Da hinten ... Sehen Sie das Tor? Da, wo das rote Licht reinfällt?», fragt Liam mit leiser Stimme, als er sich zu mir beugt und mit dem Finger in die Dunkelheit vor uns deutet. «Da kommt gleich jemand rausgesprungen. Erschrecken Sie sich nicht, aber achten Sie mal auf den Zombie.»

Als wir das Tor passieren, kommt genau wie von Liam prophezeit ein Zombie hervorgesprungen. Ich erschrecke mich trotzdem, woraufhin Liam leise hinter mir auflacht.

«Der sah witzig aus, oder?», meint Liam und ist jetzt neben statt hinter mir.

«Witzig wäre nicht gerade mein erster Gedanke», gebe ich zurück und blicke mich noch einmal um, weil ich die Befürchtung habe, der Zombie läuft uns hinterher. Er geht jedoch wieder zurück in sein Versteck und wartet auf die nächsten Besucher.

Als ich meinen Blick wieder nach vorne hefte, steht eine Person vor mir und sie erschreckt mich so sehr, dass ich laut aufschreie.

«Oh mein Gott!», rufe ich panisch und kralle meine Finger wie automatisch um Liams Arm. Seine Muskeln spannen sich unter meinen Fingern an. Er lacht und ich entspanne mich sofort. «Liam, da stand jemand! Wieso hast du mich denn nicht gewarnt?»

«Miss Hale, das war die Sicherheitsfrau», informiert er mich amüsiert.

«Oh», sage ich und muss nun auch lachen.

«Ja ... oh», wiederholt er und ich wette, er schüttelt belustigt den Kopf.

«Wie lange brauchen wir denn noch, um hier rauszukommen?», will ich wissen.

«Ich kenne eine Abkürzung», verkündet mir Liam prompt. Seine Hand schließt sich um meinen Arm und er zieht mich zielstrebig hinter sich her. Ich will möglichst vorsichtig einen Schritt nach dem anderen setzen, aber Liam bewegt sich so locker fort, als hätte er eine Wärmebildkamera vor Augen und ich lasse mich einfach mitziehen. Keine Ahnung, wo wir hingehen, aber diese Abkürzung gefällt mir gar nicht, weil wir nur in die Dunkelheit gehen. Die Schreie um uns herum werden immer leiser, bis sie irgendwann verstummen.

«Liam, bist du sicher, dass wir hier richtig sind?», wage ich zu fragen, als eine plötzliche Stille um uns herrscht. Es kommt mir nicht so vor, als wären wir noch im Horrorhaus.

Er bleibt stehen und schiebt mich sanft ein Stück zur Seite, ehe ich einen Widerstand an meinem Rücken spüre. Eine Wand, vielleicht auch eine Tür, die sich kalt gegen meine Haut presst.

Um uns herum ist alles still. Das Einzige, was ich höre, ist Liams Atem. Er klingt unregelmäßig, irgendwie beschleunigt. Ich sehe nichts, aber ich weiß, dass Liam direkt vor mir steht. Es ist, als könnte ich seine Anwesenheit spüren.

«Vielleicht sollten wir einfach zurückgehen, falls wir uns verlaufen haben», schlage ich zaghaft vor, als er immer noch nichts sagt.

Wieso spricht er nicht mehr?

Liam erwidert darauf nichts, stattdessen merke ich eine leichte Berührung an meinen Armen. Seine warmen Finger streichen leicht über meinen Oberarm und ich schlucke einige Male merklich. Er muss direkt vor mir stehen, denn ich spüre seinen Atem auf meinen Haaren. Nicht nur dort, wo er mich berührt, ist mein Körper mit Gänsehaut übersät. Jeder einzelne

Nerv, jede Faser in mir vibriert und das Blut pulsiert in meinen Adern. Mein Körper ist wie elektrisch aufgeladen und ich erzittere regelrecht unter seiner Berührung, die sich quälend langsam über meinen Arm erstreckt. Ich kann nur hoffen, dass er meine Reaktion nicht wahrnimmt. Das ist das Einzige, an das ich denken kann, dabei sollte ich mich eher fragen, was er da macht.

Liam fährt weiterhin mit seinen Fingern auf meiner Haut entlang, verharrt an meinen Schultern und streicht mir einige Haarsträhnen nach hinten. Meine Beine werden ganz weich und drohen nachzugeben. Ich presse mich grob an die Wand hinter mir, um weiterhin aufrecht zu stehen. Der kalte Widerstand in meinem Rücken steht im Gegensatz zu der Hitze, die sich rasend schnell und schonungslos in mir ausbreitet. Ich habe das Gefühl, mein ganzer Körper steht in Flammen und droht zu verbrennen, aber ich kann mich einfach nicht von Liam lösen.

Ich weiß nicht, was hier gerade passiert, aber es darf nicht passieren.

Denk schon nach, Nicky! Mach irgendetwas!

«Liam ...», presse ich hervor und ich hoffe, dass ich nicht so aufgewühlt klinge, wie ich mich fühle.

Kaum habe ich die Worte ausgesprochen, zieht Liam seine Finger so schnell zurück, als hätte er sich plötzlich an meinem überhitzten Körper verbrannt.

Er räuspert sich auffällig laut und geht so abrupt einen Schritt zurück, dass ich einen leichten Wind spüre. Sein Duft verteilt sich in der Luft, was nicht gerade dazu beiträgt, mich weniger benebelt zu fühlen.

«Entschuldigen Sie, Miss Hale», sagt Liam mit fester Stimme. Er klingt so gefestigt, als hätte ich mir das gerade nur eingebildet. Ihn scheint das nicht ansatzweise so aus der Bahn geworfen zu haben, wie mich gerade. «Ich habe mich vertan. Es scheint hier doch keine Abkürzung zu geben. Wir müssen schon daran vorbei sein. Lassen Sie uns einfach den normalen Weg nehmen», schlägt er vor und umfasst zielsicher meine Hand, um mich hinter sich her zu ziehen.

Liams Hand ist feucht. Oder ist es meine? Ich kann überhaupt nicht mehr klar denken. Ich bin jedenfalls froh, einen

Halt zu haben, und folge ihm schweigend. Dann umschließen seine Finger meine, als wäre es das Normalste der Welt.

Mein Herz setzt einen Moment aus, genau wie mein Kopf.

Was passiert hier? Was macht er da?

Verdammt, Nicky, reagier gefälligst! Mach schon irgendetwas! Er ist dein Schüler!

S-C-H-Ü-L-E-R!

Sag irgendetwas! Das geht zu weit!

Mein Mund weigert sich regelrecht, die Worte auszusprechen. Ich sollte Liam meine Hand entziehen, aber stattdessen gebe ich mich stillschweigend mit der Hoffnung zufrieden, dass uns niemand sieht. Die Berührung seiner warmen Finger auf meiner Haut fühlt sich viel zu gut an.

Meine Gedanken lähmen mich selbst und Hitze breitet sich wie Lava in meinem Körper aus.

Denk an etwas anderes ...

Holy Shit, was war das gerade? Oder habe ich mir das doch nur eingebildet? Es war alles dunkel. Vielleicht war er mir gar nicht so nah, wie ich angenommen hatte. Vielleicht hat er nur versehentlich kurz meinen Arm berührt und für mich hat es sich wie eine kleine Ewigkeit angefühlt.

Liams sichere Haltung lässt mich an meinem eigenen Verstand zweifeln.

Gerade umfasst er aber doch meine Hand ... das bilde ich mir definitiv nicht ein.

Ich stehe so neben mir, dass ich noch nicht einmal mehr vor den Zombies zurückschrecke. Mein Körper ist vollgepumpt mit Adrenalin und ich nehme nichts mehr richtig wahr.

Wir sind kurz vor dem Ausgang und für einen kleinen Moment fällt Tageslicht in das Haus, weil einige Menschen nach draußen schlüpfen, als ein Zombie aus der Ecke gesprungen kommt. Liam zuckt ganz leicht zusammen, dann lacht er laut auf. Er dreht sich zu mir um, lässt meine Hand los und lächelt leicht. «Ich schätze, wir haben jetzt ein kleines Geheimnis, Miss Hale.»

Und ich bin mir nicht sicher, ob er von dem Zombie spricht.

Liam geht voran, öffnet die Tür und als ich ebenfalls hinausgeschlüpft bin, lässt er sie ins Schloss fallen. Ich bin noch gar nicht bereit, zurück in die Realität zu treten, aber dann stehen auch schon alle anderen Schüler vor uns, die sich aufgeregt miteinander unterhalten. Nachdem ich kurz geblinzelt habe, schüttele ich den Kopf, um mich selbst daran zu erinnern, jetzt vor allen anderen zu funktionieren.

«Da seid ihr ja», meint Daniel, als er sich lachend zu uns umdreht. «Wo wart ihr denn so lange?»

«Meine Schuld. Verlaufen», erklärt Liam knapp und schlägt bei ihm ein.

«Da drin passieren echt verrückte Dinge, oder? Echt abgefahren!», ruft Daniel begeistert.

«Absolut. Gut, dass das, was da passiert, niemals das Horrorhaus verlässt», gibt Liam trocken zurück, als er sich mit einer Hand durch die Haare fährt.

Ist er jetzt völlig wahnsinnig?

Daniel lacht ahnungslos über Liams Aussage, aber mir bleibt fast die Luft weg, denn ich verstehe die Andeutung sehr gut.

Und Jeremy anscheinend auch, denn er verengt die Augen zu Schlitzen und blickt misstrauisch zwischen Liam und mir hin und her. Eine tiefe Falte bildet sich zwischen seinen Augenbrauen und er kaut hochkonzentriert auf der Unterlippe herum, nickt dann aber schweigend einige Male.

Verdammt. Jeremy ahnt irgendetwas ... Ich erkenne es an seinem Blick, der mich durchbohrt.

«Du bist ja anscheinend doch durchgegangen», stellt Aaron überrascht fest, als er neben mir auftaucht und aufgeregt auf seinen Fußballen wippt. Ich nicke, immer noch unfähig, einen grammatikalisch korrekten Satz zu formulieren.

«Ich schätze, ich schulde dir jetzt schon mal deine Cola», verkündet er mir gutgelaunt und schiebt mich Richtung Getränkestand.

Cola? Vielleicht wäre ein Schnaps besser ...

«Das war echt gruselig da drin, oder?», meint Aaron, als er sich eine Hand in den Nacken legt. «Ich habe nicht damit gerechnet, dass du das tatsächlich machst. Bist du da echt alleine durchgegangen?»

Ich schüttle kaum merklich den Kopf. «Nein, mit Liam.»

Das ist das einzige Wort, das ich in diesem Moment sagen kann.

Liam.

*

Am frühen Abend sitzen Aaron und ich in einer Sauna, die im Wellness-Bereich im Untergeschoss des Hotels zu finden ist. Den ganzen Tag war es so laut und hektisch um uns herum, dass die Stille uns jetzt ungewohnt vorkommt. Wir sind die einzigen Personen in der Sauna und wir laufen auch nicht Gefahr, einem Schüler zu begegnen, weil die Seniors allesamt in der Stadt unterwegs sind.

«Gehst du öfters in die Sauna?», frage ich Aaron, während ich über das Handtuch an meinem Körper streiche. Er hat es vorgeschlagen und ich bin keine Saunagängerin, aber gerade kann ich mir keinen besseren Ort vorstellen. Meine Füße waren den ganzen Tag kalt und da wir vorhin nach der Wildwasserbahnfahrt halbdurchnässt durch den Park gelaufen sind, würde ich mich nicht wundern, wenn ich die nächste Woche krank im Bett verbringe.

«Ab und zu, ja. Eigentlich immer, wenn wir im Skiurlaub sind.» Aaron lehnt sich nach vorne und streicht sich einmal durch seine blonden Haare, die mittlerweile ziemlich lang geworden sind und ihm durch den Schweiß an der Stirn kleben. Ich kann gar nicht anders, als einen verstohlenen Blick auf seinen definierten Oberkörper zu werfen. Es ist das erste Mal, dass ich ihn nur in Shorts sehe. Kann sich definitiv sehen lassen, aber das wundert mich auch nicht, schließlich ist Aaron begeisterter Kampfsportler. Er redet zwar nicht oft darüber, weil er meint, dass es nur ein Hobby und er nicht wirklich gut sei, aber ich glaube eher, dass er einfach nur zu bescheiden ist. Schließlich ist er sogar öfter bei Wettbewerben und hat versprochen, uns alle bald mal mitzunehmen. Unser Jahresvorsatz fürs nächste Jahr.

«Du nicht?», fragt Aaron mich und ich wende blitzschnell den Blick von seinen Bauchmuskeln ab, aber er schaut immer noch auf den Boden und scheint nichts bemerkt zu haben.

«Ehrlich gesagt nicht wirklich. Ich war mal vor Jahren mit Rebecca während eines Wellnesswochenendes in einer Sauna, aber danach nicht mehr.» Langsam wird mir richtig warm und ich löse mein Handtuch. Es spricht bestimmt nichts dagegen, dass ich nur noch im trägerlosen Bandeau-Bikini hier sitze. Aaron hat schließlich auch nicht viel mehr an.

«Da verpasst du aber einiges», meint er mit einem Lächeln, als er den Blick hebt und mich ansieht. Für einen kurzen Moment huscht ein überraschter Ausdruck über seinem Gesicht und mir entgeht nicht, dass er kurz meinen Bikini mustert, aber dann hat er sich sofort wieder gefangen. Alles andere würde auch nicht zu ihm passen, denn er ist viel zu sehr Gentleman. Ja, genau die Art von Mann, der mir immer die Tür aufhält oder meine Dosen öffnet, weil er genau weiß, dass meine Fingernägel dafür zu lang sind.

Aaron lehnt sich entspannt zurück und wuschelt sich einmal durch die Haare. «Also, ich habe schon ein Restaurant für heute Abend rausgesucht. Ist von der Preiskategorie eher Mittelklasse, also ist die Wahrscheinlichkeit relativ hoch, dass wir den Seniors nicht über den Weg laufen. Das war doch unsere oberste Priorität, oder? Hauptsache die sind alle pünktlich auf dem Zimmer. Was die bis dahin treiben, ist mir relativ egal.»

Ich muss lachen und lege die Beine auf die viel zu heiße Bank. «Auf die Zimmerkontrolle freue ich mich ja auch schon wieder», murmle ich ironisch.

«Ich mache heute deine Etage und du meine», beschließt Aaron. «Ich habe irgendwie fast nur Mädels bei mir auf der Etage und ich hatte gestern das Gefühl, es ist denen unangenehm, wenn sie mir die Tür im Pyjama öffnen. So ungestylt, du weißt schon. Vielleicht sind die bei dir nicht so empfindlich. Einverstanden?»

«Einverstanden», stimme ich sofort zu. Dann soll er sich mal mit Liam und Jeremy rumschlagen, die heute wahrscheinlich wieder eine Party auf ihrem Zimmer feiern, um Liams Geburtstag ausklingen zu lassen. Oder was auch immer es sonst zu feiern gibt. Außerdem bin ich mehr als froh, Liam nach der Aktion heute im Horrorhaus nicht mehr treffen zu müssen. Ich glaube, ich muss erstmal eine Nacht darüber schlafen, um einen klaren Gedanken zu fassen, was da passiert ist. Oder beinahe passiert ist.

«Und gestern ist wirklich nichts Großes vorgefallen? Kein Derek, der kotzend über dem Klodeckel hing? Keinen Damenbesuch bei Liam? Keine Alkoholeskapaden bei Jeremy?», will Aaron mit zusammengezogenen Augenbrauen wissen.

Es ist, als könnte er förmlich riechen, dass ich ihm etwas verheimliche. Kein Wort habe ich darüber an Aaron verloren, obwohl er mir nach der Nachtkontrolle noch eine Nachricht per WhatsApp geschickt hatte, ob alles in Ordnung gewesen sei. Statt Jeremy und Liam jedoch zu verraten, habe ich sie gedeckt. Warum auch immer. Und lange, nachdem ich Aaron schon geantwortet hatte, bin ich nochmal im Pyjama über die Gänge gelaufen. Vor Jeremy und Liams Zimmer habe ich besonders lange gehorcht.

Glauben Sie an zweite Chancen, Miss Hale?

Liams Frage, die er mir auf den Klippen gestellt hat, als wir zurück zu den Jetskis gegangen sind, ist mir in dem Moment durch den Kopf geschwirrt. Wie auch immer, die beiden haben die zweite Chance gestern Nacht jedenfalls genutzt, denn ich konnte durch die Tür hören, dass sie sich leise unterhalten haben. Keine Spur mehr von Frauenbesuch oder Partystimmung.

«Nein, nichts vorgefallen.» Einige Sekunden beobachte ich Aaron, wie er Wasser auf den heißen Stein gießt. «Aaron, ich muss dir was sagen», arbeite ich mich langsam vor, um ihn auf das kommende Thema vorzubereiten.

Verwundert hält er inne und blickt mich unsicher an. «Okay», sagt er gedehnt. «Was ist los?»

«Mir gefällt es überhaupt nicht, wie du dich gegenüber Jeremy und Liam verhältst. Mir ging es abends noch lange durch den Kopf, dass du am Lagerfeuer meintest, ich solle die beiden anders behandeln, falls ich dort Alkohol auf dem Zimmer entdecke.»

«Nicky ...», setzt Aaron mit lautem Seufzen an, aber ich unterbreche ihn.

«Nein, ich finde es unfair und frage mich, was die beiden dir getan haben. Also, was ist dein Problem mit Liam und Jeremy?», platzt es aus mir heraus. Etwas ratlos schiebe ich die Hände unter meine Oberschenkel.

Kaum ausgesprochen, blickt er schweigend zu mir auf. Er legt die Kelle zurück in den Wasserkübel, dann lächelt er mich verschmitzt an. «Ist das so offensichtlich?»

«Ja.»
«Ich habe nichts gegen die beiden», verteidigt er sich lahm und er klingt selbst alles andere als überzeugt.
«Aaron, es gibt keine Person auf dieser Welt, die das nicht bemerkt.»
«Toll», sagt er und mir entgeht sein ironischer Unterton nicht. «Dann wirke ich ja richtig professionell. Ich versuche schon immer, es nicht so zu zeigen, aber ich habe so eine Abneigung gegen die beiden, dass mir das nicht immer gelingt.»
«Gegen wen denn besonders? Gegen Liam oder Jeremy?»
«Beide», antwortet Aaron prompt. «Es hängt immer von meiner Tagesform ab, wen von beiden ich mehr hasse.»
Er sagt es so trocken, dass ich schmunzeln muss, aber dann bin ich sofort wieder ernst.
«Warum?», will ich wissen und lege nachdenklich die Stirn in Falten. Mir läuft das Wasser an der Haut herunter und jedes Wort fällt mir mittlerweile schwer. Aaron scheint weitaus besser mit der Hitze klarzukommen.
Laut atmet er aus. «Ihre Art kotzt mich einfach dermaßen an. Sie verkörpern irgendwie alles, was ich hasse, aber ich weiß nicht, ob du mich da verstehen kannst, Nicky.»
«Ich würde es jedenfalls gerne versuchen.»
Müde lächelt Aaron mich an. «Ich weiß, dass du weitaus besser mit ihnen zurechtkommst als die anderen Lehrer. Es ist kein Geheimnis, dass die beiden bei dir immer noch keine einzige Fehlstunde gesammelt haben.»
«Sie sind jetzt aber auch in anderen Kursen anwesend.»
Aaron legt den Kopf in den Nacken und lacht auf. «Jetzt verteidigst du sie schon.»
Ich fühle mich bei seinen Worten ertappt, obwohl ich die Wahrheit sage. «Aber das ist wirklich so. Sie haben mit dem Blaumachen mittlerweile aufgehört.» Kurz halte ich inne und denke an ein Gespräch, das ich letzte Woche zwischen Gramps und einer anderen Kollegin mitbekommen habe. «Jedenfalls machen sie es nicht mehr so häufig», revidiere ich meine Aussage. «Und ich verstehe ja, dass Liam ein besonderer Einzelfall sein mag, aber Jeremy ... Was hast du gegen ihn?» Ich kann bisher nichts Negatives über ihn sagen. Ich finde, Jeremy ist eher

der ruhende Gegenpol zu Liam und ich glaube sogar, dass sie sich gegenseitig guttun. Als Ausgleich sozusagen.

«Das kannst du nicht nachvollziehen, oder? Weil er eher der ruhige Typ ist. Aber, glaube mir, stille Wasser sind tief. Und Jeremy ist sehr still und sehr tief.» Ich ziehe fragend die Augenbrauen nach oben und mein Gesichtsausdruck scheint so eindeutig zu sein, dass Aaron laut seufzt und weitererzählt. «Okay, ich versuche, es dir zu erklären. Dazu musst du wissen, dass Jeremy sehr christlich erzogen wurde. Kennst du Ann Porter? Seine Mom?»

Ich schüttle den Kopf. «Nein. Also ich habe sie mal gesehen, aber noch nie ein Wort mit ihr gewechselt.»

«Auch wenn ich nicht viel von Jeremy halte, schätze ich seine Mutter dafür umso mehr. Sie ist sehr religiös und engagiert, sowohl für die Schule, als auch für die Kirche und für soziale Einrichtungen. Sammelt Spenden für arme Menschen und so. All diese christlichen Werte spielen da eine sehr große Rolle.» Aaron räuspert sich und lehnt sich nach vorne, die Hände miteinander verschränkt. Seine blauen Augen blicken mich eindringlich an. «Jeremy hat fünf oder sechs Geschwister. Wusstest du das?»

«Nee.»

«Seine Schwester hat das Down-Syndrom und braucht deswegen besondere Aufmerksamkeit.» Ich glaube, das war das Mädchen mit dem viel zu großen Trikot, das ich beim American-Football-Spiel gesehen habe. «Und Ann Porter hatte selbst vor einigen Jahren eine Krebserkrankung, aber es ist wohl alles überstanden. Ich habe echt bis heute nicht verstanden, wie jemand so viele Schicksalsschläge überstehen kann und trotzdem so an seinem Glauben festhält.»

«Was ist denn mit Jeremys Dad?», frage ich.

«Beruflich macht der irgendwas mit Privatjets, arbeitet aber wohl auch oft von Zuhause. Eigentlich eine sehr intakte Familie. Keine Ahnung, warum der Junge trotzdem so verkorkst ist. Liegt wahrscheinlich an Liam.»

Ich bin schwer bemüht, bei seinem Seitenhieb nicht die Augen zu verdrehen. «Was stört dich denn so an Jeremy?» Ich weiß immer noch nicht, worauf Aaron hinaus will.

«Seine Doppelmoral», entgegnet Aaron prompt und seine Stimme klingt auf einmal gereizt. Er lehnt sich wieder nach hinten und macht eine ausfahrende Handbewegung. «Dass er vor jedem Spiel mit seiner Familie im Kreis steht und betet oder dass er seine Mom bei ihren Reden unterstützt, in denen sie sich gegen Sex vor der Ehe ausspricht. Er spielt ihr was vor, denn hinter ihrem Rücken lebt er ganz andere Werte: Sex, Alkohol, Partys, faul bis zum Abwinken in der Schule.»

Vorstellen kann ich mir das nicht so wirklich. Es passt gar nicht in das Bild, das ich von Jeremy habe. Entweder ich schätze ihn falsch ein oder er ist privat ein völlig anderer Mensch als in der Schule. Andererseits ist er der beste Freund von Liam und bei ihm könnte ich mir durchaus vorstellen, dass er gerne mal über die Stränge schlägt. Ich möchte das Verhalten auch gar nicht verteidigen, aber ich weiß, dass wir in dem Alter alle mal Zeug gemacht haben, das man sich im Nachhinein auch hätte sparen können.

Einige Sekunden denke ich über Aarons Ansicht nach. «Du magst recht haben, manche Dinge sollte er definitiv lassen, aber ich denke, Jeremy ist mittlerweile in einem Alter, dass er über diese Dinge selbst bestimmen kann und auch sollte. Vielleicht probiert er einfach viel aus. Er kann ja für sich entscheiden, dass der Weg seiner Mom vielleicht nicht der richtige für ihn ist. »

Aaron lächelt mich wissend an. «Genau. Da wiederum gebe ich dir recht, Nicky. Aber er spielt ja nicht mit offenen Karten, das ist das Problem. Mich regt diese Heuchelei auf, weil er einfach nicht aufrichtig ist. Er lacht seiner Mom ins Gesicht und macht sie hintenrum lächerlich. Ann Porter muss sich in Grund und Boden schämen, dass er ihre Werte und Erziehung so mit Füßen tritt. Und das auch in der Schule noch so offen zeigt. Jedes Mal, wenn irgendwas ist, gelobt er Besserung und es endet immer gleich.» Kurz hält Aaron inne und legt den Kopf schief. «Obwohl, das stimmt nicht. Letztes Jahr gab es mal einen neuen Höhepunkt, nämlich als er fast abgekratzt ist.»

«Was?», frage ich irritiert.

«Ja, ernsthaft. Der lag im Krankenhaus wegen einer Alkoholvergiftung. Die mussten ihm den Magen auspumpen. War wohl recht knapp.» Aaron greift nach der Kelle aus dem Wasserbehälter, aber dann lässt er sie wieder los und sieht mich an. «Jetzt sag mir ehrlich, Nicky, habe ich so unrecht? Was soll das denn alles? Seine Eltern verzeihen Jeremy so viel, finanziell ermöglichen sie ihm alles. Der hat ein Leben, von dem träumen die meisten Jugendlichen. Und trotzdem dreht er so ab. Was stimmt nicht mit ihm?»

Aaron hat recht, dass ich es nicht ganz nachvollziehen kann. Sofort bin ich gedanklich wieder in Liams Bibliothek zurückversetzt, als ich das Gespräch mit seinem Dad geführt habe. Ich saß zwar auf einem Designersofa, an der Wand hingen Gemälde aus Frankreich und der beeindruckende Kronleuchter über mir kostete wahrscheinlich mehr als mein Jahresgehalt, aber trotzdem war da diese angespannte Stimmung zwischen Liam und seinem Vater John. «Ich denke nicht, dass Jeremy sorgenfrei aufwächst, nur weil er viel Geld von Zuhause hat, Aaron. Das ist auch nun mal das Leben, das er kennt. Er kennt es ja gar nicht anders.» Ratlos zucke ich mit den Schultern. «Er ist halt in einem schwierigen Alter. Ich glaube nicht, dass er die Dinge genauso analysiert und reflektiert wie du und ...»

«Nein», unterbricht mich Aaron. «Ich sehe das anders. Er ist 18 Jahre und keine 15 mehr. Die Pubertät ist vorbei. Jetzt erwarte ich ein bisschen mehr Hirneinschalten. Die Seniors wollen doch immer alle wie Erwachsene behandelt werden, dann sollen sie sich auch so benehmen.»

Immer noch versuche ich, seine Sichtweise nachzuvollziehen. Ich verstehe, dass ihn diese Doppelmoral nervt, aber ich glaube nicht, dass das alles ist. Es dauert ein wenig, bis ich die Puzzleteile zusammensetze.

Seine Eltern verzeihen Jeremy so viel, finanziell ermöglichen sie ihm alles. Der hat ein Leben, von dem träumen die meisten Jugendlichen.

Vor allem der letzte Satz hat Aaron gerade verraten. Immer wieder hallt er in meinem Kopf. Vielleicht liegt tatsächlich hier das Problem. Ich weiß, dass er ein sehr enges Verhältnis zu seinen Eltern, aber auch zu seinem Bruder hat. Aaron finanziert sogar das Studium für seinen Bruder Damian, der oft an den Wochenenden nach Hause reist, um Zeit mit der Familie zu verbringen. An irgendeinem Abend im Duke's erzählte mir Aaron, dass er eigentlich nur wegen seiner Eltern weiterhin in den Hamptons lebt, obwohl er viel lieber in New York City leben würde.

Dennoch versuche ich mir vorzustellen, wie er wohl in den Hamptons aufgewachsen ist. In einer Arbeiterfamilie, immer im Schatten der Superreichen und dass er sich alles erarbeiten musste, während andere es ohne große Mühe bekommen haben. Wahrscheinlich hat er solche Kinder schon zu seiner Schulzeit gehasst. Liam und Jeremy stehen für alles, was Aaron vermisst hat und das kann er ihnen nicht verzeihen. Neid und Missgunst sind keine schönen Eigenschaften, aber richtig verübeln kann ich es Aaron in diesem Moment auch nicht, wenn man so aufwächst und tagein und tagaus mit solchen Gegensätzen konfrontiert wird. Und man vielleicht auch immer eine gewisse Ungerechtigkeit empfindet, die an einem nagt, auch wenn man es überhaupt nicht will.

Schweigend beobachte ich Aaron, der mit seinen Fingern auf dem Knie tippt, aber gedanklich woanders zu sein scheint. Die hellblauen Augen sind ganz abwesend und die Stirn ist nachdenklich gerunzelt.

«Und was ist mit Liam?», frage ich zaghaft und Aaron reißt den Kopf in meine Richtung. «Wieso magst du ihn nicht?»

«Gegenfrage: Wie kannst du ihn mögen?»

Ich verschränke die Arme vor der Brust. «Das habe ich doch gar nicht gesagt.»

Aaron zuckt nur mit den Schultern, während er sich am Hinterkopf kratzt. «Ehrlich gesagt brauchst du das auch nicht sagen. Man sieht ja, wie entspannt ihr miteinander umgeht. Ihr seid freundlich zueinander und lacht zusammen. Und dein Lachen ist immer so ungezwungen.»

Mit einem Seufzen lehne ich mich zurück und lasse unter Aarons prüfenden Blick meine Augen unruhig durch die Sauna gleiten. «Ich hatte anfangs auch meine Schwierigkeiten mit Liam. Aber er hat sich entschuldigt und seitdem ist er viel umgänglicher und ...»

«Er hat sich entschuldigt?», wiederholt Aaron und sein Tonfall verrät mir, wie absurd er die Vorstellung zu finden scheint. «Du machst Witze.»

«Nee. Ehrlich.»
«Das klingt so gar nicht nach Liam», hält Aaron gegen und runzelt die Stirn. «Obwohl, wenn ich recht überlege, vielleicht passt es doch. Natürlich will er bei dir gut dastehen.»
Fragend hebe ich die Hände. «Was soll das denn bedeuten?»
«Oh, Nicky, ich sage es dir ganz unverblümt: Der findet dich scharf. Hast du noch nie gesehen, wie er dir hinterherschaut?», fragt Aaron mich mit zusammengekniffenen Augen.
«Nein. Wie auch? Habe ich Augen am Hinterkopf?», entgegne ich ironisch. Ich habe das Gefühl, die Hitze in der Sauna hat sich mit einem Mal schlagartig verdoppelt und ich kann kaum mehr atmen.
Aaron schmunzelt über meine Bemerkung und zieht ein Bein an. «Am liebsten würde ich ihm jedes Mal dafür eine verpassen. Er hat ja noch nicht mal den Anstand, das zu lassen, wenn ich in der Nähe bin. Und das ist es, was mich so an ihm nervt. Diese Arroganz, diese Überheblichkeit und dieses respektlose Verhalten. Er ist gar nicht immer so offensiv respektlos, sondern eher unterschwellig.»
Also, zu mir war Liam ehrlich gesagt auch offensiv ziemlich respektlos und in diesem Punkt kann ich Aaron tatsächlich verstehen. Ich kann mich noch zu gut an Liams Haltung zu Beginn des Schuljahres erinnern, als er anfangs immer breitbeinig und mit verschränkten Armen auf seinem Stuhl gesessen hat, oder das prüfende Augenbrauenheben, was für mich immer etwas sehr Arrogantes hatte. Ja, Aaron hat absolut recht, was er über Liams überhebliches Verhalten sagt, aber mittlerweile habe ich auch eine ganz andere Seite an ihm kennengelernt. Der Tag, an dem ich mit ihm Jetski fahren war und für ein paar Minuten mit ihm an den Klippen saß, wo ich mal einen Blick hinter seine hochgezogenen Mauern werfen durfte, hat irgendwie vieles verändert. Es war der Tag, an dem wir Frieden geschlossen und uns auf eine zweite Chance geeinigt haben. Seitdem sehe ich ihn mit anderen Augen. Ich habe den Moment zwischen uns auf den Klippen als wahnsinnig intim empfunden. Allerdings ist mir auch klar, dass ich da auch aus meiner professionellen Rolle gefallen bin und die Grenze als Lehrerin überschritten habe.

Und obwohl Liam mir seitdem keinen Tag mehr zum Zweifeln gegeben hat, tue ich es in diesem Moment doch. Aaron klingt sachlich und rational, kein verbitterter Unterton schwingt in seiner Stimme mit, wie es sonst so oft ist, wenn er sich über Liam aufregt. Und genau diese Nüchternheit ist es, die mich gerade hinterfragen lässt, ob das, was ich in Liam sehe, wirklich da ist.

«Ja, je mehr ich drüber nachdenke, desto mehr Sinn ergibt es, dass er so nett zu dir ist», reißt Aaron mich aus den Gedanken und seine blauen Augen beobachten mich. «Das steht wahrscheinlich auf seiner Bucket List, einmal im Leben was mit einer Lehrerin zu haben. Oder mit einer ehemaligen Lehrerin. Das braucht er, um sein Ego aufzupolieren. Genauso schätze ich ihn ein, denn bei ihm ist jeder Schritt durchdacht. Liam ist berechnend und manipulativ. Na ja, noch ein paar Monate, dann sind wir ihn ja los. Wobei du dich drauf einstellen solltest, dass er tatsächlich nach seinem Abschluss versuchen wird, dich mal privat zu treffen. Maßlose Selbstüberschätzung ist doch auch so ein sympathischer Charakterzug an ihm.»

Aaron lässt kein nettes Wort über Liam fallen. Er muss wirklich eine sehr tiefe Abneigung für ihn empfinden. Unruhig rutsche ich auf der Bank herum und spiele nervös mit meinem Handtuch. Ich glaube, wenn Aaron wüsste, was vorhin im Horrorhaus war, dann würde er jetzt sofort die Sauna verlassen und Liam einen Besuch in der Stadt abstatten. Oder vielleicht wäre er auch einfach nur wütend auf mich, weil ich das viel zu lange zugelassen habe, und würde kein Wort mehr mit mir reden. Keine Ahnung, was davon die bessere Alternative wäre.

Ich will nicht mehr über all das nachdenken, aber ich stehe so unter Druck, dass mir kein anderes Thema einfällt, über das wir reden könnten. In meinem Kopf ist nur Liam.

«Als Freshman hatte ich Liam im Unterricht», setzt Aaron schließlich an, als ich weiterhin nichts sage. «Und obwohl ich ihn nicht mehr unterrichte, ist er immer noch indirekt in meinem Unterricht präsent, nämlich indem ständig aus irgendeinem verdammten Kurs Mädchen heulen. In diesen zwei Jahren wurden so viele Tränen vergossen, dass die Gärten in den Hamptons für ein Jahr umsonst bewässert werden könnten.»

Ich halte hier nach wie vor an meiner Theorie fest, dass sich Liam eine Bestätigung sucht, die er von Zuhause nicht bekommt. Das denke ich, seitdem ich ihn bei seinem American-Football-Spiel beobachtet habe, als er bei Jeremys Familie stand, weil ihn sein Dad selbst an diesem Tag nicht bei dem Sport unterstützen wollte, weil er ihn ablehnt. Aber natürlich kann ich das Aaron so nicht sagen. Er wird denken, ich sei völlig bescheuert, wenn er mitbekommen würde, wie viele Gedanken ich mir zu Liam schon gemacht habe.

«Ich finde sein Verhalten auch nicht gut. Du weißt schon, den Mädchen gegenüber», stimme ich Aaron schließlich zu, weil es der Wahrheit entspricht. Ich finde solche Typen sogar eigentlich ganz schlimm und ätzend. Ben war jedenfalls nie so einer und ich weiß auch nicht, ob ich mich auf ihn eingelassen hätte, wenn er es gewesen wäre. Aus reinem Selbstschutz wahrscheinlich eher nicht.

«Weißt du, was meine Mom immer zu mir gesagt hat? Der wahre Charakter eines Menschen zeigt sich dann, wenn er einen anderen Menschen nicht mehr braucht. Und ich finde, dass das stimmt und dass Liams Verhalten sehr viel über ihn aussagt.» Aaron streicht sich durch seine Haare, die daraufhin in alle Richtungen abstehen. «Er sucht sich ein Mädchen, datet sie maximal ein paar Wochen. Und dann, wenn er sie nicht mehr braucht, lässt er sie eiskalt fallen. Und es vergehen gefühlt keine drei Tage, bis er damit wieder von vorne anfängt. Ich glaube, das einzige Mädchen, mit der Liam noch nichts aus der Stufe hatte, ist Jeremys Freundin. Obwohl, vielleicht war er da auch schon dran. Die teilen sich ja schließlich alles, was? Aber ich sage es dir ja von Anfang an: Liam Hunt interessiert sich für niemanden, außer für sich selbst.»

Es klingt schon fast wie eine Warnung. Mit einem Mal habe ich das Gefühl, dass er von dem weiß, was heute passiert ist. Oder davon, dass Liam anfangs bei mir in der Küche saß oder von der Situation gestern, als seine Finger meine für eine Sekunde zu lang am Lagerfeuer berührt haben. Aber dass Aaron irgendwas ahnt, ist natürlich abwegig, weil er es von niemandem wissen kann. Ich habe nichts erzählt und Liam erst recht nicht. Ich glaube noch nicht mal, dass irgendwas davon bei Jeremy gelandet ist – obwohl ich mir deswegen zwischendurch immer mal unsicher bin.

«Man merkt wirklich mit jedem Satz, wie wenig du von Liam hältst», sage ich dann, einfach, um mich nicht länger in Schweigen zu hüllen und meine Gedanken in eine andere Richtung zu lenken.

«Sind wir ehrlich, er mag mich genauso wenig. Sonst würde er mich nicht bei jedem Mist zum Duell herausfordern.»

«Warum sagst du denn nicht Nein?»

Aaron lächelt mich an. «Weil ich Liam Hunt nicht gewinnen sehen will. Und wenn ich ablehne, ist da immer dieses triumphierende Grinsen auf seinem Gesicht, als hätte er gewonnen.»

Plötzlich wird mir alles zu viel. Ich will nicht mehr, dass Aaron so über Liam redet und ich will auch nicht, dass er mich weiterhin verunsichert. Ich möchte eigentlich für heute überhaupt nicht mehr über Liam nachdenken. Auch wenn nichts passiert ist, habe ich das Gefühl, dass ich viel tiefer in dieser Sache hänge, als ich es mir zugestehen will.

Abrupt stehe ich auf, woraufhin Aaron mir einen verwunderten Blick zuwirft. Unschlüssig stehe ich vor ihm und binde mir wieder das Handtuch um. «Ich halte das nicht mehr aus», platzt es aus mir heraus und Aarons Augenbrauen schießen nach oben. «Die Hitze. Sorry. Wie hältst du das aus?» Das entspricht sogar der Wahrheit. Aber eben nicht nur.

Aaron lehnt sich zurück und grinst. «Ich schätze, du hast dich immerhin eine Viertelstunde tapfer geschlagen. Für einen Anfänger ist das nicht schlecht.»

Ich lächele ihn an und drehe mich nochmal zu ihm um, als ich die Glastür erreicht habe. «Wann treffen wir uns fürs Abendessen?»

«Um sieben in der Lobby?», schlägt Aaron vor.

«Abgemacht. Bis gleich.» Ich öffne die Glastür und schlüpfe in meine Flip Flops. Als ich Richtung Ausgang steuere, bleibt mein Blick an dem Pool hängen. Kurz überlege ich, dann streife ich das Handtuch ab und werfe es auf eine Liege, die unweit von mir steht. Mit den Fußspitzen tauche ich zuerst ganz vorsichtig ins Wasser und es ist so kühl und angenehm, dass ich nicht lange zögere und schließlich hineinspringe. Nach der kurzen Abkühlung binde ich mir wieder das Handtuch um und gehe zum Aufzug. Meine Haare sind nass und hinterlassen Wassertropfen auf dem Boden.

Innerhalb weniger Sekunden ist der Aufzug bei mir und ich drücke den Knopf für die zehnte Etage. Bereits in der Lobby bleibt der Aufzug stehen, aber keine Person steht davor und wartet. Die Türen schließen sich wieder, als im letzten Moment eine Hand sie aufhält. Liam quetscht sich in den Fahrstuhl.

Das muss alles ein Scherz sein.

Ein ganzes Stück entfernt, fast schon am Ausgang der Lobby, stehen Jeremy, Daniel und Kane und unterhalten sich.

Liam ist genauso überrascht, wie ich es bin, und er blickt mich eine ganze Weile nur ungläubig an.

Erst als sich die Aufzugtüren hinter ihm schließen, murmelt er etwas vor sich hin, was wie ein Fluchen klingt. Mit einem lauten Seufzen lehnt er sich an die Wand, direkt gegenüber von mir. Anstatt mich aber auch nur eines Blickes zu würdigen, starrt er ziellos durch die Gegend.

«Was machst du denn hier?», will ich wissen und ich weiß selbst nicht, warum ich so vorwurfsvoll klinge. Ich ziehe mein Handtuch strammer. «Ich dachte, alle Schüler sind in der Stadt.»

Er kaut sich auf der Unterlippe herum und weicht weiterhin meinem Blick aus. «Tja, fast alle. Ich zum Beispiel nicht, wie Sie sehen.»

Ich verschränke die Arme vor der Brust und wippe ungeduldig auf und ab, während er jetzt konzentriert an die Decke starrt und seine Kiefermuskeln angestrengt arbeiten.

Die Stimmung zwischen uns ist angespannt, was an der Situation im Horrorhaus liegen muss. Wenn ich die Sache ansprechen will, wäre jetzt möglicherweise der beste Zeitpunkt, denn wir sind ganz alleine in diesem Aufzug und weder Aaron noch Mitschüler sind hier irgendwo in der Nähe. Mein Herz schlägt mir jedoch bis zum Hals und am liebsten würde ich das Thema verschweigen und unter den Tisch fallen lassen. Als würde es das weniger real oder ungeschehen machen. Irgendwas in mir zögert und ich muss mich regelrecht überwinden, die nächsten Worte zu formulieren. «Was sollte das vorhin im Horrorhaus?»

«Keine Ahnung, wovon Sie sprechen», entgegnet Liam knapp, ohne mich auch nur eine Sekunde anzuschauen.

«Du weißt genau, wovon ich spreche.»

Endlich sieht er mir in die Augen und zuckt gleichgültig mit den Schultern. «Ich weiß wirklich nicht, was Sie meinen, Miss Hale. Tut mir leid.» Er kann wie gedruckt lügen. Kein Blinzeln, kein Zögern und auch seine Stimme klingt völlig selbstsicher.

Wieder schaut er weg und diese Respektlosigkeit macht mich mit einem Mal wütend. Vielleicht liegt es auch daran, dass Aaron vorhin immer wieder Liams Spielchen erwähnt hat und es sich gerade so anfühlt, als würde ich für seine Theorie eine Bestätigung bekommen.

«Was ist denn jetzt schon wieder dein Problem mit mir?», blaffe ich ihn an, weil meine Geduld langsam am Ende ist. «Du willst mir jetzt ja wohl nicht erzählen, dass ich mir das eingebildet habe und dass das alles völlig normal war!»

Es dauert eine ganze Weile, bis Liam wieder etwas sagt. «Ich will nicht darüber reden.»

Humorlos lache ich auf und mache eine ausfahrende Handbewegung. «Du bist in einem Aufzug. Wo willst du sonst hingehen?»

Bei den nächsten Worten klingt seine Stimme gequält und er lehnt den Kopf nach hinten. Er schließt sogar die Augen, um mich nicht länger ansehen zu müssen. «Miss Hale, könnten Sie bitte damit aufhören?»

«Aufhören? Womit?» Ich schnaube genervt und schüttle ungläubig den Kopf, auch wenn er es gar nicht sieht, weil er immer noch die Augen geschlossen hat. Vermutlich sollte ich gelassener reagieren, aber wie so oft verstehe ich ihn nicht. Ich bin wahnsinnig aufgewühlt durch das Gespräch mit Aaron und weiß selbst nicht, warum mich Liams Verhalten so reizt. «Ich habe keine Lust mehr auf deine Spielchen. Mal bist du so, dann wieder so zu mir. Ich verstehe dich nicht.»

«Miss Hale …»

«Nein, Liam. Ich will endlich wissen, was dein scheiß Problem ist», setze ich energisch nach, als sich seine Brust unregelmäßig hebt und senkt. Das Wasser tropft weiterhin von meinen Haaren. «Und zwar jetzt sofort!»

Mit einem Mal öffnet er die Augen und haut neben sich auf den STOP-Knopf des Aufzugs, der daraufhin sofort stehenbleibt.

Er drückt sich von der Wand ab und kommt auf mich zu, seine Augen wachsam auf mich gerichtet. Wie ein Raubtier, das sich langsam seiner Beute nähert. Ich will einen Schritt zurückgehen, aber spüre bereits den kalten Spiegel im Rücken und mein Puls rast. Dann, als er mir kaum näher sein könnte, bleibt er stehen. Ohne Eile stützt er sich mit der Hand links von meinem Kopf ab. Am ersten Schultag und beim Jetskifahren war er mir schon mal so nah. Und vielleicht auch im Horrorhaus. Er ist mir wieder viel näher, als er eigentlich dürfte. Es überschreitet definitiv eine unsichtbare Grenze. Dennoch kann ich nicht aufhören, ihn anzusehen. Erst als er mir so dicht gegenübersteht, bemerke ich, was er für lange dunkle Wimpern hat. Wahrscheinlich lenken seine leuchtend grünen Augen sonst einfach davon ab.

«Okay, Sie wollen wissen, was vorhin mit mir los war?», fragt er mich leise und irgendwie klingt er mit einem Mal ganz atemlos. «Mit mir ist was durchgegangen, aber es waren ausnahmsweise mal nicht meine Nerven, sondern was ganz anderes.» Ungerührt deutet er auf seine Hose.

Ich will irgendwas darauf erwidern, aber ich bin so überfordert von seiner Offenheit, dass ich überhaupt keinen klaren Gedanken fassen kann. Es ist, als könnte ich keine Worte mehr formulieren.

«Und Sie wollen wissen, was jetzt mein scheiß Problem ist?», setzt er einfach nach, ohne mir eine Möglichkeit zu geben, das vorher Gesagte zu kommentieren. Er beugt sich ein Stück zu mir herab und sein Gesicht kommt noch näher. «Mein scheiß Problem gerade ist, dass ich gleich scheiß hart werde, wenn ich Sie noch länger so vor mir sehe.» Dieses Mal deutet er auf mein Handtuch. «So, da haben Sie Ihre Antwort. Sind Sie jetzt zufrieden, Miss Hale?»

Nein, bin ich nicht. Ich bin schockiert und bereue es, so genau nachgefragt zu haben. Ich will etwas erwidern, aber mein Sprachzentrum hat immer noch eine vorübergehende Störung. Mir ist unglaublich warm. Liegt es daran? Gibt es da einen Zusammenhang? Ich kann nicht mehr klar denken. Da ist nur noch diese Hitze zwischen meinen Haaren und meinem Nacken. Und auch zwischen unseren Körpern, die sich fast berühren. Der ganze Raum ist auf einmal überhitzt. Liams Duft steigt mir in die Nase und dieses Mal wehre ich mich nicht dagegen. Er riecht genauso gut, wie ich es noch in Erinnerung habe. Vielleicht ist das der Grund, wieso ich mich so benebelt fühle.

«Was redest du da?», stammle ich.

Er sieht mich entgeistert an. «Ist das Ihr Ernst? Verdammt, ich rede davon, dass ich auf Sie stehe. Kapieren Sie das eigentlich wirklich nicht?»

Zum ersten Mal spricht er es direkt aus.

Ich bin völlig überrumpelt. «Was?»

«Wie was?», blafft er mich an und sein Tonfall ist ungewohnt scharf. Seine Gesichtszüge sind verhärtet, zeigen aber sonst keinerlei Regung. «Ja, ich weiß. Ich kann das manchmal auch kaum fassen, weil diese Lehrerin-Schüler-Scheiße einfach total bescheuert und aussichtslos ist. Aber ich habe mir das auch nicht ausgesucht, oder? Glauben Sie mir, es kotzt mich selbst dermaßen an. Und jeden Tag finde ich es mehr zum Kotzen. Ich kann jede Frau haben, aber die, die ich will, nicht. Ich kann alles haben, Nicole. Alles außer dir. Das Schicksal ist echt so ein beschissener Bastard.»

Liam redet sich richtig in Rage und klingt mächtig sauer, als wäre er auf sich selbst wütend. Oder vielleicht auch einfach auf mich oder die Situation. Ich traue mich kaum zu atmen, weil ich glaube, er schlägt gleich mit voller Wucht gegen den Spiegel, um sich abzureagieren.

«Wieso all das?», krächze ich regelrecht. Mein Handtuch löst sich und Liam greift blitzschnell danach, um es am Runterfallen zu hindern. Möglicherweise denkt er, ich bin nackt, weil er keine Träger sieht.

«Weil es so ist. Ich bin sicher, Sie haben das schon bemerkt.»

Ich schüttle den Kopf und starre demonstrativ auf den Boden, weil ich hoffe, dadurch einen klareren Gedanken fassen zu können. «Ach ja? Und wieso ist das auf einmal so? Woher kommt dein Sinneswandel? In den ersten Wochen habe ich wirklich gedacht, du hasst mich.»

Liam lacht humorlos auf, als er sich mit der rechten Hand auch noch neben meinem Kopf abstützt. Er ist mir jetzt so nahe, dass ich bei den nächsten Worten seinen Atem auf meinen Haaren spüre. «Ich habe Sie nie gehasst. Ich habe versucht, Sie zu hassen. Das ist ein riesengroßer Unterschied, glauben Sie mir. Und es ist gar nicht so einfach, zu versuchen, jemanden zu hassen, wenn alles in einem nach etwas anderem schreit und jede Faser des Körpers etwas anderes will.» Er klingt schon fast verbittert und seufzt frustriert. Seine rechte Faust neben mir spannt sich so sehr an, dass die Knöchel weiß hervorstehen. «Wissen Sie, wie es ist, wenn man jeden Tag einen Menschen sieht, von dem man weiß, dass man ihn nicht haben kann? Haben Sie eine Ahnung, was das mit einem macht? Wie sich das anfühlt?»

Ich traue mich nicht, ihn anzusehen oder darauf etwas zu erwidern, weil mich meine Augen, der Gesichtsausdruck oder meine Stimme verraten könnten. Natürlich weiß ich, wovon er spricht. Ich weiß ziemlich gut, wie sich das anfühlt. Das habe ich bereits das erste Mal gedacht, als ich Liam begegnet bin, als ich noch gar nicht wusste, dass er mein Schüler ist. Und es fühlt sich schrecklich an. Die Machtlosigkeit macht einen wahnsinnig, also verdrängt man die Gedanken einfach. Weil man sowieso nichts daran ändern kann. Ja, ich glaube, ich bin auch wütend auf diese scheiß Situation.

«Du hast eine Freundin.» Ein kläglicher Versuch, von mir abzulenken.

«Wieso denken Sie jetzt gerade an meine Freundin? Nicht mal ich denke an sie.» Er lacht auf, aber es klingt irgendwie gequält. «Sie wird das nie erfahren und das ist auch gut so. Aber lassen Sie das mal meine Sorge sein. Sydney interessiert mich nicht. Und auch nicht Amber oder sonst wer. Das tun sie nie, und jetzt gerade sowieso nicht. Wenn Sie wollen, rufe ich Sydney auf der Stelle an und serviere sie am Telefon ab. Meinetwegen können Sie jetzt denken, ich bin das typische Arschloch. Ich würde es nicht abstreiten, aber lenken Sie nicht ab. Von Ihnen und mir.» Seine warmen Finger berühren meine Hand, dann lässt er sie wieder los, als wäre er unsicher, ob das nicht doch zu weit geht. Endlich hebe ich den Kopf und es fehlt jetzt nicht mehr viel, bis seine Bartstoppel meine Haut kitzeln. Liam blickt mich herausfordernd an, als hätte er schon darauf gewartet, die nächsten Sätze auszusprechen. «Was hätten Sie gemacht, wenn ich vorhin nicht aufgehört hätte? Wenn mein Gehirn nicht rechtzeitig wieder gearbeitet hätte? Hätten Sie abgeblockt, wenn ich weitergemacht hätte? Wenn ich …» Er bricht mitten im Satz ab und seine Worte klingen rau, irgendwie niedergeschlagen und unsicher zugleich. Ganz ungewöhnlich für Liam. Er schüttelt einige Male den Kopf, und seine Selbstzweifel sind plötzlich wie verflogen. «Es ist, weil ich Ihr Schüler bin, oder?»

Seine Frage erwischt mich eiskalt und ich schweige hartnäckig, während ich auf seine weißen Nike Schuhe starre, auf denen er an einer Ecke seinen Namen gekritzelt hat.

«Sagen Sie es mir. Wäre es anders, wenn ich nicht Ihr Schüler wäre?»

«Ich weiß nicht», stammle ich unbeholfen.

Entschieden schüttelt Liam den Kopf und sieht mich eindringlich an. In seinen Augen ist pure Verzweiflung, aber auch eine gewisse Entschlossenheit. «Antworten Sie mir. Ja oder nein.»

Er will es wissen und ich weiß, dass ich diesen Aufzug nicht verlassen werde, ehe er seine Antwort hat.

«Liam …», setze ich an und blicke hilflos umher, aber er lässt mich keine Sekunde aus den Augen.

Seine Finger greifen wieder nach meinen und ehe ich mich versehe, verschränkt er sie miteinander. Und ich lasse es tatsächlich zu, ohne ihm meine Hand zu entziehen. Es ist alles so viel und mein Kopf arbeitet immer noch nicht.

«Ich muss es wissen. Wäre es anders, wenn wir uns anders kennengelernt hätten, Nicky?» Es ist das erste Mal, dass er mich mit meinem Spitznamen anspricht, und es ist zuerst ganz ungewohnt, meinen Namen aus seinem Mund zu hören. Fremd und unerwartet irgendwie. Aber es hört sich viel schöner an, als es eigentlich sollte.

Ich traue mich kaum, es laut auszusprechen. Es klingt schon in meinen Gedanken falsch und verboten, aber er sieht mich so entschlossen an, dass ich das Gefühl habe, dass ich ihm eine Antwort schulde. Eine Antwort auf genau diese eine Frage, die irgendwie schon viel zu lange unausgesprochen zwischen uns liegt. «Ja ... Ja, wahrscheinlich.»

«Ich wusste es. Ich wusste es von Anfang an. Ich hätte es damals einfach in deiner Wohnung drauf anlegen sollen, als ich die Chance hatte.»

Sofort lässt er die Schulter sinken und löst seine Finger aus meinen. Er weicht einen großen Schritt zurück und wir stehen uns schweigend gegenüber, während er sich mit einer Hand übers Kinn fährt, als hätte ich ihm gerade eine verpasst.

Nach ein paar Sekunden treffen sich unsere Blicke wieder und dann ist es wirklich so, als würde die Welt stillstehen.

Als würden wir stillstehen.

Es kommt mir wie eine Ewigkeit vor, bis Liam wieder bei mir ist, aber als er es endlich ist, zieht er mich so eng an sich, dass ich gegen seinen Oberkörper stoße und die harten Muskeln spüre. Mein Atem stockt und irgendwas verrät mich. Liam bemerkt es und wirft mir ein kleines Lächeln zu. Es wird allerhöchste Zeit, dass ich die Notbremse ziehe, aber ich rühre mich nicht. Ich kann immer noch nicht aufhören, ihn anzustarren. Seine Finger bahnen sich den Weg über meinen Arm, dann über meine Schulter, Stück für Stück, bis er meine Halskuhle erreicht hat. Dann schiebt er seine Finger unter mein Kinn und zwingt mich dazu, ihn anzusehen. Seine Augen strahlen wieder in diesem tiefen Grün und ich schlucke schwer.

Mit einem Mal weiß ich es. Mit einem Mal weiß ich, was jetzt gleich passieren wird.

Er wird mich küssen. Ich kann das Verlangen in seinen Augen sehen und sein Atem kommt auch nur noch stoßweise. Ich bin geliefert. Egal, wie ich reagiere. Wenn ich wenigstens reagieren könnte, aber ich bin wie gelähmt. Auch denken geht nicht und ich glaube, er kann seinen Blick genauso wenig von mir lösen, wie ich meinen von ihm.

Erst als er sich zu mir herunterbeugt, die Hände immer noch an meinem Gesicht, und er allein mit dieser Geste bereits alles in mir durcheinanderwirbelt, schüttle ich endlich den Kopf. Ich wünschte, es wäre anders, aber es kostet mich meine ganze Überwindung.

«Nein, tu es nicht.» Mit einem Mal bin ich erleichtert, es ausgesprochen zu haben, weil ich weiß, dass es so richtig ist, und dennoch bereue ich es sofort. Es ist mehr ein Bitten, ein Flehen. Ich klinge alles andere als überzeugt und ich weiß nicht, ob ich ihn tatsächlich aufhalten würde, wenn er es drauf anlegt.

Liam schließt die Augen und atmet laut aus, als müsste er sich regelrecht beherrschen. Seine Stimme ist kaum mehr als ein Flüstern. «Warum?»

«Du wünschst dir besser nicht, was du dir gerade wünschst. Du bringst uns in Schwierigkeiten», bringe ich irgendwie hervor. «Besonders mich.»

Er presst die Lippen aufeinander und nickt einige Male, als müsste er das Gesagte erst mal sacken lassen. Dann zieht er seine Finger zurück und hebt die Hände. Dieses Mal weicht er meinem Blick aus. Mit einem Mal verhärten sich Liams Gesichtszüge und ich kann sehen, wie er sich wieder verschließt. Es ist, als würde jemand einen Vorhang runterlassen. Er schlägt mit aller Kraft auf den Knopf und der Aufzug setzt sich wieder in Bewegung. Ich habe keine Ahnung, wie Liam jetzt schon wieder so funktionieren kann. Meine Handflächen presse ich gegen den kalten Spiegel hinter mir, was meinen überhitzten Körper wenigstens etwas abkühlt.

Ich versuche meine Haare zu richten, eher aus Ratlosigkeit, denn ich weiß, dass es gerade nichts auf der Welt gibt, was unwichtiger ist. Liam steht währenddessen mit dem Rücken zu mir und sagt kein weiteres Wort mehr.

«Warum machen Sie alles noch komplizierter, als es eh schon ist?», höre ich ihn murmeln.

«Liam …»

Er schüttelt den Kopf und strafft die Schultern. «Nein, wissen Sie was? Antworten Sie darauf nicht. Ich verstehe das schon. Es wird sich nicht mehr wiederholen.» Ich habe keine Ahnung, was er denkt. Seine Stimme ist ausdruckslos. Es könnte alles zwischen verletzt, enttäuscht, wütend oder im Stolz gekränkt sein. «Lassen Sie uns einfach nie wieder darüber sprechen, Miss Hale.» Es klingt so endgültig, dass ich sofort weiß, dass das seine letzten Worte zu diesem Thema sein werden.

Die Türen öffnen sich und er stürmt hinaus. Ich laufe ihm zügig hinterher, aber er steuert schon sein Zimmer an.

«Liam!», rufe ich ihm noch einmal laut hinterher, als ich ratlos stehenbleibe. Es ist so still im Flur, dass meine Stimme von allen Seiten wie ein Echo widerhallt.

«Das gerade ist nie passiert!», sagt er und verschwindet in seinem Zimmer. Die Tür fällt mit einem lauten Knall ins Schloss. Bei seinen letzten Worten konnte er seine Emotionen nicht länger verstecken. Er klingt verletzt, mutlos und enttäuscht, vermutlich weil er sich mir gegenüber geöffnet hat, aber ich ihn abgewiesen habe. Eine ganze Weile starre ich immer noch auf die geschlossene Tür und ich frage mich, wer hier tatsächlich alles komplizierter macht, als es ohnehin schon ist.

***

6 Tage vorher

Es sah eigentlich alles nach einem typischen Samstagabend aus: Ich habe mich mit Aaron, Maya, Gramps und Zoey im Duke's getroffen. Nach ungefähr einer Stunde klagte Zoey jedoch über Kopfschmerzen, bezahlte griesgrämig ihren Mulan-Cocktail und fuhr mit dem Taxi nach Hause. Sie muss wirklich schlecht drauf gewesen sein, denn es ist noch nie passiert, dass sie als Erste gegangen ist. Wir saßen dann noch eine weitere Stunde zusammen, wobei Aaron und ich die meiste Zeit für Unterhaltung sorgten, während Maya und Gramps eher unbeteiligt an ihren Drinks genippt haben – bis sie dann auch beide zeitgleich gegangen sind. Etwas irritiert blieben Aaron und ich zurück. Wir bestellten noch eine Runde, dann bezahlten wir unsere Drinks und Aaron fuhr mich nach Hause.

«Danke», sage ich zu ihm, als ich mich mit frisch angezogenen Pyjamapants zu ihm auf mein Sofa setze. Er reicht mir ein Glas Rotwein und ich lächle ihn dankbar an. «Irgendwie war der Abend heute komisch.»

«Mhm», stimmt mir Aaron zu und öffnet sein Bier. «Fand ich auch. Keine Ahnung, was mit denen los war. Vielleicht brauchen wir alle einfach Ferien.» Das könnte durchaus sein.

Obwohl wir es bisher immer geschafft haben, uns die Wochenenden freizuschaufeln, bleibt in der Woche aufgrund des Jobs kaum noch Freizeit. Abgesehen von den Klassikern der Britischen Literatur, die ich im Unterricht bespreche, lese ich auch kaum noch Bücher. Das war zu Unizeiten noch ganz anders.

Ich richte mich ein Stück auf und streiche mir eine Haarsträhne hinters Ohr, als mir ein Gedanke kommt. «Meinst du, zwischen Maya und Gramps läuft irgendwas?»

Aaron verschluckt sich an seinem Bier und hustet. «Wie kommst du denn darauf?»

«Ich weiß nicht», zucke ich mit den Schultern. «Es ist schon auffällig, wie oft die beiden zusammenhängen, oder? Wie oft begleitet Maya ihn zum Rauchen, obwohl sie selbst nicht raucht?»

«Hm», entgegnet Aaron unschlüssig und sein Stirnrunzeln verrät mir, dass er ernsthaft über meine Theorie nachdenkt. «Ich weiß es nicht. Könnte echt was dran sein. Die beiden haben sich ja sogar an Thanksgiving gesehen. Beobachten wir das Ganze mal.»

«Was ist eigentlich mit dir?», frage ich und trinke einen Schluck Rotwein. «Hast du noch Kontakt zu Melissa?» Ehrlich gesagt bin ich mit seiner Ex-Freundin nie warm geworden. Kennengelernt habe ich sie flüchtig auf der Strandparty, zu der mich die vier damals in meinen ersten Wochen mitgenommen haben. Dann habe ich sie noch zwei- oder dreimal im Duke's getroffen. Sie war in Ordnung und wir haben ein paar Sätze gewechselt, aber ich hatte immer den Eindruck, dass die Stimmung zwischen uns angespannt war.

«Nein», sagt Aaron schlicht und atmet lange aus. «Du weißt schon ... Ich wusste irgendwie, dass es nichts Wahres ist und dass es nicht lange halten wird.»

«Wie lange wart ihr zusammen?»

«Etwas mehr als ein halbes Jahr. Als wir uns getrennt haben, war jeder von uns ein paar Tage mies drauf, aber dann war die Sache durch. Das hast du ja mitbekommen. Aber du hättest mich mal bei Claire erleben müssen. Das war eine ganz andere Dimension.»

«Deine Freundin vor Melissa?», hake ich nach. Wenn ich mich recht erinnere, hat Aaron sie irgendwann mal erwähnt.

Aaron nickt nur stumm und lehnt sich nach vorne. Er stützt seine Ellenbogen auf den Knien ab, während er die Bierflasche in der Hand kreisen lässt. «Für Claire hätte ich alles gemacht und ich war bereit, ihr so vieles zu verzeihen. Aber rückblickend kann ich sagen, dass sie das nie so erwidert hat. Früher habe ich das nicht kapiert, aber jetzt mit Abstand sehe ich die Dinge klarer.» Er zuckt mit den Schultern und neigt den Kopf in meine Richtung. «Glaubst du, dass sich Menschen ändern können, Nicky?»

«Ja, ich denke schon. Wenn sie etwas machen, was sie bereut haben beispielsweise, dann ja.»

Aaron nickt einige Male. Fast schon trotzig trinkt er etwas von seinem Bier. «Das Gleiche habe ich auch gedacht. Aber ich habe mich getäuscht. Heute weiß ich, dass sich Menschen nicht ändern. Heute weiß ich, wenn Leute es einmal machen, dann machen sie es wieder.»

«Claire hat dich betrogen», schließe ich daraus und mir tut Aaron unfassbar leid, weil ich weiß, was für ein anständiger Kerl er ist und dass er sowas nicht verdient hat. Natürlich hat das keiner verdient, aber besonders Aaron nicht.

«Nicht nur einmal. Wer weiß, wie oft es noch passiert ist.»

Ich warte eine ganze Weile, ob Aaron mir mehr verrät, aber er lehnt sich nur nach hinten und starrt gedankenverloren durch die Gegend.

«Hat sie es dir gesagt?», wage ich zu fragen.

«Nein», meint er gedehnt. «Ich habe es rausgefunden. So richtig mies. Auf die schlimmste Art und Weise, wie man es herausfinden kann ... Du weißt schon.»

Ich nicke stumm und frage nicht weiter nach, um keine alten Wunden aufzureißen. Auch ohne ein weiteres Wort weiß ich, dass er sie direkt im Bett erwischt hat.

«Bei ihr im Bett. Nicht in meiner Wohnung», bestätigt Aaron meine Theorie und lacht unecht auf. «Falls es das besser macht.» Eine ganze Weile schweigen wir einfach nur und ich glaube, Claire geht ihm gerade durch den Kopf. «Zweimal mit dem gleichen Typen. Das ist schon abgebrüht, aber von beiden. Beim ersten Mal habe ich ihn mir noch gepackt, aber beim zweiten Mal ...» Aaron winkt ab. «Das Einzige, was ich da noch gepackt habe, waren meine Sachen, während Claire mich anflehte, ihr noch ein letztes Mal zu verzeihen. Ich konnte in ihren Augen sehen, wie viel Panik sie hatte, aber es war zu spät.»

«Tut mir wirklich leid, Aaron.»

«Ja, das Leben ist manchmal scheiße.» Bei den Worten klingt Aaron irgendwie immer noch verletzt. Einige Sekunden beobachte ich ihn schweigend und ich muss an unser Gespräch in der Sauna denken, als er kein gutes Haar an Liam gelassen hat. Und in diesem Moment verstehe ich sogar noch ein bisschen mehr, warum Aaron sich über seine Frauengeschichten so aufgeregt hat: Es macht ihn sauer, wenn man mit Menschen so umgeht. Liam kennt eben nur die eine Seite. Er ist immer derjenige, der die Mädchen fallen lässt, aber Aaron kennt auch die andere Seite. Er weiß, wie es ist, wenn man viel für einen Menschen gibt, aber das nicht so erwidert wird, wie man es verdient hätte. Und es fühlt sich scheiße an.

Ich kann gar nicht anders, als ihn anzulächeln. «Ich mag dich, Aaron. Du gehörst zu den Guten.»

Er lacht leise neben mir auf. «Danke. Das ist ein Kompliment, schätze ich.» Er lehnt sich nach vorne, um seine Flasche abzustellen. «Und wie war Ben?» An irgendeinem Abend im Duke's habe ich den anderen von ihm erzählt, nachdem Zoey zufällig das Foto in die Finger gefallen war.

«Anders als Claire. Fürsorglich, verständnisvoll, ehrlich. Ich konnte ihn mit seinen Freunden nachts sorgenfrei um die Häuser ziehen lassen, weil ich wusste, er würde mein Vertrauen nie missbrauchen.» Kurz halte ich inne. Das hat nur leider auch nichts gebracht, weil er sich während seiner Physiotherapie verliebt hat. Man kann es einfach nicht verhindern. Solche Dinge passieren. Ganz kurz denke ich an Ben zurück. Ich habe keine Ahnung, was ich Aaron verraten soll, um ihm zu zeigen, wie viel ich von Ben halte und wie glücklich er mich gemacht hat. Mir fallen tausend Erlebnisse ein. «Ben war halt Ben. Der ist spätabends nochmal losgefahren, wenn ich meine Lieblingsschokolade beim Einkaufen vergessen hatte. Jemand, der stolz vor seinen Freunden meine Hand gehalten hat. Oder wenn er Seminare hatte, ist er jeden Abend durch die Rush Hour gefahren, nur um bei mir zu sein, während seine Kollegen alle im Hotel geblieben sind. Das ist

Ben.» Mir wird gerade mal wieder bewusst, was für ein Glück Madison hat. «Er hat sich nur leider in eine andere Frau verliebt. Wie du schon sagst, das Leben ist manchmal einfach scheiße.»

Ich trinke meinen Wein aus und ohne ein weiteres Wort schenkt mir Aaron nach.

«Gibt es auch etwas, das du nicht an ihn mochtest?»

«Oh, ja. Ich habe bis heute niemanden getroffen, der rechthaberischer ist als er. Er musste immer das letzte Wort haben ...» Ich mache eine bedeutungsvolle Pause und hebe die Augenbrauen. «Und er mochte keine Erdnussbutter.»

Gespielt empört schnappt Aaron nach Luft. «Wie konntet ihr bloß eine Beziehung führen, wo du alles mit Erdnussbutter isst?»

«Ich habe keine Ahnung», lache ich. «Ich finde, das zeigt mehr als deutlich, dass das mit uns nicht sein sollte.»

«Absolut. Die Zeichen hättest du schon eher deuten sollen.» Aaron schmunzelt ebenfalls. «Was ist, wenn Ben sich wieder melden würde?»

«Ich verliere kein schlechtes Wort über ihn und ich halte immer noch viel von ihm, aber ich bin mit dem Thema durch. Es hat sich damals wirklich so angefühlt, als würde mein Herz nicht mehr schlagen. Ben hat mich durch die Hölle geschickt, das kann ich ihm leider nicht verzeihen», erkläre ich mit einem müden Lächeln.

«Woher weißt du, dass du über ihn hinweg bist?», will Aaron wissen und seine blauen Augen sehen mich neugierig an.

«Weil er nicht mehr meine Gedanken bestimmt. Früher war er ständig da, aber heute gibt es Tage ... da denke ich noch nicht mal an ihn. Das fällt mir manchmal erst viel später auf und fühlt sich verdammt gut an.»

Aaron nickt, als er wieder einen Schluck trinkt. «Genau daran merke ich es auch. Ich checke auch nicht mehr Claires Instagramprofil. Es interessiert mich einfach nicht mehr.» Ich habe Bens Instagramprofil auch schon ewig nicht mehr gecheckt. Ich weiß nicht mal, ob er mir noch folgt – oder ich ihm.

«Soll ich dir was erzählen, was ich noch niemandem erzählt habe?», frage ich Aaron grinsend.

«Klingt genau nach meinem Geschmack.»

«Ich habe letztens von Ben geträumt», erzähle ich ihm. «In dem Traum haben wir uns getroffen. In unserem Lieblingscafé in Soho, wo wir eigentlich jeden Sonntagabend zusammen saßen, als wir noch zusammen waren. Seit der Trennung habe ich es vermieden, dort einen Fuß wieder reinzusetzen. Aber in meinem Traum saßen wir dort zusammen.» Ich trinke einen Schluck und lasse den Inhalt des Glases in meiner Hand kreisen. «Wir saßen uns gegenüber und sein Duft war so real und präsent, als würde er mir wirklich gegenübersitzen.» Aber irgendwie wundert mich das auch nicht. Ich habe unzählige Male in seinen Sachen geschlafen und ich glaube nicht, dass ich jemals seinen Geruch vergessen könnte. «Jedenfalls lehnte Ben sich über den Tisch zu mir, um mir Fotos auf seinem Handy zu zeigen.»

«Was für Fotos?», will Aaron wissen und legt seinen Arm auf der Sofalehne ab.

«Fotos von Madison und ihm, von deren Wohnung, von seiner Nichte, die im Traum mittlerweile sogar zur Schule ging.» Kurz halte ich inne. «Und dann zeigte er mir Fotos vom letzten Urlaub und er scrollte weiter. Ich berührte seine Hand, weil ich das vorherige Foto nochmal sehen wollte.»

«Und dann?», fragt Aaron mich und seine Augen sind neugierig aufgerissen, als würde er förmlich an meinen Lippen hängen. Vermutlich erwartet er jetzt eine romantische Szene.

«Nichts. Das ist es ja. Es gab diese Berührung und da war nichts. Keine Sehnsucht, kein Schmerz. Es tat nicht mehr weh. Es war eine ganz normale Berührung unter Leuten, die sich mögen und sich nach viel zu langer Zeit mal wiedersehen.» Ich zucke mit den Schultern, weil ich nicht weiß, ob Aaron verstehen kann, was ich ihm damit sagen will. «Der Traum war unglaublich schön. Ich bin mitten in der Nacht aufgewacht und mit einem Lächeln wieder eingeschlafen.» Unsicher blicke ich zu Aaron und ich wüsste zu gerne, was in seinem Kopf vor sich geht. «Klingt das bescheuert?»

Sofort schüttelt er den Kopf. «Nein, gar nicht. Ich finde, das passt sogar sehr gut zu den Sachen, die du vorher gesagt hast.»

«Was meinst du?»

«Ich glaube, du wünschst dir einfach ein freundschaftliches Verhältnis zu ihm. Er ist ja vor einem Jahr ziemlich plötzlich aus deinem Leben verschwunden und vielleicht fehlt dir diese Vertrautheit, die du jahrelang mit ihm hattest.»

«Ja, vielleicht hast du recht», stimme ich Aaron zu und denke über seine Worte nach. Es ist nicht so, dass ich mir bewusst wünsche, mit Ben befreundet zu sein, aber manchmal frage ich mich, wie es ihm geht und was er so treibt. Aber andererseits weiß ich auch nicht, ob ich ihm begegnen wollen würde. Es sind alle Wunden verheilt und vielleicht sollte man die Dinge einfach so lassen, wie sie sind.

«Wie hat er geendet?», reißt mich Aaron aus meinen Gedanken. «Der Traum, meine ich?»

«Wir haben bezahlt – jeder für sich», ergänze ich mit einem Lächeln. «Dann haben wir uns vor dem Café verabschiedet. Wir haben uns die Hand gereicht und er ist Richtung Norden gegangen.»

«Und du?»

«Ich bin in ein Auto eingestiegen», sage ich.

«Wer hat es gefahren?»

«Mein Freund.»

«Und wer war es?», fragt Aaron und klingt irgendwie ungeduldig.

«Ich weiß es nicht», antworte ich wahrheitsgemäß. Aaron zieht ungläubig die Augenbrauen nach oben. «Ich weiß es wirklich nicht.»

«Woher weißt du dann, dass dich dein Freund abgeholt hat?»

«Es hat sich so angefühlt, als ich ins Auto eingestiegen bin. Ich war voller Vorfreude, als ich die Tür öffnete und stieg mit einem Lächeln ein.»

Aaron lächelt mich an. «Was für ein Auto war es? Vielleicht können wir so herausfinden, wer dein Freund im Traum war und können so eine Botschaft deines Unterbewusstseins entschlüsseln. Angeblich sollen Träume ja auch was über unsere Wünsche aussagen.»

«Ach, ich weiß nicht. Das ist doch etwas weit hergeholt», stammle ich und bin mit einem Mal unglaublich nervös. «Außerdem kenne ich mich doch gar nicht mit Autos aus.»

«Komm, beschreib es mal.»

«Blau. Ein blaues Cabrio. Ich glaube, es war ein Ford.»

Nachdenklich legt Aaron die Stirn in Falten und fährt sich mit dem Finger über seine Unterlippe. Dann lacht er laut los. «Stehst du etwa auf Raymond?»

«Was?»

«Du weißt schon, der Kunstlehrer, der bald in den Ruhestand geht. Der ohne Haare auf dem Kopf. Raymond fährt so einen Wagen.»

Schmunzelnd verdrehe ich die Augen. «Danke, Aaron. Endlich hast du mir meine geheimen Wünsche offengelegt. Schon mal überlegt, den Job zu wechseln und die Traumdeutung mit deinen bahnbrechenden Erkenntnissen zu bereichern?»

Aaron legt laut lachend den Kopf in den Nacken und ich muss ebenfalls lächeln, obwohl mir in diesem Moment ein lähmender Gedanke durch den Kopf schießt.

Cadillac Escalade. Es war ein schwarzer Cadillac Escalade. Ich bin nicht ehrlich zu Aaron gewesen und ich weiß nicht, ob es Zufall ist, dass Liam so einen Wagen fährt.

Bei dem Gedanken an Liam breitet sich eine unglaubliche Hitze in meinem Körper aus. Wir sind ihm vorhin begegnet. Als Aaron und ich das Duke's verließen und schon vor seinem Wagen standen, kam gegenüber von uns Jeremys Auto zum Stehen. Liam und Jeremy stiegen aus und nickten uns kurz zu. Ich kann noch nicht mal sagen, ob sie eine Begrüßung gemurmelt haben, denn ich war viel zu sehr damit beschäftigt, Liams Blick zu verarbeiten. Er starrte mich ungläubig an und es war das erste Mal seit der Stufenfahrt, dass ich seine ganze Aufmerksamkeit hatte und er mich nicht ignorierte. Ich glaube, er weiß nicht, wie er mir nach der Situation im Aufzug gegenübertreten soll und ehrlich gesagt, ich weiß es auch nicht. Also bin ich momentan froh darüber, dass er stillschweigend seine Zeit im Unterricht absitzt.

Aaron und ich schauen noch einen Film und ich muss irgendwann auf dem Sofa eingeschlafen sein, denn als ich wieder meine Augen öffne, ist eine Decke über mir ausgebreitet.

«Was ist los?», murmle ich, während Aaron den Fernseher ausschaltet.

«Alles gut», höre ich Aaron mit leiser Stimme sagen. Ich bin so müde, dass ich kaum die Augen offenhalten kann. «Ich mache nur alles aus, bevor ich jetzt gehe.»

«Der Film ... Ich habe das Ende verpasst.»

«Ja, nicht nur das. Auch noch einen anderen Film komplett. War aber wahrscheinlich eh einer, bei dem dir zu viel geballert wurde. Also hast du nichts verpasst.»

Er legt mir noch die Decke über die Schultern und scheint einige Sekunden vor meinem Sofa stehenzubleiben. Aaron sagt irgendwas, so leise, dass ich es nicht verstehe, dann geht er.

«Aaron!», rufe ich schließlich und setze mich auf, weil mir plötzlich etwas einfällt. «Du kannst nicht mehr fahren!»

«Wie?»

«Du hast zu viel Alkohol getrunken. Du darfst nicht mehr fahren!», bringe ich noch hervor, während ich schwer bemüht bin, die Augen offen zu halten. In meinem Kopf ist zwar gerade alles verworren, aber ich erinnere mich noch, dass Aaron bereits die dritte Bierflasche geöffnet hat, als wir mitten im ersten Film waren.

Obwohl nur noch wenig Licht brennt, entgeht mir nicht, wie Aaron grinst. «Danke für den Hinweis, Nicky. Ich lasse mein Auto hier stehen und nehme ein Taxi.»

«Du kannst auch hier schlafen, wenn du willst», murmle ich, als ich mich wieder aufs Sofa sinken lasse, aber ich weiß gar nicht, ob Aaron mich noch hört. Ich bin sofort wieder im Tiefschlaf.

***

4 Stunden vorher

Meine letzten Tage in den Hamptons sind angebrochen. Die Koffer sind bereits gepackt, denn morgen fahre ich zurück nach Brooklyn und werde die nächsten Tage mit meinen Eltern und Becks verbringen. Ich freue mich wahnsinnig darauf, Weihnachten bei ihnen zu sein und auch auf das neue Jahr gemeinsam anzustoßen.

Aber bevor es so weit ist, steht heute nach dem letzten Schultag noch unsere Weihnachtsfeier auf dem Programm. Mrs.

Graham hat sich nicht lumpen lassen und für die Feier eine atemberaubende Location gemietet. Der riesengroße Saal befindet sich abgelegen direkt am Strand und die großen Fenster ermöglichen uns einen Blick auf das Meer draußen, wo der Mond und die Sterne in vollem Glanz zu sehen sind. Es ist ein wunderschöner Anblick und es wundert mich nicht, dass diese Location oft für Hochzeiten gebucht wird. Hier findet man alles, was man für eine gute Feier braucht: Eine große Tanzfläche, Billardtische, eine ellenlange Bar und selbst die Sitze sind bequem.

Auch draußen sind einige Sitzbänke verteilt, wo sich die meisten Schüler rumtreiben. Natürlich sehe ich auch Gramps auffällig oft draußen rumlaufen, manchmal mit und manchmal ohne Maya, und ich habe mit Zoey vereinbart, wir trinken jedes Mal ein Pinnchen, wenn er sich eine Zigarette anzündet.

Allerdings haben wir damit bis nach dem Essen gewartet, sonst wären wir möglicherweise schon zu betrunken gewesen, um das große Buffet richtig auszukosten.

«Wie viel habt ihr eigentlich schon getrunken?», fragt Gramps missmutig, als er sich wieder zu Zoey, Maya, Aaron und mir an den Tisch setzt. Mir steigt mal wieder der Zigarettengeruch in die Nase und mittlerweile verbinde ich damit sofort Gramps. Er nimmt mein Pinnchen weg und dreht es theatralisch auf den Kopf, um uns zu demonstrieren, dass kein Schluck mehr übrig ist. «Hallo? Ihr schließt mich aus. Was soll das?»

Wie auf Kommando kommt ein Kellner zu unserem Tisch und bringt uns Nachschub. Wir haben zwar keine Shots bestellt, aber nach ein paar Stunden scheint man die Wünsche der Gäste hier zu kennen. Ich nehme mir ein Pinnchen und rieche daran. Tequila. Oh nein. Gibt es nicht ein ungeschriebenes Gesetz, dass ein Abend nie gut endet, wenn man Tequila trinkt?

«Also, Mrs. Graham hat hier echt kompetente Kellner gebucht. Kann man nicht anders sagen», meint Gramps belustigt und prostet uns kurz zu, ehe er den Inhalt ohne mit der Wimper zu zucken runterschluckt. «Ich muss aufholen. Ihr habt bestimmt zwei Runden ohne mich getrunken.»

Als der nächste Song aus den Musikboxen ertönt, steht Aaron auf und zieht an meiner Hand. «Komm, Nicky, wir gehen tanzen.»

Er zerrt schon regelrecht an mir und ich trinke wenigstens noch schnell meinen Tequila, um Zeit zu schinden. Er scheint mein Zögern zu spüren, denn er blickt sich fragend zu mir um.

«Aaron, ich bin wirklich nicht gut im Tanzen», versuche ich mich zu retten, aber er hat kein Erbarmen. Er lächelt nur leicht über meinen Einwand und zieht mich ohne ein weiteres Wort mit sich. Zielstrebig drängelt er sich zwischen unseren Kollegen und Schülern durch. Mitten auf der Tanzfläche hält er inne und dreht sich zu mir um.

«Kein Problem, Nicky. Lass dich einfach fallen und vertrau mir», beruhigt er mich mit einem Zwinkern. Seine Worte kommen mir bekannt vor. So etwas Ähnliches hat er damals vor dem Geisterhaus zu mir gesagt und ich weiß noch sehr gut, wie das geendet hat. Aaron schenkt mir ein charmantes Lächeln und für meinen Geschmack ist seine Hand etwas zu nah an meiner Hüfte.

Er zieht mich näher an sich heran. Viel zu nah. In mir macht sich irgendein Abwehrmechanismus bemerkbar und meldet Alarm. Ich merke sofort, wie sich meine ganze Haltung anspannt und ich glaube nicht, dass es an seinem Duft liegt, der mich wieder an Orangenplantagen erinnert.

«Mach dich locker, Nicky», murmelt er, während seine Hand noch ein Stück tiefer wandert.

Witzig. Genau mein Humor.

«Aaron ...», setze ich hilflos an. Ich fühle mich überfordert. Sowohl ihm gegenüber als auch aufgrund der Tatsache, dass all meine Kollegen und Schüler das mitbekommen und sicherlich falsche Schlüsse ziehen. «Deine Hand ...»

Kurz sieht Aaron mich irritiert an, dann wandert seine Hand wieder ein Stück nach oben.

«Entschuldige, Nicky ...», flüstert er schon fast in mein Ohr, als er mich wieder an sich drückt. Sein Aftershave steigt mir in die Nase. «Es ist nur so ... Es fällt mir wahnsinnig schwer, mich bei dir zurückzuhalten.»

Seine Stimme klingt kratzig. Ich werfe ihm einen fragenden Blick zu und schiebe ihn ein Stück zurück. «Wie darf ich das denn verstehen?»

Aaron grinst über meine Frage. Mittlerweile rieche ich auch den Alkohol. «Komm schon, Nicky. Es ist kein Geheimnis, was du für eine Wirkung auf mich hast. Es ist so, seit ich dich zum ersten Mal gesehen habe ... Seit du das erste Mal so orientierungslos ins Lehrerzimmer marschiert bist. Gott, du hast nicht mal ansatzweise eine Ahnung, wie sexy du bist, weil du so unschuldig wirkst. Diese Kombination macht wohl jeden Mann wahnsinnig.»

Ich runzle die Stirn über seine Worte und frage mich, was für einen Promillewert er haben muss, um so etwas überhaupt zu erzählen? Sein Blick ist dennoch relativ klar. Ich will gerade das Thema wechseln, doch er redet weiter.

«Dann bist du so klein und zierlich ... Man will dich einfach beschützen. Oder noch ganz andere Sachen mit dir machen ...» Für einen Moment muss ich seine Worte sacken lassen, mir bleibt fast die Luft weg. Hört er sich eigentlich selbst zu? Und was erwartet er für eine Antwort von mir? Er hat doch echt einen Knall.

«Aaron, du hast zu viel getrunken», weiche ich seinem Blick aus. Ich will hier weg. Zu Zoey oder zu sonst wem. Wahlweise auch direkt nach Hause. Ja, vielleicht wäre das am besten.

Er hebt mein Kinn an, so dass ich ihn wieder ansehe. «Das mag sein, Nicky. Das streite ich nicht ab, aber du weißt ja ... Betrunkene sprechen immer die Wahrheit.»

«Aaron, ich ...»

Ich komme noch nicht mal dazu, meinen Satz zu beenden, denn er legt mir seinen Zeigefinger auf die Lippen. Langsam geht es mir zu weit, also greife ich nach seiner Hand und drücke sie leicht weg.

«Es reicht, Aaron ... Lass uns bitte zu den anderen gehen.»

Er schüttelt kaum merklich den Kopf. «Eine Frage, Nicky. Nur eine Frage.»

Widerwillig nicke ich. «Schön. Was ist denn?» Langsam klinge ich reichlich genervt und meine Laune bessert sich auch nicht, als er mir eine Haarsträhne aus dem Gesicht streicht. Wenn ich es nicht besser wüsste, würde ich denken, er küsst mich jeden Moment. Ich kann nur hoffen, dass uns gerade keiner beobachtet. Ich weiß nicht, wie diese Szene auf Außenstehende wirkt, aber ich fühle mich äußerst unwohl.

«Habe ich eine Chance bei dir?», fragt er dann ungerührt.

«Was?»

Aaron lächelt mich an und macht Anstalten, mein Gesicht zu berühren. «Nicht jetzt. Nicht hier. Aber irgendwann?»

Ich komme gar nicht mehr dazu, ihm darauf eine Antwort zu geben, denn widerwillig löst Aaron seinen Blick von mir, als er eine Bewegung wahrnimmt. Liam steht neben uns, was Aaron ein genervtes Stöhnen entlockt. Er schnaubt verächtlich und wirft Liam einen vernichtenden Blick zu, während ich versuche, nicht so erleichtert zu schauen.

«Mr. Fuller, Sie haben Miss Hale lange genug in Beschlag genommen. Ich würde jetzt gerne übernehmen», sagt Liam mit sicherer Stimme. Er spricht den Satz so locker aus, dass ich mich mal wieder über seine Abgebrühtheit wundere.

«Darf ich bitten, Miss Hale?», fragt er und reicht mir ohne zu zögern seine Hand. Aarons Antwort darauf scheint ihn nicht zu interessieren.

Ich bin kurz verwundert über seine Aufforderung. Unauffällig wende ich meinen Blick ab und beobachte meine Kollegen. Darf man mit seinen Schülern tanzen oder ist das ein Tabu? Wahrscheinlich ist das in Ordnung, ansonsten würde Liam mich nicht fragen. Als ich sehe, wie Gramps locker mit einer Schülerin tanzt und beide dabei vor Spaß laut auflachen, nicke ich ihm schließlich zu.

Er wartet noch nicht mal eine Sekunde bis Aaron mich freigibt, sondern zieht mich an meinem Handgelenk direkt zu sich rüber. Liams Augen funkeln belustigt, als würde er Aaron bewusst provozieren wollen. «Danke, Mr. Fuller, dass Sie Miss Hale für mich freigeben.»

Aaron klingt alles andere als begeistert und spuckt die nächsten Worte schon fast aus. «Nichts lieber als das, Liam. Es ist mir immer wieder eine Freude, wenn ich dich so schnell glücklich machen kann. Wir wissen ja alle, dass du ein Händchen für das perfekte Timing hast.»

Liam grinst nur und zuckt kurz mit den Schultern, dann umfasst er meine Hand und lässt Aaron einfach alleine auf der Tanzfläche stehen.

Einige Meter weiter halten wir an. Liam legt seine warme Hand auf meinen Rücken und sagt irgendetwas. Ich verstehe ihn akustisch überhaupt nicht, weil die Musik viel zu laut ist.

Als ich ihm nur einen fragenden Blick schenke, zieht er mich ziemlich nah an sich heran. So nah, dass mir sein Parfüm in die Nase steigt. Sein typisches Parfüm von Hugo Boss, nach dem er schon am ersten Schultag auf dem Parkplatz duftete. Ich muss sofort wieder an die Situation im Fahrstuhl denken, als er mir auch schon so nah war und viel zu gut gerochen hat. «Sie haben mich doch letztens gefragt, ob es irgendetwas gibt, was ich nicht kann. Hier ist die erste Sache: Tanzen.» Ja, das kann er wirklich nicht. Ich glaube sogar, er hat noch nicht mal ein Taktgefühl. Liam bringt wieder mehr Distanz zwischen uns und lächelt mich entschuldigend an. «Und das bekommen Sie jetzt gnadenlos mit. Ich kann mich gerade nicht wirklich von meiner besten Seite zeigen.»

«Ich kann es auch nicht», gebe ich zu. «Tanzen, meine ich.»

Liam legt den Kopf in den Nacken und lacht kurz auf. «Dann blamiere ich mich hoffentlich nicht auf ganzer Linie.»

Kaum sind die Worte ausgesprochen, tritt er mir jedoch auf den Fuß.

«Entschuldigen Sie, Miss Hale», sagt Liam und ich kann sehen, wie seine Mundwinkel zucken. «Gott, ist das peinlich», murmelt er belustigt und weicht meinem Blick aus. «Ich kann kaum glauben, dass ich mir diese Blöße gebe ...»

«Wieso tust du es dann?», frage ich automatisch und zwinkere ihm zu, um meine Provokation abzuschwächen.

Liam schmunzelt kurz über meine Frage. «Lassen Sie es mich so formulieren: Es ist trotz meiner miesen Tanzkünste immer noch meine beste Option. Die beste Alternative sozusagen. Diese Blamage nehme ich also zu gerne in Kauf.»

«Die beste Alternative zu was?»

«Na, zu Fuller an Ihrer Seite», erklärt er mir ohne Zögern. Liam senkt den Blick auf mein schwarzes Kleid. Er zeigt mir sein typisches Grinsen und, ja, ich liebe es. «Ihr Kleid ... Sie haben es doch gekauft.»

«Wie aufmerksam.» Ich muss unweigerlich lächeln, als ich daran denke, wie er darauf bestanden hat, dass ich es mit seiner Kreditkarte zahlen soll, weil er mir angeblich noch was schulde. Und wie er sich wieder beleidigt aus dem Staub gemacht hat, als es nicht nach seinem Willen gelaufen ist. So ist Liam halt. Ich mag ihn mittlerweile mit all seinen Macken.

«Sie sehen umwerfend aus, wenn ich das mal so sagen darf.» Seine Stimme ist leise und fast schon zärtlich zugleich.

«Danke.» Meine Wangen werden warm. Liam hat sein schwarzes Hemd ein Stück hochgekrempelt und an den Unterarmen treten wieder seine Adern hervor. Mir liegt auch ein Kompliment für ihn auf der Zunge, aber ich lasse es lieber. Die Sache ist schon kompliziert genug.

«Warum lächeln Sie so?», will er wissen und tut es mir gleich.

«Umwerfend ... Was für ein zauberhaftes Wort in deinem Wortschatz.»

Liam kaut sich auf der Unterlippe herum, aber kann sein verschmitztes Grinsen nicht gänzlich verbergen «Glauben Sie mir, ich hätte noch ganz andere Worte. Aber ich will Sie nicht weiter in Verlegenheit bringen.»

Natürlich weiß er, dass er in mir damit alles durcheinanderwirbelt. Er weiß es wahrscheinlich schon seit unserem ersten Abend und langsam fällt es mir immer schwerer, es zu verstecken. «Du wolltest damit aufhören.»

«Womit?», fragt er irritiert. «Mit den Komplimenten? No way.»

«Mich in unangenehme Situationen zu bringen.»

Sein lockeres Schulterzucken zeigt mir, dass er sich nicht wirklich Mühe gibt, sich an sein Vorhaben zu halten. «Was soll ich sagen, Miss Hale? Sie machen es mir nicht gerade leicht.»

Weil ich nicht weiß, was ich darauf erwidern soll, wechsle ich das Thema. «Ich bin überrascht. Du redest also wieder mit mir, nachdem du mich die letzten Tage doch ziemlich hartnäckig ignoriert hast.»

Seit der Stufenfahrt haben wir kein Wort mehr gewechselt, jedenfalls nicht mehr als Guten Morgen und Tschüss. Liam sitzt die meiste Zeit einfach nur schweigend auf seinem Platz und starrt auf seinen Tisch. Keine gelangweilte oder entspannte Körperhaltung, kein abwertender oder neugieriger Blick. Da ist nichts. Er ist einfach nur da, ohne wirklich da zu sein. Ich weiß nicht mal, ob er mitbekommt, was wir im Unterricht besprechen. Anwesend, aber trotzdem irgendwie abwesend.

«Ich habe Sie nicht ignoriert. Ich war mir nur nicht sicher, ob wir uns noch was zu sagen haben», gibt Liam schließlich zähneknirschend zu und wendet den Blick ab. Zwischen uns gibt es natürlich eine ganze Menge zu sagen, aber niemand von uns scheint zu wissen, wie er das Thema angehen soll.

Für eine ganze Weile lässt er seine Augen unruhig durch den Raum gleiten.

Das Licht wirft bunte Schatten und als die ersten Töne von *Dusk Till Dawn* erklingen, jubeln einige Mädels neben mir begeistert auf. Liam scheint das nicht zu interessieren, denn endlich sieht er mich an und sagt: «Miss Hale, gehen Sie mit mir aus.» Da ist kein angehängtes Fragezeichen in seiner Stimme.

«Was?», frage ich irritiert.

Zuerst denke ich, ich habe ihn durch die laute Musik falsch verstanden, aber seine Reaktion verrät ihn. Liams Augen sind weit aufgerissen, als könnte er genauso wenig wie ich glauben, dass er das gerade laut gesagt hat. Es passiert nicht oft, aber in ganz wenigen Momenten wirkt auch er manchmal unsicher. Aber ehe man ganz sicher ist, hat er sich schon wieder gefangen und alle Selbstzweifel sind verflogen. Er zieht mich ein Stück näher und sagt noch einmal mit sicherer Stimme: «Gehen Sie mit mir aus. Bitte.»

Bitte?

«Ist das dein Ernst?», ist das Einzige, was ich von mir gebe. Nein, nicht so ein Ich-kann-nicht-glauben-dass-du-mit-mir-ausgehen-willst-ist-das-dein-Ernst, sondern ein Hast-du-deinen-Verstand- verloren-ist-das-dein-Ernst.

Ohne zu zögern, nickt er. «Ja.» Mein Gesichtsausdruck scheint eindeutig zu sein, denn Liams Mundwinkel zucken belustigt. «Sie sollen nur einmal mit mir ausgehen. Sie müssen mich ja nicht gleich heiraten. Glauben Sie ernsthaft, Sie sind die erste Lehrerin, die mit einem ehemaligen Schüler ausgeht?»

Mittlerweile habe ich in vielen Punkten meine Meinung über Liam revidiert, aber ich finde ihn nach wie vor abgebrüht. Er steht wirklich über allem und ich frage mich, wo er den Mut hernimmt, so etwas auszusprechen.

Ich runzle die Stirn, während er mich abwartend ansieht. «Der Vergleich hinkt. Denn derzeit bist du mein Schüler, was es so absurd macht, jetzt darüber zu sprechen.»

Liam lächelt nur schwach über meinen Einwand. «Möglicherweise bleibt mir nach meinem Abschluss aber keine Zeit mehr, Ihnen dafür ein Versprechen abzunehmen. Und wer weiß, ob ich nach den Marines überhaupt jemals wieder zurückkehre. Sie wissen schon. Lebend, meine ich.» Er zuckt unschlüssig mit den Schultern. «Also, was sagen Sie dazu?»

Ich bin völlig überfordert. Die Leute um uns herum lachen und singen den Song mit, aber ich nehme alles neben mir nur halb wahr. Gerade bin ich zu sehr damit beschäftigt, zu verarbeiten, was Liam zu mir sagt.

«Ich weiß nicht, ob das eine gute Idee ist», stammle ich.

«Wieso nicht?», will er wissen. «Ich bin dann nicht mehr Ihr Schüler und Sie sind nicht mehr meine Lehrerin. Wir sind dann sozusagen freie Menschen.»

Nein, das ist alles andere als eine gute Idee. Holy crap, das ist sogar eine ganz schlechte Idee. Und ich weiß auch, warum das so ist, auch wenn ich es ihm niemals sagen würde oder könnte: Wenn ich noch mehr Zeit mit ihm verbringe, verliebe ich mich Hals über Kopf in ihn. Es hat schon bei der ersten Begegnung nicht mehr viel dazu gefehlt.

«Was ist so schlimm daran, wenn es passiert?», fragt Liam mich und seine grünen Augen fixieren mich, ohne für eine Sekunde den Blick von mir abzuwenden.

Wenn *es* passiert? Was ist *es*?

Ich glaube, er spricht von unserem Treffen, aber möglicherweise kann er meine innere Zerrissenheit auch spüren.

Hilflos sehe ich mich um und blicke zu Zoey, die sich mit Gramps und Maya unterhält. Liam wäre zwar nächstes Jahr nicht mehr mein Schüler, aber was würden sie wohl dazu sagen?

Liam schmunzelt, als er meinem Blick folgt. «Sie haben Bedenken, dass Ihre Kollegen das mitbekommen. Liegt es daran, dass ich dann Ihr Schüler war, oder daran, dass ich Liam Hunt bin?»

«Beides, schätze ich», murmele ich so leise, dass er es gar nicht verstanden haben dürfte.

«Wie wär's mit einem Treffen in Brooklyn?»

«Oh Gott …», gebe ich zurück.

«Okay. Ich verstehe, Brooklyn ist auch raus», nickt er einige Male. «Dann suchen Sie einfach einen Ort aus. Irgendwann nach meinem Abschluss und vor dem Militär. Das soll nur ein Dinner sein, kein Date.»

Dann lockert Liam seinen Griff und sieht mich an. Seine grünen Augen haben wieder diesen schönen Glanz und es sollte eigentlich verboten sein, dass er mich so anblickt. Ich kann regelrecht spüren, wie meine Standhaftigkeit ins Wanken gerät.

«Kein Date?», versichere ich mich.

Liam legt den Kopf schief und auf seinem Gesicht macht sich genau dieses einnehmende Lächeln breit, das ich schon bei unserer ersten Begegnung so schön fand. «Also, es muss kein Date sein.»

«Wieso fragst du mich dann überhaupt?»

«Weil ich Sie kennenlernen will. Ganz einfach. Und ich bin bereit, auf Sie zu warten, solange wie es eben dauert. Das habe ich Ihnen schon damals im Auto gesagt, als wir die Batterie weggebracht haben. Erinnern Sie sich?» Immer noch spüre ich seine Hand auf meinem Rücken und er zieht mich wieder näher an sich heran. Seine nächsten Worte sind so leise, dass sie im Lärm um uns herum schon fast untergehen. «Nur ein Abend. Lassen Sie uns für einen Abend einfach so tun, als hätten wir uns irgendwo anders kennengelernt. Als Nicole Hale und Liam Hunt, irgendwo zwischen New York City und den Hamptons.»

Sobald er es ausgesprochen hat, kann ich ein verbittertes Lächeln nicht gänzlich verbergen. Das Leben wäre so viel einfacher, wenn wir uns unter anderen Umständen kennengelernt hätten, und nicht zum ersten Mal frage ich mich, was das Schicksal für ein Problem mit mir hat. Erst trifft Ben auf Madison, und dann treffe ich jemanden, der unerreichbar für mich ist. Aber auf ganz anderen Ebenen als anfangs angenommen.

Wieder blicke ich zu Zoey und den anderen. Es sollte mir egal sein, was sie darüber denken, aber das ist es irgendwie nicht. Ich mag sie alle so gerne und ich bin mir sicher, dass sie mich schief anschauen würden, wenn sie davon erführen. Wobei es genau genommen ja gar keiner erfahren müsste ...

Andererseits mache ich nichts Illegales, denn Liam wird dann nicht mehr mein Schüler sein, und wahrscheinlich werde ich es ewig bereuen, wenn ich es nicht mache.

Ich weiß nicht, ob es Zufall ist, dass mir Liams Worte im Kopf herumschwirren, die er mir an dem Tag gesagt hat, als ich ihm zum ersten Mal begegnet bin.

Ich denke noch nicht mal über diese Leute nach. Und wenn du diesen Punkt erreicht hast, bist du richtig frei.

Vielleicht hat er recht. Vielleicht sollte ich auch nicht so viel darüber nachdenken, was andere Leute denken könnten.

Aber es ist genau wie auf den Klippen damals, als ich zugesagt habe, zu seinem American-Football-Spiel zu kommen. Denn auch jetzt fühlt es sich nicht nach einer einfachen Zusage an.

Es fühlt sich nach viel mehr an. So, als würde ich ein Zeichen setzen.

Und trotzdem gibt es für mich nur eine einzige Antwort.

«Okay.» Kaum ausgesprochen, bin ich schon bei dem Gedanken daran aufgeregt, obwohl es noch einige Monate bis zum Treffen sind.

Liam sieht tatsächlich ein wenig überrascht aus und er scheint damit nicht gerechnet zu haben. «Versprochen? Auch wenn Sie in einer Beziehung sind oder ich?»

«Klar. Ist doch kein Date.»

«Alles kann, nichts muss. Verdrehen Sie mir nicht die Worte im Mund, Miss Hale.» Er sieht sich kurz um – wir haben uns keinen Zentimeter vom Fleck bewegt. So viel zum Thema Tanzen. «Ich bringe Sie jetzt zu Ihrem Tisch zurück. Ich würde Sie ja auch mit zu uns nehmen, aber da sind die Typen nicht unbedingt besser. Bei Ihnen sitzen wenigstens noch ein paar vernünftige Menschen.» Ehe ich noch etwas darauf erwidern kann, schiebt er mich schon zu meinem Tisch zurück. Wir begegnen Kane, der wie immer alles mit seiner Kamera filmt und er schwenkt die Linse auf uns.

«Hör auf damit», sagt Liam knapp.

Kane hebt beschwichtigend die freie Hand. «Alter, komm schon, Liam. Ein Foto. Nur ein Schnappschuss. Vielleicht ist auch was für das Jahrbuch dabei. Du weißt doch … Die Applegate hängt mir schon wieder damit im Nacken ...»

Liam verdreht die Augen und sieht mich fragend an. Nett von ihm, mir die Verantwortung zuzuschieben, aber als ich in seine grünen Augen sehe, kann ich es ihm überhaupt nicht übelnehmen.

«Meinetwegen», stimme ich zu und zucke mit den Schultern.

Während Kane seine Tasche nach einer anderen Kamera durchwühlt, stehen Liam und ich uns unschlüssig gegenüber.

«Scheiße. Sorry», murmelt er wortlos mit den Lippen und deutet auf seinen Kumpel. Er ist augenscheinlich genauso wenig begeistert wie ich. «Ich hatte halt schon immer ein scheiß Timing.»

«Hoffentlich hast du gerade kein scheiß Problem», rutscht es mir heraus. «Das wäre dann nämlich wirklich ein scheiß Timing.»

Stille.

Liam sieht mich völlig irritiert an und ich weiß auch ohne Worte, dass er meine Anspielung auf den Aufzug verstanden hat. Seine Augen sind leicht aufgerissen und ich glaube, er kann nicht fassen, dass mir das gerade über die Lippen gekommen ist. Er blinzelt einige Male und seine Gesichtsfarbe ändert sich. Zum ersten Mal seit ich ihn kenne, wird er rot. Dann lächelt er und streicht sich verlegen durch seine Haare.

Und dann lachen wir beide laut los.

«Perfekt», verkündet Kane nach ein paar Sekunden neben uns. Ich habe ihn komplett ausgeblendet und Liam ging es offensichtlich genauso. Kanes Polaroidkamera druckt das Foto sofort. «Sieht richtig gut aus. Ungezwungen und entspannt. Ein richtiger Schnappschuss. Damit kann ich was anfangen, wirklich super», lobt er uns, als er das Foto betrachtet. «Hier.»

Dann reicht er uns das Foto und ist schon wieder in der Menge verschwunden.

Liam lehnt sich zu mir und wir betrachten das Foto. Es ist in dem Moment entstanden, als wir beide losgelacht haben. Ich liebe es, wie verlegen Liam lacht, während ich noch meine

Hand locker auf seinem Arm habe, weil wir zuvor noch überlegt hatten, wie wir uns zusammenstellen. Und ich strahle ihn an. Genau wie ich Ben angestrahlt habe.

Gut, dass das keiner weiß und auch niemand interpretieren kann.

Aber ich weiß es. Und mir wird immer mehr bewusst, dass ich ein riesengroßes Problem habe, auch wenn ich ausgesprochen gut darin bin, es zu verdrängen.

«Sie wissen, dass ich das Foto behalten und nie wieder hergeben werde, oder?», fragt mich Liam und zwinkert. Und dann nimmt er es mir mit einer schnellen Bewegung aus der Hand. «Ich besorge Ihnen irgendwie einen Abzug, schließlich schulde ich Ihnen ja eh noch was. Sie bekommen ihn bei unserem Date. Einverstanden?»

«Du schuldest mir gar nichts», entgegne ich amüsiert, weil ich mittlerweile glaube, dass es Liams Lieblingssatz mir gegenüber ist.

«Doch. Für die Sonnenbrille. Das wissen Sie doch», scherzt er. Dann schiebt Liam mich zu meinem Tisch. «Vielen Dank für den Tanz, Miss Hale. Es hat mich sehr gefreut.» Er schenkt mir ein letztes Lächeln, was jedoch sofort erstirbt, als er seinen Blick abwendet und Aaron fixiert.

«Wolltest du mit Miss Hale nicht tanzen, Liam?», stichelt Aaron, als ich mich wieder zu ihm setze. In seiner Stimme schwingt jede Menge Spott mit. Ich kann gar nicht anders, als augenrollend nach meiner Pepsi zu greifen, die mittlerweile schon warm ist.

«Oh, glauben Sie mir, ich habe alles, was ich wollte», entgegnet Liam knapp, dann dreht er sich um und geht.

Ich bin völlig erledigt und das liegt sicherlich nicht an dem Tanz. Rita Oras Song *Poison* hallt aus den Musikboxen und wenn mein Leben ein Film wäre, würde das Lied als passende Hintergrundmusik laufen. Ich habe Liam für ein Treffen zugesagt, obwohl ich ganz genau weiß, dass er Gift für mich ist. Das Ganze wird nicht gut für mich enden. Ich hatte damals an unserem ersten Abend schon so eine Vorahnung, als ich mich von ihm verabschiedet habe. Liam wird mir mein Herz zerfetzen. So wie er es mit den anderen Mädchen macht. Wenn er bekommen hat, was er will, verliert es seinen Reiz und er lässt es fallen. Ohne zu zögern. Vielleicht ist allein dieser Reiz der ausschlaggebende Grund für seine Hartnäckigkeit, weil ich als seine Lehrerin unerreichbar für ihn bin.

«Er ist ziemlich anstrengend, oder?», fragt Aaron mich, als er sich zu mir lehnt. Sofort rieche ich den Alkohol und irgendwie lallt er auch leicht.

«Meinst du Liam?»

Aaron nickt knapp. «Ich hoffe, es war okay, dass ich dich jetzt für ein paar Minuten Liam überlassen habe, schließlich wollte ich ihm auch ein paar Minuten Ruhm gönnen», zwinkert er mir zu. «Aber nächstes Mal bin ich nicht so gnädig. Mittlerweile geht mir sein unglaublicher Geltungsdrang nur noch auf die Nerven. Er kann sich glücklich schätzen, dass ich ihn nicht unterrichte. Seine Arroganz und seinen Hochmut würde ich ihm schnell austreiben.»

Unschlüssig zucke ich mit den Schultern. «Ich denke, er hat auch seine guten Seiten.»

Aaron verzieht das Gesicht und ich will wirklich nicht wissen, was er dazu sagen würde, wenn er wüsste, was ich mit Liam auf der Tanzfläche vereinbart habe. «Lässt du dich auch schon von dem blenden? Ihr spielt alle gern mit dem Feuer, oder?» Er hebt spöttisch die Augenbrauen, als er fortfährt und mit dem Kopf Richtung Liam deutet. «Schau dir nur an, wie er jetzt zu seinen Freunden stolziert. Auf was bildet er sich eigentlich so viel ein? Er hat noch nicht mal die High School beendet und denkt echt, die Welt gehört ihm.»

*

27 Minuten vorher

«Ich muss los», verkünde ich irgendwann. Abrupt stehe ich auf, aber es dreht sich alles. Für einen Moment muss ich mich an der Tischkante festhalten, um das Gleichgewicht nicht zu verlieren.

Zoey steht ebenfalls auf. «Alles in Ordnung? Sollen wir zusammen nach Hause fahren?», fragt sie und muss sich nun ebenfalls kurz abstützen. «Ich sollte auch fahren. Mir ist ganz schwindelig», meint sie und lacht völlig hysterisch los. Sie greift nach ihrem Glas und trinkt noch einen weiteren Schluck Sekt.

«Zoey, du schuldest mir noch eine Runde», meint Gramps mit einem Lachen und zieht sie wieder auf ihren Stuhl zurück. «Bleib auch noch, Nicky.»

Ich schüttele den Kopf. Keinen einzigen Schluck werde ich heute mehr trinken, ansonsten kann ich für nichts garantieren. Und nur hier sitzen, ohne etwas zu trinken, funktioniert nicht neben Gramps. Ich hätte schon die letzten drei Pinnchen nicht mehr trinken dürfen. Vielleicht sogar die letzten vier oder fünf. Ich kann nur hoffen, dass ich morgen nicht die Quittung dafür bekomme und den ganzen Tag mit Kopfschmerzen im Bett verbringe. Mein Blick bleibt auf dem verschütteten Alkohol auf unserem Tisch hängen. Eine ganze Weile haben wir ein Trinkspiel gespielt, und bis zum Ende habe ich es nicht mal verstanden. Mittlerweile glaube ich, dass es überhaupt keinen Sinn gemacht hat, und es eine reine Abfüllstrategie war. Gramps hat es vorgeschlagen und das würde zu ihm passen.

«Dann warte kurz, lass mich dir schnell ein Taxi rufen», höre ich Gramps sagen, während er sein Smartphone aus der Hosentasche hervorzieht und bereits eine Nummer in sein Display eintippt.

Zoey nutzt diese Gelegenheit und steht wieder auf. Sie umfasst meine Oberarme und sieht mich besorgt an.

«Nicky, soll ich mitkommen? Lass uns zusammenfahren. Ich sollte auch dringend nach Hause, aber das endet doch meistens so, wenn wir zusammen unterwegs sind. Gramps verträgt einfach zu viel Alkohol und lässt mich auch nie eher gehen ...» Dafür, dass Gramps bei gefühlt jeder Runde während des Trinkspiels ein Glas runtergekippt hat, wirkt er tatsächlich noch erstaunlich nüchtern.

Ich winke ab und ziehe meine Jacke an. «Zoey, ich finde den Weg zum Taxi schon.»

Mir ist es gerade völlig egal, ob sie mitkommt oder noch hierbleibt. Sie soll sich einfach schnell entscheiden, weil ich sofort hier weg will. Raus an die frische Luft, tief durchatmen. Mir ist schlecht. Das war eindeutig zu viel Alkohol und Schuld ist auf jeden Fall dieses dämliche Trinkspiel.

Gramps schreit ins Telefon und bestellt ein Taxi für mich.

«In zehn Minuten ist es hier», verkündet Gramps, was ich mit einem Nicken bestätige. Er greift schon wieder nach der Flasche und schenkt sich etwas nach. Auch in Mayas Glas kippt er großzügig ein.

Ich umarme Zoey zum Abschied und winke den anderen nur kurz zu, um nicht die Aufmerksamkeit von Aaron auf mich zu ziehen. Er tippt auf seinem Smartphone und bekommt dank des Alkohols kaum noch etwas von seiner Umgebung mit, was mir die Chance gibt, hier unauffällig zu verschwinden. Ich habe für die nächsten Tage eine Aaron-Überdosis.

Mit wackeligen Beinen gehe ich zum Ausgang, während sich alles dreht. Ich muss mich auf jeden einzelnen Schritt konzentrieren. Ganz langsam einen Schritt vor den anderen setzen ...

Ich knalle mit der Tür zusammen, reiße sie schließlich nach hinten und als ich endlich draußen stehe, atme ich die kühle Luft ein. Aus dem Saal ertönt immer noch die laute Musik, im Hintergrund höre ich irgendwo Gelächter und verschiedene Stimmen. Ich steuere ein Geländer an, das auf dem Weg zum Parkplatz liegt, und lehne mich dort an. Während ich meine Handtasche nach meinem Handy durchsuche, um die Uhrzeit zu checken, lässt mich eine Bewegung neben mir jedoch zusammenzucken.

Als ich meinen Blick hebe, steht Liam neben mir und lehnt sich ebenfalls ans Geländer.

«Liam ...», stammle ich unbeholfen und lasse mein Smartphone sofort zurück in meine Handtasche gleiten. Ich fange an zu lachen, auch wenn ich keine Ahnung habe, was an der Situation lustig sein soll. «Was machst du denn hier?»

Im ersten Moment sieht er mich irritiert an, wahrscheinlich weil ich so laut auflache. Dann kann ich sehen, wie er ein Schmunzeln unterdrückt. «Ich war hier auch auf der Party.»

«Wieso das denn?»

Nun muss er lachen und macht eine ausschweifende Handbewegung. «Na ja ... Sie wissen schon, Weihnachtsfeier halt.»

Kurz herrscht Schweigen. Ich habe so viel getrunken, dass ich nicht mal mehr merke, was ich für idiotische Fragen stelle.

«Das meinte ich nicht ... Ich dachte nur, die Schüler sind schon alle weg, weil im Saal nur noch Lehrer sind.»

Liam lächelt mich an. «Nein, wir sind nur alle nach draußen gegangen und sitzen dahinten zusammen», erzählt er mir und zeigt in eine andere Richtung. «Direkt am Meer.»

Unauffällig blicke ich an mir herunter, um zu sehen, ob mein Kleid noch richtig sitzt. Mein Schüler steht vor mir und ich habe zu viel Alkohol getrunken. Ich bin zwar nicht komplett betrunken, aber eindeutig ziemlich angetrunken. Ich muss unbedingt aufpassen, dass ich nicht noch mehr peinliche Sachen von mir gebe, an die ich mich morgen im schlimmsten Fall gar nicht mehr erinnern kann.

Ich schließe die Augen und atme tief durch. Ich merke, wie sich die kühle Luft positiv auf mein Schwindelgefühl auswirkt, und genieße das Rauschen des Meeres, das ich trotz der lauten Musik ganz leise wahrnehmen kann.

«Alles in Ordnung, Miss Hale?», fragt Liam. Als ich die Augen öffne, sieht er mich mit gerunzelter Stirn an.

Es hat keinen Zweck, ihm etwas vorzumachen. Liam hat es sowieso schon gemerkt, denn er ist stocknüchtern. Das wäre ich in diesem Moment auch zu gerne, stattdessen merke ich die Auswirkungen des Alkohols. Ich bin froh, dass ich wenigstens noch vernünftig Sätze formulieren kann. «Liam, es tut mir leid, dass du das jetzt mitbekommst. Ich habe zu viel getrunken.» Kurz räuspere ich mich. «Ich wollte gerade nach Hause fahren.»

Er zieht eine Augenbraue nach oben. «Sie wollen fahren? Ich bin mir nicht ganz sicher, ob das eine gute Idee ist.» Er klingt leicht amüsiert, aber nicht spöttisch, wodurch er die Situation auflockert und ich mich entspanne.

Ich muss nun ebenfalls lächeln. «Ich muss mich korrigieren. Ich lasse mich nach Hause fahren.»

Falls er es seltsam findet, dass sich seine Lehrerin auf einer Schulveranstaltung betrinkt, lässt er sich nichts anmerken, sondern nickt nur und blickt sich fragend um. «Wer holt Sie denn ab?»

«Ein Taxi. Gramps hat es gerade gerufen», verkünde ich mit fester Stimme. «Mr. Nixon, meine ich.»

Einen Moment herrscht ein seltsames Schweigen zwischen uns.

«Nutzt Mr. Fuller etwa nicht die Gelegenheit, Sie nach Hause zu bringen?», fragt er plötzlich spitz in die Stille hinein. Mir entgeht sein abwertender Unterton nicht und den letzten Teil der Frage betont er besonders gedehnt.

Ich sehe ihn verwirrt an. «Ich weiß nicht ganz, worauf du hinauswillst, Liam.»

Genervt schnalzt er mit der Zunge. «Fuller hat Sie doch schließlich auch den ganzen Abend belagert. Es wundert mich ehrlich gesagt, dass er Sie nicht vollkommen abgefüllt und Ihre hilflose Lage ausgenutzt hat, um endlich mal einen wegstecken zu können.»

Sein Tonfall ist verärgert und er spuckt die Worte regelrecht aus.

«Eifersüchtig?», rutscht es mir heraus.

Danke, Alkohol.

Es ist nicht meine Absicht, Liam zu provozieren, also lächle ich ihn entschuldigend an, um es noch möglichst charmant zu retten.

«Ja», sagt Liam ohne zu zögern und scheint es mir überhaupt nicht übel zu nehmen. «Und Eifersucht ist echt scheiße.»

«Ich weiß, Liam», seufze ich tief und weiche seinem Blick aus. Wem sagt er das? Ich könnte zugeben, dass ich das Gefühl sehr gut kenne, weil ich jedes Mal eifersüchtig bin, wenn ich ihn mit irgendeinem Mädchen sehe und mir dann immer stillschweigend den ersten Abend in meiner Wohnung zurücksehne. Es ist alles schon schlimm genug, also nicht weiter darüber nachdenken. Stattdessen drücke ich mich vom Geländer ab. «Wie auch immer. Ich muss los. Ich wünsche dir jedenfalls noch einen schönen Abend.»

Ich vernehme keinerlei Geräusche mehr hinter mir, so dass ich davon ausgehe, dass Liam zurück zur Party gegangen ist, aber dann taucht er plötzlich wieder neben mir auf.

«Ich begleite Sie noch die letzten Meter.»

Ich sage dazu nichts, sondern gehe einfach weiter Richtung Parkplatz. Er sagt ebenfalls kein Wort, ich höre nur Musik, die Stimmen aus der Ferne und das Klackern meiner High Heels. Liam hat sich mittlerweile meinem langsamen Schritttempo angepasst. Auch wenn mein Schwindelgefühl wieder weg ist, bin ich äußerst bemüht, gerade und aufrecht zu gehen. Wahrscheinlich bilde ich mir das nur ein, aber ich habe die Befürchtung, dass Liam an meinem Gang erkennen kann, wie viel ich intus habe. Um diesen Eindruck zu kaschieren, gebe ich mir bei jedem Schritt ganz besonders Mühe und achte peinlich genau auf jede Bewegung.

Aber dann passiert es doch, denn als ich kurz zu ihm blicke, verliere ich das Gleichgewicht. Ich stolpere über etwas, vermutlich über seinen Fuß, aber vielleicht kann ich auch nicht mehr auf meinen High Heels gehen. Ich stürze regelrecht nach vorne, im letzten Moment steht Liam vor mir und fängt mich wieder auf.

Wie peinlich! Sterben wäre angenehmer ...

Ich spüre den Griff seiner warmen Hände an meinen Schultern, er hält mich regelrecht in seinen Armen. Sein Oberkörper ist nur wenige Zentimeter von mir entfernt und wir stehen viel zu dicht beieinander. Er ist so nah, dass mir wieder sein Duft in die Nase steigt.

«Got you», murmelt Liam und verstärkt seinen Griff, obwohl ich bereits Halt gefunden habe.

Verlegen lächle ich ihn an. Sein Blick ist so durchbohrend wie immer.

«Sorry.»

«Für was?» Es kommt mir vor, als würde er flüstern, aber vielleicht kann ich seine Worte akustisch einfach nicht gut verstehen, weil das Blut in meinen Ohren rauscht. Dafür klingen meine eigenen Atemzüge plötzlich übermäßig laut.

«Na ... dafür», presse ich regelrecht hervor. Ich fühle mich plötzlich betrunkener als am gesamten Abend und mein Herz hämmert so laut in meiner Brust, dass es mich nicht wundern würde, wenn Liam es hören könnte. Wieso ist es so laut? So muss sich ein Herzinfarkt anfühlen. Oder ein Herzkasper. Oder ist das das Gleiche? Ich kann keinen klaren Gedanken mehr fassen.

«Es gibt keinen Grund, sich zu entschuldigen», erklärt er mit belegter Stimme und sein Tonfall verdeutlicht mir, dass er das offenbar wirklich so sieht.

Ich fühle mich benebelt und muss zwingend wieder zur Realität zurückfinden, so dass ich abrupt den Blickkontakt mit Liam abbreche und den Boden anstarre. Hoffentlich hat er nicht schon bemerkt, dass ich neben der Spur bin und dass er dafür verantwortlich ist. Warum muss ich auch gerade ihm begegnen? Bei jedem anderen Schüler wäre mir solch ein Kontrollverlust bestimmt nicht passiert.

Als ich meinen Blick senke, bemerke ich, dass mein Sturz jedoch nicht meinem angetrunkenen Zustand geschuldet ist, sondern meinem Schuhwerk.

«Mein Schuh ... ist kaputt ...», stammle ich und hebe den Blick von meinem abgebrochenen Absatz, der auf dem Boden liegt. Das ist mir noch nie passiert und ich dachte eigentlich, dass es solche Situationen nur in Filmen gibt. Irgendwie habe ich das Bedürfnis, mein Auftreten zu verteidigen, denn ich habe keine Ahnung, wie ich ihn noch unterrichten soll, nachdem er mich jetzt so erlebt hat.

Kurz stehen wir schweigend voreinander. Er hält mich immer noch fest und macht keinerlei Anstalten, seine Hände von meinen Schultern zu lösen.

«Es geht wieder, Liam. Du kannst mich loslassen», sage ich mit einem Lächeln, nachdem er meine Aussage unkommentiert gelassen hat. Ich bin endlich wieder im Hier und Jetzt angekommen und danke wem auch immer, dass mein Gehirn wieder vernünftig arbeitet.

Ich kann sehen, wie er schmunzelt, auch wenn er versucht, es zu verbergen. «Ich will nur auf Nummer sicher gehen.»

Selbst im schwachen Laternenlicht kann ich sehen, wie seine grünen Augen regelrecht leuchten. Ich bin noch nie einer Person begegnet, die so tolle Augen hat. Selbst die von Ben können da nicht mithalten. Unweigerlich frage ich mich, warum die Welt manchmal so ungerecht zu mir ist. Wieso ist er mein Schüler und nicht mein Kollege? Hektisch versuche ich den Gedanken wieder zu vertreiben. Wenn jemand davon wüsste, wäre ich geliefert. Ich könnte auswandern. In den Knast oder wahlweise auch in ein anderes Land, wenn das Glück auf meiner Seite wäre.

Ich wende meinen Blick endlich ab und räuspere mich laut, dann lässt Liam mich – wenn auch etwas widerwillig – los. «Mein Taxi kommt jeden Moment. Du kannst wieder zurück zur Party gehen, Liam.»

«Könnte ich, ja», meint er knapp, ohne mich aus den Augen zu lassen. Schließlich sieht er zum Parkplatz. «Da drüben ist Ihr Taxi. Ich begleite Sie noch das Stück, bevor doch noch etwas Schlimmeres passiert.» Er schenkt mir ein schiefes Lächeln. Ich kann nur hoffen, dass er diese Story für sich behält. Es passt mir gar nicht, dass ich schon wieder von seinem Wohlwollen und seiner Gunst abhängig bin, aber ich kann es nicht ändern.

Da sich mein rechter Schuh dazu entschlossen hat, seine Pflicht für den heutigen Abend nicht mehr länger zu erfüllen, ziehe ich jetzt auch den linken aus. Achtlos pfeffere ich die beiden Schuhe zur Seite, wo ebenfalls schon jede Menge Pappbecher liegen. Mit einem dumpfen Prall landen sie einige Meter entfernt. Meine Schwester würde jetzt die Hände über den Kopf zusammenschlagen und mir predigen, was das für eine Umweltverschmutzung sei, aber zum Glück ist sie nicht hier und wird das nie erfahren.

Liam wirkt neben mir jetzt noch viel größer. In meinem Blickfeld ist nun genau seine Brust. Ich hebe noch einmal meinen Blick und schaue ihn an, ehe ich nur in meiner Strumpfhose über den kühlen Asphalt laufe.

Dann drehe ich mich wieder zu ihm um, aber er steht gar nicht mehr hinter mir. Stattdessen sammelt er meine Schuhe ein, genau wie die Pappbecher, und wirft sie in den Müll.

«Nur die Sushibox in meiner Wohnung räumst du nicht auf?! Soll ich das persönlich nehmen?», rufe ich ihm laut lachend zu. Erst als es zu spät ist, fällt mir auf, was ich da gerade gesagt habe und lege mir die Hand vor den Mund.

Mir entgeht nicht, wie Liam schmunzelt. Dann schaut er sich einmal um und legt sich einen Finger an die Lippen. Er denkt das Gleiche wie ich. «Seien Sie etwas leiser. Wir haben es doch jetzt schon ein paar Monate geschafft, das Geheimnis zwischen uns zu bewahren. Jetzt werden Sie nicht übermütig.»

«Sorry», murmle ich, als würde er Probleme dafür bekommen und nicht ich.

Witziger Gedanke irgendwie.

«Aber Sie werden wirklich übermütig, Miss Hale.»

«Ich weiß nicht, was du meinst.» Fragend sehe ich ihn an.

Er zuckt mit den Schultern und fährt sich mit der Hand durch seine dunklen Haare. Kurz zögert er, aber dann spricht er die Frage so locker aus, als wäre es das Normalste der Welt: «Ich weiß, dass das unpassend ist, aber soll ich Sie die letzten Meter tragen?»

«Was?», rufe ich eine Spur zu harsch. Gerade frage ich mich, ob er vielleicht auch betrunken ist oder seinen Verstand verloren hat.

Liam atmet laut aus und kommt einen Schritt auf mich zu. «Mir ist klar, dass die Frage zu weit geht, Miss Hale. Ich kann gerade nur daran denken, wie viele Scherben hier rumliegen könnten. Und Sie spazieren sorglos rum.»

Die Worte hängen regelrecht in der Luft und ich zögere. Liam sieht mich abwartend an und kaut sich ungeduldig auf seiner Unterlippe herum. Für einen Moment erwäge ich, sein Angebot anzunehmen. Mit seinen durchtrainierten Armen wäre das sicherlich kein Problem, und ...

Erde an Nicky!

Er ist mein Schüler, verdammt!

Energisch schüttle ich den Kopf und versuche, meine leichtsinnigen Gedanken zu vertreiben. Was ist eigentlich los mit mir? Das muss am Alkohol liegen, dass ich überhaupt so etwas in Erwägung ziehe, obwohl ich weiß, wie falsch es ist. Es ist nicht nur ein Gerücht, dass man durch Alkohol hemmungslos wird, nein, es ist wirklich so. Und ich erfahre es gerade am eigenen Leib.

«Nein, Liam. Das geht nicht.» Was hat er eigentlich für Vorstellungen? Wenn das jemand mitbekommt, kann ich sofort einpacken und die Schule verlassen. Dafür gibt es nicht mal ansatzweise eine plausible Erklärung.

Bevor er etwas erwidern kann und meine Entscheidung doch noch einmal ins Wanken gerät, gehe ich auch schon weiter und lasse ihn kommentarlos stehen.

Ich lasse meinen Blick über den Parkplatz schweifen, aber es ist kein Taxi weit und breit zu sehen. Ich würde schätzen, dass das Telefonat bereits eine halbe Stunde zurückliegt, aber vielleicht täusche ich mich auch, weil sich mein Zeitgefühl längst verabschiedet hat.

«Wo ist denn das Taxi?», frage ich, als Liam wieder an meiner Seite ist.

Er schmunzelt. «Da drüben ist es», entgegnet er und schiebt mich ein Stück nach rechts. Wir gehen an ein paar Autos vorbei, als ich plötzlich wieder seine Hand an meinem Handgelenk spüre, die mich zum Anhalten zwingt. «Stopp, wir sind da.»

Wir stehen neben seinem dunklen Cadillac. Ich ahne, was er vorhat, aber das wird nicht funktionieren.

«Das geht nicht, Liam», entscheide ich, als ich mich zu ihm umdrehe.

Er drückt einen Knopf und die Türen entriegeln sich. Eine Hand hat er schon am Türgriff. «Wieso nicht?»

Ich lehne mich an eine Autotür und verschränke die Arme vor der Brust. «Weil du mein Schüler bist. Du kannst mich nicht nach Hause bringen.»

Das scheint Liam herzlich egal zu sein, denn er quittiert das nur mit einem kurzen Schulterzucken. «Weiß doch keiner. Das bleibt zwischen uns.» Seine Lässigkeit treibt mich irgendwann noch in den Wahnsinn. Liam wartet auf meine Reaktion, aber ich sage weiterhin nichts. Nach einigen Sekunden stöhnt er frustriert auf. «Miss Hale, bitte. Ich glaube nicht, dass das Taxi noch kommt. Für mich ist das kein Problem. Ich wollte eh gerade fahren. Die Standheizung läuft auch schon einige Zeit.»

«Aber meine Wohnung liegt nicht auf deinem Weg», wende ich prompt ein.

«Für Sie fahre ich gerne einen Umweg.»

«Nein, ich warte auf das Taxi.»

Er nickt trotzig. «Wie Sie meinen. Dann warte ich halt mit Ihnen auf ein Taxi, das niemals kommen wird.»

Ich schließe die Augen und atme einige Male tief durch. Mein Schwindelgefühl lässt langsam nach. Die kühle Luft tut mir eindeutig gut. Ich wende meinen Blick ab, um erneut nach einem Taxi Ausschau zu halten und frage mich, ob es tatsächlich noch kommt. Wer weiß, was Gramps für eine Adresse angegeben hat oder wo er angerufen hat.

Einige Minuten stehen wir nur schweigend zusammen, dann sagt Liam: «Danke, dass Sie zugesagt haben.» Da ist es wieder. Dieses Lächeln. Er soll sofort aufhören damit. Liam scheint nicht den leisesten Schimmer zu haben, was er für eine Ausstrahlung hat. Andererseits muss ihm das doch irgendwer schon mal gesagt haben, denn die Wirkung wird er wohl kaum nur bei mir erzielen.

Sein Blick ist auf mich fixiert.

Mir ist warm. Unglaublich warm. Es kommt mir so vor, als wäre es eine laue Sommernacht und nicht kurz vor Weihnachten.

Liam bricht den Blickkontakt ab und schaut nun zur Seite. «Damn it ...», murmelt er mit leiser Stimme, während er seinen Blick immer noch abgewandt hat. Ich höre, wie er tief ein- und ausatmet und sich zu einer gleichmäßigen Atmung zwingt. Ich will ihn fragen, was los ist, aber er kommt mir zuvor.

Liam beugt sich zu mir herunter und ich spüre, wie er ohne zu zögern mit seinen warmen Händen mein Gesicht umfasst. Und dann küsst er mich. Er streicht mir mit der rechten Hand sanft durch die Haare, mit der anderen zieht er mich näher an sich heran und hält mich. Mit meinen Fingern kralle ich mich regelrecht an ihm fest, aus Angst, er könnte aufhören, wenn ich ihn nicht fest genug halte.

Bereits nach wenigen Sekunden erklingt irgendwo in der Ferne Geschrei von Jugendlichen, was mich widerwillig zurück in die Realität befördert.

«Liam ... wir dürfen das nicht», meine ich leise und drücke ihm leicht vor die Brust, um Distanz zwischen uns zu bringen.

«Ich weiß», entgegnet er heiser. Seine Stimme klingt belegt und er räuspert sich einige Male. Liam scheint überhaupt nicht daran zu denken, die Distanz zwischen uns zu wahren. Stattdessen lehnt er seine Stirn an meine und fährt mit seinem Zeigefinger vorsichtig über meine Unterlippe. Ich schlucke und weiche seinem Blick aus. Für einen Moment bleiben wir wortlos beieinanderstehen. Ratlos, und gleichzeitig unfähig, uns voneinander zu lösen. Das Atmen habe ich eingestellt, genau wie das Denken. Dann hebt Liam zaghaft mein Kinn mit seinem Finger an.

«Versuch einfach nicht daran zu denken. Keiner wird je davon erfahren. Nicky, es ist das vierte Mal, dass ich es versuche. Jetzt sag nicht schon wieder Nein. Denk einfach daran, was wir haben.»

«Was haben wir denn?»

«Die heutige Nacht. Wir verlegen unser Date einfach nach vorne.» Seine Augen funkeln mich an und er neigt sich ein Stück zu mir herunter. Mein Widerstand ist wie gebrochen und anstatt die Annäherung abzuwehren, lasse ich es einfach geschehen. Mein ganzer Körper spannt sich vor Aufregung an und ich warte auf den Moment, wo seine Lippen erneut auf meine treffen. Und als es so weit ist, fühlt es sich so an, als würden tausende Volt durch meinen Körper jagen. Als ich seinen Kuss erwidere, stöhnt Liam leise auf. Sein Kuss ist so stürmisch und fordernd, dass ich mich regelrecht an ihm festhalten muss, um den Halt nicht zu verlieren. Liam hebt mich ein Stück an und drückt mich vor die Autotür, während ich meine Beine um seine Hüfte schlinge.

Und plötzlich zählt nichts mehr. Ich kann gerade nur daran denken, dass dieser Moment niemals vorbeigehen soll. Ich weiß nicht, ob es am Alkohol liegt, aber es ist mir sogar egal, dass wir hier auf einem öffentlichen Parkplatz stehen, wo nur wenige hundert Meter entfernt meine Kollegen und seine Mitschüler eine Party feiern, und uns jederzeit entdecken könnten. Mir ist gerade alles egal. Ich kann nur an Liam denken.

Sichtlich widerwillig löst er sich schließlich schweratmend von mir, als wieder Schreie und Gelächter der Jugendlichen aus der weiten Ferne zu vernehmen sind. Er seufzt tief und klingt so genervt darüber, dass ich gar nicht anders kann, als leicht zu schmunzeln.

Liam blickt sich einmal prüfend um, aber alle sind weit weg. Er lächelt mich an und zeigt mir genau das Lachen, von dem ich mir so oft gewünscht habe, dass er mich einmal so anlächeln würde. Seine Hände sind mit meinen verschränkt und er scheint trotz der Unterbrechung des Kusses nicht daran zu denken, unsere Finger voneinander zu lösen.

«Vielleicht ist das wirklich ein Zeichen, dass wir aufhören sollten. Warum machst du es mir nur so schwer?», murmelt er an mein Ohr. Er ist mir so nah, dass seine Bartstoppel auf meiner Wange ein kratziges Gefühl hinterlassen. Liams Hand wandert langsam in meinen Nacken und er zieht mich ein Stück näher zu sich. «Nicky, wir haben zwei Optionen: Entweder ich bringe dich jetzt nach Hause und das hier bleibt unser Geheimnis. Oder ...» Eine ganze Weile schweigt Liam und ich blicke ihn fragend an, aber seine Augenlider sind gesenkt. Er schluckt merklich und seine Stimme ist so leise, dass ich sie kaum verstehe. «Oder wir bringen das hier zu Ende, dann bringe ich dich nach Hause. Und keiner erfährt von der Sache.»

Wieder blickt Liam sich um, als wolle er prüfen, ob wir hier tatsächlich noch alleine stehen. Er umfasst mein Gesicht und hebt mein Kinn an, damit ich ihn ansehe. Fast schon entschuldigend lächelt er mich an: «Egal, wie du dich entscheidest ... Ein letztes Mal muss ich dich noch küssen.»

Liam küsst mich so leidenschaftlich, dass ich förmlich in seinen Händen schmelze.

Irgendeine Stimme in mir summt, dass das Ganze eine ganz schlechte Idee ist. Dass ich spätestens jetzt reagieren muss. Allerspätestens jetzt. Aber ich ignoriere das Gesumme einfach und gebe mich stattdessen ganz diesem Kuss hin.

Das Geschrei der Jugendlichen wird langsam lauter und sie setzen mich unter Druck. Sie können nicht mehr so weit entfernt von uns sein.

Der Kuss zwischen Liam und mir wird plötzlich fordernder und ich weiß, dass wir es beide wollen. Wir müssen es gar nicht aussprechen. Liam öffnet die Autotür, ohne unseren Kuss auch nur eine Sekunde zu unterbrechen. Schließlich hält er doch inne und blickt mich an. Ich höre, wie er schwer atmet.

«Nicky ...», setzt er an und ich spüre seinen Atem auf meinen Lippen. «Bist du dir sicher?», flüstert er. Ich merke, wie viel Überwindung es ihn kostet, diese Frage auszusprechen. «Noch können wir aufhören. Niemand wird je davon erfahren.»

«Würdest du denn aufhören?»

Liam sieht mich irritiert an. «Wenn du das willst, natürlich.»

«Willst du denn?»

Frustriert stöhnt er auf und fährt sich aufgebracht durch die dunklen Haare, die dann in alle Richtungen wie kleine Antennen abstehen. «Aufhören? Nein, natürlich will ich nicht aufhören. Aber was ich noch weniger will, ist, dass du das hier später bereust. Du hast Alkohol getrunken ... Manchmal wird man da leichtsinnig ... Und ich muss zugeben, dass ich es ziemlich darauf angelegt habe.» Unsicher blickt er mich an, seine Augen suchen meine.

Er hat recht. Ich weiß, dass es falsch ist, was ich tue. Und er weiß das auch. Ich darf das überhaupt nicht tun, aber ich fühle mich seit der ersten Begegnung zu ihm hingezogen. Und wenn ich seinen verlangenden Blick so sehe, weiß ich, wie es in ihm aussieht. Die Magie und das Knistern zwischen uns sind einfach zu spüren. Ich habe mich damals nicht getäuscht, dass es ihm in meiner Wohnung genauso ging und die Berührungen zwischen uns auch alles in ihm durcheinandergewirbelt haben. Es ist so, als hätten wir beide schon viel zu lange darauf gewartet.

«Sei vernünftig», flüstert er und ich merke, wie er einen Kloß im Hals hat. Seine Stimme klingt heiser.

«Ich kann nicht.»

«Gott, Scheiße, ich auch nicht.» Sein Gesicht ist jetzt nur noch wenige Zentimeter von meinem entfernt, aber er rührt sich nicht. Er ist sich genauso darüber bewusst wie ich, dass wir dabei sind, einen Fehler zu machen. Keiner von uns traut sich, den letzten Schritt zu gehen. Er wird es nicht machen, weil er mich zu nichts drängen und mir die Entscheidung überlassen will, also liegt es an mir. Der letzte Schritt muss von mir ausgehen.

Meine Vernunft appelliert in größter Not an mich. Es ist schlimm genug, dass wir uns überhaupt geküsst haben, aber das ist immer noch das kleinere Übel im Vergleich zu dem, was ansonsten noch folgen würde. Ich muss jetzt die Notbremse ziehen und mich sofort von ihm lösen, nach Hause fahren und nie wieder an diese Nacht denken ... aber stattdessen küsse ich ihn als finale Antwort einfach. Ich merke, wie überrascht Liam ist, aber nach einer Sekunde hat er sich gefangen.

«Du hast keine Ahnung, wie sehr ich auf diesen Moment gewartet habe, Nicky», murmelt er leise an meinen Lippen. Er klingt erleichtert, irgendwie glücklich. Sanft legt er mich auf der Rücksitzbank ab. Ich weiß nicht, was ich erwartet habe, aber jede einzelne Berührung von Liam ist so zärtlich, als wäre ich zerbrechlich. Mit einem lauten Knall zieht er die Tür hinter sich zu. Kurz herrscht Stille im Auto, nun gibt es nur noch uns beide. Er zieht mit einer schnellen Bewegung sein T-Shirt aus und als er sich zu mir lehnt, fahre ich mit meinen Fingern über seinen definierten Oberkörper. Sein Körper ist sofort mit Gänsehaut übersät und in diesem Moment scheint meine Welt still zu stehen.

*

Liam lehnt sich gelassen in den Autositz und ordnet sich kurz die Haare, die dadurch nur noch wuscheliger aussehen. Vor wenigen Minuten habe ich noch meine Finger darin vergraben und ich wünschte, ich könnte diese Erinnerung verdrängen. Am liebsten wäre es mir, wenn es niemals so weit gekommen wäre. Er ist immer noch nackt und macht auch keinerlei Anstalten, sich wieder etwas anzuziehen. Ich fühle mich allmählich stocknüchtern. All meine Endorphine sind abgebaut, stattdessen spüre ich nun eindeutig das Stresshormon Adrenalin. Das hätte nicht passieren dürfen. Niemals. Scheiße ...

Als ich im Dunkeln nach meinem BH taste, höre ich Liam sagen: «Wow, das war unglaublich. Ich habe mir oft vorgestellt, wie der Sex mit dir wohl sein könnte, aber das war besser als alles, was ich mir je erträumt habe.»

Ja, das war es wirklich. Jedenfalls wenn man keinen Wert auf Romantik legt. Denn das war reiner Sex. Keine lieben Worte, keine zärtlichen Berührungen. Während mich Liam vorhin am Auto noch so sanft geküsst hat, war davon beim Sex nicht mehr viel übrig. Es war fast so, als hätte er sein Verlangen nicht länger zügeln können. Aber bei mir war das nicht anders. Es war so, als hätte sich mit den Monaten so viel in uns angestaut, was explodieren musste.

Ich wünschte jetzt nur, ich könnte es rückgängig machen. Das war ein Riesenfehler. Er ist mein Schüler und ich habe mich damit strafbar gemacht. Und damit rede ich nicht von einem lächerlichen Bußgeld, sondern von Gefängnisstrafe. Ich kann nur hoffen, dass Liam dichthält, ansonsten war's das wirklich für mich.

Am liebsten würde ich ihn anschreien, aber für was? Ich bin alt genug, um meine Handlung zu verantworten, und ich habe eindeutig zugestimmt. Er hat mir mehr als einmal die Chance gegeben, auszusteigen, aber ich bin bis zum Äußersten gegangen. Und das habe ich jetzt davon. Es ist mir auch egal, ob ich sauer auf ihn sein darf oder nicht. Ich bin gerade auf alles und jeden sauer.

Ich zwänge mich mit Mühe und Not in mein Kleid, was sich im Auto als recht schwer erweist, als ich Liam höre: «Soll ich dir helfen? Ich habe auch nichts dagegen, wenn du es weiterhin auslässt.» Ich blicke kurz zu ihm, er zwinkert mir nur locker zu. Ja, geschieht mir recht. Er ist 18 Jahre, bei ihm spielen die Hormone wahrscheinlich noch verrückt. Natürlich kommen da so anzügliche Sprüche. Was habe ich auch erwartet?

Ich schlucke meinen Ärger einfach herunter, will nur von hier weg und nach Hause. Weit weg von Liam. Verzweiflung steigt in mir auf und ich bin kurz davor, in Tränen auszubrechen. Irgendwie schaffe ich es, mit zittrigen Fingern meine Strumpfhose anzuziehen. Ich reiße sie grob nach oben und irgendwo reißt eine Naht.

Nachdem Liam einmal tief ausgeatmet hat, schnalzt er mit der Zunge. Für ihn ist die Welt in Ordnung. Wahrscheinlich fühlt er sich wie ein Held, weil er etwas mit seiner Lehrerin hatte. «Ich schätze, es ist unpassend, wenn ich dich fragen würde, ob wir das nochmal wiederholen?»

Ich halte in meiner Bewegung inne und werfe ihm stattdessen einen vernichtenden Blick zu. Ist das sein Ernst? Ist das wirklich sein scheiß Ernst?

Seine Lockerheit kotzt mich gerade dermaßen an, dass ich es kaum in Worte fassen kann, aber mein Blick scheint zu reichen, denn als er ihn auf sich spürt, verändert sich auch schlagartig sein selbstsicherer Gesichtsausdruck. Abrupt richtet er sich auf. Seine Gelassenheit scheint wie verflogen. «Ähm ... habe ich etwas Falsches gesagt?»

«Ja, das hast du durchaus!», schreie ich ihn an. «Willst du mich eigentlich verarschen?» Ich ziehe den Reißverschluss meines Kleids hoch. Ich muss hier weg. Sofort.

Liam sieht mich immer noch irritiert an. Anscheinend fehlt ihm wirklich die Empathie, das Problem nachvollziehen zu können. «Nicky, was ist denn los? Habe ich etwas falsch gemacht? Wenn ja, dann tut es mir leid. Ich hatte nicht den Eindruck, dass dir irgendetwas nicht gefällt.»

Genervt stöhne ich auf und streiche mir einige Haarsträhnen aus dem Gesicht. «Darum geht es doch gar nicht, Liam! Das hätte einfach nie passieren dürfen!»

Er schmunzelt. Findet er das etwa lustig? «Ist es aber. Und ich bin gerade der glücklichste Mann, weil es passiert ist.»

«Verdammte Scheiße, bist du echt so ein Arschloch?», schleudere ich ihm entgegen.

«Ja, big News, Nicky, ich bin ein Arschloch. Hast du es auch schon durchschaut?», gibt er spitz zurück und klingt nun gereizt. «Und ich kann auch noch ganz anders. Ich weiß also nicht, was gerade dein Problem ist.»

Ich merke erneut, wie sich meine Augen mit Tränen füllen. Beschämt wende ich den Blick ab, bevor Liam es noch bemerkt, und blinzle einige Male entschlossen. Nach noch nicht mal drei Sekunden laufen mir jedoch schon einige warme Tränen über die Wange.

Obwohl ich ihn nicht ansehe, scheint Liam das mitzubekommen, denn plötzlich greift er hektisch nach seinen Boxershorts und streift sich diese über. Er rückt näher zu mir und will mich beruhigen, aber ich schüttle nur den Kopf.

«Nicky, what the hell ...?», setzt er hilflos an, aber ich wende mich ab und öffne die Autotür.

«Hey, warte doch ...», höre ich ihn rufen, aber mit einem lauten Knall schleudere ich die Tür ins Schloss.

Mit wackeligen Beinen stehe ich auf dem leeren Parkplatz. Ich weiß gar nicht, wohin ich soll, aber ich kann keine Sekunde länger in seiner Nähe bleiben. Es ist alles zu viel. Ich habe noch nicht mal einen Schritt nach vorne gesetzt, da fliegt die Autotür auch schon wieder auf und Liam steht oberkörperfrei vor mir. Wenigstens hat er sich seine Jeans wieder angezogen.

«Nicky, bitte ...», setzt er an. Er kommt einen Schritt auf mich zu und hebt beschwichtigend die Hände. Als er vor mir steht, umfasst er meine Schultern.

«Fass mich nicht an!», fauche ich, aber er ignoriert es einfach und zwingt mich, ihn anzusehen. Ich wische über meine Wangen und schwarze Wimperntusche klebt an meinen Händen.

«Shh, alles gut, Nicky», sagt Liam eindringlich. «Beruhig dich. Es ist alles okay. Keiner wird davon erfahren. Niemand wird davon wissen. Hast du verstanden?»

«Du sollst mich loslassen!» Aber das tut er nicht, sondern er verstärkt seinen Griff. Verzweifelt lasse ich mich auf den Boden sinken. Liam tut es mir gleich, er hält mich in einer Umarmung und ich merke, wie seine Arme beruhigend über meinen Rücken fahren. Ich fange an, mit meinen Fäusten gegen ihn zu schlagen, und will ihn von mir wegdrücken, aber ich habe keine Chance. Natürlich bin ich kein ernstzunehmender Gegner für ihn. Er akzeptiert das einfach nur stillschweigend und wartet, bis ich mich etwas beruhigt habe, aber das wird nicht passieren. Wie soll ich mich auch beruhigen? Niemals werde ich mich beruhigen!

«Geh weg!», versuche ich es nach einigen Sekunden noch einmal. Mittlerweile fühle ich mich einfach nur machtlos. Ich spüre so viel Wut und Angst, dass ich keinen klaren Gedanken fassen kann. Mit großer Mühe zwinge ich mich zu einer gleichmäßigen Atmung und ändere meine Taktik, indem ich versuche, Liam in Sicherheit zu wiegen. Als ich merke, dass er sich entspannt und seinen Griff lockert, löse ich mich sofort aus seiner Umarmung und springe abrupt auf. Er hat so schnelle Reflexe, dass er schon im gleichen Augenblick neben mir steht.

«Komm, ich fahre dich nach Hause», bietet er mir an und im ersten Moment denke ich, dass ich mich verhört habe.

«Wie bitte? Spinnst du? Nach all dem willst du mich noch nach Hause fahren?»

Er quittiert das nur mit einem fragenden Blick. «Ja, natürlich. Warum denn nicht?»

Ich weiß nicht warum, aber das bringt das Fass zum Überlaufen. Ich hole aus und verpasse ihm eine Ohrfeige. Jedenfalls so gut ich kann.

Entgeistert sieht er mich an. «War das jetzt wirklich nötig?»

«Oh, ja, das war es!», gebe ich entschieden zurück und meine Stimme klingt absolut hysterisch. Er will wieder nach meinem Oberarm fassen, aber dieses Mal weiche ich einen Schritt zurück und hebe die Hand. «Fass mich nie wieder an, Liam.

Nie wieder. Ich will nie wieder daran erinnert werden. Hast du das verstanden?»

«Nicky, lass uns doch darüber reden», wispert er schon fast und sieht mich hilflos an. Die Situation überfordert ihn augenscheinlich.

«Reden?» Meine Stimme klingt eine Nuance zu hoch. «Was gibt es da noch zu bereden? Dank dir ist das die schlimmste Nacht meines Lebens!» Ich atme heftig ein und aus und versuche meine Stimme ruhig zu halten, aber es gelingt mir nicht. «Aber nicht nur heute, nein, du hast die letzten Monate meines Lebens zu einem einzigen Albtraum gemacht! Weißt du, ich hatte hier die Chance auf einen Neustart, aber du hast alles ruiniert! Vom ersten Tag an! Ich wünschte, ich hätte dich niemals kennengelernt!»

Er blickt mich schweigend an und seine Brust hebt sich im unregelmäßigen Takt. In seinen Augen verändert sich etwas. «Drehst du jetzt völlig durch?», faucht er mich plötzlich an und seine Stimme ist eiskalt. «Ist das nach dem Sex immer so bei dir? Hat dich deswegen dein Ex verlassen?»

Seine Worte kommen so unerwartet, dass ich ihn eine ganze Weile nur schweigend ansehe, weil ich nach der richtigen Antwort suche.

Ich will die Worte nicht an mich heranlassen, aber es ist schon zu spät. Sie treffen mich und zwar genau da, wo sie sollen. Und es tut weh. Verdammt weh. Mir schnürt es regelrecht die Kehle zu. Ich kann nicht glauben, dass Liam mir sowas an den Kopf knallt. Dass er sein Wissen über mich nutzt, um mir wehzutun. Wie abgebrüht und herzlos muss ein Mensch sein, um so etwas bewusst zu machen? Vor allem jetzt, wo ich sowieso mit den Nerven am Ende bin?

«Das hast du jetzt nicht ernsthaft gesagt», presse ich hervor, nachdem ich tief durchgeatmet habe.

«Soll ich es wiederholen?», setzt er ungerührt nach. Ich traue mich nicht, ihn weiter anzuschauen. Ich weiß auch so, dass seine Mundwinkel belustigt zucken. Genau wie früher im Unterricht, als er noch Spaß daran hatte, Machtkämpfe mit mir auszutragen.

«Halt deinen Mund», bringe ich hervor und sehe Liam mit tränenüberströmten Augen an. Ich wünschte, er würde mich nicht so am Boden sehen. Er soll gar nicht mitbekommen, wie sehr mich das hier alles mitnimmt.

Liam lacht auf, spöttisch, genauso wie ich es befürchtet habe. Ich weiß, dass er mich provozieren will und ich kann kaum fassen, wie gut ihm das gelingt.

«Was hast du gesagt?», will er wissen. Sein Blick und Tonfall sind herablassend, genau wie in unseren ersten Wochen. Sofort habe ich eine Gänsehaut am ganzen Körper. Es ist wie ein Déjà-vu und ich muss schwer schlucken, als ich die vielen unschönen Erinnerungen nochmal durchlebe. Seine Provokationen, sein respektloses Verhalten, seine Drohungen. Jeden abschätzigen Blick, jedes arrogante Augenbrauenheben und jedes genervte Augenrollen sehe ich vor mir und ich durchlebe nochmal die ganze Palette an Emotionen, durch die Liam mich in den ersten Wochen geschickt hat.

Mit einem Mal bin ich nur noch sauer, weil er mich so behandelt hat und mich auch jetzt wieder herumschubst. Dass er, nachdem so viel in dieser Nacht passiert ist, immer noch nicht Ruhe gibt, sondern nach Angriffsfläche bei mir sucht. Das sagt wahnsinnig viel über ihn und sein riesengroßes Ego aus.

«Ich habe gesagt: Shut the fuck up!», entgegne ich knapp und drehe mich um. Ich will auf dem Absatz kehrtmachen, aber ich komme nicht weit, als Liams Hand nicht gerade sanft nach meinem Oberarm fasst.

Er beugt sich zu mir herunter und seine Augen funkeln mich finster an. Es tobt ein Sturm in ihnen und sie wirken gefährlich und unberechenbar. «Das ist nur ein Spiel, Nicky. Das ist es immer gewesen. Von Anfang an. Jetzt ist Game Over. Du hast verloren. Und das ist alles, was du wissen musst.»

Seine Worte ziehen mir den Boden unter den Füßen weg und durchbohren mich wie ein Messer. Mit offenem Mund starre ich in seine ausdruckslosen Augen. Ich suche darin nach einem Funken Mitgefühl, weil ich weiß, dass Liam sich nicht gut entschuldigen kann. Ich suche nach einem Zeichen, dass er diese Worte gerade nicht so gemeint hat. Aber da ist nichts. Kein Mitgefühl, keine Wärme oder Verständnis. Das Leuchten ist komplett verschwunden, seine Augen wirken nur noch leer und kalt.

«Nein», flüstere ich und schließe die Augen, um der Realität zu entfliehen. Ich ertrage es nicht mehr, dass er mir diese abwertenden Blicke zuwirft. Meine Worte sind wie ein Flehen. «Bitte sag mir, dass das nicht wahr ist.»

«Doch», sagt Liam schlicht, während er sich aufrichtet. «Es ist nur ein Spiel. Und jetzt ist Game Over. Hörst du mir nicht zu?»

«Wovon redest du?», will ich wissen und schlage ihm vor die nackte Brust. «Das meinst du nicht ernst!»

Ich kann und will es nicht glauben. Ganz mühsam habe ich mich vorgearbeitet und Liam hat mir immer öfter einen Blick hinter seine hochgezogenen Mauern gezeigt. Und ich hatte den Eindruck, dass ich ihn verstanden habe. Jedenfalls viel besser als die meisten anderen Menschen.

Und das soll alles gespielt gewesen sein? Die neugierigen und aufmerksamen Blicke in meiner Wohnung, seine Entschuldigung an den Klippen, das entspannte Lachen am Lagerfeuer, seine zärtlichen Berührungen im Aufzug oder sein hartnäckiger Kampfgeist heute Nacht?

Das war alles nicht echt?

Das stimmt nicht. Er sagt das nur, um mich zu treffen.

Oder?

Liam antwortet nicht. Stattdessen starrt er nur auf meine Fäuste, mit denen ich immer noch vor seine Brust schlage. Und je länger er mich hier vor sich stehen lässt, desto unruhiger werde ich. Wieder suche ich seinen Blick – wieder ist da nichts. Ich glaube, ich will mir nicht eingestehen, dass es wirklich so ist. Und dies das Ende ist. Mein Magen verkrampft sich noch mehr und mit letzter Kraft haue ich mit der flachen Hand vor seine Brust.

Wieso sagt er nichts? Wieso sieht er mich einfach nur so emotionslos an? Bedeute ich ihm wirklich so wenig?

Dann, ganz langsam, umfasst Liam meine Handgelenke und drückt sie zur Seite. Zwischen uns ist diese furchtbar erdrückende Stille. So wie in Filmen, wenn jemand eine Waffe auflädt und man weiß, dass gleich der finale Schuss fällt.

Ein Schuss kann das Herz verfehlen, aber Worte nicht.

Und trotzdem wehre ich mich nicht. Ich bleibe einfach stumm stehen, weil ich keine Kraft mehr habe. Keine Kraft, um zu kämpfen, zu protestieren oder mich zu wehren.

Seine Worte treffen mich direkt ins Herz.

«Wovon ich rede? Hast du etwa vergessen, wer vor dir steht? Ich bin immer noch Liam Hunt und ich nehme mir, was ich will. Ich bekomme immer, was ich will, und du bist da keine Ausnahme.» Ich will ihm meine Handgelenke entziehen, aber sein Griff ist grob und unnachgiebig, als er mich wieder zu sich zieht. Seine Stimme ist leise und ruhig und macht mir Angst. «Du hast dich mit dem Falschen angelegt. Ich habe dich gewarnt. Erinnerst du dich an meine Worte? Du gewinnst vielleicht die Schlacht, aber ich gewinne den Krieg. Glaubst du mir jetzt? Und glaubst du mir jetzt auch, dass ich es schaffe, dich zum Weinen zu bringen?»

Mein Körper ist wie gelähmt und ich bin erstarrt. Es fühlt sich so an, als würde mein Herz in tausend Teile zerspringen. Meine Knie geben unter mir nach und mir läuft mit einem Mal eine unglaubliche Kälte über den Rücken. Ich bin kaum noch in der Lage, aufrecht vor Liam zu stehen, während ich zu verstehen versuche, was hier gerade passiert.

Wo ist Liam? Wo ist der Liam hin, den ich immer in ihm gesehen habe? Wo ist *mein* Liam?

Sein Blick ist leer. Er ist plötzlich ein anderer Mensch und lässt mir keinen Zweifel, dass ich mich in was hineingesteigert habe. Dass das alles nur ein dummes Spiel war, ein Spiel mit echten Gefühlen.

Und wer sich verliebt, verliert.

Ich habe verloren, obwohl es für mich noch nicht mal ein Spiel war. Ich habe mich gegen jede Vernunft in ihn verliebt und mich trotz aller Zweifel auf ihn eingelassen. Ich habe sehr lange etwas in ihm gesehen, was offensichtlich nie da war.

Eine ganze Weile habe ich ihm misstraut und mein Gefühl sollte mich nicht täuschen. Ich hätte es kapieren und seine Absichten durchschauen müssen. Liam hat mich ins Messer laufen lassen, ganz bewusst. Mehrmals. Aber ich bin selbst schuld. Ich wurde direkt und indirekt gewarnt.

Von Aaron.

Liam interessiert sich für niemanden, außer für sich selbst.

Heute weiß ich, dass sich Menschen nicht ändern. Heute weiß ich, wenn Leute es einmal machen, dann machen sie es wieder.

Selbst Zoey hat mich gewarnt.

Schwieriger Charakter. Ich glaube eher, es gibt niemanden, der mit Liam wirklich zurechtkommt.

Immer noch stehe ich aufgelöst vor ihm. Meine Tränen kullern ununterbrochen über meine Wangen. Einmal wische ich sie weg und fühle mich machtlos. Ich wünschte, Liam würde irgendwas machen, aber er steht nur stumpf vor mir und beobachtet mich ohne ein weiteres Wort. Ich weiß nicht, ob er innerlich mit sich kämpft, weil da doch noch etwas wie Mitgefühl in ihm existiert. Oder ob er jetzt nur seinen Triumph genießt. Ich kann es nicht einschätzen, weil ich ihn nicht mehr wiedererkenne.

«Ja, Liam, du hast recht», erkläre ich ihm und ich klinge genauso verheult, wie ich mich fühle. «Du bist wirklich das typische Arschloch: unberechenbar, gefährlich, unantastbar.»

Dann seufzt er tief.

Und geht.

Was ein Arschloch.

Was für ein feiger und mieser Abgang.

Ich tue es ihm gleich und gehe mit zügigen Schritten in die andere Richtung, obwohl ich nicht mal weiß, wo ich hingehen soll. Alles vor meinen Augen ist verschwommen. Nach einigen Sekunden drehe ich mich nochmal um und ich frage mich, warum ich immer noch an ihn glaube. Ich darf an nichts festhalten, was ich gehen lassen sollte. Liam stürmt mit angespannten Schultern auf sein Auto zu, dann hält er plötzlich an. Sekundenlang steht er mit dem Rücken zu mir, als wüsste er nicht, was er machen soll. Es dauert eine gefühlte Ewigkeit, bis er sich endlich zu mir umdreht.

Schweigend sehen wir uns an.

«Nicole ...», ruft Liam schließlich. Seine Stimme ist völlig emotionslos und verrät mir nichts über seine Gefühlslage.

«Was ist?», frage ich verzweifelt. Ich kann trotz allem nicht anders, als mir jeden Zentimeter von ihm einzuprägen, weil ich ihn möglicherweise nie wiedersehe. Ich habe heute Nacht meine ganze Existenz riskiert – für ihn. Keine Ahnung, ob ich je wieder einen Fuß in die Hamptons setzen werde, geschweige denn möchte.

Ich wünsche mir, dass er zur Vernunft gekommen ist. In mir macht sich die Hoffnung breit, dass er jetzt auf mich zukommt, mich in seine Arme schließt und mir sagt, dass ihm alles leid tue und er Dinge gesagt habe, die er nicht so gemeint hat. Genau wie ich Dinge gesagt habe, die ich bereue.

«Nichts. Gar nichts.» Das sind seine letzten Worte, ehe er sich umdreht.

Ich bin überfordert von alldem, was in den letzten Minuten passiert ist. Mir fällt das Atmen schwer und ich habe das Gefühl, meine Lunge kollabiert. Liam steigt in sein Auto ein und knallt die Tür ein letztes Mal lautstark hinter sich zu, wieder so heftig, als würde er eine unglaubliche Wut in sich tragen und ich glaube, in diesem Moment ist es sogar so. Innerhalb von wenigen Sekunden ist er vom Parkplatz verschwunden und lässt mich alleine in der Dunkelheit zurück.

Ende Teil 1

Und zum Schluss ganz viel Danke ...

Ein großes Dankeschön geht an meine GRA-nate Anita. In dir habe ich nicht nur eine tolle Freundin gefunden, sondern auch eine kritische Testleserin. Danke für all deine Voices mit Schnappatmungen und spontanen Leseeindrücken, deine «Lupen»-Analysen und unser gemeinsames Knoten-in-den-Kopf-Denken, für jedes der stundenlangen Treffen in «unserem Duke's» oder auf der Dachterrasse (ob mit oder ohne Leiter) und so viel mehr. Ich bin so froh, dass wir uns kennengelernt haben und ich schulde dir auf ewig Schokolade!

Lieben Dank an mein foxface Anja. Du begleitest mich jetzt schon einige Jahre und ich bin immer noch beeindruckt von deinem kritischen Auge. Danke auch für all deine motivierenden Worte, als ich mal wieder im Buchstabensalat versunken bin und nicht mehr wusste, wo und wie ich weitermachen soll. Danke, dass du immer so zuverlässig recherchierst und sowieso all das machst, was ich nicht kann (Mathe und so) ... und danke für den «brüllenden Liam», ich habe so gelacht.

Danke an Cheryl für dein kritisches Lesen, deine Begeisterung für meine Skripte und dein fast schon gruseliges Timing ... du weißt, was ich meine ;) Auch du begleitest mich schon einige Jahre und ich weiß deinen Einsatz sehr zu schätzen! Und ich will unbedingt ein Foto von «deinem Liam» sehen. Her damit! Und zwar sofort!

Danke an Susanne, Jasmin und Dani, dass ihr euch teilweise durch die Rohfassung des Manuskripts gekämpft und mir eine Rückmeldung gegeben habt, an welchen Stellen die Geschichte noch hakt oder was bereits ganz gut funktioniert. Danke, dass ihr damals schon an die Story geglaubt habt und sorry, dass ich euch mit dem Cliffhanger von Teil 1 so lange gequält habe, weil Teil 2 noch gar nicht fertig war. Echt gemein von mir!

Lieben Dank an meine Mama, die unkritischste Testleserin der Welt, weil sie einfach alles wunderbar findet, was ihre Tochter so schreibt. Danke, das ist doch auch mal schön ;)

Tausend Dank an meine zauberhaften Lektorinnen Edda und Irina, dass ihr auch dieses Skript wieder begleitet und mir dabei geholfen habt, es startklar zu machen. Ich arbeite wahnsinnig gerne mit euch zusammen und ich habe wieder so viel gelernt. Danke dafür!

Danke auch an meine Grafikdesignerin Kim, die wieder einmal das Cover ganz nach meinen Vorstellungen entworfen hat, immer geduldig mit meiner pingeligen Art ist und so lange alles ändert, bis der «Schuh endlich passt».

Genau wie bei meinem ersten Buch geht ein ganz herzlicher Dank an alle Blogger, die auch dieses Buchbaby von Anfang an unterstützt haben. Ich bin immer noch überwältigt von eurer grenzenlosen Hilfsbereitschaft und beeindruckt von eurer Leidenschaft für Bücher und neue Geschichten.

Das wahrscheinlich größte Dankeschön geht an dich als Leser: Danke dafür, dass du meinem Buchbaby eine Chance gegeben hast und es gerade in deinen Händen hältst – sei es gedruckt oder als eBook. Dir kann ich gar nicht genug danken.

Danke.

... und noch eine kleine Bitte ...

Rezensionen sind für Autoren sehr wichtig. Sie geben mir als Autorin nicht nur eine Rückmeldung, wie dir mein Buch gefallen hat, sondern helfen mir auch, neben anderen Büchern mit hohen Werbebudgets mehr Sichtbarkeit zu erhalten und auf diesem Wege neue Leser zu finden.

Deswegen würde ich mich sehr freuen, wenn du dir die Zeit nehmen könntest, um mich zu unterstützen und ein paar Zeilen zu meinem Buch hinterlässt.

Ich lese jede einzelne Bewertung.

Danke.

Newsletter

Wenn du keine Neuerscheinungen von mir verpassen möchtest, dich exklusive Gewinnspiele und unveröffentlichte Leseproben aus meinen Schreibprojekten interessieren, dann melde dich gerne für meinen Newsletter an:

www.ninamiller.de/newsletter

Gerne kannst du mir auch auf Instagram folgen:

www.instagram.com/ninamiller13

Weitere Bücher der Autorin

«Alles außer uns»

Der Verstand bereut, aber das Herz begehrt ...

Sie dachten, sie könnten es geheim halten. Doch nun steht für Nicky alles auf dem Spiel – Job, Familie, Freunde und ihre Zukunft. Für sie beginnt ein Wettlauf gegen die Zeit, bei dem sie auf sich allein gestellt ist. Doch eins ist klar: ein Leben ohne Liam ist ein Leben allein.
«Alles außer uns» erzählt von einer Liebe, für die Nicky viel riskiert, ohne zu wissen, wem sie trauen kann. Eine Geschichte vom großen Glück, tiefen Fall und dem Gefühl, nebeneinander zu stehen, aber nie am selben Ort zu sein.

«Bereit zu fliegen»

Leona hat eigentlich alles: ein Leben inmitten von Luxus, Exklusivität und High Society, einen ungewöhnlichen Job und Tyler – charismatischer Verlobter und tougher Geschäftsmann. Das muss doch der Stoff sein, aus dem Träume gemacht sind, findet Leona und fragt sich, warum ihr zum großen Glück trotzdem so viel zu fehlen scheint. Doch der Countdown zu ihrer Hochzeit läuft – und dann tritt auch noch Lucas in ihr Leben. Was macht man, wenn der Boden unter den Füßen plötzlich weg ist? Man fällt. Oder man beginnt zu fliegen.

«Immer bei dir»

Manche Tage sollten einfach immer so sein … so voller Gold.

Lexie und River – die Geschichte der beiden beginnt irgendwo im Nirgendwo von Tennessee. In einem heißen Sommer geht Lexies Schulzeit allmählich zu Ende. Als wäre das nicht aufregend genug, tritt auch noch River in ihr Leben – und verändert damit alles. Von nun an ist er immer an ihrer Seite: bester Freund, Musiker und Retter in wirklich jeder Not.

Nächster Halt ist ein Studium in Kalifornien: Aus Träumen werden Pläne und gemeinsam machen sich Lexie und River auf den Weg in die große, weite Welt. Doch wie sieht eine Zukunft aus, wenn man alles füreinander, aber nur als Freunde verbunden ist?